Samstagabend in einem Edel-Restaurant nahe Hamburg. Familiengeführt. Voll besetzt. Es duftet nach Safranreis, warmem Holunder und Fichtenspitzen. Hier zaubert die 29-jährige Star- und Sterneköchin Bianca Veh zusammen mit ihrem Vater die wunderbarsten Gerichte. Doch plötzlich röchelt ein prominenter Stammgast. Und stirbt. Der Supergau! PR-Genie Mats Holm soll ihren Ruf retten. Und das Millionengeschäft mit Kochbüchern, TV-Shows und Werbung. War es Mord? Will jemand der Starköchin schaden? Je mehr Holm und seine smarte Mitarbeiterin Laura May sich in den Fall einarbeiten, desto tiefer sind die Abgründe, die sich im Gastro-Imperium der Familie auftun.

Birand Bingül, Jahrgang 1974, ist Autor und Redakteur beim WDR in Köln. Derzeit leitet er die ARD Kommunikation des Vorsitzes unter Tom Buhrow. Zuvor arbeitete dort u. a. als stellvertretender Unternehmenssprecher, *Tagesschau*-Korrespondent, *Tagesthemen*-Kommentator und Radiomoderator. Nach »Riskante Manöver« erscheint mit »Riskante Rezepte« sein zweiter Kriminalroman bei btb.

Birand Bingül bei btb
Riskante Manöver

BIRAND BINGÜL

RISKANTE REZEPTE

EIN FALL FÜR MATS HOLM

btb

Sollte diese Publikation Links auf Webseiten Dritter enthalten,
so übernehmen wir für deren Inhalte keine Haftung,
da wir uns diese nicht zu eigen machen, sondern lediglich auf
deren Stand zum Zeitpunkt der Erstveröffentlichung verweisen.

Dieses Buch ist auch als E-Book erhältlich.

FSC www.fsc.org
MIX
Papier aus verantwortungsvollen Quellen
FSC® C014496

Verlagsgruppe Random House FSC® N001967

1. Auflage
Originalausgabe Februar 2020 btb Verlag
in der Verlagsgruppe Random House GmbH
Neumarkter Straße 28, 81673 München

Covergestaltung: semper smile, München
Umschlagmotiv: © plainpicture/Millennium/Emilio Brizzi;
© Shutterstock/Aggie 11
Satz: Uhl + Massopust, Aalen
Druck und Einband: GGP Media GmbH, Pößneck
MK · Herstellung: sc
Printed in Germany
ISBN 978-3-442-71639-5

www.btb-verlag.de
www.facebook.com/btbverlag

TAG EINS

19.48 Uhr

Zack-zack-zack. Ihr japanisches Messer glitt mühelos durch die grauen Schalotten. Sie liebte dieses Messer, ein Meisterwerk aus hundertlagigem Stahl, das Bianca Veh feinste Scheiben schneiden ließ, dünner als hauchdünn. Da braucht man keinen Laser, sagte sie gerne über das edle wie kostspielige Geschenk ihrer Eltern zum ersten *Michelin*-Stern.

Hack-hack-hack. Locker, präzise, aus dem Handgelenk. Ihre Bewegungen führte sie kurz, kontrolliert und rasend schnell aus. Keine Akkuratesse ohne perfekte Technik, das hatten ihre Ausbilder – angefangen mit ihrem Vater – ihr eingebläut.

Sie beugte sich, wie Abertausende von Malen geübt und erprobt, über die Klinge, nahm Maß und ließ sie auf die nächste Edelzwiebel für ihre Sauce los.

Zufrieden stellte sie fest, dass ihr Pony die richtige Länge hatte. Sie trug ihre Haare gern in der Stirn, doch bei den Augenbrauen musste Schluss sein, damit sie ihr beim Kochen nicht ins Blickfeld fielen und nervten. Jeden zweiten Samstag schnitt sie selbst ein Fingerbreit ab und fertig. Heute war es wieder so weit gewesen; ein Ritual, das sie nicht mehr missen mochte. Das war auch schon der größte kosmetische Aufwand, den sie sich in der Regel leistete. Ein Haargummi für den Zopf – in jeder ordentlichen Küche waren offene Haare tabu. Ihre Augen, die sie von ihrer Mutter hatte, bekamen einen Kajalstrich, Lippenstift trug sie nie, nicht mal in ihrer Kochsendung im Fernsehen, dafür musste sie viel zu oft abschmecken und probieren. Sie fand, es gab zwei Arten von Köchen: die Riecher und die Probierer. Sie gehörte definitiv der zweiten Gattung an.

Ihr »Porzellangesicht«, wie die Presse schrieb, hatte genug vornehme Blässe, so dass sie sich den Puder meist sparte. An ihren Händen hätte sie allerdings gerne etwas gemacht, sie waren voller Narben – das übliche Opfer, das Profiköche bringen mussten. Trotzdem ertappte sie sich manchmal dabei, dass sie die Hände hinter ihrem Rücken versteckte oder in ihren Hosentaschen verschwinden ließ, wenn ein Mann, den sie attraktiv fand, auftauchte.

Sie sah kurz neben sich zu Franco, ihrem Souschef. Er schien ihren Blick zu spüren, hob den Kopf und zwinkerte ihr zu, während er den Steinbutt mit chirurgischer Präzision zerlegte; eine Sonderlieferung, die sie erst am frühen Abend hereinbekommen hatten. Ob er hinguckte oder nicht: Er arbeitete noch schneller als sie und mit bewundernswerter Eleganz. Ihm in der Küche zuzusehen, erfüllte sie immer wieder mit einem geradezu kindlichen Glücksgefühl.

Seine Kommandos übertönten den Trubel. »In fünf die Rinder-Beilage«, orderte er, »in sechs die Sauce«, dann programmierte er eine niedrigere Temperatur am Garer ein. Exakt fünf Minuten später würde er die Beilage vom erfahrenen Entremetier bekommen, wenn er die erst scharf angebratenen, dann gegarten Filets für perfekt hielt, und exakt eine Minute später stünde Bianca mit der Sauce parat. Tag für Tag. Gericht für Gericht.

Bianca gehörte nicht zu den Küchenchefs, die am Pass standen und das feine Essen, das von den verschiedenen Posten kam, als Komponenten auf Teller drapierten und kunstvoll edle Kleckse auf deren Ränder auftrugen. Mit gerade einmal neunundzwanzig Jahren wäre sie sich wie eine Verräterin vorgekommen, die ihrem Team in der Hitze der Küche beim Schuften zusah. Nein, sie wechselte viel lieber alle zwei Monate den Posten, blieb in Bewegung, auf Entdeckungsreise und verfeinerte so ihre Rezepte immer weiter. Derzeit war sie die Herrin der Saucen.

Saucen hatten schön sämig zu sein, sie mussten das Fleisch umspielen, es nicht erschlagen. Sie durften nicht zur Sättigungsbeilage verkommen. Am Posten des Sauciers konnte man einem Gericht zu wahrem Glanz verhelfen oder es völlig verhunzen.

Lediglich mit ihrem Aushängeschild ging sie sehr vorsichtig um, dem Menü *Sechs Kontinente*, das sie nicht leichtfertig gefährden wollte und deshalb keinen Experimenten unterzog. Denn kamen an einem guten Abend sechzig Gäste, wählte fast die Hälfte von ihnen dieses Menü, mit dem sie bekannt geworden war. Die *Sechs Kontinente* bedeuteten die halbe Miete.

Am Saucen-Posten war ihre Dattel-Rotwein-Sauce zum Rinderfilet schwer gefragt. Zu ihrer *Mise en Place* gehörten deshalb Medjool-Datteln aus Kalifornien sowie graue Schalotten aus Usbekistan, der ursprünglichen Heimatregion der Edelzwiebel.

Für den Fonds nutze sie Abschnitte, vor allem Karotten- und Sellerieschalen. In einer Schale hatte sie Urwald-Pfeffer aus Madagaskar vor sich, das genial mit Quellwasser-Salz aus Peru harmonierte, wie sie nach einiger Tüftelei herausgefunden hatte. Und zusammen schmeichelte dieses Duo ihrem Rinderfilet auf unwiderstehliche Weise. Dabei entsprach das Filet nicht nur höchsten Bio-Standards, es zerfiel einfach auf der Zunge, sie bekam zurzeit die beste Qualität, die sie je gekostet hatte. Dieses Rinderfilet hätte manchen Vegetarier ins Wanken gebracht. Das i-Tüpfelchen setzte sie ihrer Sauce mit einem äußerst feinen, fruchtigen Cabernet Shiraz aus Australien auf, der just bei ihr Karriere machte.

Der Rest war Handwerk. Genauigkeit. Disziplin.

Trotz des hektischen Betriebs schweifte sie ab. In Gedanken experimentierte Bianca an einer sommerlichen Sauce für fettarmen Fisch. Sie hatte gerade einen Narren an Berberitzen gefressen, sie fand diese roten Beeren so schmackhaft und schön. Heb dir das für später auf, ermahnte sie sich und sah wieder auf, um zu checken, ob in der Küche alles lief und wie weit das Rinderfilet war. Alles im Lot.

Köchin des Jahres. Wow! Am Morgen hatte sie erfahren, dass sie die Auszeichnung erhalten sollte. Köchin des Jahres klang schön, sie spürte ein Kribbeln im Bauch, wenn sie sich ihren jüngsten Titel stumm vorsagte. Noch ein Meilenstein in ihrer – Karriere, ja, so würde es Katta nennen, Katharina Wiesenbach, ihre Managerin. Wenig später ging es bereits durch die sozialen Medien und die Fachwelt. Bianca hatte spontan alle für den Abend eingeladen. Selbst Dave, ihren Ex. Der war früh gekommen, am späten Nachmittag, und verschwand als Erster wieder, nach einem furchtbaren Streit. Er hatte ihr richtig Angst eingejagt.

Egal. Nicht jetzt.

Sie befahl sich, positiv und konzentriert zu bleiben.

Sie musste sich etwas sputen, hatte zu viel ihren Gedanken nachgehangen, trotzdem würde Franco seine Sauce auf den Punkt bekommen.

19.54 Uhr

Die rotgoldene Abendsonne adelte den Tag. Mats Holm steuerte seinen A8 zu einer Bootstour, die im Freundes- und Familienkreis auf der Müritz stattfinden sollte. Im Autoradio lief ein Sommerhit, den Laura mitsummte – Laura May, seine Partnerin bei Holm KPR.

Holm konnte ihre gute Laune in keinster Weise teilen. Nicht, dass er etwas dagegen hatte, auf einer hübschen Jacht herumzuschippern. Im Gegenteil. Ein Tapetenwechsel konnte nichts schaden, raus aus Berlin, raus aus seiner Wohnung, raus aus seinen Grübeleien. Da hatte Laura Recht. Und trotzdem.

Er rutschte auf seinem Sitz hin und her, ehe er einen Blick in den Rückspiegel warf. Am inneren Rand des Spiegels sah er einen Teil seines Gesichts. Das kräftige Kinn, volle Lippen, die er zusammenzog; seine mächtige Nase, die sein Gesicht dominierte. Die dunkelbraunen Augen zogen seine Aufmerksamkeit auf sich wegen der Falten in den Augenwinkeln. Sorgenfalten, die sich seit einiger Zeit dort eingenistet hatten und keinerlei Anstalten machten, sich ein neues Zuhause zu suchen.

Vor bald zwei Wochen hatte er das letzte Mal mit seiner Tochter Liv gesprochen. Seitdem unterband sie jeden Kontaktversuch, den er unternahm, reagierte weder auf Nachrichten noch Anrufe. Ein unangemeldeter Besuch an ihrer Wohnungstür endete ebenfalls erfolglos.

»Kommt sie wirklich?«, fragte er Laura.

»Wenn du mich noch einmal fragst, schicke ich dir für jede Antwort eine Rechnung«, erklärte sie, was ihm trotz allem ein Lächeln entlockte. Er wollte ihr mit seiner Laune nicht den Abend verderben, bevor dieser überhaupt angefangen hatte.

Natürlich steckten Laura und die anderen hinter dieser Veranstaltung. Werner, sein alter Chef und Mentor. Storch, sein bester Freund – und ein ziemlich cleverer Hacker.

Die Bootstour auf der Müritz war nicht einfach ein charmanter Ausflug. Sie würde ein ungebetener Versöhnungsversuch auf der Mecklenburgischen Seenplatte werden, eine Friedensmission, die Holm selbst nicht besser hätte einfädeln können: gute Freunde, entspannte Atmosphäre und ein Boot, von dem man nicht herunterkonnte; auf dem es ein Kunststück sein würde, sich einen ganzen Abend lang aus dem Weg zu gehen. Schöner Versuchsaufbau, dachte Holm.

»Wie habt ihr euch das eigentlich vorgestellt, Laura – mit der Familientherapie vor Publikum?«

»Ich sehe, das Partyfieber hat dich schon fest im Griff«, erwiderte sie.

Haha, sehr witzig.

Sie verließen die Autobahn Richtung Röbel, einem Ort direkt an der Müritz.

Er hätte sich diesem Arrangement mit Leichtigkeit entziehen können. Absagen. Verreisen. Sich verkriechen. Wäre da nicht seine unendliche Neugier.

»Ich brauche diesen Trip nicht. Ein Blick in Livs Augen, Laura, ein paar Worte mit ihr, und ich weiß, wo wir stehen. Dann weiß ich, wie ich sie zu nehmen habe. Wie ich kommunizieren muss.«

»Kommunizieren?«, rief Laura, »mein Lieber, das klingt nach Pressearbeit und Krisen-PR, nicht nach Tochter«.

Er wusste, dass sie richtiglag, antwortete jedoch: »Dann werde ich wohl wieder nicht Vater des Jahres.«

Dabei hatte er einiges dafür getan. Auf jeden Fall viel riskiert, damit es endlich besser wurde zwischen seiner neunzehnjährigen Tochter und ihm.

Holm hatte sich neulich ein Herz gefasst und Liv die ganze Wahrheit über Helenas Tod gesagt.

Über den Tod seiner Frau – ihrer Mutter.

Über ihren Selbstmord vor dreizehn Jahren.

Na ja, *fast* die ganze Wahrheit über ihn und Helena.

Der Moment in Livs Studentenküche ging ihm nicht aus dem Sinn. Das Bild hatte sich tief in sein Innerstes eingebrannt. Er hatte Liv zum ersten Mal anvertraut, dass er sich schuldig fühlte an Helenas Selbstmord. Er hatte seiner Tochter verraten, dass ihre Mutter damals ein Verhältnis mit einem Staatssekretär im Verteidigungsministerium gehabt hatte. Holm selbst, noch Journalist, hatte ein übles Waffengeschäft aufgedeckt, in das der Politiker verwickelt gewesen war. Holm hatte Helena beweisen wollen, auf wen sie sich eingelassen hatte. Wollte ihr Herz zurück. Doch es kam anders. Dann lag seine Frau nachts tot in der Badewanne ihrer Wohnung. Noch ein Bild, das er niemals vergessen würde.

Seine Lebensbeichte.

Am Ende hatte seine Tochter ihn fortgeschickt.

Einfach so.

Zu seinem Erstaunen legte Laura eine Hand leicht auf sein Bein. Ein paar Gedanken lang hatte er vergessen, dass sie neben ihm saß, vielleicht war es noch länger gewesen. Er rang sich ein unfertiges Lächeln ab, woraufhin sie fragte, ob er reden wolle. Er schwieg unentschlossen.

»Was hast du ihr genau gesagt?«, hakte Laura nach, wie es ihre Art war – feinfühlig, aber klar in der Sache.

Holm verdrehte die Augen und rümpfte die Nase, antwortete Augenblicke später dennoch leise: »Dass ich schuld am Selbstmord ihrer Mutter bin. Und dass ich die Verantwortung trage.«

Er spürte, wie Feuchtigkeit unweigerlich seine Augen benetzte.

»Tut mir leid«, antwortete Laura schnell. »Ich wollte nicht… Was auch immer. Vielleicht brauchte Liv einfach etwas Zeit, um das alles zu verarbeiten.«

Er nickte ohne jede Überzeugung.

»Mats, jeder hat seinen eigenen Rhythmus. Kaum jemand ist so schnell wie du. Und Liv wäre auch ohne deine Offenbarung im Ausnahmezustand.«

Wenn sie sich von einem dahergelaufenen Schlagzeuger schwängern ließ, war das ihr Problem, hielt eine Stimme in ihm dagegen. Sei kein Fiesling, wies ihn eine zweite zurecht.

»Gleich kommen wir nach Röbel«, wechselte Laura das Thema.

»Ich freue mich.« Seine Stimme klang kühl statt ironisch. Dieses Gespräch machte die Sache nicht angenehmer für ihn. Er ließ sich nicht gern in die Seele schauen. Und Laura war immer noch Helenas Schwester, gottverdammt! Livs Tante. Das würde in solchen Momenten immer zwischen ihnen stehen.

Er hätte am liebsten kehrtgemacht, doch sie erreichten den Ort. Mit einem leisen Ächzen ergab er sich seinem Schicksal, ging vom Gas und sah sich missmutig um.

»Zwei Kirchen und eine Mühle, traumhaft.«

»Ach komm, Mats, die Natur hier ist reizend, und da, die bunten Fachwerkhäuser, das muss die Altstadt sein. Gib zu, die ist hübsch!«

Er sah kurz hinüber. Wie zu erwarten keimte keinerlei

touristisches Interesse in ihm auf. Stattdessen warf er einen Seitenblick auf Laura, mit der er schon so lange zusammenarbeitete. Irgendetwas war anders an ihr als sonst. Ihre braunen Haare trug sie wie immer halblang, ein Friseurbesuch schied also aus. Den Schmuck kannte er auch, eine dezente Halskette und dazu passende Ohrringe. Dann erst bemerkte er die Bräune, die sich über ihr Gesicht, die hohen Wangenknochen und um die hellblauen Augen gelegt hatte. Sie hatte in den vergangenen Tagen offensichtlich viel Zeit in der Sonne verbracht. Darüber hinaus trug sie ein neues, weißrotes Sommerkleid.

Na ja, streng genommen war es mehr Sommer als Kleid.

Um ihre Unterhaltung in eine andere Richtung zu lenken, bemühte er sich um einen leichten Ton. »Wird frisch auf dem See.«

»Immerhin hast du mich eines Blickes gewürdigt.«

»Sehr schick, Laura. Ist bestimmt schön warm unter Deck.«

»Werner wird sich schon um alles gekümmert haben«, beendete Laura die Frotzelei.

Sie erreichten die Marina, parkten und gingen ein paar Schritte hinüber zu den Stegen. Von hier aus öffnete die Müritz sich nach Norden hin. Der leichte Wellengang ließ die Boote und Jachten schunkeln. Tiefe Sonnenstrahlen hüpften von Wellenkamm zu Wellenkamm. Die Aussicht ließ Holm tief durchatmen. Es gab durchaus einen Grund, warum er in Berlin mit Blick auf die Spree wohnte.

»Ich weiß doch, dass es dir am Wasser gefällt.« Laura hakte sich bei ihm unter.

»Ein Hauch von Monaco«, antwortete er.

Laura lachte auf.

»So gefällst du mir schon besser, Mats. Da sind übrigens die anderen.«

Ich gefalle mir aber so nicht, Laura, dachte er. Ich gefalle mir so ganz und gar nicht.

20.03 Uhr

Bianca Veh warf einen raschen Blick in ihre Küche – und hielt einen Moment inne. Wie die Mitglieder ihrer Brigade aneinander vorbeiglitten, tänzelten und schwebten, in gestärkten Kochjacken – Küchenballett nannte sie das Spektakel, es faszinierte sie immer wieder. Wie ein Postenkoch dem anderen beiläufig eine Schale reichte, die der wiederum genau in jenem Moment brauchte. Wie ihre Jungs sich selbst in der engen, heißen, U-Boot-haften Küche mit kleinen Bewegungen blind Platz machten, wie sie einrückten, sich wegdrehten oder dünn machten, perfekt im Timing. Und ihre Auszubildende, auf die sie große Stücke hielt, schwang im Takt des Teams mit.

Ein Spüler sammelte Geschirr ein und umkurvte die Köche dabei, ohne sie im Geringsten zu stören. Wie die anderen trieb er mit seinen schnellen Bewegungen die Düfte ineinander: indischer Safran-Reis traf auf Fichtenspitzen, der Patissier schickte Schwaden von warmem Holunder auf die Reise, bis sie auf den Rauch von zartestem Rinderfilet aus Argentinien trafen; der bretonische Rochen, den sie ausnahmsweise nicht braten ließ, steuerte vom Kaltspeisen-Posten aus eine Meeresbrise bei, dazu ein geschmeidiger Roquefort und iranischer Liqwan-Käse; die sizilianischen Pinienkerne stachen dank

Röstung nussig heraus – während ihr australischer Wein, leicht erhitzt, die Duftwolke edel abrundete.

Das Küchenballett wirbelte unaufhaltsam weiter, begleitet vom Summen der Kühlschränke und Hacken der Messer, vom Brodeln der Töpfe und Zischen der Pfannen. Alles vereint zu einem einzigen, akribischen Arbeitsrhythmus, den die Bestellungen der Gäste diktierten.

Wenn sie sterben würde, dachte sie, während sie die Sauce ein letztes Mal abschmeckte, dann gerne hier. An so einem Abend. In so einem Moment. Wenn das Adrenalin ihre Sucht stillte, wenn es alle Ängste und jeden Ärger einfach für ein paar Stunden fortschwemmte. Wunden betäubte. Wenn die Schiene über ihrem Posten voll mit Bons hing. Wenn die Küche richtig heiß lief, ja wenn sie kurz davor war abzuheben.

Nur im Fernsehen kochte sie allein. Für den Marktwert und, zugegeben, fürs Ego. Mit dem hier konnte man das nicht vergleichen. Diese Küche war ihr Zuhause. Ihre Heimat. Und sie war Teil eines verschworenen Haufens von ehrgeizigen Köchen. Es würde sie die Länge eines Fingerschnippens kosten, müsste sie sich zwischen beidem entscheiden.

Nichts trieb sie nach draußen, zu den – oft betuchten wie prominenten – Gästen. Die Honneurs zu machen überließ sie gern ihrem Vater, der ein leidenschaftlicher und begnadeter Gastgeber sein konnte. Er hielt ihr da draußen den Rücken frei. Sie tat hier drinnen das Ihrige.

Erneut prüfte sie die Abläufe in der Küche. Ihr Blick fiel auf ihren Commis, einen Jungkoch, dem sie zum zweiten Mal den Posten der Kaltspeisen anvertraute. Das bedeutete ein gewisses Risiko, auf das Franco ein Auge hatte. Gerade verließ der junge Bursche seinen Posten und kam mit schnellen

Schritten auf sie zu. Der Beilagenmann, Entremetier, nickte Bianca zu. Er hatte den verlassenen Posten im Blick.

»Schau mal, Bianca, die Äpfel für den Salat Spezial.«

Sie legte das Messer weg, rieb sich die Hände am Geschirrtuch, das ihr an der Hüfte aus der schwarzen Küchenhose hing, dem Torchon. Sie nahm den Apfel, roch an ihm: frisch, leicht, es gab jedoch intensivere. Sie ließ den Apfel durch die Hände gleiten. Tastete ihn ab, drückte den Daumen in die Schale. Er war etwas fest. Vielleicht zu fest für den Salat Spezial? Sie schnitt ihn auf, roch noch einmal, zog mit der freien Hand die Sauce vom Herd. Dann biss sie einfach ab, schloss die Augen und kaute den Bissen in Ruhe durch. Die Härte ging, doch die Fruchtsäure fiel ihr unangenehm auf.

Sie legte den Apfel beiseite.

»Haben wir noch eine Alternative im Kühlhaus?«, fragte sie Franco, der alles mitbekommen hatte und hinüberschaute.

»Ja, eine frische Lieferung.«

»Qualität?«

»Das sind die besten Äpfel, die wir dieses Jahr bekommen haben.«

Sie nickte. »Dann die alten Äpfel fürs Personal und die neuen für die Gäste.«

Der Jungkoch zog ab und rief den Spüler.

»Dein Vater wird nicht begeistert sein«, rief Franco ihr zu.

»Tja«, sagte sie, lächelte und widmete sich ihren Saucen, als die Schwingtüren aufflogen und der Oberkellner zu ihr geeilt kam.

»Bianca!?« Sie hörte, wie alarmiert seine Stimme klang, sah aber nicht auf. Sie musste schleunigst für acht Personen die selbst kreierte Ingwer-Fenchel-Sauce für den Steinbutt auf den Weg bringen.

»Was denn?«, fragte sie genervt. Er wusste, dass sie äußerst ungern gestört wurde.

»Du musst schnell kommen.«

Sie werkelte einfach weiter.

»Sofort«, beharrte er, griff vorsichtig an ihre Schulter und rüttelte sie.

Franco, ihr Souschef, schob sich neben sie und wisperte, dass er das erledigen würde. Seinem Kompagnon beim Fleisch und Fisch gab er ein kurzes Handzeichen.

Bianca sah auf. Ach, jetzt verstehe ich, dachte sie. Das ist doch irgendein Trick, um mich aus der Küche zu locken. Hat sich Franco ausgedacht, zusammen mit Katta. Die steckten bestimmt unter einer Decke. Die Köchin des Jahres sollte sich den Gästen zeigen und die verdienten Lorbeeren einheimsen. Einen Applaus bekommen. Warme Worte. Schöne Fotos. Na toll.

Doch der Oberkellner, der überaus besorgt aussah, zog die Tür zum Restaurant einen Spalt breit auf, so dass Bianca einen Blick hinauswerfen konnte.

Erst jetzt tauchte sie aus ihrer Blase auf.

Erst jetzt hörte sie die aufgeregten Stimmen.

Sah die bestürzten Blicke der Gäste, die aufgesprungen waren.

Ihre bleiche Mutter, die an brummenden Abenden wie diesem mit kellnerte.

Eine Frau hatte beide Hände vor den Mund geschlagen.

Erst jetzt beschlich Bianca ein grausames Gefühl, das sich in ihren Magen eingrub.

Oh Gott! Was war da los?

Sie wischte sich die Hände sauber, warf ihren Torchon auf den Posten und stürzte aus der Küche.

20.06 Uhr

Auf Werners grauem Schopf thronte allen Ernstes eine Kapitänsmütze. Werner, der Fuchs, wie ihn die Branche ehrfürchtig genannt hatte, strahlte übers ganze Gesicht, während sie auf den letzten Passagier warteten: Liv.

Storch hatte nur Augen für seine neuste Eroberung, Shirin, eine persische Schönheit, die Holm heute zum ersten Mal sah.

»Da ist Liv!«, rief Storch in dem Moment. Holm blickte über die Schulter und entdeckte zu seiner Überraschung neben seiner Tochter einen schmalen Typen im Kapuzenpulli, der einen Arm um ihre Schulter gelegt hatte.

Sofort sah Holm fragend Werner an, der ahnungslos die Augenbrauen hob.

»Könnte der Schlagzeuger sein«, flüsterte Laura Holm zu. Ja, mit den langen Haaren und den Lederbändchen am Handgelenk könnte das passen. Das wäre also der Vater des Babys. Liv hatte ihn abserviert, ehe Holm ihn ein einziges Mal unter die Lupe nehmen konnte. Wie hieß er noch mal? Und wenn sie sich so schnell mit dem Kapuzenpulli versöhnen konnte, warum dann nicht auch mit ihm?

Augenblicke später stellte Liv ihn als Ben vor.

Ihren Vater bedachte sie mit einem kühlen »Hallo« und einem winzigen Blickkontakt.

Ben gab ihm immerhin die Hand. Der Händedruck kam erstaunlich solide daher. Was sollte Holm sagen. Der sah nett aus. Bisschen verstrahlt vielleicht. Natürlich hatte dieser Ben nichts mit dem zu tun, was Holm sich unter einem angemessenen Partner für Liv vorstellte. Geschweige denn unter dem Vater seines Enkelkinds.

Mit einem Räuspern riss Werner ihn aus seinen Gedanken.

»Liebe Gäste. Mein Name ist Kapitän Mühlen.«

Alle applaudierten, und Storch pfiff auf den Fingern.

»Die Tretboote waren leider ausgebucht, deshalb habe ich«, er wies über seine Schulter, »dieses Ausflugsbötchen gechartert.«

Hinter ihm lag eine prächtige Motorjacht mit braunem Rumpf und vanillefarbenem Aufbau am Steg.

Holm hob die Augenbrauen. Storchs Begleitung stand der Mund offen. Liv verbarg sich hinter einer undurchdringlichen Miene.

»Für die Wasserratten unter euch, wir reisen auf einer *Linssen Grand Sturdy 500*. Gebaut in Holland. Schlappe 15 Meter lang, knapp fünf Meter breit und fast anderthalb Meter Tiefgang. Das Schätzchen hört auf den schönen Namen *Delphin*.«

Werner ließ seinen Blick auf Laura ruhen.

»Wenn schon, denn schon«, sagte sie voller Anerkennung.

»Genau! Na dann, alle Mann an Bord!«, rief Werner und half Shirin und Storch die Planke hoch.

»Für heute Nacht habe ich im Hotel Seelust Zimmer klargemacht. Morgen dann Frühstück am Wasser und, wer möchte, kommt noch mit in die Therme. Spätestens dann nehme ich auch die Kapitänsmütze ab.«

Die Reisegesellschaft jubelte Werner zu und ließ ihn hochleben. Allein Liv und Holm schienen unbeteiligt.

Laura drückte seinen Arm.

»Wenn wir ihn nicht bremsen, verbringen wir den Rest des Jahres hier«, flüsterte sie.

»Meine Rede«, erwiderte er, wobei er versuchte, Liv zu

taxieren. Sein ungutes Gefühl im Bauch drängte sich vollends in den Vordergrund. Zwei Wochen lang hatte sie ihn gemieden wie das Weihwasser den Teufel. Doch in die Bootstour willigte sie ein? Die Sache hier ging zu glatt. Es sei denn … Sie hatte etwas vor! Na klar. Es lag auf der Hand, er hatte ihr einfach nicht zugetraut zu taktieren.

Leider fiel ihm das erst wie Schuppen von den Augen, als sie ablegten.

Dummkopf!

Holm registrierte, dass er mit Storch und seiner Shirin zusammenstand, die nicht bloß sexy, sondern auch noch unterhaltsam war. »Ich dachte schon, es gibt Sie nur in Felix' Fantasie, Herr Holm, als wären Sie sein Alter Ego, in der Supermann-Version.« Holm schnaubte amüsiert, doch bevor er eine eigene Spitze setzen konnte, rief Storch: »Momentmomentmoment. Also, erstens heißt der Mann hier Holm, nicht *Herr* Holm, kein Mensch nennt ihn so. Zweitens bin ich die Supermann-Version von Holm, da bist du kurz durcheinandergekommen. Und drittens ist es ein echter Trennungsgrund, dass du mich in aller Öffentlichkeit Felix nennst.« Tränen lachend nahm sie ihn in den Arm und gab ihm, von einem heiteren Raunen begleitet, einen leidenschaftlichen Kuss.

Holm zwinkerte seinem alten Weggefährten ein Kompliment zu und setzte sich ab. Am Bug streckte er sich auf überdimensionierten Kissen aus, verschränkte einen Arm hinterm Kopf und sah auf den See hinaus. Der Fahrtwind huschte über seine kurz geschnittenen, dunklen Haare. Er nippte an seinem Bier, zündete sich eine Zigarette an und nahm einen langen Zug.

Hier war er nun. Wenn Liv etwas zu sagen hatte, dann sollte sie zu ihm kommen. Der Ball lag in ihrem Feld.

Er versuchte, sich zu entspannen, schließlich wollte – und musste – er souverän bleiben, komme, was da wolle. Er wandte eine unauffällige Technik an, die ihm oft half. Er spannte Muskelpartien einige Sekunden an und ließ wieder locker. Das war es. Dazu einen tiefen Zug. Den Rauch blies er in den Abend über der Müritz.

Er hörte Schritte, die sich ihm näherten. Eine Person. Sie kam allein. Eine Hochzeit hatten sie also wohl nicht anzukündigen. Fragte sich, ob die Alternative besser oder schlechter ausfiel. Er setzte sich etwas auf, als sie an ihm vorbeitrat, kehrtmachte und sich zu ihm auf Augenhöhe niederkniete.

Bevor er sie genauer mustern konnte, platzte es aus ihr heraus.

»Das mit Mamas Tod …« Ihre Stimme erstickte.

»Ich ahne, wie sehr dich das getroffen hat«, er spürte einen Frosch im Hals, der seine Stimme belegte, »aber ich musste es einfach loswerden und …«

Liv gab sich einen Ruck und ging dazwischen.

»Papa, ich will, dass du es von mir erfährst.«

Er kniff die Augen zusammen. Lag er doch richtig. Da kam die Attacke.

»Was du mir erzählt hast, reicht mir nicht. Mein Kopf ist voller Fragezeichen. Ich werde Mamas Tod nachgehen. Das meine ich ernst. Ich will herausfinden, was damals passiert ist. Sonst wird mir das Trauma immer nachhängen.«

Er wusste nicht, was er sagen sollte. Sie hatte ihre Mutter damals am frühen Morgen gefunden, mit durchschnittenen Pulsadern. Er würde nie verwinden, dass er das zugelassen hatte, mit seiner Sauftour, nachdem Helena …

Aber das jetzt?

Er senkte den Blick. Starrte in den Zigarettenrauch, der

ungerührt emporstieg. Mit einem Angriff hatte er gerechnet. Mit Vorwürfen, Enttäuschung, vielen Fragen. Als er wieder aufsah, erschrak er beinahe: Ihre Augen quollen fast über vor Wut und Verachtung. Sie verzieh ihm nicht. Würde es nie tun. Dachte, dass er seine Frau und die Familie zerstört hatte, damals …

Er fühlte sich wie paralysiert.

Liv wollte die Tür wieder öffnen, die er mühsam hinter sich geschlossen hatte.

»Ich glaube«, hörte er sich angestrengt flüstern, »das ist nicht der richtige Ort für …« Er klang lahm.

»Ich wollte es nicht diskutieren«, schnitt Liv ihm das Wort ab, »ich wollte, dass du es weißt. *Papa*!«

Sie erhob sich und ging.

Er wollte etwas rufen.

Hinterhergehen.

Er blieb kraftlos auf den Kissen liegen, als würde er von unsichtbaren Fesseln zurückgehalten und jeder Versuch aufzustehen wäre aussichtslos.

Stattdessen ließ er den Kopf gegen die Bootswand sinken. Darum ging es Liv also. Nicht um Vergebung und Versöhnung von Angesicht zu Angesicht, sondern um den offenen Bruch. Um eine Kriegserklärung.

Er war ihr in die Falle gegangen. Und die hatte getan, was sie tun musste: Sie war zugeschnappt.

20.15 Uhr

Der Mann übergab sich schon wieder. Bianca konnte weder hinschauen noch hinhören und atmete durch den Mund. Was war bloß los mit Richter Reichelt, einem ihrer Stammgäste?

»Ausgerechnet heute ist nur ein Zahnarzt da. Sonst stehen die Chefärzte Schlange«, wisperte Katta ihr ins Ohr.

Der Zahnarzt, der betonte, bereits drei Wein getrunken zu haben, legte Reichelts Beine hoch und sprach beruhigend auf ihn ein. Dessen Frau kniete daneben und hielt Reichelts Hand – ihre Augen pure Sorge.

Katta und sie saßen am Ende des leeren Restaurants, zwanzig Schritte entfernt von dem am Boden liegenden Richter. Seine Atemversuche gingen in Röcheln über. Bald rang er um jeden Atemzug. Mit größter Anstrengung saugte er ein winziges bisschen Luft in sich hinein, ein kurzes Keuchen, ein Rasseln, fast zu mechanisch, um von dieser Welt zu sein.

Ihr Vater kam zu ihnen, er hatte sich so leise bewegt, dass Bianca ihn gar nicht gehört hatte.

»Die Meute ist versorgt«, flüsterte er ihnen zu. »Schampus und Wasser im Hof, alles aufs Haus, das Team kümmert sich, Franco hat ein Auge darauf.«

»Fein«, dankte Katta matt.

»Und unsere eigenen Gäste?« Es war Bianca höchst unangenehm, an ihre Freunde und die ihrer Eltern zu erinnern, mit denen sie die *Köchin des Jahres* feiern wollten.

»Mama und Bernhard haben alles im Griff«, erklärte ihr Vater leise. Bernhard Scheller, sein ältester Freund und wichtigster Lieferant.

Bianca hätte sich am liebsten in ihrer Küche verkrochen,

bis der Zwischenfall vorüber war. Doch der Schock lähmte sie vollständig.

»Herr Reichelt«, rief plötzlich der Zahnarzt, »bleiben sie bei uns.«

Reichelts Frau lehnte sich über ihn. »Liebling!«, rief sie, ihre Stimme kippte, »sieh mich an, KaDe! Klaus-Dieter?«

»Er ist bewusstlos geworden!«, rief der Zahnarzt über die Schulter.

»Oh mein Gott«, flüsterte Katta.

Bianca verschlug es die Sprache.

»Können wir irgendwie helfen?«, fragte ihr Vater.

»Wo bleibt denn die Notfall-Ambulanz!«, schrie der Zahnarzt.

Reichelts Frau fing an zu weinen, so herzzerreißend, dass Bianca Gänsehaut bekam.

»Herr Veh«, rief der Zahnarzt, »bringen Sie Frau Reichelt bitte weg«.

»Natürlich, sofort.«

Ihr Vater sprang auf, ging zu den anderen vor und nahm Reichelts Frau mit beiden Händen an den Schultern.

Katta zog Bianca am Ärmel.

»Du musst hier raus, Bianca. Ich hätte gerne, dass du in der Küche wartest. Und dir das alles … nicht antust.«

Ihr Körper gab Katta nicht nach. Blockierte. Ich kann ihn doch nicht im Stich lassen, dachte Bianca.

Sie musste einfach hinsehen, hoffen und beten, dass der reglose Körper sich gleich wieder in Bewegung setzte.

Ihr wurde schwindlig. Sie spürte Arme um sich, wie Katta sie zu einem Restauranttisch hievte, ehe sie sich wieder fing.

Der Zahnarzt schrie etwas, das sie nicht richtig wahrnahm.

Tränen in den Augen ließen alles unscharf werden, als Bianca aus dem Nichts des Schocks ein Gedanke durchfuhr und sie aufschrecken ließ. Der Gedanke presste ihre Rippen in die Lungen. Zerrte an ihren Schultern. Sog den Magen zusammen.

Was, wenn sie schuld daran war, dass der Mann – *starb*?

War ein Allergikerhinweis nicht bei ihr angekommen? Die Kellner waren gehalten, jeden danach zu fragen. Sah so ein allergischer Schock aus?

Oder stimmte etwas mit den Zutaten nicht? Hatte sie schlechte Ware geliefert bekommen? Konnte es sein, dass rohes Fleisch bei ihr im Kühlraum verdorben und Tropfen davon irgendwie aufs Wachtelconfit geraten waren? Das wäre fatal. Wurde sie Zeugin einer ganz üblen Lebensmittelvergiftung?

Was hatte sie bloß falsch gemacht?

Sie bekam mit, dass ihr Vater die Frau des Richters an Katta übergab.

Dann stoppten die Schuldgefühle ihren Atem und schlossen ihre Augenlider, sie wusste nicht, für wie lange. Sie realisierte nicht, wie der Notarzt hereinrauschte, an dem Körper herummachte, daneben ihr Vater, auf den Knien.

Als der Arzt innehielt und leise »es tut mir leid« zu ihm sagte, riss sie endlich die Augen auf. »Ich kann nur noch den Tod feststellen«, erklärte der Notarzt, ohne aufzusehen.

»Nein, bitte nicht«, hörte sie ihren Vater wispern.

Reichelts Frau riss sich von Katta los und stürzte zu ihrem Mann.

Katta wiederum zog Bianca auf die Beine, sie wollte sie offenbar herausschaffen, schützen. Der Notarzt gab ihrem Vater ein kleines Zeichen, und sie standen auf und gingen ein paar Schritte weg vom Leichnam, damit Reichelts Frau ungestört Abschied nehmen konnte.

»Verstehen Sie mich nicht falsch, Herr Veh«, erklärte der Notarzt mit gesenkter Stimme, »ich kann unter diesen Umständen keinen natürlichen Tod attestieren.«

Ihr Vater sah den Arzt traurig und leer an. Vollkommen schockiert.

»Ich weiß, wie unangenehm das für Sie ist, aber ich muss Sie bitten, die Polizei zu rufen.«

Bianca sackten die Beine weg. Katta fing sie auf, ehe sie stürzte, führte sie Richtung Küche, sprach Worte, die sie nicht verstand, die sie nicht einmal hören konnte, denn ein schriller Ton dröhnte in ihrem Kopf.

Bianca warf den Kopf noch einmal herum, als könne sie noch etwas ungeschehen machen, wenn man sie bloß ließe.

Was sie sah, versetzte ihr einen scharfen Stich in die Brust. Es brannte sich im selben Augenblick in ihr Gedächtnis ein. Für immer.

Richter Reichelts leere Augen schienen sie anzustarren.

Der Rest war Pfeifen.

20.27 Uhr

Holm konnte es einfach nicht fassen, dass Liv dem Tod ihrer Mutter nachgehen wollte. Seiner Frau. Helena. Hielt Liv sich jetzt für die junge Miss Marple oder was? Er stand allein vorn am Bug, trank die zweite Flasche Bier und blies den Rauch seiner Zigarette dem Fahrtwind entgegen.

Mit seinem Geständnis, sich für Helenas Selbstmord verantwortlich zu fühlen, hatte er gehofft, die Mauern zwischen Liv und ihm einzureißen. Das Gegenteil war passiert.

Ehrlichkeit wird überschätzt, dachte er bitter.

Was glaubte sie denn, welche Geheimnisse sie dreizehn Jahre danach lüften würde?

Er wollte schnellstens runter von diesem verdammten Kahn. Das Geschaukel nervte. Der Motor stank. Das Essen war kalt.

Er sah eine Weile auf den See hinaus.

Trank. Rauchte. Atmete tief ein und langsam aus.

Sein Smartphone vibrierte. Rechte Tasche. Arbeit. Halleluja!

Er zog es sofort hervor.

Katharina Wiesenbach stand im Display.

Katta, die Promi-Managerin.

Katta, die etwas bei ihm guthatte.

Katta aus alten Zeiten.

Wurde das ein berufliches oder privates Gespräch?

»Der Anruf kommt unerwartet, Katta«, sagte er zur Begrüßung, so neutral er konnte.

»Holm, entschuldige, es ist ein absoluter Notfall!« Das höre ich, dachte er, sie hatte ihre Stimme kaum unter Kontrolle.

»Erzähl«, erwiderte er knapp.

»Du weißt ja, dass ich einige Promis manage, oder?«

»Natürlich.«

»Eine davon ist Bianca Veh. Die Sterneköchin.«

»Bianca Veh? Die war doch heute in den Nachrichten?«

»Als Köchin des Jahres, ganz genau. Wir wollten es am Abend feiern.«

»Okay«, murmelte Holm.

»Es ist so furchtbar«, schluchzte Katta, die zu Holms Überraschung die Beherrschung ganz zu verlieren drohte, »eben ist jemand im Restaurant gestorben.«

»Wie? Gestorben? Wer?«, fragte Holm nach. Warum sagte sie das nicht gleich? Sie musste völlig durch den Wind sein.

»Ein Gast. Ich habe es selbst gesehen. Er versuchte aufzustehen, fiel hin, röchelte, dann war er weg. Wir konnten nichts machen …« Ihre Stimme versagte.

»Wer ist der Tote?«, wollte Holm wissen.

»Als wäre es nicht schlimm genug. Behalt es unbedingt für dich, bitte: Es ist KaDe Reichelt, der Richter.«

Auch das noch. Klaus-Dieter Reichelt. Richter am Hamburger Oberlandesgericht. Ein beinharter Jurist, der dank seiner Unbestechlichkeit und Hartnäckigkeit den verschiedensten Leuten mächtig auf die Füße gestiegen war und sich bundesweit einen Namen gemacht hatte.

»Hölle, Holm, es ist die Hölle.«

Wahrscheinlich hatte Katta allenfalls in der Vorhölle eingecheckt, was die Krisenkommunikation anging. Doch seine Erfahrungswerte behielt er besser für sich. Es würde nichts bringen, sie in diesem Augenblick noch mehr zu verunsichern.

»Wo genau liegt das Restaurant?«, wich er auf eine naheliegende Frage aus, »Hamburg, die Ecke, oder?«

»Ja, Altes Land. In Jork. Wo bist du?«

»Auf der Müritz.«

»Da bist du uns ja schon ein ganzes Stück entgegengekommen.«

Er kramte ein Bild von Bianca Veh aus seinem Gedächtnis. Keine klassische Schönheit – wie Helena es gewesen war –, aber gewiss eine außergewöhnliche und anziehende Frau. Er erinnerte sich als Erstes an ein frisches, müheloses Lächeln und an einen frechen, etwas schiefen Pony, der direkt über ihren Augenbrauen stoppte und von dem er annahm, dass sie ihn sich selbst schnitt. Das gab ihr eine eigene Note und nahm der Erfolgsfrau das Unnahbare. Warme, bernsteinfarbene Augen. Er schätzte, dass sie weder groß noch klein war, knapp unter eins siebzig etwa. Eine junge Frau wie gemacht fürs Marketing. Mit einer sehr wohltuenden Mischung aus Selbstvertrauen und Natürlichkeit. Kein Wunder, dass sie so gut ankam. Sie ist auf jeden Fall ein Trumpf, hielt er in Gedanken fest.

»Holm, warte mal, ihr Vater, will was mit mir besprechen, er ist hier Geschäftsführer.«

»Ich bleibe dran«, versprach er, da hatte sie ihn bereits in eine Warteschleife befördert.

Er nahm noch einen Zug und bemerkte erst dann, dass Laura Blickkontakt zu ihm suchte, ihre feinen Antennen waren angesprungen, was sie mit einer fragenden Geste unterstrich. Er winkte sie zu sich.

»Im Gourmet-Restaurant von Bianca Veh ist ein Gast tot umgefallen. Ihre Managerin will, dass wir sofort kommen.«

Für einen Sekundenbruchteil sah er Laura an, dass sie die Bootstour genoss, dann blinzelte sie und meinte: »Naherholung will gut dosiert sein.«

»Danke, Laura. Kennst du die Veh?«

»Ich habe ein tolles Kochbuch von ihr.«

Holm zog zweifelnd eine Augenbraue hoch.

»Aus dem ich nie koche, das gebe ich zu«, erklärte sie, »aber ihre Sendung ist auch ganz nett.«

Holm zog die zweite Augenbraue hoch.

»Na ja, für eine Kochsendung«, sagte Laura kleinlaut.

»Ich dachte, du machst dieses Functional-Outdoor-Dingsbums.«

»Aber doch nicht den ganzen Tag, Mats!«

»Du hast deutlich zu viel Freizeit.«

Sie lächelte spöttisch, während Holm sein Bier austrank und einen Moment wartete, bis Katta ihn wieder in die Leitung holte.

»Entschuldige, Holm. Es geht hier drunter und drüber. Und: Wie sieht es aus?«, fragte Katta, er hörte den Druck in ihrer Stimme.

»Tja, ich entdecke eine ganz neue Seite an meiner Partnerin. Laura May, du erinnerst dich, die Schwester von …«

Er verstummte, als er aus dem Augenwinkel registrierte, wie Liv sich ihm zuwandte. Der Fahrtwind musste Wortfetzen hinübergeweht haben.

Er räusperte sich, drehte sich von Liv weg und sagte leise: »Ich könnte ja noch ewig Boot fahren, wenn meine Partnerin nicht Feuer und Flamme wäre, sie ist ein Fan von Bianca.«

Laura formte drei Finger zu einer Pistole und drückte ab. Sie lächelte ihn dabei an.

»Ihr kommt?«, fragte Katharina Wiesenbach ungläubig.

Wenn es sein müsste, würde ich nach Hamburg schwimmen, dachte Holm.

»Du kennst unsere Bedingungen?«

»Du willst die Wahrheit von uns. Lügst nicht für uns. Und das Honorar bestimmen wir.«

»Das klang jetzt auswendig gelernt.«

Katta ging nicht auf die Spitze ein.

»Ziemlich eigenwillig für deine Branche«, meinte sie, »aber wenn man sich den Spitznamen Master of Desaster verdient hat, kann man sich wohl auch etwas Extravaganz leisten.«

»Dann informiere deine Auftraggeberin«, erklärte er und hörte ein tiefes Atmen am anderen Ende der Leitung. Er gab Laura ein Zeichen, dass sie Werner bitten sollte, sie zurück zum Hafen zu fahren.

»Du bist mein Held«, flüsterte die Managerin der Starköchin.

»Da wir noch zurücktuckern müssen«, blieb Holm am Ball, »lass uns sofort anfangen, Katta«.

»Okay, schieß los.«

»Noch ist kein leitender Ermittler da, oder?«

»Die Fußtruppen sind eben erst eingetroffen.«

»Dann schnapp dir deren Truppführer. Bitte ihn, diskret vorzugehen. Das ist schließlich ein exquisites Restaurant mit entsprechender Kundschaft. Isst auch mal der Polizeipräsident bei euch? Oder ein Staatsanwalt?«

»Die Oberstaatsanwältin.«

»Lass das fallen. Schutzmann Fleißig soll die Gäste gut behandeln und nicht wie Tatverdächtige. Noch eine Front können wir nicht gebrauchen.«

Er merkte, wie die Jacht beidrehte und Fahrt aufnahm.

»Kann ich so offensiv auftreten?«, fragte Katta nach.

»Absolut! Bei der medialen und politischen Aufmerksamkeit, die der Tod von Reichelt bekommen wird – das geht sofort durch die Decke. Polizeispitze, Staatsanwaltschaft, ziemlich sicher eine Meldung ans Innenministerium.«

»Ich sehe, was ich tun kann.«

»Gut. Wie sieht es mit der Presse aus?«

»Die war live dabei, ein Fernsehmoderator, der ist Stammgast von uns. Ansonsten marschieren sie langsam, aber sicher auf.«

»Da kann man nichts machen. Bring Bianca aus der

Schusslinie. Keine Fotos, keine Kommentare. Außer: Sie ist geschockt. Kooperiert vollumfänglich mit der Polizei. Das reicht für den Anfang.«

»Schieße ich so raus. Wie können wir die Zeit noch nutzen?«

»Bete für eine freie Autobahn.«

»Sehr witzig. Wie lange braucht ihr?«

»Bisschen über Land, dann die A24. Eigentlich zweieinhalb Stunden. Ich sollte es unter zwei schaffen, sobald wir vom Schiff sind.«

»Das kriege ich überbrückt.«

»Wer, wenn nicht du, Katta?«

Er legte auf. Laura kam auf ihn zu und zeigte auf ihr Smartphone.

»In dieser Sekunde kommt die Eilmeldung: *Tote in Restaurant von Starköchin. Krankenhaus bestätigt.*«

»Jetzt geht es rum wie ein Lauffeuer. Und wir sitzen auf diesem Kahn hier fest.«

»Briefing zu Bianca Veh kriegst du im Auto«, kündigte Laura an und zog sich zurück, um direkt mit ihren Recherchen loszulegen.

Holm ging zu Storch.

»Dein Job ist beschissen«, sagte sein Freund, der offensichtlich bereits wusste, warum sie zurückfuhren.

»Er zahlt die Miete, Storch.«

»Jaja. Und meiner nicht.«

Holm lächelte ihn entschuldigend an. So war es nicht gemeint. Storch wusste doch, wie sehr er ihn für seine Jugendarbeit in einem sozialen Brennpunkt respektierte.

»Willst du etwas aufstocken?«, fragte Holm.

»Hab ich eine Wahl?«

Holm klopfte ihm dankbar auf die Schulter.

»Es geht um Bianca Veh.«

»Die Starköchin?«

»Genau.«

»Coole Sau«, Storch sah Bestätigung suchend zu Shirin. Die nickte. »Und das Kochbuch ist klasse.«

Gab es irgendwen, der nicht dieses verdammte Kochbuch toll fand?

»In ihrem Restaurant ist jemand tot umgekippt.«

»Fuck!«, entfuhr es Storch, »jetzt soll ich das Netz im Auge behalten«.

»Jeden Millimeter davon.«

»Gib mir fünf Minuten, sobald wir vom Bötchen sind.«

Storch schlug ihm brüderlich auf die Schulter.

»Und guck mal, Werner will dir etwas sagen.«

Holm sah über die Schulter.

Werner stand am Steuer, hatte sich zu ihm gedreht und tippte an seine Kapitänsmütze. Holm lächelte, machte es seinem Ziehvater nach und berührte mit dem Zeigefinger seine Schläfe. Plötzlich spürte er einen Blick im Rücken, wandte sich um und entdeckte Liv am Bug der Jacht, an die Reling gestützt, genau dort, wo er eben noch selbst gestanden hatte.

Sie sah ihn vorwurfsvoll an. Weil er die Gesellschaft sprengte und den Abend kaputt machte, weil er sie und ihre Wut stehen ließ. Doch auf den zweiten Blick sah er noch etwas anderes. Etwas viel Schlimmeres.

Sie sah ihn an wie einen Fremden.

Er spürte einen Stich im Herzen, der wie ein Blitz einschlug.

Atmete ein. Atmete aus.

Und hörte eine Stimme in sich einen Befehl wispern.

Sie hat heute Abend bekommen, was sie wollte. Konzentrier dich jetzt auf den Fall, Mats Holm!

20.59 Uhr

Bianca konnte nicht so ruhig dasitzen wie ihre Mutter, die in der Dunkelheit auf die einzig Licht spendende Kerze auf dem Tisch starrte. Bianca ging in ihrem Wohnzimmer auf und ab. Auf und ab. Auf weichen Knien. Der Schock ließ sie nicht los. Hoffentlich war sie nicht schuld am Tod des Richters. Oder ihre Brigade.

Am liebsten wäre sie losgerannt. Weg aus dem Hoteltrakt, in dem ihr Apartment lag. Losgerast, wie ihre Gedanken es taten.

Oh Gott, wie schrecklich! Der arme Richter. Seine arme Familie.

Tot. Der Mann war tot. Wie er geröchelt, um jeden Atemzug gekämpft hatte. Der Rücken des Arztes. Die toten Augen. Normalerweise speicherte sie Geschmack ab. Und heute Nacht das. Sie hatte Mühe, die Tränen zurückzuhalten.

»Iss doch bitte etwas«, bat ihre Mutter liebevoll und zeigte auf die Obstschale vor ihr.

Bianca schüttelte den Kopf. Irgendwo meldete sich zwar wirklich ein Hungergefühl, doch sie wusste, sie würde sich sofort übergeben, wenn sie einen einzigen Bissen zu sich nahm.

Vorsichtig ging sie zum Fenster, von dem aus sie den gesamten Hof im Blick hatte. Sie rührte die Gardine nicht an.

Blaulicht. Blitzlicht. Fernsehkameras. Eine Belagerung, die sich absurd anfühlte. Unwirklich.

»Bleib doch da weg«, bat ihre Mutter sanft. »Die lauern doch auf genau solche Bilder.«

Bianca machte, weiter aus dem Fenster schauend, einen halben Schritt zurück.

»Unsere armen Gäste«, meinte sie nachdenklich. »Für die muss ich irgendwann etwas organisieren, als Wiedergutmachung.«

»Sie können doch erste Klasse gaffen und kriegen noch Freibier dazu.«

»Mama! Die wollten doch nur einen schönen Abend haben!«

Ihre Mutter verfiel wieder in Schweigen.

Biancas Smartphone vibrierte ohne Unterlass. Sie ging zurück zum Sofa und nahm es in die Hand. Katta hatte sie gebeten, ihre Nachrichten im Auge zu behalten, aber keine zu beantworten. Sie scrollte mit dem Zeigefinger. Da, Katta hatte geschrieben:

Holm kommt!

Gott sei Dank! Bianca kannte ihn nicht, doch Katta hatte ihr von ihm vorgeschwärmt. Er sei der Beste für solche Fälle. Holm würde den Schaden so gering halten wie menschenmöglich. Das hatte Katta ihr versprochen. Darauf verließ sie sich.

»Dieser Herr Holm ist auf dem Weg«, sagte sie vorsichtig zu ihrer Mutter.

»Na toll«, antwortete Hanna Veh tonlos.

Plötzlich musste Bianca an Monsieur Pierre denken. Sie hatten ihn Napoleon genannt oder Napo, weil er Korse war, klein und herrisch.

Die Erinnerungen kamen öfter, wenn sie stark unter Druck geriet. Vermutlich, so erklärte sie es sich selbst, war die Ausbildung bei Monsieur Pierre die Mutter aller Drucksituationen, auf die sie zurückgeworfen wurde. Überall anders wäre sie ein Demi Chef gewesen, er behandelte sie wie einen unfähigen Commis. Für seine Ansprüche ging sie als Anfängerin durch, nicht als Gesellin. Er hatte sie Veh genannt. Manchmal *la fille allemande*, das deutsche Mädchen. Meist *cafard*, Küchenschabe, wie er alle anderen auch bezeichnet hatte, wenn er sauer wurde, was praktisch jeden zweiten Abend der Fall gewesen war. Er befehligte seine Brigade dann vornehmlich mit Tritten in den Allerwertesten und Schimpftiraden, die sich durch tieffliegenden Speichel vollends in ihrem Gedächtnis verewigt hatten.

Daneben wirkten die unzähligen Doppelschichten und der nie, nie nachlassende Drill im Nachhinein wie ein Klacks.

Sie ließ sich von Napo nicht brechen, lediglich formen. Schließlich stand da ein Koch vor ihr, der seit über zwanzig Jahren drei Michel-Sterne verteidigte. Er war damals ein Gott für sie wie für alle in seiner Entourage. Und er wusste das. Er hielt sich ja selbst für einen.

Um diese Zeit zu überleben, hatte sie gelernt, das Gute vom Schlechten der Ausbildung zu trennen. Mit dem Guten arbeitete sie weiter, das Schlechte verdrängte sie, sperrte es weg, weit fort von ihrer Seele.

Am Ende hatte er ihr mit seinem korsischen Französisch gesagt: »Veh, du kannst arbeiten, und du kannst kochen. Das ist eine seltene Gabe für eine Schabe.«

»Oui, chef.« Napo, der Macho alter Schule.

»Das ist mehr, als ich zu meinen Schabenzeiten hatte.«

Sie hatte schon *oui, chef* sagen wollen, als sie begriff, dass er ihr ein außergewöhnliches Lob gemacht hatte, auf seine raubeinige Küchenbrigaden-Art.

»Und jetzt verpiss dich aus meiner Küche und lass dich nicht vom ersten Idioten schwängern. Sonst war alles umsonst.«

»Oui, chef«, hatte sie inbrünstig gerufen, den Blick gerade aus, als verlasse eine gestählte Soldatin ihre Militärakademie.

Er hatte sie gemustert, sie endlich an sich gezogen und sie mit seinen Pranken gedrückt, als wäre sie eine Keule luftgetrockneter Serranoschinken.

Danach hatte sie eine Auszeit gebraucht –und Inspiration. Sie entschied sich, auf eine kulinarische Weltreise zu gehen. Die startete in Vietnam, Thailand und Indien. Ging dann über Japan nach Australien, wo es ihr besonders gut gefiel, ehe sie über den Pazifik nach Chile flog. Die nächste Station hieß Argentinien, von wo aus sie sich nordwärts arbeitete: Kuba, Mexiko und Kalifornien, als Kontrastprogramm dazu Äthiopien, zum Abschluss Libanon, Iran, Türkei und Russland.

Sie entdeckte in jedem Land, an jedem Ort faszinierende Gerichte und Zutaten, oft in Familien, in die sie immer wieder ging; eine fünfzehn Monate währende Großrecherche und ein einziges Trainingslager für ihre Geschmacksnerven. Sie wusste, dass der riesige Fundus, den sie in dieser Zeit aufgebaut hatte, ein wichtiger Baustein ihres Erfolgs war. Ihr derart ausgeprägtes Geschmacksgedächtnis bildete die Basis für das, was Katta zu einem marketingfähigen Küchenkonzept zugespitzt hatte: *haute cuisine around the world.*

Die Erinnerungen an Monsieur Pierre und ihre prägende Zeit auf Tour entspannten sie oft.

In diesem Augenblick war es anders.

Ihre Hände zitterten leicht, was für Bianca bereits alarmierend genug war.

Sie nahm wieder ihr Smartphone. Wollte jemandem schreiben. Dave?

Ja?

Nein!

Nein, auf keinen Fall! Nicht nach heute und überhaupt.

Als es klopfte, legte sie das Handy wieder weg und lauschte an der Tür.

»Ich bin es, Katta!«

Bianca schloss auf, ihre Managerin huschte herein, und kaum fiel die Tür ins Schloss, nahm sie sie in den Arm.

»Ihr müsst bitte herunterkommen. Die Polizei will einige Ansagen machen und Auskünfte haben.«

»Kann Bianca nicht hierbleiben?«, fragte ihre Mutter.

»Ich habe es ja versucht, Frau Veh«, erklärte Katta kurz angebunden und wandte sich Bianca zu: »Wir sehen zu, dass du ganz hinten stehst. Zieh dich am besten um, keine Kochklamotten, Käppi auf.«

»Was wollen die denn von uns?«

»Personalien abgleichen. Eine Mitarbeiterliste von den Schichten heute. Die Reservierungsliste. Such es dir aus.«

»Verdächtigen die jetzt alle?«

»Na ja, sie wollen genau dokumentieren, wer hier war.«

»Manche sind gefahren, hab ich aus dem Fenster gesehen.«

»Überlassen wir das der Polizei.«

Bianca nickte notgedrungen.

»Werden sie die Küche absperren?«, fragte ihre Mutter.

»Das müssen die Kommissare entscheiden, sobald sie kommen, wenn ich es richtig verstanden habe.«

»Ist das wahrscheinlich?«

Katta verdrehte die Augen und ließ ihr Smartphone zwischen Daumen und Zeigefinger kreisen.

Bianca verstummte. Na klar sperrten die die Küche ab. Ließen sie nicht mehr in ihr Zuhause. In ihre Oase. Dabei hätte sie sich am liebsten dort verkrochen.

Sie zog die Schirmmütze tief in die Stirn.

»Bereit!«, sagte sie und war verwundert, wie entschlossen sie klang.

Plötzlich konnte sie nicht anders. Der Stern. Sie musste an ihren Stern denken. Was, wenn etwas von dieser Tragödie an ihr hängenblieb, was auch immer? Quatsch, sagte sie sich. Trotzdem bildete sich in ihr ein Gefühl, ein Gedanke, ein Wort, sie konnte es nicht bremsen.

Das Wort lautete: Gefahr.

Ihr Stern war in Gefahr!

Sie musste kämpfen.

Mit allen Mitteln.

Ihn verteidigen.

Oui, chef!

21.51 Uhr

Holm jagte den Wagen mit 240 Stundenkilometern durch ein Sommergewitter über die leere Autobahn.

Laura legte ihr Mini-Laptop zur Seite und zog die kleinen Kopfhörer aus den Ohren. Als Nächstes machte sie sich am Reißverschluss ihres Sommerkleides zu schaffen.

»Kostet das Eintritt?«, fragte Holm nach einem irritierten Seitenblick.

»Oh, ich dachte, du hättest schon mal Frauenbeine gesehen.«

»Wenn ich jetzt in die Leitplanken rase, kriegen wir Schwierigkeiten mit der Haftpflicht«, erwiderte Holm.

»Denkst du dir die Komplimente vorher aus oder kannst du das spontan, Mats?« Sie lachte ihn an und stieg weiter geschickt in ein geschäftsmäßiges Kostüm, während er den Kopf schüttelte.

Ihr Smartphone machte ein ungewohntes *Plingling*.

»Dein Kurschatten?«

»Hab seine Nachrichten umgeleitet, damit ich nicht zwei Geräte schleppen muss.«

»Was hat Theiss dieses Mal gedichtet?«

»Wird dir gefallen: *Trainiere hart. Bald laufen Sie mir nicht mehr davon.*«

Holm rümpfte die Nase. »Reimt sich nicht, aber für einen Bullen überdurchschnittlich.«

Jan Theiss hatte im vorigen Fall die Ermittlungen geleitet und geahnt, dass Laura und er einen gewissen Einfluss auf die Geschehnisse genommen hatten. Er hatte Laura auf ihrer Jogging-Strecke abgefangen und ihr zu verstehen gegeben, dass er sie im Visier habe.

Seine Partnerin kräuselte nachdenklich die Lippen.

»Was antwortest du?«

Laura tippte bereits und las vor: »Endlich ist verletzte Männlichkeit mal zu etwas gut.«

Holm pfiff durch die Zähne. »Wenn ich mich auskennen würde, könnte ich das glatt für einen Flirt halten.«

»Oder ein Spiel mit dem Feuer«, murmelte Laura auf ihr Smartphone starrend. Schließlich tippte sie auf *Senden*.

»So«, sagte sie und zupfte ihre Haare im Rückspiegel zurecht, »ich hab alles geordnet. Das Leben der Bianca Veh.«

»Wie es in der Zeitung steht«, merkte Holm skeptisch an.

»Willst du es hören?«

»Erst die Essenz.«

Laura stutzte.

»Dann sieh dir das an.«

Sie rief ein Video aus einer Talkshow auf und hielt ihm den Bildschirm in sein Blickfeld.

»Frau Veh, haben Sie nicht manchmal die Nase voll vom Kochen?«, fragte die Moderatorin der Freitagabend-Talkshow. Die Regie schnitt um auf eine Steadycam, die aus der Halbtotalen auf die Starköchin zuschwebte. Wow! Die junge Frau hatte eine unglaubliche Bildschirmpräsenz. Wie war sie nur unter seinem Radar durchgeflogen? Ihre großen, hellbraunen Augen funkelten einladend im Studiolicht und zogen ihn magisch an. Ein schwarzer Einteiler, der sich vorne zuknöpfen ließ, verwies unaufdringlich auf ihre schlanke Figur. »Kochen ist nie Mühe für mich«, antwortete Bianca. Holm beobachtete, wie ihre sinnlich geschwungenen Lippen sich leicht zusammenzogen, als würde sie die Frage abschmecken. »Es ist immer ein Geschenk. Das ist mein Zuhause. Mit meiner Familie im Rücken. Wenn ich in der Küche stehe, dann bin ich bei mir. Dann ist alles leicht. Schwebt... Das klingt jetzt doof, oder?« Sie kokettierte nicht, das war sie, ganz echt und authentisch. Absolut bemerkenswert, fand Holm. Die wenigsten Menschen konnten sich das vor Fernsehkameras und Millionenpublikum bewahren: unverstellt bleiben. Sie tat es ohne jede Anstrengung. Einfach zauberhaft. »Nee, gar nicht«, antwortete derweil die Moderatorin. »Klingt so, wie Ihr Essen schmeckt.«

Sie ließ den Lacher kurz aufbranden, ehe sie tiefer bohrte.

»Also, wenn ich es richtig verstehe: Kochen gibt ihnen Frieden, egal, wie stressig es ist?«

Bianca sah auf.

»Ja, auf die Formulierung wäre ich nie gekommen, danke, das trifft es, glaube ich, ganz gut.« Sie lächelte verlegen – und Holm spürte als Zuschauer, wie ihm warm ums Herz wurde. Der Profi in ihm merkte sich, was für eine Wirkung Bianca auslösen konnte, wenn sie unbefangen und frei im Fernsehen auftrat.

Das Publikum klatschte, und die Moderatorin band das Gespräch mit wenigen Worten ab: »Ich wünsche Ihnen – natürlich ganz uneigennützig – viel Seelenfrieden am Herd.«

Laura stellte ihr Laptop wieder auf den Knien ab.

»Ich mache es chronologisch«, kündigte Laura an, »Bianca Veh ist im Familienbetrieb der Eltern zwischen Töpfen und Pfannen groß geworden. Die ersten eigenen Rezepte hat sie in der vierten Klasse in ihr geheimes Büchlein geschrieben.«

»Das will ich sehen.«

»Der Vater, Konrad Veh, hat die Kinder von Anfang an auf Gastronomie geeicht. Ihr Bruder Thomas ist anscheinend früh ausgebrochen und erst vor kurzem in den Schoß der Familie zurückgekehrt.«

»Aber sie hat es durchgezogen«, stellte Holm fest. Laura nickte, ohne vom Bildschirm aufzusehen.

»Ausbildung bei Spitzenköchen in Deutschland, Österreich und Frankreich. Harte Lehrjahre. Dann eine Weltreise.«

»Warum?«, fragte Holm.

»Schwer zu sagen. Sie hat sich überall mit nationaler Küche, Kochen und regionalen Zutaten beschäftigt. Über ein Jahr lang.«

»Respekt.«

»Aus der Zeit stammt auch das Konzept für ihre Küche. Nennt sich *haute cuisine around the world.*«

»Der Name ist garantiert von Katta.«

»In jedem Gericht sind Zutaten von allen Kontinenten. Ihr Credo: Essen verbindet. Es geht nicht um lokal oder international. Sie interessieren nuancierte, vor allem schmackhafte Übergänge, Schnittstellen. Crossover und Verschmelzungen, heißt es. Sie sagt an einer Stelle, es fasziniere sie, wenn die Küchen mehrerer Länder im Austausch wachsen. Galt anfangs als zu ausgefallen für den Landgasthof, aber ihr Vater hat sie machen lassen.«

»Das Konzept ist ja fast politisch, in Zeiten wie diesen.«

»Auf jeden Fall kommt es an, speziell bei einem weltoffenen und zahlungskräftigen Publikum aus Hamburg und umzu.«

»Schickes Erfolgsrezept.«

»Das hat ihr auch den *Michelin*-Stern vor drei Jahren gebracht. Im Restaurantführer steht: *Hier werden Kontraste zu Harmonien. Grenzen zwischen Geschmäckern und nationalen Küchen kreuzen und vermählen sich, bis kreative Gerichte von ausgezeichneter Qualität entstehen, stilvoll serviert im ländlich-eleganten Ambiente.*«

»Wie viel verdient man mit so gesalbten Sätzen?«, fragte Holm, wissend, dass Laura sich nicht in ihrer Konzentration stören lassen würde.

»Wenn dir die Gourmet-Lyrik so gut gefällt, habe ich noch den *Gault Millau* für dich: *Die Worte müssen erst noch erfunden werden, die der Kochkunst von Bianca Veh gerecht werden, der Überfliegerin ihrer Generation im deutschsprachigen Raum. Anbetungswürdig. Mit jeder verliehenen Haube verneigen wir uns in tiefer Dankbarkeit.*«

»Das trieft ja noch mehr«, lästerte Holm weiter.

»Banause! Weißt du, was sie damals gesagt hat, als sie gefragt wurde, was ihr nächstes Ziel ist?«

»Den zweiten Stern zu erkochen.«

»Ganz genau«, antwortete Laura verblüfft.

»Empathie war schon immer meine große Stärke.«

Während Holm das sagte, verdrängte er aus seinen Gedanken Livs vorwurfsvollen Blick, den sie ihm auf der Jacht zugeworfen hatte.

»Du bist einfach ein Frauenversteher«, kommentierte Laura, was er geflissentlich überhörte.

»Wie viele Frauen haben drei Sterne?«, hakte er stattdessen nach.

»Eine Handvoll. Auf der ganzen Welt.«

Holm nickte nachdenklich.

»Mit dem Stern ist sie komplett durchgestartet. Kochbuch, TV-Sendung, Werbung, Sponsorenauftritte. Im Einsatz rund um die Uhr, 24/7. Einmal hat sie erzählt, wie sie in einer Woche in New York, Paris und Hongkong war. Und zurück nach Hamburg.«

»Brutal. Und das Team dahinter?«

»Da ist, wie gesagt, ihr Vater. Brachte es nie zum großen Koch, hat sich allerdings zu einem guten Geschäftsmann gemausert. »Der Sternemacher«, so nennt die *Zeit* ihn in einem Porträt. Ihre Mutter, Hanna Veh, ist der Fels in der Brandung, hält die Herde zusammen. Franco Belucchi heißt ihre kongeniale Nummer zwei in der Küche. Ihr Souschef. Und dass sie von deiner Katta optimal gemanagt wird, weißt du besser als ich.«

Er ahnte, worauf der letzte Satz hinauslief, er zog es dennoch vor zu schweigen.

»Mats, darf man erfahren, woher ihr euch eigentlich kennt? So zur Orientierung.«

Nein, darf man nicht. In Erinnerungen schwelgen konnten sie später.

»Sagen wir, sie hat noch einen bei mir gut.«

»Gibt viele Frauen, von denen du das sagen könntest«, rutschte es Laura heraus.

Er sah sie böse an. »Dann sage ich es anders: Das geht dich nichts an!«

»Entschuldige, Mats, ich … wollte dich nicht angreifen.«

Er presste die Kiefer zusammen und schluckte die giftige Antwort, die ihm auf der Zunge lag, hinunter. Das Briefing war wichtiger.

»Ist mir alles irgendwie zu glatt. Blitzblank poliert. Sie hat das Talent, sie hat den Rückhalt, sie hat den Biss. Aber wo ist der Mensch Bianca Veh?«

»Das sehen einige kritische Stimmen wie du: Bianca sei zu perfekt, um wahr zu sein. Für dieses vermeintlich glattgebügelte Image kriegt Katta ihr Fett weg. Leider auch im *Spiegel* und in *SPON*.«

»Wie steht sie mit der *Bild*-Zeitung?«, klopfte Holm die wichtigsten Medienbeziehungen ab.

»Katta scheint sie etwas anzufüttern. Gerade genug, dass sie die Veh nicht ins Visier nehmen.«

»Kluges Mädchen. Und Fernsehen ist Biancas Medium, nehme ich an?«

»Absolut. Natürlich in ihrem Haussender, für den sie kocht. In einer ARD-Talkshow war sie auch schon mehrere Male.«

»Merken wir uns als bevorzugte Spielwiese.«

»Außerdem ist sie sehr aktiv auf Facebook und Instagram. Hat eine eingefleischte Fan-Gemeinde.«

»In guten wie in schlechten Zeiten, hoffe ich.«

Laura nickte zustimmend und klickte sich durch ihre Notizen.

»Einen Riss gab es dann doch in dem ganzen Hochglanzspektakel: Sie war mal mit einem anderen Koch zusammen, Dave Pauls. Ein Hamburger Starkoch, der so ziemlich das Gegenteil von ihr ist. Der Bad Boy der Kochszene. War als Jugendlicher im Knast. Fing dort eine Lehre an. Den Rest kannst du dir denken.«

»Die Schöne und das Biest?«

»Wie wäre es mit: Gegensätze ziehen sich an.«

»Ja, vielleicht. Oder jemand versucht, aus dem goldenen Käfig auszubrechen.«

»Tja, ist wohl beim Versuch geblieben. Sie hat ihn abserviert.«

»Sehr interessant«, murmelte Holm, »und dein Fazit?«

»Sie ist eine sehr beliebte Person, an der viele Interessen und noch mehr Geld hängen. Da müssen wir schauen, wie wir die Front befriedet bekommen, sollte sie stärker unter Druck geraten. Dazu ist sie eine extrem öffentliche Person. Bekommt viel Aufmerksamkeit. Muss viel von sich preisgeben. Schützt sich vielleicht mit geschönter Fassade. Ein Spagat, mit dem wir umgehen müssen. Ich meine, ein Toter in ihrem Restaurant – allein das kann sie sehr hart treffen.«

»Wie hart meinst du?«

»Kommt darauf an, was wirklich los war, wäre nicht das erste Mal, das so was eine üble Kettenreaktion auslöst. Da kommt sehr wahrscheinlich eine ziemliche Stinkbombe geflogen.« Sie klappte ihr Laptop zu, legte es beiseite und streckte sich, so gut das in ihrem Autositz ging.

»Dann planen wir mal eine Nachtschicht ein.« Holm

spürte bei diesen Worten das Adrenalin in sich. Wie er seinen Fokus allein auf den Fall richtete, Biancas Bild vor Augen. Wie er anfing, alles andere auszublenden.

»Sag, Mats, damit ich weiß, wie ich mich verhalte: Vertrauen wir Katta?«

»So pauschal würde ich es nicht sagen.«

»Sondern?«

»Ich kenne Katta.« Und ich hoffe, schob er in Gedanken nach, dass das nichts Ungutes bedeutet.

Aus den Augenwinkeln sah er, dass Laura nachhaken wollte, dann aber doch den Mund schloss. Zum Glück waren sie ein eingespieltes Team und wussten sich zu nehmen.

Blieb noch etwas Zeit, sich einen Reim auf das Ganze zu machen. Lauras Briefing war gut gewesen, wie immer. Trotzdem bekam er kein richtiges Gefühl für Bianca, schon gar nicht für die Entourage und den Todesfall. Er musste sich sein eigenes Bild machen. Er würde sich, trotz allem, was früher geschehen war, an Katta halten. Biancas Vater fand er noch am griffigsten, den würde er sich an Ort und Stelle genauer ansehen. Außerdem würde er versuchen, das Vertrauen der Ermittler zu gewinnen. Die saßen, was den Toten anging, an der Quelle. Konnte er sie ein klein wenig anzapfen, brachte das immense Vorteile. Laura vorzuschicken war immer so eine Sache: Die einen vertrauten ihr als Ex-Kollegin getreu dem Motto *Einmal Cop, immer Cop*, für die anderen hatte sie mit ihrem Ausstieg alle Vorrechte verloren.

Sie mussten Informationen sammeln wie die Eichhörnchen, entscheidende Informationen, die sie zusammenfügen würden, bis sie eine belastbare Linie für ihre Krisen-PR fanden. Ihn beschlich das Gefühl, dass sie die eine oder andere Ermittlung anstellen mussten, wie so oft bei den kniffligen

Aufträgen, die er allein dann bestmöglich bewältigen konnte, wenn er genug von der Wahrheit wusste. In diesem Fall hatten sie bisher ziemlich genau nichts. Ein Zustand, der Holm ganz und gar nicht behagte. Er trat das Gaspedal durch. Die Nadel schob sich hoch auf 260.

21.58 Uhr

So, jetzt schnell zur Rezeption, dachte Bianca Vehs Managerin Katharina Wiesenbach, und ließ im Gehen ihr Smartphone kreisen. Sie wollte Holm und Laura May zwei Zimmer klarmachen, ehe das in dem ganzen Chaos unterging. Ihm würde sie noch ein kleines Extra auf die Suite schicken.

Sie hörte ihre Schritte resolut über die Dielen klackern und prüfte an einer Glasfront zwischen Restaurant und Hotel ihr Äußeres. Der Hosenanzug saß. Das Spray hielt die rotblonden Locken unter Kontrolle, ihr Gesichtsausdruck wirkte ebenso konzentriert wie gefasst. Ihre dunklen Augen sahen sie souverän an. Sie war noch nie dabei gewesen, wenn ein Mensch starb. Furchtbar. Nun war es jedoch so, und sie musste damit arbeiten, ob sie wollte oder nicht. Trauern und verarbeiten musste sie später.

Ihr Smartphone vibrierte zum x-ten Mal. Seit die Deutsche Presse-Agentur die Eilmeldung herausgegeben hatte, drangsalierten sie die Journalisten, die eine große Story witterten, ebenso wie neugierige Restaurantkritiker und besorgte Freunde.

Sie wollte den Anruf wegdrücken, als sie sah, dass Gerrit Westenberg anrief. Klar, dass der alarmiert war.

Sie ging sofort dran.

»Hallo, Gerrit«, sagte sie ruhig.

»Katta, meine Liebe, das ist ja schrecklich! Wie geht es Bianca?«

»Den Umständen entsprechend«, antwortete sie.

»Sie soll die Ohren steifhalten. Und die Polizei und so?«

»Ist hier Dutzendware.«

»Verstehe. Sag mal, versteh mich nicht falsch, aber ... kann sie nächste Woche drehen?«

Natürlich hatte er einzig und allein seine Sendung im Kopf: *Die VEHnomenalste Kochshow*. Es war Samstagabend. Von Mittwoch bis Freitag stand die Aufzeichnung von sechs Folgen an. Geplante Großeinsätze für Bianca, aus denen häufig chaotische 14-Stunden-Tage wurden. Westenberg dachte an die gebuchte Crew, die geladenen Gäste, Anmietungen von Spezialkameras, die Auslastung der Studiokapazitäten. Einfach an sämtliche Kosten, auf denen er sitzenbleiben würde, sollte Bianca nach diesem traumatischen Ereignis ausfallen. Sie hatte drei Tage, um dieses Drama zu verarbeiten. Als Mensch widerte es Katta an, als Profi antwortete sie: »Keine Sorge.«

Am Ende machte er auch nur seinen Job als Fernsehproduzent. Kein Grund, jetzt einen auf moralisch zu machen. Sie konnte das trennen.

»Ich habe dein Wort«, betonte er überdeutlich, ehe er Bianca seine Grüße ausrichten ließ und auflegte.

Katta eilte zur Rezeption und schaffte es, Holms Unterkunft vor dem nächsten Vibrieren ihres Smartphones zu organisieren. Eine Nachricht von Biancas Lektorin im Verlag, Judith Windt.

Ihr Lieben, will nicht stören, das ist ja ganz grausam. Wir denken an euch! Drücken die Daumen, dass der Sturm schnell vorüberzieht. Meld dich, wenn wir helfen können. HG

Katta atmete einmal durch und antwortete:

Danke liebe Judith. Gut zu wissen, dass ihr bei uns seid.

Sie verriegelte ihr Smartphone und ließ es zwischen Daumen und Zeigefinger kreisen. Zewi würde sich bestimmt auch noch melden. Der Lebensmittelkonzern, der mit Bianca warb. Das würde die härteste Nuss werden. Sie achteten penibel auf ein sauberes Image. Bei Biancas Liaison mit dem durchgeknallten Dave hatten sie mächtig die Nase gerümpft. Egal, sie bekam das hin.

Am besten blieb sie einfach nahe der Rezeption. Hier hatte sie den besten Überblick, konnte im Zweifelsfall ungebetene Gäste direkt abfangen.

Konrad bahnte sich durch das Gewusel seinen Weg, an der Seite von Biancas Vater kam eine Frau Mitte vierzig auf sie zu, die sie nicht kannte. Eher klein und kräftig, ein paar Pfunde zu viel – nicht mollig, sondern weiblich. Lange blonde Haare, die auf einen fliederfarbenen Sommermantel fielen. Jeans. Turnschuhe. Forschender Blick. Nach Hamburger Adel sieht das nicht aus, urteilte Katta, das könnte eine Kommissarin sein.

»Katta, gut, dass du da bist«, rief Konrad ihr zu. »Darf ich vorstellen: Romy Lerch, sie wird die Ermittlungen leiten.«

Lerch hatte einen Händedruck wie ein Schraubstock. Katta ließ sich nichts anmerken, stellte sich vor und bat die beiden in den Raum des Hotelmanagers hinter der Rezeption. Dort konnten sie in Ruhe sprechen.

»Mein Partner ist leider krank und auf die Schnelle haben wir keinen Ersatz gefunden«, erklärte Lerch, warum sie vorerst alleine arbeiten würde. Sie sprach laut. Ohne Schnörkel. Berlin oder Ruhrpott, tippte Wiesenbach.

»Dafür hat mein Chef bei mir angerufen, bevor ich überhaupt hier war.« Lerch lächelte vielsagend. Katta merkte, wie die Kommissarin die wenigen Sekunden nutzte, um Konrad und sie zu scannen.

»Ich will ihnen nicht ihre Zeit stehlen und gleich zur Sache kommen«, erklärte die Kommissarin und sah dabei erst Konrad, dann sie fest an. »Ich werde ein Betretungsverbot für zahlreiche Räumlichkeiten aussprechen müssen. Restaurant, Küche, Personalräume und so weiter. Und bei der Relevanz des Falles und der unübersichtlichen Lage wird das auch einige Tage so bleiben.«

»Mehrere Tage?« Konrad fuhr sofort aus der Haut. »Wissen Sie, wie geschäftsschädigend das ist?«

»Beweiserhebliche Gegenstände muss ich in amtliche Verwahrung nehmen«, referierte Lerch gelassen.

»Dann werde ich Schadenersatz verlangen!«, insistierte Konrad. Er wurde lauter, ein Äderchen am Rande seines rechten Auges trat pochend hervor.

Romy Lerch ließ seinen Angriff an einem eisernen Lächeln abtropfen.

»Watt mutt, dat mutt«, meinte sie schließlich, »aber Herr Veh, haben Sie nicht gerade schon genug Ärger?«

Der provokante Unterton zeigte Wirkung. Konrads Oberkörper straffte sich, und er holte tief Luft, als die Managerin dazwischenging.

»Was halten Sie hiervon: Hier haben Sie das Sagen, Frau Lerch. Dafür kann das Bistro, drüben, auf der anderen Seite vom Hof, ab morgen öffnen.«

Sie übersah wissentlich, dass Lerch den Mund öffnete.

»Das Bistro ist seit heute Nachmittag dicht, dort haben wir bloß Tagesgeschäft. Wir stellen eine Mannschaft von Mitarbeitern auf, die weder heute noch gestern im Einsatz waren. Das Bistro hat eine eigene kleine Küche, wir müssen die Karte einschränken, dafür öffnen wir länger. So wäre meiner Meinung nach beiden Seiten gedient. Zu unserer Kundschaft zählen einige Leute, die ungern länger auf uns verzichten würden. Kennen Sie eigentlich Oberstaatsanwältin Prassnitz?«

Sie sah Konrad an, der unzufrieden schnaubte, aber nicht widersprach.

Lerch fixierte sie mit ihrem Blick. Das Spielchen kannte Katta aus unzähligen Verhandlungen. Und nichts anderes lief in diesem Augenblick. Das konnte sie ewig aushalten. Und ja, Frau Kommissarin, jetzt haben Sie begriffen, wer hier die Hosen anhat und mit wem Sie arbeiten können.

»Einverstanden«, sagte Lerch schließlich und wandte sich von ihr ab.

»Herr Veh, bringen Sie mich bitte zu meinen Kollegen.« Konrad führte die Kommissarin hinüber ins Restaurant. Der würde sich wieder einkriegen. Ein Kompromiss brachte mehr als Konfrontation. Das musste er einsehen.

Sie sah auf ihr Smartphone. Eine Nachricht. Von Richard Grabkowsky. Dem aktuell wichtigsten Menschen auf der Welt, zumindest in ihrem Kosmos.

Hastig entriegelte sie die Tastatursperre und las:

Liebe Frau Wiesenbach. Das ist ungünstig. Gruß, RG

Mehr als das, schrieb sie zurück.

Verschieben?, wollte Grabkowsky wissen.

Auf keinen Fall! Verschieben war der Anfang von Versenken.

Nein, tippte sie. *Geben Sie mir drei Tage.*

Komm schon!, flehte sie. Gib mir etwas Zeit!

Ihr Smartphone vibrierte wieder: *Höchstens zwei.*

Sie blähte die Backen auf und pustete langsam aus. Immerhin.

Thx, schrieb sie. Puh!

Trotzdem musste Holm endlich kommen und sie aus dieser misslichen Lage zaubern. Schnellstmöglich, bitte schön! Denn sie hatte Großes vor. Und der alles entscheidende Termin stand am kommenden Samstag in Hamburg an.

Auf die ganze Idee hat sie kein anderer gebracht als Dave, der ein Trainingslager lang für St. Pauli gekocht hatte. Ein halbes Trainingslager lang, dann schmiss er hin, die Kalorienzählerei der Fußballprofis machte ihn wahnsinnig.

Sie hatte es nur viel strategischer gedacht und sich gezielt umgehört – es war Gold wert, so gut verdrahtet zu sein. Und: Bingo!

Konrad kam zu ihr zurück. »Danke für eben«, sagte er knapp.

»Unser spezieller Freund hat sich gemeldet«, erwiderte sie.

Bisher hatte sie nur Konrad eingeweiht. Sie hatten es Bianca heute Abend sagen wollen. Nach der Schicht, wenn sie noch einmal auf die Köchin des Jahres anstießen. Wenn Bianca in Hochstimmung war …

»Und?«

»Es bleibt bei Samstag.«

»Bestens! Bis dahin haben wir Bianca im Boot.«

Katta wusste genau, dass Bianca extrem auf den zweiten Stern aus war, der durchaus auch zum Greifen nah war, wie ihr ein befreundeter Restaurantkritiker unter der Hand versichert hatte. Bianca wollte an die Spitze, in den Sternenhimmel. Katta wollte erst in die Breite, bis Bianca wirtschaftlich so abgesichert war, dass sie in zwei, drei Jahren, mit Anfang dreißig, jeder Sternschnuppe von *Michelin* oder der x-ten Haube von *Gault Millau* nachjagen konnte.

Sie mussten Bianca noch überzeugen, dass ihr Weg der bessere war.

»Ich gehe weiter davon aus«, sagte Katta, »dass deine Frau nicht im Bilde ist.«

»Korrekt«, erwiderte er schmallippig.

Es war am besten, wenn die kuhäugige Hanna Veh nicht direkt dazwischengrätschen konnte, in ach so großer Sorge um ihr Mädchen, die Belastung und Gott weiß was. Sie konnte den Sermon nicht mehr hören. Seit neuestem glaubte sie ohnehin, dass Mama Muh, wie sie sie insgeheim nannte, in ihrem Innersten von Neid zerfressen war. Völlig zerfressen von jahrelangem Neid auf ihre begabte und erfolgreiche Tochter.

Wie auch immer: Ihr Coup würde neue Sponsoren anlocken.

Sie dachte nicht in Kästchen. Sie dachte groß. An eine eigene Produktreihe bei Zewi, mit Biancas Konterfei darauf, vielleicht bekam sie sogar eine Crosspromo mit einem Nationalspieler hin, der optisch zu ihr passte. Wie hieß dieser Abwehrspieler mit den Locken? Sie hatte keine Ahnung von Fußball. Egal. Einer mit Migrationshintergrund wäre auch nicht übel, der würde zu ihrem Küchenkonzept passen. Eine eigene Produktreihe, Mann! Das katapultierte sie unter die Top-3-Köche in Deutschland.

Für das ganze Vorhaben hatte sie insgeheim eine einzige Bezeichnung im Kopf: Mega-Deal!

Und so leid ihr der tote Richter auch tat: Er war nun mal tot, da konnte man sich auf den Kopf stellen. Nein, sie ließ sich von nichts und niemand bremsen.

Das war die Chance, die *once in your lifetime* kam. Einmal im Leben und nie wieder.

Nach ihr zu greifen war kein Verbrechen.

Dafür wurde sie bezahlt.

Das war Geschäft.

22.33 Uhr

Es war nicht schwer zu erraten, wo in der Straße ein Unglück passiert war, vielleicht sogar ein Mord. Kleinbusse von Fernsehsendern, Kameras auf Stativen und Teams in voller Montur reihten sich vor der Auffahrt ebenso wie mehrere Fahrzeuge der Polizei und Kriminaltechnik. Limousinen und SUVs verteilten sich auf dem weitläufigen Gelände sowie auf dem angrenzenden Parkplatz. Lediglich ein roter Alfa Romeo fiel aus der Reihe.

»Da vorne, dann sind wir da«, sagte Laura.

»Durch die Durchfahrt da?«, fragte Holm. Weiß gestrichene Holzbalken ragten fünf Meter hoch in die Dunkelheit, wie ein Torbogen, darüber ein rötliches Ziegeldach.

»Das nennt sich Prunkpforte«, korrigierte ihn Laura.

»Nehmen wir lieber den Parkplatz nebenan.«

Erkannte ihn ein Journalist, würde das in diesem frühen Stadium unnötige Fragen und Nachrichten provozieren. Wenn Holm sie beriet, musste es hinter den Kulissen ja übel aussehen …

Sie stiegen aus. Holm reichte Laura ihren kleinen Ziehkoffer aus dem Kofferraum, bevor er seinen eigenen heraushob.

Sie gingen zügig durch den sich legenden Sturm. Die imposanten Pforten, ließ Laura ihn wissen, hatten in dieser Gegend Tradition. Holm sah hinauf. Der Querbalken war beschrieben, vermutlich mit den Namen der Erbauer oder guten Wünschen. Ein Blitzlicht ließ ihn eine Stelle lesen.

Halt hoch der Väter Erbe.

Das sollte jemand Liv sagen, dachte er, ehe er sich zwang, solche – ohnehin nutzlosen – Gedanken auszublenden.

Sie gelangten auf einen überaus gepflegten Hof, der aus mehreren Fachwerkhäusern bestand. Holm verharrte kurz, um sich auf der verwinkelten Anlage zu orientieren. Hotel und Restaurant lagen vor Kopf, ein Bistro- und Freizeitbereich auf der linken, der Wellnessbereich auf der rechten Seite. In einigem Abstand standen kleinere Gebäude, vermutlich private oder technische Räume. Die Fassade des reetgedeckten Haupthauses bestand aus meist roten und hellen Steinen, die in verschiedenen Mustern verbaut waren. Mosaiken zwischen weiß getünchten Holzbalken.

»Es lebe der Hamburger Speckgürtel.«

»›Buntmauerfachwerk‹ sagt der Profi.«

»Ich dachte, hier gibt es nur Obstwiesen.«

»Ach, schau mal, Mats, da ist tatsächlich so ein gekreuzter Schwan am Giebel.«

»Willst du auf Fremdenführerin umsatteln?«

»Ich hatte eben noch fünf Minuten. Und etwas Kultur schadet nie.«

»Na gut. Was hat es mit dem Schwan auf sich?«

»Die haben früher geglaubt, dass solche ›Giebelzier‹, wie das heißt, die Kraft hätte, böse Mächte und Geister fernzuhalten.«

Holm sah sich die Schwäne an: »Tja, heute machen wir das.« Er zückte sein Smartphone und ließ ihr den Vortritt.

»Storch, wir sind da. Hast du kurz ein Update für mich?«

»Die Nachricht ist rum. Biancas Botschaften vom Schock und der Kooperation mit der Polizei sorgen wie erwartet für etwas Mitgefühl und Ruhe.«

»Also sind wir auf Grün.«

»Fragt sich, wie lange.«

Kaum hatten sie den Haupteingang betreten, nahm Katta sie in Empfang. Sie hatte sich kaum verändert. Rotblonde Locken, diese aufreizenden grün-blauen Augen und, wie gehabt, eng sitzender Hosenanzug. Sie konnte es sich leisten. »Willkommen!«, sagte sie etwas steif und spielte nervös mit ihrem Smartphone herum. Was seine Aufmerksamkeit allerdings viel mehr auf sich zog, war die Tatsache, dass sie ihn fester an sich zog als nötig. Druck erzeugte Energie. Viel Druck erzeugte viel Energie. Katta platzte gleich.

»Laura May, meine Partnerin«, stellte Holm mit einer kleinen Geste die beiden einander vor, »und das ist Katharina Wiesenbach.«

»Sagen Sie doch auch Katta, sonst gibt das so ein Kuddelmuddel.«

»Sehr gern, ich bin Laura.«

»Bianca und ihre Eltern warten auf euch«, erklärte Katta und marschierte ohne Umschweife vorneweg.

»Und ihr Bruder?«, fragte Holm.

»Der betreut die Polizei. Ihr könnt Thomas später kennenlernen, wenn ihr wollt.«

»Ist er der Ältere?«

Katta grinste ihn über die Schulter an.

»Ja, er ist der Erstgeborene, der komplexbeladen im Schatten seiner jüngeren Schwester steht.« Sie übertrieb die Betonung, um deutlich zu machen, dass alles Quatsch war, was sie möglicherweise in den Medien aufgeschnappt hatten.

»Wie groß ist der Altersabstand?«, wollte Laura wissen.

»Er ist dreiunddreißig, sie neunundzwanzig.«

»Die Prinzessin und der Ausreißer.« Holm warf die Titel einfach in den Raum, er wollte testen, wie offen sie war, was Interna anging. Katta blieb stehen und wandte sich um. »Mit der Prinzessin tust du ihr Unrecht, Holm.«

»Dann hast du es wohl nur mit ihrem Everybody's-Darling-Image übertrieben«, konfrontierte er sie mit seinem Verdacht.

»Du kannst dir gleich dein eigenes Bild machen«, erwiderte Katta und führte sie in einen kleinen Konferenzraum, in dem ein Mann von beachtlicher Statur wartete, locker eins neunzig, breite Schultern, wuchtiges Kinn, die angegrauten Haare trug er militärisch kurz.

Macher, Kämpfer, Mann fürs Grobe, waren die ersten Assoziationen, die Holm durch den Kopf schossen.

»Danke, dass Sie beide so schnell gekommen sind.«

Eine sonore Stimme, in der viel Emotion steckte.

Hanna Veh kam mit ausgestreckter Hand auf ihn zu. Ein liebes Gesicht inmitten einer blassblonden Mähne, dazu rundliche Wangen, die zu den großen Augen passten. Holm entdeckte auf den zweiten Blick einen Mund, der wenig lachte. Muskeln und Falten, die Übung darin hatten, nach unten zu verlaufen. Eine Grüblerin. Sorgenvoll und unzufrieden.

»Herr Holm, Frau May.« Biancas Mutter hatte eine erstaunlich starke, schneidende Stimme, die es offenbar gewohnt war, gehört zu werden.

Na, wer von euch führt hier wohl das Regiment?, fragte sich Holm.

Aus einer Ecke des Raumes löste sich eine unscheinbare Gestalt mit schweren Schritten und blassem Gesicht. Holm erkannte die Starköchin erst auf den zweiten Blick. Sie sah … verändert aus. Das stumme Lächeln, mit dem sie ihnen begegnete, kostete sie sichtlich Mühe. Ihre Finger waren so von Narben übersät, dass er sich gar nicht auf ihren Händedruck konzentrieren konnte.

»Keine Angst«, nahm Bianca seinen Blick auf, »ich ritze mich nicht. Die Narben gehören zum Job.« Sie lächelte verlegen, als wolle sie sich dafür entschuldigen, dass sie in dieser Situation einen Witz riskierte.

»Passiert das selbst so Top-Profis wie ihnen?« Lauras Interesse klang echt.

»Gerade uns. Man will etwas noch feiner schneiden, dabei die Zeit auf die Sekunde einhalten und zack, da ist es passiert.«

»Davon steht aber nichts in Ihrem Kochbuch.« Laura lächelte Bianca ungezwungen an.

»Das ist ja nett, dass du eines hast«, griff Katta dankbar und schnell den Eisbrecher auf.

Tatsächlich lösten sich Biancas Gesichtszüge ein wenig, und Holm bemerkte den Stolz in den Gesichtern ihrer Eltern.

Plötzlich verschaffte sich jedoch ein starkes Gefühl in ihm Raum: Bianca Veh machte etwas mit ihm. Irritierte ihn. Verstörte ihn. Natürlich war sie ein Hingucker, selbst in dem allzu verständlichen Schockzustand, in dem sie sich befand, allein: Das war es nicht.

Dann kroch ein Gedanke aus dem Nirgendwo, das in der Nähe seiner Seele liegen musste.

So eine Tochter würde ich mir wünschen, wisperte seine innere Stimme. Schäm dich, du Mistkerl!, hielt eine zweite dagegen.

»Da unsere Anreise Zeit gekostet hat«, übernahm Laura nach einem Seitenblick das Gespräch, »sollten wir, Ihr Einverständnis vorausgesetzt, einfach direkt einsteigen.«

Konrad Veh nickte ihr zu, was sie zum Anlass nahm, weiterzusprechen.

»Katta, wie ist die mediale Lage?«

»Das Ding steht nicht still«, antwortete sie und hielt ihr Smartphone hoch. Wie zum Beweis vibrierte es.

»Querbeet, nehme ich an?«, fragte Laura.

»Einmal durch den ganzen Garten.«

»Okay, das ist normal, kein Grund zur Sorge, um die kümmern wir uns später.«

»Die sozialen Medien«, übernahm Holm, »hat unser Backoffice im Auge. Der Post von Biancas Facebook-Account wird neutral bis positiv aufgenommen.«

»Wie geht es denn jetzt bloß weiter?«, fragte Konrad Veh. »Die Polizei hat unser Restaurant dichtgemacht. Wir werden belagert. Bianca ist völlig fertig.«

»Ich kann für mich selber sprechen«, Biancas Worte klangen matt.

Holm nickte Laura zu. Sollte sie ihre Methoden erklären, das gab ihm noch etwas mehr Zeit, die Eltern unter die Lupe zu nehmen.

»Wir arbeiten immer in Szenarien. Was könnte sein? Warum? Und wie wirkt das in den Medien?«

Für den Vater schien das etwas abstrakt zu sein, wie Holm an seinem leicht angestrengten Blinzeln ablas. Interessanter fand er die Reaktion der Mutter. Die Muskeln seitlich der Lippen fingen unmerklich an zu arbeiten, schoben die Mundwinkel langsam hin und her und hin und her. Die meisten Menschen übersahen solche Dinge, weil sie – aus Gewohnheit und Höflichkeit – ihrem Gegenüber in die Augen sahen. Holm nicht. Irgendetwas passt der Dame gar nicht. Die Situation? Was Laura erläuterte? Oder Laura selbst?

»Insofern haben wir auf der Fahrt hierher drei Szenarien entwickelt. Dreh- und Angelpunkt ist die Frage, wer der Verursacher des Vorfalls ist. Im ersten Szenario war es der Tote selbst. Herzanfall, Drogen, irgendwas. Reiner Zufall, dass es im Restaurant passierte.«

»Kommunikationstechnisch«, hakte Holm ein, »wäre das die einfachste Möglichkeit«.

»Szenario zwei: Der Verursacher wollte dem Opfer gezielt schaden.«

»Da kann ich doch nichts dafür«, flüsterte Bianca, den leeren Blick auf ihre Hände gerichtet.

»Das darf uns doch niemand zur Last legen!« Konrad Veh konnte aufbrausend sein, merkte sich Holm.

»Wahrscheinlich haben Sie beide Recht«, lenkte er ein, »es könnte aber auch etwas am Restaurant hängenbleiben. Und falls der Schlag gegen das Opfer *eigentlich* auf Bianca zielt, wird die Sache undurchsichtig bis heikel. Wir müssen klären, ob Bianca Feinde hat, die sie auf so perfide Art angreifen könnten.«

Holm taxierte Vater Veh, die Mutter und Bianca. Alle kniffen die Lippen zusammen. Da ist was, registrierte er. Aber klar, dass sie es nicht bei der ersten Begegnung aussprachen.

»Und im dritten Szenario bin ich schuld?« Biancas Stimme brach bei den letzten Worten.

»Sagen wir: die Küche im weitesten Sinne. Ein allergischer Schock. Kontaminierte Zutaten. Eine extreme Lebensmittelvergiftung.« Laura baute ihnen eine Brücke, damit sie das Szenario leichter als ein realistisches akzeptieren konnten.

»Lächerlich«, murmelte Biancas Mutter und wandte sich ab.

»In dem Fall geraten wir ins Kreuzfeuer. Haben nicht nur die Presse, sondern auch die Polizei im Nacken. Müssen am besten entlastendes Material selbst ermitteln und zwar in kürzest möglicher Zeit.«

Holm gab Laura ein Zeichen. Ratterte sie jetzt alles herunter, was Sinn machte, überforderte das Konrad Veh auf die eine und seine Frau auf die andere Weise. Bianca schien gar nicht mehr zuzuhören, als hätten ihre Gedanken und Ängste sie weit weggetragen.

»Und das ist alles, was Sie leisten?«, fragte Biancas Mutter, sah dabei allerdings Katta an. Dass keine Funken schlagen, ist alles, dachte Holm. Zickenkrieg konnten sie überhaupt nicht gebrauchen. Er für seinen Teil sprang sicherlich nicht über dieses Stöckchen und Laura würde – wie ein Blickkontakt verriet – die Attacke auch ins Leere laufen lassen.

Vater Veh räusperte sich. »Wenn Sie uns allein lassen könnten, wir machen später weiter, ja?«

Holm wollte sich nicht so abbügeln lassen, der allererste Kontakt entschied meistens über Wohl und Wehe der Krisen-PR, doch Laura flötete bereits ein Dankeschön – vermutlich war das in diesem speziellen Fall die angemessene Reaktion.

»Katta, bist du so nett«, bat Biancas Vater.

Holm sah im Gehen, wie Konrad Veh seiner Frau beschwichtigend eine Hand auf den Unterarm legte. Die erhoffte Stütze war Papa Veh nicht, er würde ihnen aber auch keine Steine in den Weg legen.

Kaum hatten sie den Raum verlassen, wandte Katta sich ihm zu und wollte sich erklären. Er stoppte sie mit einer knappen Geste. »Wir haben es schon kapiert.« Katta nickte erleichtert und ging wieder voran. Nach einigen Schritten stockte sie, rief »Frau Lerch« und winkte die Dame zu ihnen.

»Die Kommissarin«, flüsterte sie Holm schnell zu.

Die Frau kam mit schnellen Schritten auf sie zu. Klein, blond, drall. Ihre Augen wieselten über Laura und ihn.

»Das ist Hauptkommissarin Lerch. Mats Holm und Laura May von Holm KPR werden uns bei der Kommunikation behilflich sein. Wie Sie verstehen werden, wirft uns das Ganze ziemlich aus der Bahn.«

Ihre sportliche wie stilvolle Kleidung kaschierte ein paar Pfunde auf den Hüften. Genussmensch, speicherte Holm ab. Mit sich im Reinen.

»Schön«, sagte sie kurz angebunden. »Wenn Sie mich nicht behindern, dann behindere ich Sie nicht.«

»Fairer Deal«, erwiderte Holm lächelnd, und die Kommissarin rauschte davon.

»Na?«, fragte Katta im Gehen.

»Nordisch by nature«, antwortete Laura.

»Sie hat was«, meinte Holm.

Laura rammte ihm unauffällig einen Ellbogen in die Seite.

Seine Gedanken wanderten zurück zu seiner Auftraggeberin. Zu Bianca, der verängstigten Starköchin. Zu der jungen Frau, die ihn durch ihre pure Anwesenheit aus der Bahn warf.

Wie kam er darauf, Bianca mit Liv zu vergleichen? Setzte ihm die alberne Ankündigung seiner Tochter mehr zu, als er sich eingestehen wollte?

So durfte er nicht denken.

So konnte er nicht in diesen Fall starten.

Er musste sich zusammenreißen.

Ja, das musste er.
Für den Job. Für Liv. Für Helena.
Seine persönliche Dreifaltigkeit. Amen.

23.16 Uhr

Kommissarin Romy Lerch beging den Tatort ein zweites Mal, eine alte Angewohnheit von ihr. Fotos, Berichte und Protokolle nutzten am Ende nur etwas, wenn sie all das mit ihren persönlichen Eindrücken und ihrem Gefühl in Zusammenhang bringen konnte.

Sie winkte einen erfahrenen Bereitschaftspolizisten zu sich, der zum Kommissariat in Buxtehude gehörte. Er war mit seinen Leuten als Erster am möglichen Tatort gewesen, da die kleine Station in Jork am Wochenende unbesetzt blieb, sofern nicht besondere Anlässe anstanden.

Wie hieß der Kollege Truppführer doch gleich? Ihr Namensgedächtnis ließ sie wieder einmal im Stich. Gesichter konnte sie sich merken. Und Tathergänge. Oder Geschichten.

»Frau Kommissarin.«

»Ist ihre Tochter eigentlich zurück aus dem Ausland. Kanada, wenn ich mich recht erinnere, oder?«

Sein Gesicht hellte sich auf.

»Genau. Nein, wir fahren in drei Wochen hin, touren mit ihr noch durch die Nationalparks und kommen dann zusammen wieder.«

»Grüßen Sie mir die Schwarzbären«, meinte sie beiläufig.

»Sehr gern.« Er konnte sich ein Grinsen nicht verkneifen.

»Wie läuft es bei den Gästen?«, wollte sie wissen.

Er verzog das Gesicht, als habe sie ihm mehrere Zahnarzttermine gleichzeitig in Aussicht gestellt.

»Die Promis und Wichtigs maulen ziemlich rum. Drohen mit ihren Anwälten. Die lassen sich halt nicht so gerne überprüfen.«

»Irgendwelche Auffälligkeiten?«

»Abgesehen davon, dass zwei Herrschaften aus Versehen nicht – wie angekündigt – ihre Gattinnen mitgebracht haben, sondern andere Begleiterinnen …«

»Die Escort-Ladys interessieren mich ausnahmsweise weniger«, murrte Romy Lerch.

»Die kriegen wenigstens mal solche Restaurants von innen zu sehen.« Er sah sich beeindruckt um. »Wirklich edel hier bei der Köchin des Jahres, keine Frage.«

»Mein Mann hat mich in Hamburg mal schick ausgeführt«, Lerch ließ ebenfalls den Blick durch das Luxusrestaurant schweifen, »selbst das war mir schon zu steif.«

Ihr Kollege lachte leise in sich hinein.

»Aber bei dem Ex-Freund von der Veh, diesem Pauls, da kann man gut essen. In Hamburg. Reichlich Fleisch!«

»Ich muss wohl mal wieder die *Gala* lesen«, sagte ihr Kollege grinsend.

Lerch war in Gedanken schon weiter. »Was für ein elender Tatort«, fluchte sie, »wenn er denn einer ist.«

»Wegen der vielen Leute?«

»Viele Leute. Viel Bewegung. Kommen und Gehen.« Sie schritt den Raum jetzt mit dem Kollegen ab. »Keine Kameras.« Sie zeigte an die Stellen, an denen sich entsprechende Vorrichtungen üblicherweise befanden. »Ein öffentlicher Raum, der mit der Küche verbunden ist, und die Küche wiederum mit dem Vorratskeller, den Personalräumen und dem

Lieferanteneingang.« Sie hatten einige Schritte in die völlig verwaiste und unaufgeräumte Küche gemacht, ehe Lerch wieder kehrtmachte.

»Ich könnte kotzen«, schimpfte Lerch, während sie nun ein weiteres Mal den Platz des Richters inspizierte. Nicht selten fiel ihr etwas an einem *möglichen* Tatort auf. Doch hier schlug ihr feines Gespür nicht an. Nichts. Dann musste sie sich auf die SpuSi verlassen. Drei Teams der Spurensicherung arbeiteten seit ihrer Ankunft ohne Pause durch.

»Die Kollegen können die ganze Nacht durchmachen, was?«, erahnte der Kollege ihre Gedanken. Lerch nickte. Das Restaurant musste gescannt werden, der ganze Gebäudetrakt, die Autos der Mitarbeiter, der Parkplatz; sämtliche Lebensmittel; die Toiletten, falls Drogen im Spiel waren.

»Sie entschuldigen mich, Frau Kommissarin?«

»Natürlich«, antwortete sie und winkte ihn fort.

Und die ehrenwerten Gäste schnippen mit dem Finger, und deren Anwälte ziehen bei uns Nummern. Einfach ätzend!

Sie hegte keinerlei Zweifel: Dieser Fall roch nach Ärger. Und Ärger konnte sie nicht gebrauchen, sie musste noch eine Weile fehlerfrei Dienst schieben, dann konnte sie den Titel Erste Kriminalhauptkommissarin hinter sich lassen. Frau Kriminalrat klang besser, brachte mehr Kohle und konnte ihr eine Versetzung aus dem FK 1 in Stade bringen. So nett die Kollegen im Fachkommissariat waren, sie konnte einen Tapetenwechsel gebrauchen. Vielleicht tat sich ja etwas in der Zentrale in Lüneburg. Oder sogar, mit etwas Glück und Vitamin B, in Hamburg?

Ein Polizist, der am Eingang des Restaurants Wache schob, kam auf sie zu und zeigte mit dem Daumen über seine Schulter. »Der schicke Verehrer da will mit Ihnen sprechen.«

Sie sah hinüber und erkannte den PR-Typen von Bianca Veh. Sie setzte sich in Bewegung. Wenigstens sparte er sich das Zahnpastalächeln, das er von Berufs wegen bestimmt vor dem Spiegel perfektioniert hatte.

»Was kann ich für Sie tun?«

»Sieht mir nach einem undankbaren Fall aus.«

Ah, gut, er benutzte ihren Namen nicht, dann würde es nicht auffallen, dass sie seinen auch nicht parat hatte.

»Sie kennen sich mit Polizeiarbeit aus?«

»Vor allem meine Partnerin. Sie hat früher mal zu Ihrem Club gehört.«

Auch das noch.

»Haben Sie erste Anhaltspunkte, Frau Lerch?«

Er sah ihr in die Augen, blinzelte nicht, entschuldigte sich nicht einmal, dass er so direkt fragte. Sie wollte ihm schon den Marsch blasen, doch sie folgte einem Impuls. Sie wollte ihn sich warmhalten, ihm einen Vertrauensvorschuss geben. Einen kleinen. Ein paar Basics konnte sie ihm verraten, ohne ihre Untersuchung zu unterminieren.

»Wir ermitteln in alle Richtungen. Der Fokus ist natürlich auf dem Opfer und dessen Umfeld. Der mögliche Tatort verlangt noch viele Stunden Arbeit. Dass wir die Befragung der Küchenmannschaft abbrechen mussten, haben Sie wahrscheinlich von den Vehs gehört. Die sind im Stehen eingeschlafen. Da geht es auch erst am Morgen weiter.«

»Okay, ich weiß Ihre Unterstützung zu schätzen«, sagte er knapp, »wenn ich etwas für Sie tun kann, jederzeit gerne.«

Und schon verschwand er.

Moment mal. Das ging zu schnell. Hatte dieser Mistkerl sie getestet? Wollte er sehen, wie weit er gehen konnte? Na warte – Mats Holm. Da fiel ihr glatt der Name ein! Besser spät als nie.

Kommissarin Lerch sah auf die Teller, die von den Gästen stehen geblieben waren und versuchte, die Kompositionen zu entschlüsseln. Dieser ganze Schnickschnack, von dem man nicht satt wurde. Wenn sie einen Schlaumeier von Kellner brauchte, der ihr erklärte, was da überhaupt alles auf dem Teller lag, dann war das nichts für sie. Dann fühlte sie sich klein, dumm und ungehobelt. Nee, das war nichts für sie. Essen sollte für sie einfach Spaß machen und schmecken – etwas, das sie entspannte, nicht etwas, was sie einschüchterte. Die *Strandperle* in Hamburg, direkt an der Elbe, da ging sie am liebsten hin. Sie war im Ruhrpott groß geworden. Michelin kannte sie nur als Autoreifen mit dem dicken Männchen. Und einen Stern gab es damals vom Kunden, wenn der Grillmeister auf die Currysauce noch was Pulver streute. Das war eine ehrliche Sache. Und lange her.

Dem Vater der Starköchin, diesem Konrad Veh hatte sie längst nicht alles erzählt, was sie vorhatte, sonst wäre er ganz aus der Haut gefahren. Erst einmal brauchte sie Kooperation.

Sie fing bei nichts an. Keine Todesursache. Kein Motiv. Zahlreiche Optionen.

Der Truppführer, der wieder zu ihr getreten war, riss sie mit einem Räuspern aus ihren Gedanken.

»Ich nehme gute Nachrichten oder gute Nachrichten.«

»Ich habe leider wenig Auswahl, Frau Kommissarin.«

»Immer her damit«, sagte sie genervt.

»Die Leiche wird im Kühlfach geparkt. Personalengpass. Das wird morgen früh.«

Na, das lief ja wie geschnitten Brot.

»Und der Toxikologe, den Sie haben wollten, wird wahrscheinlich erst am Nachmittag zur Verfügung stehen. Da könnte der PD vielleicht nachhelfen.«

Lerch zog eine Augenbraue hoch und schickte den Kollegen fort. Sie hatte tatsächlich viele gute Gründe, den Polizeidirektor anzurufen. Wie befürchtet, musste sie einen Rundumschlag anschieben, der ein ziemliches Ausmaß annehmen würde: Der *mögliche* Tatort verlangte einen echten Kraftakt. Die Spurensicherung war dabei das eine. Sie brauchte die Sitzordnung. Wer was gekocht hat. Wer wo bedient hat. Genaue Zeitabläufe. Schichtwechsel. Proben vom Essen. Die Adressen der Zulieferer. Die Namen der Fahrer. Sie würde das Lebensmitteluntersuchungsamt anrücken lassen. Kaum vorstellbar in einer Sterneküche. Aber *kaum vorstellbar* hatte Romy Lerch vor langer Zeit aus ihrem Vokabular gestrichen. Der Mensch war ein Tier. Und das bewies er ihr Tag für Tag. Daran gewöhnen würde sie sich nie, sie hatte lediglich gelernt, damit umzugehen.

Und da war sie noch gar nicht beim Opfer und dessen Umfeld angelangt.

»Schicken Sie mir den Sohn, bitte«, sagte sie.

»Den Juniorchef? Thomas Veh?«

»Hauptsache nicht den vom Polizeidirektor.« Sie zwinkerte ihrem Kollegen wohlwollend zu.

Was sagte ihr Bauchgefühl zu dem Ganzen?

War ein Unfall passiert? Das würde sie sich wünschen – dann hätte sie noch etwas vom Wochenende.

Eine – gewollte oder ungewollte – Selbsttötung? Auf den ersten Blick unwahrscheinlich. Auf den zweiten Blick würde ein Befund auf Grundlage solider Ermittlungsarbeit nicht schaden.

Wie sah es mit einem *0–100* aus? Ihr Bauch schlug an.

Ja, genau davon ging sie mit über fünfzehn Jahren Erfahrung in der Mordkommission aus. Und genau so würde sie diesen Fall behandeln. Wie einen perfiden Mord in besseren Kreisen.

Sie sah auf die Uhr, zuckte mit den Schultern, zog ihr Smartphone hervor und rief beim PD an.

»Wie sieht es aus, Frau Lerch?«, meldete sich Polizeidirektor Kramer nach dem zweiten Klingeln, ihr Chef, der Leiter der Polizeiinspektion Stade.

»Ich brauche vier Teams.«

Der PD pfiff leise in den Hörer.

»Eines für den Toten plus Umfeld, zwei für die Gäste, eins für das Küchen- und Hotelpersonal. Dem FK 5 könnten Sie spontan einen Betriebsausflug hierher gönnen – hier gibt es so viele Spuren und Orte zu sichern, das wird ein Fest für die Kollegen. Am besten mit Verstärkung aus Lüneburg. Oder, wenn Niedersachsen und Hamburg mal ausnahmsweise auf dem kürzest möglichen Dienstweg kooperieren könnten, würde das durchaus hilfreich sein.«

»Sonst noch was?«

Sie überhörte seine Ironie bewusst.

»Beschleunigen Sie das mit dem Toxikologen vom LKA, dann panieren die Medien uns nicht schon vor dem Sonntagsbraten.«

»Großes Besteck, Frau Lerch.«

»Bis wir ein paar Anhaltspunkte haben.«

»Verstehe.«

»Und wenn ein erfahrener Pressesprecher auf den Kirchgang verzichten würde, könnte der morgen Vormittag eine PK organisieren und ich mich danach auf meine Arbeit konzentrieren.«

»So schlimm?«

»Presse, PR-Agenten. Die schlagen alle ihre Zelte auf.«

»Ich sehe, was ich tun kann.« So kooperativ, der PD? Wahrscheinlich hatte ihn das Innenministerium eingenordet.

»Deisting würde mir bei der Pressearbeit am meisten nutzen«, nannte sie ihre nächste Forderung, »der kann gut mit den Boulevardfritzen«.

»Übertreiben Sie es nicht mit dem Wunschkonzert«, wies der PD sie zurecht und verließ die Leitung. Der Arsch hatte einfach aufgelegt. Bloß kein Wort zu viel. Geschweige denn Danke oder Auf Wiedersehen.

Stopp! Denk positiv, ermahnte sie sich. Hast dir doch extra diesen Spruch gemerkt. Wie ging der noch einmal? *Das Leben ist das Produkt unserer Gedanken.* Ach, diese Selbsthilfe-Sprüche klangen so überzeugend, nur wenn es darauf ankam, schaffte man es doch nicht aus seiner Haut.

Komm schon, Romy, versuch es wenigstens.

Sie rieb sich die Stirn.

Also gut. Ihr wurde ein prominenter Fall anvertraut. Das war eine Auszeichnung. Abgesehen davon, dass sie ohnehin Bereitschaftsdienst hatte. Vielleicht … vielleicht war der Fall ja auch kein Hindernis auf dem Weg zur überfälligen Beförderung, sondern eine Chance!

Ach, dieser Quatsch funktionierte bei ihr nicht!

Sie war zu alt, als dass sie sich mit ein paar Worten selbst neu polen könnte. Basta.

Da machte sie lieber doch *old school* weiter mit diesem verdammten Fall, der ein einziger Alptraum war für jemanden, der seine Arbeit gerne gründlich und in Ruhe machte.

0.28 Uhr

Holm ließ seine Sanduhr durch die Finger gleiten und ging immer wieder die Szenarien durch, die Laura im Konferenzraum an der Tafel notiert hatte. Die Sache gefiel ihm nicht. Die Uhr lief und lief, während sie gar nicht richtig ins Spiel kommen konnten. Und die Vehs ließen sie warten. »Mist«, fluchte er, »wir verlieren Zeit.«

Laura, die irgendetwas an ihrem Laptop las, sah ihn über den Rand des Geräts an.

»Was könnten wir denn tun?«

»Hauptsache nicht den Misteln zugucken, wie sie vom Baum fallen.«

»Kommunikativ haben wir im Moment nichts, was wir abfeuern könnten oder sollten.«

»Wir haben außerdem keine Ahnung, was Sache ist. Und die Szenarien«, er zeigte zur Tafel, »fallen so weit auseinander, dass wir uns auf alles oder nichts vorbereiten könnten.«

»Also müssen wir herausbekommen, was hier läuft. Sollen wir die Kommissarin fragen, ob sie inzwischen etwas hat? Ein Tatverdacht würde uns helfen. Ein Verdächtiger noch mehr.«

»Glaube nicht, dass die sich in die Karten gucken lässt. Wir müssen uns selbst umtun. Ich weiß nur noch nicht genau, wo und bei wem.«

»Was bleibt dann? Mal schnell die Zimmer beziehen?«

Er erklärte sich einverstanden, sie sammelten ihre Sachen und ihre Tagesreisekoffer ein, die allzeit bereit hinten in seinem Wagen lagen.

Auf dem Weg vorbei an den Kriminaltechnikern überlegte Holm weiter, fühlte in sich hinein. Doch, da regte sich etwas. Etwas Kleines, Unbestimmtes.

»Nur so ein Gefühl, Laura.«

»Also, ich fühle gerade meine Füße und sonst nichts.«

»Dave Pauls, der Ex-Freund, von dem du mir erzählt hast.«

»Was ist mit dem?«

»Schüttel bitte mal kräftig den Baum. Dürfte ja genug herunterfallen.«

»Bis wann?« Sie sah auf die Uhr und musste gähnen.

Er sah sie verblüfft an.

»Na klar«, stöhnte Laura, »bis gestern.«

»Wenn nötig, nimm Storch dazu.«

»Ich will ihm den Spaß mit seiner Kollegin nicht ganz verderben.«

»Die Edlen stets zugrunde gehen im Lichte ihrer Tugend«, erwiderte Holm.

»Halt den Mund und mach dein Nickerchen, Faulpelz.«

Er lachte und wünschte ihr viel Glück.

Sie lächelte über die Schulter, bevor sie in ihrem Zimmer verschwand.

An Schlaf war nicht zu denken. Holm wollte kurz duschen. Die Nacht war noch lange nicht vorbei. Er hielt die Karte an die Tür. Mit einem Piepen sprang das Schloss auf. Holm betrat sein Zimmer und fand den Lichtschalter neben der Tür. Eine schicke Suite. Echtholzmöbel. Ein großes Bett. Ein ordentlicher Flatscreen. Und ein Tablett auf dem Tisch, das er gleich inspizierte. Er musste lächeln. Da stand alles, was er für einen Moscow Mule brauchte. Für seinen Drink. Katta hatte wirklich ein bemerkenswert gutes Gedächtnis. Außerdem hatte sie einen polnischen Bisongras-Wodka zur Hand. Das hatte Stil, ihm inmitten des Chaos noch diese Aufmerksamkeit zu schicken, das musste er ihr lassen. Er fing an, sein Hemd aufzuknöpfen und warf einen Blick ins Bad. Die Dusche glänzte nobler als die bei ihm zu Hause.

Erst jetzt fiel sein Blick auf eine Karte, die am Glas steckte. Er schlug die Ärmel hoch und griff nach ihr.

Manches ändert sich nie. Eis findest Du in der Mini-Bar. K.

Schmunzelnd nahm er das Eis aus dem kleinen Kühlschrank, als es klopfte.

Er öffnete die Tür.

»Ein schöner Drink. Eine noch schönere Frau. Darf man das schon Glückssträhne nennen?«

»Ich könnte auf jeden Fall einen gebrauchen«, antwortete Katta, »nicht so viel Wodka.«

»Kommt sofort.« Er schloss die Tür hinter ihr.

»Holm?«

»Können wir die Vergangenheit später besprechen?«

»Deswegen bin ich nicht hier.«

»Sondern?«, fragte er.

»Ihr habt nach den Feinden von Bianca gefragt.«

»Und ihr habt alle geschwiegen.«

»War mir klar, dass euch das nicht entgangen ist.«

Holm lächelte gelassen.

»Ich konnte das eben nicht vor dem Vater sagen, weil es eine Art… Familienangelegenheit ist. Das nehmen die Vehs sehr ernst. Sie sind eine sehr verschworene Gemeinschaft.«

»Aber?«

»Wir können uns jetzt keine Rücksicht mehr leisten.«

Biancas Ex-Freund. Er hatte geahnt, dass der Bursche eine Rolle spielen würde. Schließlich war er der einzige Makel in Biancas Leben weit und breit.

»Dieser Pauls?«

»Wusste gar nicht, dass du die Klatschpresse verfolgst?«

»Was ist mit ihm?«

»Er kommt nicht von ihr los. Setzt sie immer wieder unter Druck. Versucht, sie emotional zu erpressen.«

»Und das macht ihn zum Feind?«, fragte Holm skeptisch.

»Sie hatte ihn heute auch eingeladen. Als versöhnliche Geste. Er kam ganz früh. Die beiden haben aufs Übelste gestritten. Er ist abgehauen, ich habe sie heulend gefunden.«

Er reichte ihr einen Mule.

»Holm, sie hat gesagt, er habe ihr gedroht.«

»Was?«, fragte er.

»Ich habe das Gefühl, sie hat wirklich Angst vor ihm.«

»Was hat sie noch erzählt?«

»Nichts. Es kam jemand dazwischen, und dann war keine Zeit mehr.«

Holm nahm ihr das Glas aus der Hand und stellte auch seinen Mule weg.

»Die müssen leider warten. Wo steckt sie?«

»In ihrem Apartment, nehme ich an. Ich schicke ihr gerade eine Nachricht.«

Holm analysierte diese Begebenheit. Doch, damit konnte man arbeiten. Zumindest Zeit kaufen. Das war schon mal etwas auf der Habenseite.

»Sie antwortet nicht«, sagte Katta besorgt. »Bianca reagiert sonst immer sofort.«

Sie sah ihn merkwürdig an und hörte das erste Mal, seit sie angekommen waren, auf, mit ihrem Smartphone herumzuspielen.

»Komm, schnell, Holm. Da stimmt was nicht!«

Sie riss die Tür auf und lief los.

»Was ist denn los?« Holm hetzte ihr hinterher.

»Das Ganze hat sie sehr … verunsichert.«

»Verschweigt ihr mir etwas, was ich wissen sollte?«

»Beeil dich, Holm! Und Leberwurst steht dir nicht.«

Das hatte ihm auch noch keiner gesagt. Bis sie bei Bianca ankamen, war er sprachlos.

Katta klopfte leise an die Tür.

Keine Reaktion.

Katta sah ihn besorgt an und klopfte noch einmal.

Es dauerte einen Moment, bis die Tür einen Spalt breit aufging, durch das ein Auge sie halb verschlafen, halb wütend ansah. Die Mutter.

»Ist Bianca hier?«, fragte Katta kühl.

»Ja.«

»Wir müssen dringend mit ihr sprechen.«

»Da haben Sie kein Glück.«

»Was heißt das?«

»Ich habe ihr ein Schlafmittel gegeben, ein leichtes nur. Sie braucht Ruhe.«

»Was?«, rief Katta viel zu laut.

»Lassen Sie uns herein, Frau Veh«, bat Holm, »wir sollten das nicht auf dem Flur klären.«

Das Auge blinzelte zwei Mal, ehe die Tür aufschwang. Die Mutter, noch in Abendgarderobe, winkte sie herein. Sie musste, über den Schlaf ihrer Tochter wachend, eingenickt sein.

Sein Blick fiel direkt auf Bianca, die sich auf der Wohnzimmercouch unter einer Decke zusammengerollt hatte und schlief. Unfassbar!

»Sie haben nicht allen Ernstes in dieser Situation ihre Tochter für Stunden lahmgelegt?«, fragte Holm, der es einfach nicht glauben konnte.

»Was Sie meinen, ist mir herzlich egal. Sie wissen nichts

über uns. Über diese Familie. Ich habe Sie auch nicht hierhergebeten. Wir kommen sehr gut ohne Sie zurecht.«

»Wenn ich das sehe«, sagte Katta mühsam beherrscht und zeigte auf die schlafende Bianca, »glaube ich das kaum. Ihr Image ist in höchster Gefahr und …«

»Ich kann dieses Gerede nicht mehr hören. Image. Medien. Fernsehen. Werbung. Diese gottverdammte Blase!«

Die beiden Frauen starrten sich giftig, ja hasserfüllt an. Holm musste intervenieren, bevor die Sache eskalierte.

»Wenn Sie mit dieser Medienwelt ein Problem haben, ich kann es verstehen«, sagte er beschwichtigend zu Hanna Veh, die ihm den Blick zuwandte. »Ehrlich. Und wenn Sie Ihre Tochter schützen wollen, ich habe selbst eine Tochter, und glauben Sie mir, bevor ich hierhergekommen bin, habe ich mit ihr …«

»Sparen Sie sich die Mühe. Sie können mich nicht einlullen. Ich höre diese Worthülsen jeden Tag.«

Sie sah ihn von oben herab an. Na schön! Ich kann auch auf die harte Tour, dachte Holm.

»Dann sage ich es Ihnen anders, Frau Veh. In einer solchen Krise, bei der keiner weiß, was eigentlich los ist, die Person im Kreuzfeuer lahmzulegen, sie sprechunfähig zu machen, ausgerechnet bei einer öffentlichen Person, das ist medialer Selbstmord, das muss ich so klar sagen. Dazu ist ihre Tochter auch noch beliebt. In so einer Situation ist ihre Tochter unsere stärkste Waffe. Sie kann authentisch sprechen, ihre Fans mobilisieren. Auch diese Option nehmen Sie uns. Nein, nehmen Sie ihr! Wollen Sie ihre Tochter ruinieren?«

Hanna Veh hielt seinem Blick stand. Augen wie Mauern. Er konnte sie nicht lesen.

Katta schob sich vor Holm. »Hat Bianca von ihrem Streit mit Dave erzählt?«, wollte sie wissen.

»Ich bin in keinster Weise bereit, unser Familienleben vor irgendwelchen Leuten auszubreiten. Da sind wir altmodisch. Ich habe diesen Irrsinn von meiner Tochter fernzuhalten!«

»Herr Holm ist doch genau aus dem Grund gekommen, um uns zu helfen, Bianca zu beschützen!«, rief Katta.

»Oder eher Sie, Frau Wiesenbach?«, versetzte Hanna Veh.

Was für ein Drachen, dachte Holm, was für eine Diva. Langsam stieg eine Frage in ihm auf und kam an die Oberfläche seines Bewusstseins: War ihr Auftritt, dieses ganze Gehabe und Geglucke am Ende Ausdruck von Stärke – oder von Schwäche?

Ihm blieb keine Zeit, den Gedanken zu vertiefen, denn die Veh drückte schließlich den Rücken durch und forderte unumwunden: »Ich möchte, dass Sie gehen, Herr Holm.«

Katta zog ihn am Ärmel, murmelte etwas von »lass sie« und »später«.

»Sie haben mich nicht verstanden, Frau Wiesenbach«, zischte Biancas Mutter, »es gibt kein *später*. Ihr Herr Holm ist hier nicht erwünscht. Sorgen Sie dafür, dass er sofort abreist. Samt Anhang.«

Holm wollte – so sehr sie ihn kalt erwischte – etwas erwidern, doch Katta zog ihn mit erstaunlicher Kraft aus dem Apartment.

Er sah noch, wie Hanna Veh die Hände hinter ihrem Rücken verschränkte und ihm reglos nachstarrte.

1.34 Uhr

Auf seine Jungs konnte er sich verlassen. Ja, auf seine Jungs aus der Brigade war wirklich Verlass.

Dave Pauls erlaubte sich einem Augenblick lang, stolz zu sein.

»Omar?«, lallte er.

»Hier, Dave«, antwortete der farbige Hüne mit seiner warmen Stimme.

»Bin stolz auf dich.«

»Na klar, Mann.«

Dave hob den Kopf, den der Wagen sanft hin- und herschaukelte. Trotz seines Zustands entging ihm der besorgte Blick des Taxifahrers im Rückspiegel nicht. Seine Sorge, das checkte Dave auch bei zweieinhalb Promille, galt nicht ihm, sondern den Ledersitzen.

»Auf euch auch, Jungs. Steffi-Steffen? Raschid-im-Glied?«

»Sssscchh, bist gleich zu Hause«, antwortete Steffen leise.

»Entspann dich, Bro«, sagte Raschid.

Dave nickte eine Weile vor sich hin.

»Work hard, party hard«, schrie er unvermittelt, was den Taxifahrer veranlasste, das Radio lauter zu stellen.

Er hatte mit seinen Jungs nach deren Schicht seine Wut weggesoffen. Na ja, streng genommen hatte er sich den ersten Korn genehmigt, als sich sein Laden so langsam leerte.

Nein, korrigierte er sich, er hatte *versucht*, die Wut wegzusaufen. Die Wut auf Bianca. Und ihren Clan. Sie hatten wieder gestritten. Schlimmer als sonst, wenn das überhaupt noch möglich war.

Schnaps sei Dank hatte er sich quick and dirty plattgemacht. Das war das Beste, was man an so einem miesen Tag tun konnte. Das mit Abstand Beste – wenn er nicht mehr an Bianca denken wollte.

»Sie macht mich so rasend.« Er murmelte seine Gedanken jetzt, ohne es zu bemerken. »Abgehoben ist die. Wie arro die mich behandelt«, brabbelte er.

»Alles wird gut.« Omar tätschelte seinen Kopf.

»Sie ist genau so geworden, wie sie nie sein wollte. Bitch!«

Der Wagen hielt. Zwei Jungs hievten ihn aus der Tür.

»Schaffst du den Rest, Dave?«

»Früher oder später bestimmt«, giggelte er. »Macht euch vom Acker, ihr Saufziegen.«

Sie drückten ihn der Reihe nach, Omar schloss ihm noch die Tür auf. Dann lehnte er allein an der Wand im Treppenhaus.

Dieses Gefasel von Familie. Von der Familie, zu der er nicht dazugehören durfte, sollte das heißen. Wie ihn das abfuckte. Verlogene Bande. Da konnte er einem edlen Club mehr abgewinnen. Wer zahlte, kam rein. Bums aus.

Er nahm Kurs auf die Treppen und hielt sich mit beiden Händen am Geländer fest.

»Morgen lass ich hier 'nen Fahrstuhl in den Puff bauen«, murmelte er und nahm die ersten Stufen.

Er hatte die Warnungen seiner Jungs nicht wahrhaben wollen, dass sich Bianca ausschließlich für ihre Karriere interessieren würde.

»Die Braut ist so eiskalt, da brauchst du keinen Schockfroster.«

Gut, er hatte Raschid für den Spruch eine runtergehauen, aber das war lange her.

Der Bursche hatte mehr Menschenkenntnis bewiesen als er.

Eiskalt, kein Wunder bei der Mutter. Die sah ihn immer an wie eine Geschlechtskrankheit.

Am liebsten, dachte er auf den letzten Stufen vor seiner Wohnung, hätte er sich irgendwo auf der Reeperbahn was gefangen, bloß um das dumme Gesicht von Biancas Mutter zu sehen.

Jetzt mal kurz konzentrieren, Sesam-öffne-dich würde wohl nicht funktionieren. Er musste kichern, das fand er witzig mit Sesam-öffne-dich.

Er flüsterte: »Sesam öffne dich«, musste noch mehr kichern und traf im vierten Versuch das Schlüsselloch.

In der Küche holte er sich eine Dose Bier aus dem Kühlschrank, zum Nüchtern-Trinken. Ach, und da war ja auch sein Smartphone. Dann hatte er es wenigstens nicht verloren, wie angenommen, sondern einfach vergessen.

Er schleppte sich auf sein Sofa, ließ sich fallen, schlürfte das überschäumende Bier in sich hinein und entriegelte das Gerät. WhatsApp quoll über. Neun Anrufe in Abwesenheit.

Scheiße Mann, was war los?

Er las die ersten Nachrichten, was einen Moment dauerte, doch dann regte sich etwas in ihm.

Durch seinen benebelten Kopf geisterte ein einziges Wort: Rache!

Du hast eine Leiche in deinem Laden? Dann trete ich dir mal so richtig in die Eier, Bitch!

Ohne Zögern ging er auf Facebook und tippte drauflos:

Ist ja n offenes Geheimnis, dass Bianca neulich auf ner Nervenfarm war. Burn-Out, Depri oder so. Ne labile Köchin, n Toter im Restaurant. Da kann sich jeder von euch selbst einen Reim drauf backen.

Und: Zack. Gepostet!

Er hatte Bianca gedisst. Die Bombe platzen lassen. Bämm! So machte das Dave Pauls, der nicht gut genug war für Frau Sterneköchin und ihre Mischpoke.

Wenn er so einen Scheiß-Stern haben wollte, würde er ihn sich in einem Jahr erkochen. Wäre dummerweise schlecht für sein Image, mit dem er gutes Geld machte. Und der ganze Firlefanz drum herum – viel zu teuer und aufgeblasen. Die nahmen sich alle so wichtig. Dabei retteten sie kein Leben, schufen keinen Frieden, flogen nicht zum Mond. Sie kochten, scheiße noch mal! Wenn sie das überhaupt taten. Bei Ferran Adrià hatten die Leute sich bunte Spritzen reingezogen. Molekularküche, ohooo! Wassereis hieß der klare Sieger im Preis-Leistungs-Verhältnis.

Dann diese ewigen Ranglisten. Nicht, dass er etwas gegen Schwanzvergleiche hatte, aber was diese Sterne-Szene veranstaltete, war doch ein einziger Inzest.

Und noch so ein Stratege: Heston Blumenthal. Da kriegst du in so einem englischen Kaff in der Pampa zu deinen Austern und Muscheln Sand und Seetang auf deinem Teller serviert. Und das Beste: noch einen Kopfhörer dazu – mit Wellenrauschen, Wind und Seemöwen.

Essen als Gesamtkunstwerk. Als Erinnerungsreise. Nahrung für die Seele. Kotz!

Kulinarische Masturbation war das und nichts anderes.

Yo, Heston, behalt bloß deine drei Sterne. Und deine Möwen.

Auf diesem gottverdammten Planeten verhungerten Kinder, Mann.

Dave erinnerte sich noch sehr gut, wie er ein ums andere Mal hungrig ins Bett gegangen war, weil der versoffene Vater nicht genug nach Hause brachte, um die Mäuler zu stopfen. Und das war noch weit entfernt von verhungern.

Alle gaben ihm Recht. Keiner wollte es hören.

Was für eine kranke Welt.

Die Franzacken stopften ihre Hühner in Schweinsblasen. Bäh!

Wobei, Robuchon fand er schon wieder lässig. Der sammelte Sterne wie Pilze. Siebenundzwanzig oder wie viele hatte er in seinen diversen Schuppen? Der trieb es auf die Spitze. Würde der es ironisch meinen, wäre er sein Held.

Natürlich gab es ein paar coole Typen mit Sternen. Marco Pierre White zum Beispiel, dessen Buch passenderweise *Der Teufel in der Küche* hieß. Gordon Ramsay hatte drei, redete wenigstens wie ein normaler Mensch, bis es zur Masche wurde, *fuck* zu sagen. Wohoo, da wurden die Spießer ganz nervös, wenn einer aus ihrer Welt inflationär das F-Wort benutzte.

Jamie Oliver hatte keinen Stern, dafür ein Imperium.

Da konnte man sich doch das Geschleime bei den Restaurantkritikern sparen. Die elende Lästerei über Rivalen.

Er aktualisierte die Seite. Die Likes und Dislikes schlugen im Sekundentakt ein. Gleich knackte er die ersten hundert Kommentare. Lief doch.

Am liebsten hätte er ein Battle mit Bianca. Jetzt und hier. Mann gegen Mann. Keine Mami. Kein Papi. Keine Managerin.

Er holte sich einen Energy-Drink, er musste ja noch eine Weile durchhalten, den Spaß durfte er sich nicht entgehen lassen.

Das war schließlich besser als ein Dreier. Das war sogar besser als ein Abend am Grill für hundertachtzig Leute, wenn die Haut noch Stunden später glühte, wenn man endlich ins Bett kam.

Im nächsten Moment hasste er sich.

Er hasste sich dafür, dass er sie Bitch nannte. Und wenn es nur in Gedanken war. Er spürte Tränen in die Augen schießen. Sie war Bianca und würde es immer bleiben. Seine große Liebe. Warum begriff sie das nicht? Wieso stieß sie ihn weg?

Er griff zum Smartphone, wollte ihr schreiben, sich für seinen Post entschuldigen.

Bianca, das war scheiße von mir. Hab getankt nach unserem Streit. Ich mach es wieder gut.

Gerade als er es abschicken wollte, fiel sein Blick auf einen neuen Post auf Facebook. Er sah zwei Mal hin. Schluckte die Tränen hinunter und legte sein Smartphone weg, ohne die Nachricht zu senden. Er konnte sich ein Grinsen nicht verkneifen, legte die Finger auf die Tastatur und ließ seinen Gedanken ihren Lauf.

Scheiß drauf, entschuldigen konnte er sich immer noch.

Jetzt ging es Mann gegen Mann.

So wie er es sich gewünscht hatte.

1.42 Uhr

Holm klopfte im Vorbeigehen an Lauras Tür, öffnete seine eigene und stürzte ins Zimmer.

Katta, die kaum mit ihm Schritt halten konnte, sagte: »Ich

hole Konrad. Irgendwie fängt er seine Frau immer wieder ein.«

»Tu, was du nicht lassen kannst«, antwortete Holm und warf seinen Koffer aufs Bett.

Laura rauschte in sein Zimmer, sah ihn verständnislos an und schloss die Tür hinter sich.

»Was ist denn los?«

»Die Mutter hat mich gefressen. Sie will, dass wir abhauen.«

»Was?«

Er erklärte ihr, was passiert war.

»Am besten hätte die Mutter das Schlafmittel selbst genommen!«, rief Laura.

»Gute Idee, nur zu spät«, murmelte Holm und warf seinen Kulturbeutel in den Koffer.

»Und das war es jetzt, Mats?«

Holm sah von seinem Koffer auf.

»Röbel an der Müritz soll eine sehr hübsche Therme haben.«

Es klopfte. Holm warf genervt seinen Koffer zu und stützte die Hände in die Hüften.

Katta schob Konrad Veh in das Zimmer, Laura schloss schnell die Tür hinter ihnen.

»Herr Holm«, fing Veh an, dem ein Frosch im Hals saß, »ich bitte Sie zu bleiben.«

»Pah«, machte Holm und starrte an die Wand.

»Ohne Vertrauen können wir einfach nicht arbeiten«, erklärte Laura. »Vertrauen vom *gesamten* Team hinter Bianca.«

Veh sah Laura lange an.

Holms Smartphone klingelte. Storch.

»Holm, es poppt gerade im Radar auf. Dave Pauls hat eine

volle Breitseite abgegeben. Behauptet, Bianca sei psychisch labil. Wäre vor kurzem heimlich in einer Klinik gewesen. Da könne sich ja jeder selbst einen Reim auf den Toten im Restaurant machen. Der will Ärger, der kleine Troll.«

»Aha«, machte Holm und sah Katta und Veh an.

»Es kommt noch schlimmer«, fuhr Storch fort, »der Vater hat geantwortet. Dave beschimpft. Die duellieren sich da.«

Holm bedankte sich, drückte den Anruf weg und sah Veh an.

»Herr Veh«, sagte er langsam, »wann wollten Sie mir denn von ihrem Battle erzählen?«

»Battle?« Katta starrte Veh verständnislos an.

»Auf Facebook. Mit Dave Pauls!« Holm konnte seine Stimme nur schwer unter Kontrolle halten.

Katta schlug eine Hand vor den Mund. Laura drehte sich zum Fenster, damit die Auftraggeber nicht die Wut in ihrem Gesicht sahen.

»Und was zum Teufel«, Holm wurde jetzt lauter und fixierte Katta, »ist an der Sache mit der Klinik dran, die der Herr Ex-Freund in die Welt rausposaunt? Und das auch noch mit dem Toten in Verbindung bringt?«

Katta sackte in sich zusammen.

»Entschuldige, ich dachte, das würde keine Rolle …«

Laura schnitt ihr das Wort ab: »Jetzt oder nie!«

»Bianca …«, fing Veh an, doch seine Stimme versagte, und er benötigte einen zweiten Anlauf. »Bianca brauchte eine Auszeit. Eine Atempause. Musste mal raus aus der Mühle. Verarbeiten, was passiert ist. So eine steile Karriere in so kurzer Zeit, das hat auch seine Schattenseiten. Aber mit dem, was heute Abend passiert ist, hat das garantiert nichts zu tun.«

Endlich verriet der Kerl ein paar Dinge, mit denen Holm etwas anfangen konnte.

»Ehrlich gesagt«, übernahm Katta das Wort, »war sie leer. Kraftlos. Andauernd müde. Kurz vorm Burnout. Eine depressive Episode, nicht mehr, wirklich. Das war komplett neu für sie – und für uns auch. Sie musste lernen, damit umzugehen, wie wir alle.«

»Musste?«, fragte Laura scharf nach.

»Muss«, gab Katta zu.

»So ein kurzer Aufenthalt reicht wohl kaum, oder?«, bohrte Laura nach.

»Nein, aber ...«, antwortete Katta.

»Aber was? Besser als gar nichts?«

Dank Lauras Nachfragen begriff Holm, wie es abgelaufen war.

»Anders konntest du es nicht geheim halten«, sagte er leise zu Katta.

Sie schlug die Arme um sich. Hob eine Hand vor ihre Kehle.

»Ja. Ein paar gecancelte Termine. Das ging noch.«

»Konnte sie nicht offiziell einfach Urlaub machen?«

»Schlechtes Timing«, flüsterte Konrad Veh.

»Gibt es bei Krankheit etwa einen guten Zeitpunkt?« Laura ließ nicht locker.

Katta sah zu Veh, der endlich den Kopf hob, den Blickkontakt zuließ und schließlich nickte.

»Sie musste einfach präsent sein«, erklärte Katta, »ich arbeite seit Monaten an einem Mega-Deal für Bianca.«

Am Ende muss ich mich bei der Mutter noch bedanken, schoss es Holm durch den Kopf. Er beobachtete jede Regung von Veh.

»Was für ein Deal?«, hakte Laura nach.

»Sie soll für die Nationalmannschaft kochen. Bei der Europameisterschaft im kommenden Jahr. Der alte Koch ist aus irgendeinem Grund in Ungnade gefallen, der Bundestrainer will einen neuen Impuls. Gerne eine Frau, die er auch gegen den Lagerkoller einsetzen kann.«

Holm pfiff leise.

»Was da vermarktungstechnisch dranhängt, muss ich euch nicht erzählen.«

»Das eröffnet Bianca ganz neue Zielgruppen im Fitness- und Lifestyle-Segment, ihr Bekanntheitsgrad steigt noch mal mächtig und ihr Marktwert geht durch die Decke«, meinte Laura.

Katta nickte matt.

»Nächsten Samstag ist das entscheidende Treffen«, erklärte sie kaum hörbar, »dann würde sie direkt beim nächsten Heimspiel einsteigen.«

Holm pfiff ein zweites Mal.

»Tut mir leid«, sagte Katta kleinlaut, »ich dachte, ungelegte Eier sind ungelegte Eier.«

»Na, ganz toll!«, rief Laura und schüttelte angewidert den Kopf. Er konnte ihre Reaktion verstehen, allein: Es brachte nichts. Er legte eine Hand auf ihren Arm, ohne Veh aus den Augen zu lassen.

»Erstens, Herr Veh: Finger weg von Social Media. Friendly fire können wir nicht gebrauchen. Und Ihre Tochter noch weniger.«

Veh nickte geschlagen.

»Zweitens halten sie Ihre Frau unter Kontrolle. Ich verstehe, wie hart das für sie sein muss. Kommen wir nicht in die Gänge, wird es noch härter.«

Veh nickte nur noch in einem fort, den Blick auf den Boden geheftet.

»Kein Dornröschen mehr! Wenn sie Bianca bemuttern will, soll sie ihr Hühnersuppe machen.«

»Ich werde meinen Sohn bitten, bei meiner Frau zu bleiben.«

»Dann verlieren wir keine Zeit mehr«, sagte Holm und klatschte in die Hände, was Veh und Katta zusammenzucken ließ.

»Was halten Sie davon, wenn ich Ihre Brieffreundschaft auf Facebook weiter pflege?«

Veh nahm sein Smartphone aus der Tasche, entriegelte es, rief Facebook auf und reichte Holm das Gerät.

»Das ist doch bloß Internet«, flüsterte Veh. »Ich konnte das nicht so stehen lassen.«

»Jetzt ist es in der Welt und macht die Runde«, entgegnete Laura, während sie sich an Holm schmiegte, um mitlesen zu können. Holm drehte das Display etwas zu ihr und überflog den Schlagabtausch. Es war persönlich geworden. Giftig.

»Sie sind ins offene Messer gelaufen«, erklärte Laura Biancas Vater.

Katta, die auf ihrem eigenen Gerät las, fragte, ob sie nicht etwas im Namen von Bianca posten könnten, das die Lage entschärfte.

»Die ganz großen Stunts heben wir uns noch auf«, antwortete Laura.

Mit Respekt vor dem Toten und seiner Familie konnte Holm jetzt nicht mehr kommen, dafür hatte Biancas Vater sich zu sehr auf Daves Niveau eingelassen. Sachlich dementieren? Würden sie nicht durchhalten. Das hier verlangte nach Erklärungen. Die Medien würden sie einfordern. Die Kommissarin auch.

Verdammt! Wenn Bianca aufwachte, erwartete sie nichts Gutes.

»Wir bräuchten etwas Souveränes«, überlegte Laura, »etwas Leichtes, was den Streit abbindet. Augenzwinkern wäre ideal.«

Ja, die Richtung stimmte definitiv.

»Hat Dave einen Stern?«, fragte Laura plötzlich.

»Wenn er wollte, sicher«, antwortete Veh.

»Also nein?«

Veh nickte.

»Gut. Irgendwas mit Sternen. Was fällt uns ein?«

»Hol dir erst einmal einen Stern vom Himmel«, textete Laura, ehe sie die Idee selbst verwarf. »Ne, ist zu blumig.«

»Zu Star Wars gehören zwei«, schlug Holm vor, »ich warte gerne.«

»Super!«, rief Laura, »und dann noch: *Solange das Schwert schön flachhalten, Dave*«.

»Wow«, meinte Katta.

Holm sah alle kurz an.

»So beschlossen! Feuern wir es ab und dann Waffenruhe«, sagte er.

»Er wird nicht lockerlassen«, meinte Konrad Veh skeptisch.

»Schon klar«, erklärte Holm, »aber den Rest erledigen unsere Bodentruppen.«

Veh sah ihn verwundert an.

»Komm, wir haben zu tun«, sagte Laura und schob ihn aus der Tür.

»So viel zum Hochglanz-Image.«

»Deshalb war Katta auch so alarmiert, als sie Bianca vorhin nicht erreichen konnte. Spätestens da hätte sie es mir anvertrauen müssen.«

»Wie auch immer, da passt doch rein zufällig deine Abfrage zu Dave Pauls.« Laura lächelte Holm an.

»Schieß los.«

»Ich habe eine Sache gefunden, mit der wir arbeiten können: Seit dem Jugendknast hat er sich offiziell nichts mehr zuschulden kommen lassen. Dafür hat er, wie ein Informant mir sagt, Kontakte ins Milieu. Reeperbahn und so. Ließe sich aufblasen.«

»Gut, da haben wir eine hübsche Nebelkerze im Arsenal.«

»Ich habe zufällig was aufgeschnappt, als zwei Polizisten sich unterhalten haben.«

»Erzähl.«

»Die sind nicht gerade in Lichtgeschwindigkeit unterwegs. Die Obduktion kann wahrscheinlich erst am Morgen starten. Die von der Spurensicherung brauchen bald eine Pause.«

»Willkommen bei der real existierenden Polizeiarbeit.«

»Das Ganze verzögert sich. Kostet uns Zeit. Ist mir zu lahm, Mats. Wenn du verstehst, was ich meine.« Sie hätte ihm gar nicht zuzwinkern müssen, er verstand bestens, worauf sie hinauswollte.

Er nickte, zog den Autoschlüssel aus der Tasche und warf ihn ihr zu.

»Dann schau mal, ob wir alles dabeihaben.«

Im Nu war Laura durch die Tür.

Holm wählte Storchs Nummer.

»Habt ihr Papa Veh einen Schnellkurs verpasst?«, fragte sein Freund.

»So was in der Art.«

»Kommt auf jeden Fall gut an.«

»Wir wollten uns den Knaben vorknöpfen.«

»An was denkst du?«

»An einen veritablen Shitstorm. Nimm Bots.«

»Die lassen sich relativ schnell durchschauen.«

»Ist nicht so wichtig, ob jemand kapiert, dass keine echten Menschen Dave niederschreiben.«

Diese ganze Welt der Algorithmen und der automatisierten Kommunikation überstieg Holms Vorstellungsvermögen. Doch ein Instrument, das funktionierte, war ein Instrument, das er nutzen würde. Social Bots gehörten dazu.

»Ich sorge dafür«, antwortete Storch, »dass sie sich nicht zu uns zurückverfolgen lassen. Kann ja ein Fan von Bianca gewesen sein, der die programmiert und auf Dave losgelassen hat.«

»Perfekt. Ein paar Stunden reichen mir.«

»Wofür?«, wollte Storch wissen.

»Um herauszufinden, ob Dave Pauls Recht hat oder nicht.«

»Scheiße, Mann!«, antwortete Storch, der sofort begriff, was auf dem Spiel stand.

»Kannst wohl Gedanken lesen«, sagte Holm und drückte seinen Freund aus der Leitung.

Hatte Bianca die Suppe versalzen – ja oder nein? Das war die alles bestimmende Frage.

Er räumte den Koffer vom Bett und brachte den Kulturbeutel ins Bad. Ein Blick auf die Uhr ließ ihn kurz zögern, ehe er die nächste Nummer wählte.

Werner ging sofort dran.

»Wen soll ich für dich aus dem Bett schmeißen, Holm?« Er musste lachen. Werner musste die ganze Zeit aufgeblieben sein und seinen Anruf erwartet haben. Einmal Profi, immer Profi. Werner Mühlen war so ziemlich das Einzige, was Holm minutenweise an einen Gott glauben ließ, so sehr verehrte er den alten Knaben, der sein über Jahrzehnte systematisch aufgebautes Netzwerk voller außerordentlich nützlicher Kontakte auch noch im Ruhestand hegte und pflegte wie ein Rosenzüchter seine liebsten Pflanzen.

Auf dem Tischchen wartete immer noch das Tablett mit all den verlockenden Zutaten für Holms Lieblingsgetränk. Die Lust auf einen Mule war ihm jedoch vergangen.

Er erklärte Werner, was er schnellstmöglich brauchte.

Und wen sein Mentor organisieren musste.

1.56 Uhr

Konrad Veh hockte in seinem dunklen Büro. Allein der Bildschirm warf kaltes Licht in sein ohnehin fahles Gesicht. Erledigt wie er nach diesem Tag war, starrte er in den Computer vor ihm. Verschob Zahlenkolonnen. Es nutzte nichts. An diesem Abend würden sie mächtig draufzahlen. Dabei hatte er wegen Bianca mit einem dicken Plus gerechnet. Immer wenn sie Zeit fand, hier wirklich zu kochen, klingelte die Kasse.

Und jetzt das.

Ein Toter.

Er schob die Tastatur von sich. Zum Teufel auch.

Damit nicht genug. Dave, dieser Mistkerl, stocherte in Biancas Wunden herum. Er konnte ihr Nein nicht akzeptieren, als würde er dieselben Managementbücher lesen wie Konrad, in denen so tolle Merksätze wie *Never take no for an answer* standen. Niemals lockerlassen.

Dem würde er noch die Meinung geigen. Persönlich. Ohne dass dieser Holm ihn beaufsichtigte. Unter Männern.

In seinen Augen stand Dave immerhin seinen Mann. Egal, was seine Frau meinte. Dave kam aus dem Nichts. Arbeitete härter als die anderen. So viel Unsinn er auch produzierte, das Herz hatte er auf dem rechten Fleck.

Eigentlich.

Dave erinnerte ihn an sich selbst, als er jung war. Wilder, roher als er. Vieles, was in Dave vor sich ging, glaubte er nachempfinden zu können.

Veh hätte auch gerne seine Frau zurückgehabt. Doch sie schloss ihn mehr und mehr aus. Glaubte, dass er etwas mit Katta hatte. Wandelte auf einem anderen Planeten. Das war, wenn er ehrlich zu sich selbst wäre, auch der Grund, warum er sich im Büro verkroch und die gemeinsame Wohnung, so oft es ging, mied. In einer Minute könnte er im Anbau sein, in dem sie wohnten. Ihr nah zu sein und doch so fern, das hielt er kaum aus. Da blieb er lieber gleich auf Abstand und litt für sich.

In Gedanken versunken holte er einen Bourbon, der zusammen mit ein paar anderen erlesenen Tropfen auf einer Kommode stand, einen ebenso weichen wie wärmenden Tropfen, der selbst in diesem spärlichen Licht nobel schimmerte, und goss sich ein Glas ein, das er in einem Zug austrank. Das zweite Glas würde er sich in Ruhe zu Gemüte führen.

Ein Klopfen an der Tür riss ihn aus seiner Whiskey-Seligkeit.

Thomas steckte den Kopf herein.

»Du wolltest was mit mir besprechen?«

Konrad Veh freute sich mittlerweile jedes Mal, wenn er seinen Sohn sah. Der Anblick wärmte sein Innerstes – mehr als der beste Whiskey. Was hatten sie beide für Schlachten geschlagen, getrieben von seinem Starrsinn und Thomas' Freiheitsdrang. Lange Jahre hatten sie sich gegenseitig abgeschrieben. Wenn es so weit kam, trug ein Vater immer mehr Schuld als ein Kind, das hatte das Leben Konrad Veh gelehrt.

»Komm rein. Auch einen?«

Thomas schüttelte den Kopf. »Ist mir jetzt zu hart.«

Mit Anfang dreißig war er ein richtiger Mann geworden. Sein Sohn glich einer jüngeren Kopie von ihm. Groß, kantig, mit etwas weicheren Gesichtszügen allerdings, die Hanna beigesteuert haben musste. Deutlich andere Trinkgewohnheiten ließen sich auch nicht von der Hand weisen.

Er winkte ihn herein.

»Franco und ich haben noch die Mitarbeiterlisten zusammengestellt samt Arbeitsstunden, unsere Abläufe notiert, die Lieferanten aufgelistet und jeden Einzelnen vorgewarnt. Und was die Polizei sonst noch von uns haben wollte. Alles erledigt.«

»Gut«, antwortete Konrad Veh knapp. »Ich habe allerdings noch einen Spezialauftrag für dich.«

»Okay?«, sagte Thomas und schloss die Tür hinter sich.

Veh berichtete seinem Sohn von Daves Attacke auf Bianca, was Thomas bereits auf Facebook mitbekommen hatte – inklusive seines unrühmlichen Schlagabtauschs. Dass Hanna seine Schwester mit einem Schlafmittel außer Gefecht gesetzt hatte und die PR-Profis vom Hof jagen wollte, war ihm hingegen neu.

»Das ist alles zu viel für Mama«, meinte Thomas.

»Ja, das mag sein«, erwiderte Veh. Er musterte seinen Sohn. Er hoffte inständig, dass er gleich mitmachen würde. Er konnte keine Diskussion mehr ertragen. Er war so müde. Wollte bloß etwas Ruhe, selbst wenn er sie nur auf dem schmalen, hart gepolsterten Bürosofa bekam, auf das Thomas sich fallen ließ.

»Auf deine Mutter ist in der Ausnahmesituation, in der wir uns befinden, kein Verlass.«

»Sieht so aus«, antwortete Thomas tonlos, was Veh innerlich aufatmen ließ.

»Umso mehr brauche ich dich, Junge.«

»Klar, wo immer du mich aufstellst.«

Veh räusperte sich. »Ich muss dich bitten, deine Mutter im Auge zu behalten. Verkauf es ihr als Fürsorge. Oder was weiß ich.«

Thomas nickte langsam. »Sie darf nicht mehr dazwischenfunken, richtig?«

»Ich bitte dich, auch im Namen deiner Schwester.«

Er bemerkte ein kurzes Zaudern seines Sohnes, nur war er zu erschossen, um sich darüber einen einzigen weiteren Gedanken zu machen.

»Klar«, sagte Thomas und stand vom Sofa auf, »ist sie in der Wohnung?«

»Müsste sie.«

»Das Gute ist«, meinte Thomas über die Schulter, »dass ich so unfassbar platt bin, dass ich gar kein Schlafmittel brauche.«

Veh lächelte seinen Jungen an, der ihm kurz winkte und sich zur Tür wandte.

»Thomas?«

»Ja?«

»Vielleicht habe ich dir das noch nie so richtig gesagt, Thomas, aber ohne dich würde ich das hier nicht mehr schaffen.«

Thomas antwortete, ohne sich umzudrehen.

»Hast du nicht, das stimmt.« Der Tonfall war ein anderer.

»Es ist alles so groß geworden. So aufwendig. So öffentlich. Und jetzt noch ein Toter im Restaurant.«

Thomas wandte sich um.

»Das ist alles furchtbar, Papa, keine Frage. Wir müssen Schritt für Schritt denken, dann werden wir auch das überstehen.«

Veh nippte an seinem Bourbon.

»Vielleicht bin ich mein Leben lang in die falsche Richtung galoppiert. Habe euch gedrängt. Na ja, du hast ja rechtzeitig die Biege gemacht.«

»Was redest du denn da?«

»Wenn Bianca abrutscht, psychisch meine ich, dann ist das meine Schuld.«

Er nahm einen großen Schluck.

»Unsinn!«, rief Thomas, lief um den Schreibtisch und rüttelte ihn an den Schultern. »Papa, sie hat es immer gewollt! Es war in ihr drin. So wie es in mir nicht drin war. Und mit neunundzwanzig trifft sie längst ihre eigenen Entscheidungen – auch wenn ihr das nicht wahrhaben wollt. Ihr beide!«

Veh sah seinem Sohn in die Augen, in denen sich seine alte Energie zu spiegeln schien. Der Wille, der drohte, ihm selbst abhandenzukommen. Er griff nach Thomas' Arm und hielt ihn fest.

»Ich weiß, ich verlange viel von dir, versprich mir nur noch eins.«

»Ich stelle dir morgen einen Bourbon hin, der nicht so trübselig macht, *das* verspreche ich dir.«

»Egal, was kommt, wir müssen Bianca aus der Sache heraushalten.«

»Was soll das heißen?«

»Das, was ich sage.«

»Weißt du etwas? Was soll das auf einmal?«

»Kannst du mir das versprechen? Ich werde ewig in deiner Schuld stehen.«

Thomas riss sich los und lachte. Seine Miene bekam einen bitteren Zug.

»Habe ich denn je etwas anderes gemacht, als Bianca den Rücken freizuhalten, Papa? Mache ich das nicht schon mein Leben lang?«

Doch, das tust du, antwortete Konrad Veh bei sich.

Thomas lachte wieder, machte eine wegwerfende Geste und lief aus dem Raum, ohne die Tür hinter sich zu schließen.

Veh trank den Bourbon aus. Die Wärme in der Kehle tat gut gegen die Kälte im Herzen.

Er spürte das Äderchen unter seinem Auge pochen.

Junge, triffst *du* denn nicht deine eigenen Entscheidungen?

2.01 Uhr

Die Online-Armee, die Storch losgelassen hatte, rang Dave nieder. Holm konnte es auf seinem Smartphone verfolgen. Er saß in seinem Zimmer auf dem Boden und lehnte mit dem Rücken an der Wand. Die Social Bots machten ihren verrückten Job, sich auf bestimmte Stichworte zu melden und vorgefertigte Botschaften abzusetzen, so als seien sie wirkliche Menschen.

Dave stand unter Dauerbeschuss. Ein paar echte Fans von Bianca mischten trotz der Uhrzeit auch noch mit. Der Star-Wars-Spruch, den sie im Namen von Konrad Veh abgeschickt hatten, kam erschreckend gut an und machte die Runde. Sie hatten gleich noch eine englische Version abgefeuert.

Anscheinend zeigte das alles Wirkung. Seit zwanzig Minuten hielt Dave still. Noch zehn Minuten Ruhe, dann konnten sie davon ausgehen, dass er erst einmal genug hatte.

Ausgestreckt auf Holms Bett lag Laura, ihr Mini-Laptop auf dem Schoß. Ihr Smartphone meldete sich. »Laura, Sie sind eine rätselhafte Frau. Das reizt mich«, las sie vor.

»Ich weiß gar nicht, was der Herr Kommissar an dir findet.« Holm blinzelte ihr zu.

»Jan Theiss hat einfach einen sehr guten Geschmack, im Gegensatz zu vielen anderen Männern.«

»Dave hat auch ein Händchen für edle Auslese«, kam Holm sofort zurück zur Sache.

»Auf jeden Fall haben wir ihn ausgebremst. Aber was machen wir mit Biancas Klinikbesuch und seinen Vorwürfen? Wir brauchen gute Antworten.«

Holm stand auf, streckte sich ächzend und holte seine Sanduhr aus der Hosentasche.

»Vielleicht war das ausnahmsweise gar nicht so schlecht, was der Vater vorhin gesagt hat«, meinte er.

»Dass sie ihre schnelle Karriere verarbeiten wollte?«

»Betont ihren Erfolg. Ist professionell von ihr, konstruktiv. Geht nach vorn.«

»Sie bestreiten also nicht, in einer Klinik gewesen zu sein, *Frau Veh*?«

Holm musste lächeln. Er warf ihr seine Sanduhr zu und ließ sich auf das Spiel ein.

»Ich sehe es als Coaching an. Als Freiraum, über das Leben, die Entwicklungen und die Menschen, die mir wichtig sind, nachzudenken.«

»Warum dann eine stationäre Aufnahme, Frau Veh? Das klingt doch unglaubwürdig.«

»Ich hatte das Gefühl«, spielte er Lauras fiktive Pressekonferenz mit, »so etwas wie ein Intensivkurs würde mir am meisten helfen. Einzeltermine sind für mich zeitlich schwer zu koordinieren.«

»Wenn es nur um diesen Intensivkurs ging, warum dann die Geheimnistuerei?«

»Es ist kein Geheimnis. Es war auch nie eins. Mein Umfeld weiß Bescheid. Sagen Sie ihren Nachbarn alles, was Sie so den Tag über getrieben haben, wenn sie Sie gar nicht danach fragen?«

»Frau Veh, ging es nun um Burnout und Depression oder nicht?«

»Natürlich ist man in meinem Job auch mal platt und ausgelaugt. Wem geht das nicht so? Sie kennen das vielleicht von sich selbst. Fakt ist: Die Arbeit erfüllt mich wie eh und je.«

»Was ist in dieser Hinsicht bei ihrem Klinikaufenthalt herausgekommen?«

»Mir ist klar geworden, was ich für ein starkes Team hinter mir weiß – ein Team das auch auf mich achtet. Was meine Eltern und mein Bruder für mich tun, ist der Wahnsinn. Dabei bin ich nicht nur der Familie wichtig. Sondern sie mir auch. Das darf nicht hinten runterfallen, mir ist klar geworden, wie viel mir das bedeutet. Ich plane jetzt etwas mehr Zeit dafür ein, anders geht es nicht.«

Laura warf ihm seine Sanduhr zu.

»Sehr überzeugend, *Bianca*. Das mit den Eltern, da würde ich nicht zu dick auftragen, die übernehmen ja so geschickt die Pressearbeit und Medikation«, sagte Laura spitz. Sie hatte die Vehs gefressen.

»Details besprechen wir, wenn Dornröschen wieder wach ist.«

»Da muss sie voll mitziehen, Mats, sonst geht das in die Hose.«

»Wir können nur mit der Geschichte umgehen.«

»Denkst du an ein Statement?«

»Wenn sie es sich zutraut, würde ich lieber ihre Stärke im Fernsehen ausspielen.«

»Klingt nach einem Plan«, meinte Laura und packte ihr Laptop neben sich.

»Sofern unser Ausflug so ausgeht, wie wir uns das wünschen.«

Holms Smartphone vibrierte. Eine Nachricht von Werner mit Instruktionen, einer Adresse und einer Telefonnummer. »Werner hat es geschafft«, sagte er und hob das Gerät wie zum Beweis in die Luft. »Seine Kontakte rosten einfach nicht«, antwortete Laura voller Anerkennung, als es klopfte. Sie ließ Katta herein, die gleich ihre große Handtasche öffnete.

»So, ihr Strategen. Wie bestellt: Hier habt ihr vier verschließbare Gefrierbeutel, eine Klorolle und fünf Meter Paketband. Eine Pinzette konnte ich nicht auftreiben, aber wir können meine Wimpernzange nehmen.«

»Perfekt«, antwortete Holm.

»Zieht ihr das wirklich durch?« Katta wollte sich offensichtlich noch einmal vergewissern, dass sein Vorschlag nicht Ergebnis einer flüchtigen Laune gewesen war.

»Der Kleinkrieg mit Dave wird etwas Zeit bringen«, erklärte Holm, »aber so lahm, wie die Behörden sind, muss Bianca in der Zwischenzeit sehr viel einstecken.«

Er sah Katta an, dass sie nicht fassen konnte, was er sagte.

»Finden wir Gift, entlastet sie das. Sie wird Mitopfer. Das kriegen wir gehändelt.«

»Da wir nicht an die Leiche kommen«, erklärte Laura, »um Blut oder Urin abzunehmen, bleibt nur der Teller vom Richter.«

Holm war klar, dass er Katta überfahren hatte. Ihr sehr viel zumutete. Er sah ihr an, dass sie sich alles noch einmal durch den Kopf gehen ließ.

»Ihr seid ekelhaft«, wisperte sie.

»Nur wenn es sein muss.«

»Und wenn ihr kein Gift findet?«

Holm verzog die Mundwinkel.

»Ich habe Angst«, sagte sie leise, »das wächst mir über den Kopf.«

Als er beobachtete, wie Tränen ihre Augen füllten, konnte er nicht anders, er zog sie an sich und nahm sie in den Arm.

»Wir werden den Schaden begrenzen, wo immer wir können. Und ihr fahrt mit zur WM.«

Das entlockte ihr ein Lächeln.

»Und Laura ist bei dir. Zusammen verschafft ihr beide mir so viel Zeit, dass ich mir unterwegs einen Hexenschuss leisten könnte.«

Katta schüttelte sich. »War das gerade ein Kompliment?«, fragte sie an Laura gewandt.

»Sexuelle Belästigung am Arbeitsplatz.«

Holm lachte gut gelaunt. »Jaja, verbrüdert euch nur. Halten wenigstens zwei hier zusammen.«

»In fünf Minuten sind wir einsatzbereit, Mats.«

»Ich hoffe, du trägst dein neues Sommerkleid.«

»Was sag ich, Katta? So geht es in einem fort mit diesem Kerl.«

Als sie sein Zimmer verlassen hatten, zog er sein weißes Hemd aus, streifte einen schwarzen Pullover über und zog eine dunkle Baseballkappe aus seinem Koffer. Die Utensilien, die Katta gebracht hatte, steckte er tief in seine Hosentaschen, die Klorolle klemmte er hinten in seinen Hosenbund.

Er nahm einen Seitenausgang, den Katta ihm genau beschrieben hatte, und gönnte sich eine Alibi-Zigarette. Laura meldete per Kurznachricht, dass sie in Position waren. Er drückte die Zigarette aus, sah sich noch einmal um und zog sich in die Dunkelheit zurück. An der Rückwand des Restaurants entlang schlich er zu einem Eckfenster, das auf Kipp stand. Vorsichtig lugte er in den Raum hinein. Vom Eingang her fiel Licht ein. Er konnte den Polizisten sehen, der jenseits des Flatterbandes den vermeintlichen Tatort bewachte. Dahinter entdeckte er, in Lounge-Sesseln versunken, Katta und Laura in ihrem Sommerkleid.

»Rot-Weiß steht dir sehr gut«, tippte er. Laura zog drinnen ihr Smartphone hervor und lächelte milde in seine Richtung. Einige Sekunden später sprachen sie den Polizisten an. Der schien froh um die Ablenkung zu sein und machte einen Schritt auf die beiden zu. Sie becircten ihn weiter. Jetzt war Holm an der Reihe. Er fädelte das Paketband durch die Klorolle, ließ die Klorolle über das geöffnete Fenster in den Raum gleiten, während er es an beiden Enden des Paketbands steuerte, bis es auf dem hochstehenden Fenstergriff saß. Dann zog er das altertümliche, ungesicherte Fenster sachte zu sich und zerrte das eine Ende des Bandes nach unten. So brachte er den Hebel in die Waagerechte und drückte das Fenster auf.

Er verharrte einen Moment und beobachtete den Eingang. Die drei unterhielten sich weiter angeregt. Der Polizist hatte nichts gehört. Holm streifte die Schuhe von seinen Füßen, stieg ein und legte sich hinter einem Tisch flach auf den Boden. Er wartete, bis seine Augen sich an das schummrige Licht gewöhnt hatten. Dann machte er sich auf den Weg.

Katta hatte ihm den Platz des Richters genau beschrieben. Dummerweise musste er einmal durch den ganzen Raum robben. Solange der Polizist sich nicht umdrehte, kein Problem. Ansonsten waren sie geliefert. Kommissarin Lerch würde so etwas nicht durchgehen lassen und es, im schlimmsten Fall, noch an die große Glocke hängen. Hoffentlich lohnte sich sein Einsatz, und sie bekamen endlich einen richtigen Hebel bei der Geschichte.

Holm nutzte sämtliche Tische, Servierwagen und Pflanzen für seine Deckung. Das Robben war anstrengender, als er erwartet hatte. Auf seiner Stirn bildeten sich erste Schweißperlen. Sein Herz trommelte über den Parkettboden.

Laura lachte auf, und Katta redete munter auf den Polizisten ein, Holm nahm nur den flirtenden Unterton wahr, er konnte auf die Entfernung ihre Worte nicht mehr verstehen.

Endlich erreichte er den Tisch von KaDe Reichelt. Er konnte sehen, dass die Polizei bereits Proben vom Teller genommen hatte.

Er zog die Wimpernzange hervor, nahm etwas von den Beilagen und bugsierte die Probe direkt in einen der Gefrierbeutel. Das Gleiche machte er mit dem Fisch und der Sauce. In die vierte Tüte träufelte er einige Tropfen aus dem Rotweinglas des toten Richters und zog den Verschluss zu. Er schob sich die Proben tief in die Taschen und machte sich auf den Rückzug.

Genau hinter dem Polizisten angekommen, erlaubte er sich einen Blick hinüber, den Laura aus den Augenwinkeln erwiderte. Den restlichen Weg sah er sich nicht mehr um. Er glitt aus dem Fenster, legte das Paketband um den Griff, zog das Fenster ganz zu sich und riss das Paketband nach unten, so dass das Fenster verriegelt wurde. Gleichzeitig löste sich das Band, das er mit einiger Kraft durch die mürbe Isolierung herauszerren konnte.

Wollen wir doch mal sehen, ob nicht ein Bube im Stock liegt. Und wenn ja, welcher.

Ab nach Hamburg. Ab ins Labor!

3.31 Uhr

Der Sand kitzelte mehr zwischen den Zehen als unter den Füßen. Liv machte es nichts aus. Kleinste Wellen rollten still von irgendwo heran und meldeten sich mit einem zärtlichen Schwappen an Land. Sie lehnte ihren Kopf an Bens Schulter, der still neben ihr rauchte und auf die Müritz hinausstarrte, auf den See, der sich wie ein mächtiger Spiegel vor ihren Füßen ausbreitete. Eine Hand ruhte auf ihrem Bauch, mit der anderen zwirbelte sie in Bens Haaren.

So schön und romantisch es hier war, ihre Gedanken kreisten um ihren Vater, sonst nichts. Dem großen Mats Holm war alles aus dem Gesicht gefallen, als sie ihm ihre Ansage gemacht hatte, vorhin, auf der Bootstour. Sie hatte ihn eiskalt erwischt. Besonders stolz machte sie, dass sie sich überhaupt nicht auf sein PR-Blabla eingelassen hatte. Sie hatte längst raus, dass er das auch bei ihr anwendete, was ihm alles andere als Pluspunkte brachte bei der – ja: bei der *neuen* Liv.

Sie hatte ein paar Dinge für ihr Leben entschieden. Sie streichelte über ihren Bauch. Und gab Ben einen Kuss.

»Hey, womit habe ich den verdient?«, fragte er.

»Fürs-bei-mir-Sein.«

»War gerade in der Gegend«, sagte er und blies Zigarettenrauch in den Himmel.

»Keine Rauchzeichen. Die erwischen uns sonst noch.«

Er lachte leise.

Ja! Sie würde dem Tod ihrer Mutter nachgehen. Selbst, wenn sie nichts herausfand, konnte sie sich irgendwann sagen, dass sie alles versucht hatte. Das war sie sich schuldig. Danach, das spürte sie, wäre sie bereit für einen Neustart, vielleicht sogar für die Verantwortung, die auf sie zukam, wenn sie es zuließ. Für all das brauchte sie einfach ihren Seelenfrieden. Und sie wusste nicht, wie sie ihn anders bekommen könnte als auf diese Art – auf Liv-Art.

»Du willst es wirklich durchziehen«, erriet Ben ihre Gedanken.

Sie hatte ihn in groben Zügen eingeweiht, ihm von der Affäre ihrer Mutter mit dem damaligen Staatssekretär und heutigen Innenminister Kellermann erzählt. Dem kläglichen Versuch ihres Vaters, den Rivalen fertigzumachen. Und seinen Schuldgefühlen, die er so viele Jahre für sich behalten hatte.

»Hilfst du mir, Ben?«

»Ich bin Trommler, Liv, nicht Magnum.«

Sie rollte mit den Augen.

»Dann steh mir eben bei, du Depp!«

Er drehte sich zu ihr, schob seine Nase in ihre Haare, hinten im Nacken und flüsterte: »So gut ich kann.« Sie spürte seinen Atem auf der Haut. Einen Kuss.

»Was steht in Meck-Pomm eigentlich auf Erregung öffentlichen Ärgernisses?«, fragte er leise, »die sind bestimmt viel entspannter, von wegen FKK und so.«

Liv schob seine fordernden Hände sanft von sich, was glücklicherweise genügte, damit er begriff, dass sie nicht in Stimmung war.

Er setzte sich auf, trank einen Schluck Jim Beam aus der Dose und machte sich eine neue Kippe an.

»Gut, Liv Holm. Erzähl mir, was jede Romantik in dir abtötet.«

»Sssscht«, machte sie, »nicht sauer sein.«

»Okay«, sagte er und sah wieder hinaus auf die Müritz. »Deine Mutter. Wo wirst du anfangen?«

»Ich engagiere einen Privatdetektiv.« Die Antwort kam so schnell und selbstsicher, dass es Liv selbst überraschte.

»Wow, du gehst in die Vollen. Kannst du dir das leisten?«

»Nein.«

»Aber?«

»Mein Vater.«

»Wie jetzt?«

»Er überweist mir jeden Monat tausend Euro, seit ich angefangen habe zu studieren.«

»Würd ich auch nehmen.«

»Ich habe nicht einen Cent davon ausgegeben. Mein Gott, wenn er wüsste, dass ich gekellnert habe, würde er mich auf den Mond schießen.«

»Weiß er aber nicht.«

»Genau, und so habe ich etwas Startkapital.«

»Das du in wen investierst?«

Liv lächelte und strubbelte ihm über den Kopf.

Sie zog ihr Smartphone heraus und rief eine Seite im Netz auf.

»In den hier.«

»Sören Eklund«, las er, »sieht seriös aus.«

Er sieht sogar gut aus, dachte Liv, obwohl sie nicht auf blonde Typen stand. Mit seinem ruhigen Blick und dem kräftigen Kiefer wirkte er vor allem selbstbewusst und stark. Ein zielstrebiger Mann, der einen Hauch von Wikinger versprühte – könnte genau der Richtige sein. Der, der sie in der Sache voranbrachte. Keine Frage, das Foto hatte den Ausschlag gegeben. Sie hatte darin gesehen, was sie sehen wollte.

»Ich habe morgen einen Termin bei ihm.«

»Echt jetzt? Du verlierst keine Zeit.«

»Hab wohl doch was von meinem Vater geerbt.«

»Darauf ein Stück Schokolade? Hab was ganz Feines dabei, aus Südamerika …«

Sie schnappte ihm den Jim Beam aus der Hand.

»Was ist mit dem Baby?!«

»Ist der letzte Schluck, versprochen!«

Ben konnte nicht anders, Liv ließ ihn verblüfft auflachen.

Das klang süß, fand sie, die sich drei große Schlucke gönnte.

»Hast einen guten Zug heute Nacht.«

»Hab auch einen guten Grund«, antwortete sie.

»Jetzt mal ehrlich, Liv, was glaubst du, was du rausbekommen könntest?«

»Wie sagt die Polizei immer – wir ermitteln ergebnisoffen in alle Richtungen.«

»Das beantwortet meine Frage nicht.«

Liv stutzte. Wurde Ben unter Zuhilfenahme von Schnaps scharfsinnig?

»Als mein Vater mir neulich alles erzählt hat«, wisperte sie und sah Ben aus nächster Nähe in die Augen, »da war irgendetwas in seiner Stimme. Irgendwas, das ich nicht kannte.«

»Könnte also alles sein.«

»Ja, Ben.«

»Und deshalb dieser Wahnsinnsschritt?«, fragte Ben und sprach mit verstellter Stimme weiter: »Ich meine, wegen dem Klang seiner Worte?«

»Idiot!«, flüsterte Liv, drückte Ben in den Sand und küsste ihren Freund, den Vater des Babys in ihrem Bauch.

Plötzlich waren da nur noch seine Lippen, der Geschmack von Jim Beam und Zigaretten, das Schwappen der Wellen und – sie hätte es nie zugegeben – Schmetterlinge vertrieben für eine Kusslänge das Gefühl von Alarmbereitschaft aus ihrem Bauch. Vertrieben es für eine kleine Ewigkeit am Rande des idyllischen Sees.

5.14 Uhr

Als der liebe Gott die Geduld unter den Menschen verteilte, musste Holm den Appell verschlafen haben. Im überhellen Licht des Wartezimmers von Dr. Hegendoonk und Partner auszuharren, war für ihn die reinste Folter. Setzte er sich hin, schmerzte das Gesäß. Stand er auf, meldeten sich am Ende des langen Tages die Gelenke. An der Sanduhr mochte er auch nicht mehr herumspielen und stellte sie auf den Zeitschriftentisch. Der Kaffee schmeckte schon ungenießbar, als sie hier eingetroffen waren. Er rieb sich seinen Nacken und massierte seine Schläfen.

»Wenn ich wüsste, dass du es nicht ablehnen würdest, mir zu antworten«, sagte Laura in die Stille, »würde ich dich zum Zeitvertreib fragen, was hinter Livs Interesse an Helenas Suizid steckt.«

»Wenn du es nicht wüsstest, würdest du das.«

»Sie ist immerhin meine Nichte.«

»Frag sie selbst«, versetzte Holm mürrisch.

»Du bist hier, sie nicht.«

Holm zog die Augenbrauen hoch und stemmte die Hände in die Hüften. Laura verstand, was das heißen sollte, und verstummte.

Die Tür ging auf, und Hegendoonk kam herein, die Brille auf der Nasenspitze.

»Ich bin jetzt etwas schlauer«, erklärte er und nahm Platz.

Holm setzte sich auf. Laura rückte näher heran.

»Ich habe ein paar Vor- und Schnelltests gemacht. Methodik wird Sie beide nicht interessieren.«

»Sehen Sie es uns nach«, sagte Holm, der aus Erfahrung wusste, wie wichtig Wissenschaftlern ihr seriöses Vorgehen war.

»Der Wein ist sauber. Der Salat ist unauffällig. Genau wie der Fisch. In den Beilagen lässt sich allerdings Gamma-Hydroxybuttersäure nachweisen, kurz GHB.«

»K. o.-Tropfen?«, fragte Laura erstaunt.

»Umgangssprachlich korrekt«, antwortete Hegendoonk. »Auch Liquid Ecstasy genannt. Nicht zu verwechseln mit Ecstasy.«

»Ich wusste nicht, dass K. o.-Tropfen tödlich sein können«, meinte Holm.

»Das ist häufig nur eine Frage von Dosis und Wechselwirkungen. GHB wirkt in moderater Dosierung leicht euphorisierend, beruhigend und ermüdend. In sehr hohen Dosen kann es zu Bewusstlosigkeit, Atemdepression und Koma führen. Die Tests sind nicht präzise oder gerichtsfest, aber Sie können von einer GHB-Intoxikation ausgehen, die mitursächlich für Atemdepression und Schlimmeres sein kann.«

Ein Giftmord! Jetzt, wo er einen wissenschaftlichen Nachweis beschafft hatte, konnte Holm es einfach nicht glauben.

»Und mit Wechselwirkung meinen Sie konkret Alkohol?«, hakte Laura nach. Die Ex-Polizistin in ihr erwachte zum Leben – was für diesen Fall offensichtlich wertvoller sein würde denn je.

»Alkohol ist korrekt. Das macht das GHB unberechenbar.«

»Shit«, rief Laura und sprang auf.

»Wie sicher sind die Tests?«, meinte Holm, »gibt es eine Fehlermarge?«

»Die Tests sind unbestechlich. Zurzeit sind jährlich Vergiftungen und toxische Wirkungen in mehreren tausend Fällen todesursächlich. Und über die Dunkelziffer haben wir da noch gar nicht gesprochen.«

»Wow«, sagte Holm.

»Es kann also auch einmal einen Richter ereilen.«

Schlagartig sah Holm zu ihm auf. Sie hatten ihm nichts von einem Richter oder von ihrem Fall erzählt.

»Kommen Sie. Ich kann zwei und zwei zusammenzählen. Und rede höchstens mit ein paar Leichen darüber.«

»Okay«, sagte Holm, der langsam seiner Erschöpfung Tribut zollen musste. Hegendoonk war Werners Mann. Eine höhere Auszeichnung konnte Holm sich nicht vorstellen. Werners Kontakte funktionierten sogar samstagnachts. Darauf würde er sich verlassen.

»Kann dieses GHB auch in Schlafmitteln vorkommen?«, fragte Laura unvermittelt.

»Nein, das sind andere Wirkstoffgruppen. Warum fragen Sie?«

»Nur so ein Gedanke«, murmelte Laura und sah Holm kurz an.

»Übrigens«, meinte Hegendoonk, »wer auch immer die Idee hierzu hatte: meine Anerkennung. GHB lässt sich keine acht Stunden im Blut und zwölf Stunden im Urin nachweisen.«

»Und was sagt uns das jetzt?«

»Wir haben es mit einem Giftmord zu tun.«

»Mit einem Versehen wohl kaum.«

»Hätten die K. o.-Tropfen alleine gereicht?«

»Kann ich auf Grundlage von Tests nicht sagen. Womöglich wurde der Richter auch länger beobachtet, und es war absehbar, dass er in so einer Situation gewohnheitsmäßig Alkohol oder Drogen konsumieren würde.«

Holm erhob sich und streckte Hegendoonk die Hand aus.

»Wir wissen ihren Einsatz wirklich sehr zu schätzen.«

»Und werden uns erkenntlich zeigen«, ergänzte Laura.

»Inklusive Wochenend- und Nachtzulage«, versprach Holm mit einem Lächeln.

»Den Rest lese ich ja dann in der Zeitung«, meinte Hegendoonk, »schöne Grüße an Werner.«

Bis sie im Auto saßen, hing jeder seinen Gedanken nach. Eine Angewohnheit von ihnen, wichtige Momente in ihren Recherchen erst einmal sacken zu lassen.

»Wo kriegt man das Zeug her, Laura?«

»Internet.« Sie zuckte mit den Schultern.

»Kann also jeder gewesen sein.«

»Wenn es Dave Pauls war«, überlegte Laura, »segeln wir in eine Schlammschlacht voller enttäuschter Liebe. Und Bianca geht emotional unter.«

»Wenn es ein durchgedrehter Mitarbeiter war, um sich an Familie Veh oder Bianca zu rächen, wird es an ihr kleben bleiben.«

»War es tatsächlich ein gezielter Anschlag auf Richter Reichelt, wäre Bianca Mitopfer. Nach einer kurzen Delle würden die Leute es vergessen.«

Sie versanken wieder in ihren Gedanken, Theorien und Abwägungen.

»Ich will nicht zynisch klingen«, sagte Laura schließlich, »aber wir hatten schon Fälle, die nach dem ersten Angang wesentlich schlimmer aussahen. Meinst du nicht?«

»Im Prinzip schon.«

»Siehst du es anders?«

»Bianca ist ein Wackelkandidat. Hochempfindsam. Angeschlagen. Allein, dass ein Mord in ihrem Restaurant stattgefunden hat und sich dieser morgen nicht in Luft auflösen wird, ebenso wenig wie Daves Vertrauensbruch, kann die seelische Belastung deutlich steigen lassen …«

»… so dass sie am Ende in eine richtige Depression gerät, was sich bei dem Aufmerksamkeitsgrad nicht unter der Decke halten lässt?«, kombinierte Laura.

Holm nickte, bevor er das Szenario ausrollte.

»Die Medien stürzen sich darauf, was sie noch weiter herunterzieht.«

»Noch mehr Konflikt in der Familie. Zwischen Mutter und Katta.«

»Fällt Bianca länger aus, springen die Geschäftspartner ab. Noch mehr schlechte Presse.«

»Apparat weg. Stern weg.«

»Dann ist sie irgendwann gar.«

Laura vollzog den Gedankengang noch einmal nach. »Und dass der Mord, der alles ausgelöst hat, gar nichts mit ihr zu tun hatte, spielt keine Rolle mehr.«

Holm schwieg, wollte ihr Zeit geben, sein Szenario zu prüfen, zu hinterfragen, ihn mit kritischen Fragen zu bombardieren. Stattdessen sagte sie: »Du hast Recht, Mats. Das ist ein Horrorszenario, das wir leider in Betracht ziehen müssen.«

»Leider«, meinte Holm matt.

»Was heißt das für unsere Taktik?«, dachte Laura laut. »Wir packen sie in Watte?«

»Wir brauchen sie«, entgegnete Holm.

»Du hast doch gerade selbst hergeleitet, wie riskant das ist!«

Holm schüttelte energisch den Kopf.

»Sie will all das hier, sonst wäre sie nie im Leben so weit gekommen. Und sie will es nicht verlieren. Spürst du das nicht? Sie weiß, wie man kämpft. Sie weiß, wie man gewinnt. Sie hat Wettkampfhärte. Sie schafft das.«

»Entschuldige, das klingt nach Wunschdenken.«

Es könnte so klingen, antwortete seine innere Stimme, wenn es nicht ein Ass gäbe, das du übersiehst, Laura.

»Wie wäre es, ihr eine persönliche Belohnung in Aussicht zu stellen, die sie enorm motiviert?«

»Eine Belohnung?« Laura legte die Stirn in Falten, was Holm sich – nur weil der Tag so schrecklich war – erlaubte zu genießen.

Sie erreichten den Landgasthof. Medien und Polizei gönnten sich eine Atempause. Dafür musste Katta private Sicherheitsleute einbestellt haben, die an dem Torbogen Wache schoben. Einer von ihnen sah kurz auf ihr Nummernschild und winkte sie durch.

»Okay, ich gebe auf«, stöhnte Laura, »sag es mir, Herr Master of Desaster.«

Er parkte das Auto überaus gewissenhaft, leistete sich eine Kunstpause, die ihm einen Schlag vor die Schulter einbrachte, und sagte schließlich: »Wenn der Wahnsinn hier vorbei ist, hat jeder Verständnis dafür, dass sie ein paar Wochen verreist. Wohin auch immer, nicht wahr?«

Er sah hinüber und registrierte, wie ihr Mund offen stehen blieb, als sie begriff.

»Zusätzlich«, fuhr er fort, »hat sie von da an einen glaubwürdigen Grund, sich ganz offiziell betreuen zu lassen. Seelisch.«

»Ihr offener Umgang mit all dem würde ihr vermutlich sogar noch Pluspunkte bringen, ohne die Karriere anzukratzen.«

Er lächelte.

»Ja, grins nur selbstzufrieden!«

»Komm Laura, wenn es schon als Papa nicht läuft, dann wenigstens als PR-Agent.«

Sie schüttelte den Kopf und stieg aus.

»Ich brauche eine Mütze Schlaf«, meinte Laura auf dem Weg zum Hof, »und wenn es nur ein Stündchen ist.«

»Ich rauche noch eine.«

»Brauchst du Gesellschaft?«

»Im Gegenteil.«

»Na dann.« Laura schlug die Arme um sich und beschleunigte ihre Schritte.

»Wir bleiben in Verbindung«, rief er ihr leise nach.

Die Zigarette schmeckte besser als alle anderen an diesem

Tag. Endlich hatte er einen Hebel. Es war Gift. Das wollte er sich noch durch den Kopf gehen lassen, bevor er sich kurz hinlegte. Wie konnte er das nutzen? Wo lagen Gefahren? Wie musste er das Ding anspielen, damit die schwarze Acht am Ende ins richtige Loch fiel?

Seine Gedanken kamen nicht so richtig in Schwung. Wenn das Wort Scheißtag nicht bereits existierte, er hätte es in dieser Sekunde feierlich aus der Taufe gehoben.

Ein Giftmord. Eine labile Köchin. Ihr verrückter Ex-Freund.

Nicht genug.

Ein dünnhäutiger Vater. Eine Oberglucke von Mutter.

Nicht genug.

Katta platzte in sein Leben. Rein geschäftlich, als wäre nie etwas gewesen.

Immer noch nicht genug?

Nimm Liv.

Nimm Helena.

Die dunkle Geschichte.

Und all seine alten Dämonen.

Er schüttelte sich.

Als würde das helfen.

TAG ZWEI

6.12 Uhr

Träge schlichen sich vage Bilder in Biancas Schlaf: ein Gericht, das sie wieder und wieder kochte, um es einem asketisch hageren Mann vorzusetzen, der jedes Mal nur eine Gabelspitze probierte und angewidert das Gesicht verzog. Sie rannte in die Küche, immer hektischer, sie verlor die ruhige Hand, die Präzision, sie hätte sich gern selbst geschüttelt, was machte sie denn da, aber der Mann würde gleich weg sein, sie musste sich doch beeilen, wenn er ging, würde die Welt zusammenbrechen. Wie sah überhaupt sein Gesicht aus? Wie ihr Vater? Wie Dave? Wie ein Kritiker? Wie ihr eiserner Ausbilder Monsieur Pierre? Plötzlich wusste sie, was ihrem Rezept fehlte: Das richtige Gewürz. Das milde Madras Curry bremste nur, sie musste das scharfe Chili Habanero in einer feinen, kleinen Menge ins Spiel bringen. Das war der Dreh!

Der Traum ließ Bianca endlich los. Der Schlaf trat den Rückzug an, und in diesem Niemandsland zwischen Nacht und Tag entdeckte Bianca ein wundervolles Rezept.

Hastig tastete sie im Dunkeln nach ihrem Büchlein, fand es an seinem Platz auf dem Nachttisch, riss den Stift hervor und kritzelte fieberhaft alle Worte auf, die die Eingebung, die sie hatte, in ihrem Kopf sprudeln ließen.

Nichts sollte verloren gehen von der Inspiration. Von dem kreativen Funken. Doch ihre Gedanken rasten, ja überholten Worte und Bilder und den Stift in ihrer Hand, Runde um Runde. Sie zauberten das Gericht im Zeitraffer, Bianca konnte es schmecken, es riechen, es mit der Zunge betasten. Keine

Zeit, sich den Schweiß aus der Stirn zu wischen, den Atem zu beruhigen, die Augen zu öffnen oder wach zu werden. Wenn bloß der Stift mitkäme, um die kostbare Klarheit, mit der sie das Gericht entdeckte, festzuhalten.

Ab und an entwischte ihr ein Rezept, das sie im Halbschlaf gerade eben noch elektrisiert hatte. Einmal hatte sie geweint, weil ihre Erinnerung so schnell verblasst war.

Wahnsinnig machte sie, wenn sie ihr eigenes Gekritzel nicht mehr lesen konnte.

Dann mach doch das Licht an!

Dieses Schreiben im Dunkeln war eine dumme Angewohnheit, die sie endlich ablegen musste, schweifte sie einen Gedanken lang ab. Dave hatte immer mit ihr geschimpft, wenn sie mitten in der Nacht das Licht anmachte und ihn aufweckte. Deshalb hatte sie sich angewöhnt, ihre Notizen im Dunkeln zu machen.

Gegen das leise Schaben und Kratzen der Mine auf dem Papier hatte selbst Dave nicht mehr ausrichten können, als »verrückt« zu brummen, sich von ihr fortzuwälzen und weiterzuschnarchen.

Jetzt, schnell schnell …

Just als sie ihre kleine Nachttischlampe anknipste, knallte ein Bild zwischen ihre Gedankenblitze.

Der Richter auf dem Restaurantboden!

Oh nein.

Doch!

Sie war hellwach.

Sie spürte, wie eine unglaubliche Kraft ihren müden Körper zusammenzog und sämtliche Muskeln in Alarmbereitschaft versetzte. Panik!

Oh Gott, dachte sie, der arme Richter. Sie hörte noch einmal Wortfetzen des Arztes und ihres Vaters, spürte Katta an ihrem Arm ziehen. Gleich schämte sie sich, dass ihr am Morgen danach als Erstes ein Rezept in den Sinn kam – und nicht Trauer und Mitgefühl …

Ein Toter in ihrem Restaurant. Ein Toter! Was war bloß passiert? Wie sehr würde ihr das schaden? Sie hatte keine Antworten. Sie begriff nur, dass ihr die Hände gebunden waren. Sie konnte nichts machen. Die Situation beherrschte sie. Oder gab es schon etwas Neues? Schließlich hatte das Schlafmittel von Mama sie ein paar Stunden ausgeknockt. Sie griff nach dem kleinen braunen Fläschchen und versuchte, silbenweise, unverständliche chemische Begriffe zu entziffern. Sie stellte das Fläschchen wieder zurück und zwang sich, an die Hinterbliebenen zu denken, doch dann drängte sich die Kommissarin in den Vordergrund. Wie sie sie ansah. Abschätzig und ignorant. Sie hatte ihre Küche dichtgemacht. Sie aus ihrem Reich vertrieben, die Hexe!

So sehr ihre Instinkte sie vor der Kommissarin warnten, so sehr hatte Bianca gleich eine Verbindung zu diesem Holm gespürt. Vielleicht war sie auch nur froh, dass er und seine Partnerin ruhig blieben inmitten des Wahnsinns um sie herum.

Bianca setzte sich auf die Bettkante und fing an, sich langsam aus dem Pyjama zu schälen.

Und mitten drin Dave. Er brach ihr das Herz. Wieder und wieder. Kaputter als kaputt ging doch nicht. Warum verstand er das nicht und drohte ihr sogar?

Sie hatte sich nackt ausgezogen. Was wollte sie jetzt tun? Duschen? Oder Frühstücken?

Eine andere unangenehme Erinnerung kroch in ihr hoch: Ihre Mutter und Katta hatten sich nach dem … *Vorfall* noch mehr beharkt als sonst. Sie war hin- und hergerissen. Ihre Mutter verstand den Menschen Bianca Veh wie keine andere, Katta dafür die Köchin. Sie wollte sich nicht zwischen ihnen entscheiden. Sie konnte nicht.

Bianca sah zum Fenster. Düstere Wolken beherrschten den Himmel. Der Morgen würde schon irgendwann auftauchen.

Auf einmal wusste sie, was sie nun tun würde. Sie zog den Pyjama wieder an, streifte eine dünne, mintfarbene Fleecejacke über, stieg barfuß in Turnschuhe und machte sich auf den Weg. Im Vorbeigehen nahm sie ihr Büchlein aus dem Bett und verließ auf Zehenspitzen ihr Appartement.

6.23 Uhr

Die feucht-kühle Luft erfrischte Holm und legte auf die Rasenflächen des Landgasthofs Veh einen Morgentau, der in den ersten Sonnenstrahlen malerisch schimmern würde. Wenn es so weit war, würde er keine Zeit mehr haben für die Schönheiten der Natur. Den nächsten Zug nahm Holm auf Lunge und ließ den Blick über die Anlage streifen. Was zum Teufel lief hier ab inmitten dieser Idylle? Das würde er wirklich gerne wissen. Aber …

Was war das?

Er machte einen Satz in den Schatten und trat seine Gauloises aus. Da, ganz deutlich! Ein schmaler Lichtkegel glitt durch einen der Räume schräg gegenüber vom Restaurant. Da lag doch das Bistro!? Oder täuschte er sich in der Dunkelheit?

Er mochte keine Waffen, aber gerade hätte er gerne in sein

Jackett gegriffen und einen Revolver aus dem Holster gezogen. Er konnte seinen Elektroschocker aus dem Auto holen oder Laura anfunken. Nein. Er entschied sich dafür, keine Zeit zu verlieren und dem Licht zu folgen.

Er beruhigte sich mit dem Gedanken, dass der handelsübliche Giftmörder offensichtlich subtilere Methoden vorzog als den Gebrauch von Schusswaffen.

Er schlich zu dem Gebäude und drückte sich an die Hauswand. Das Licht, wenn es noch da sein sollte, hatte er aus den Augen verloren.

Holm schlich zum Eingang des Bistros und drückte vorsichtig die Klinke herunter. Er verzog das Gesicht in der Hoffnung, die Tür würde nicht quietschen oder knarren. Lautlos gab sie nach, und Holm schob sich in das Gebäude. Seine Augen brauchten einen Moment, bis sie dank des wenigen Lichts, das durch die Fenster einfiel, den Gästeraum des Bistros ausmachten. Er entschied sich, nicht mitten durch den Raum zu gehen, sondern sich, in der Hocke, rechts herum von Tisch zu Tisch zu bewegen.

Am Ende des Raumes angekommen, wartete ein schwerer Filzvorhang. Er zupfte auf Kniehöhe an ihm, bis er einen Blick in den nächsten Raum werfen konnte. Fast hätte er einen erschrockenen Laut von sich gegeben, denn hinter einer halb geöffneten Tür flackerten mehrere weiße Kerzen sanft in der Küche des Bistros – und: Leise summend bewegte sich ein Schatten im Raum. Als dieser an den Kerzen vorbeihuschte, erkannte Holm niemand anderen als Bianca Veh. Wie ein Gespenst schwebte sie durch den Raum, sah in ein Notizbuch und suchte gedankenverloren Zutaten zusammen. Sie bewegte sich ruhig und konzentriert, als sei sie ganz bei sich selbst. Auf den ersten Blick hatte dieser Anblick etwas

Friedliches. Er erinnerte sich an das Video von ihr, das Laura ihm vorgespielt hatte: *Beim Kochen fand sie Frieden.*

Holm durfte sich von dieser Ruhe nicht blenden lassen. Er zwang sich, seine wichtigste Frage zu stellen: *Wie würde das wirken?* Was würde ein Außenstehender denken und fühlen, wenn er hiervon mitbekam? Das war Holms Perspektive. Sein Metier. Dafür hatte er ein Sensorium wie kein Zweiter. Deshalb brauchte Bianca ihn. Sie hatte offensichtlich keine Erfahrung mit einer so extremen Situation.

Wenn er eines in dem Job gelernt hatte, dann das: Menschen im Ausnahmezustand konnten die verrücktesten Dinge tun. In der Krise offenbarte sich ihr Innerstes. Es faszinierte ihn, damit zu arbeiten – ja Menschen vor sich selbst zu beschützen.

Bianca brauchte diesen Schutz dringend.

Holm atmete durch, ehe ihn der nächste Gedanke erstarren ließ: Wenn das jemand sah, wenn das jemand fotografierte oder filmte! Tatsächlich entdeckte er an der Rückseite des Raumes zwei Fenster, die groß genug waren, um hereinzulugen. Ein Schnappschuss hiervon, und sie war fertig. Aus die Maus.

Wenige Stunden zuvor war ein Mensch in ihrem Restaurant gestorben, und sie machte weiter, als sei nichts gewesen. Eine Übersprungshandlung, schätzte Holm. Kein Wunder, bei dem, was auf diese junge Frau einprasselte. Die Trennung von Dave, der geheime Klinikaufenthalt, der Tote und der immerwährende Druck zu funktionieren. Wahrscheinlich wurde er bloß Zeuge eines Moments der Selbstvergessenheit. Bianca brauchte das Kochen zur Beruhigung.

Auf Außenstehende würde es geschmack- und empathielos wirken. *Köchin Eiskalt*, kam ihm eine mögliche Überschrift in den Sinn. Das konnten sie gar nicht gebrauchen. Zumal die Journalisten ja noch nicht Holms Kenntnisstand hatten, was das Gift im Essen anging.

Und jetzt?, fragte er sich, während er Bianca beobachtete.

Natürlich hätte er ihr gerne rein geschäftlich die gute Nachricht überbracht, dass sein Wissen um den Giftmord in wenigen Stunden den Druck von ihr nehmen würde, sobald die Polizei dem Leichnam des Opfers dieselben Erkenntnisse abgewann.

Aber, was zum Teufel, trieb sie hier? Er musste sie, so schnell es ging, aus der Küche des Bistros hinausbugsieren!

Nur nichts überstürzen, ermahnte Holm sich, sie muss unter Schock stehen. Und womit Dave ihr gedroht hatte, verriet sie bestimmt nur, wenn sie sich mit ihm wohl fühlte. *Geborgen* war das Wort, das ihm eigentlich in den Sinn kam, doch das klang falsch, viel zu familiär.

Ihm blieb nichts anderes übrig, als einen Eiertanz aufzuführen. Er atmete noch einmal durch, setzte sein, wie er hoffte, einfühlsamstes Lächeln auf und schlüpfte durch den Vorhang. Als er hüstelte, wandte sie sich um. »Na, Sie?«, meinte sie nur beiläufig und widmete sich wieder dem Hackbrett zu, das sie mit Zutaten bestückte, die Holm nicht richtig erkennen konnte.

»Bin ich zu spät zur Pyjama-Party?«, fragte Holm, seine Stimme ließ er locker schwingen, innerlich jedoch war er gespannt auf jede noch so winzige Regung, die ihm womöglich verraten würde, wie er Bianca zu händeln hatte.

Die junge Starköchin giggelte leise und erwiderte völlig abwesend: »Ja.«

Unglaublich. Da kam er mit der erlösenden Gewissheit aus Hamburg zurück, dass es sich um einen Giftmord handelte, der Bianca sehr wahrscheinlich aus der medialen Schusslinie brachte – nur um das hier zu erleben: Sie konnte ihr Image offensichtlich auch ohne Arsen und Spitzenhäubchen ruinieren.

Selbst wenn er das verdammte Schlafmittel, das ihr die Mutter verabreicht hatte, zur Hälfte für diesen Ausflug verantwortlich machte, blieb immer noch die andere Hälfte an – ja, an was? Überforderung, Realitätsverlust oder amtlichem Knacks?

Einige Aromen machten sich in der Küche breit, »das riecht jetzt schon köstlich«, meinte Holm, der die extravaganten Düfte nicht richtig zuordnen konnte.

»Ich hatte die Idee für ein neues Rezept«, murmelte Bianca mit dem Rücken zu ihm.

Holm zwang sich, nicht die Augen zu verdrehen. Er machte drei sachte Schritte hinüber zu den Kerzen, von dort konnte er eher Blickkontakt herstellen.

Mit Wirtschaftsbossen, Politikern, Egomanen, Gesetzeshütern oder klebrigen Journalisten konnte er umgehen. Aber mit einer labilen jungen Frau? Nicht gerade seine Kernkompetenz. Ein Gedanke eilte zu seiner Tochter, doch kaum sah er Liv und sich auf Werners Bootstour vor seinem geistigen Auge, schob er das alles dorthin, wo es in diesem Moment hingehörte: weit weg. Jetzt würde sich sein Verhältnis zu Bianca entscheiden. Der ganze Auftrag seine Richtung nehmen. Er folgte einem inneren Impuls und entschied, das zu tun, was er am besten konnte.

»Bianca«, setzte er ruhig an, »ich verstehe, dass Sie in einer Ausnahmesituation sind. Als Ihr PR-Berater muss ich Ihnen einfach eine Wahrheit sagen: Wenn jemand jetzt einen Schnappschuss macht, dann gnade uns Gott.«

Sie schien nicht zu reagieren, aber er spürte, dass er ihre Aufmerksamkeit hatte.

»Sie kochen hier seelenruhig in aller Herrgottsfrühe, nachdem am Abend zuvor jemand in Ihrem Restaurant gestorben ist. Bei ungeklärter Todesursache.«

Sie legte das Messer ab und stütze sich auf die Arbeitsfläche.

»Tut mir leid, dass ich Ihnen das so direkt sagen muss, Bianca, aber es wirkt ausgesprochen pietätlos, auch wenn ich mir sicher bin, dass das gar nicht Ihre Absicht ist.«

Punkt. Gib ihr Zeit, es sacken zu lassen.

Sie verharrte, auf die Küchenzeile gestützt, griff dann nach dem Messer, was Holm zusammenzucken ließ, und drehte sich um.

Sie lächelte, wie am Vorabend, als sie sich das erste Mal begegnet waren, und sah ihm erstmals in die Augen, seit er die Bistroküche betreten hatte.

Dann streckte sie ihm ruckartig ihr Messer hin, so dass er einen halben Schritt zurückwich.

»Dann schlage ich Folgendes vor«, erklärte sie plötzlich geschäftsmäßig, und ihre Züge strafften sich wie von Geisterhand, »Sie kochen uns beiden Frühaufstehern etwas, während ich mich von meinem PR-Mann beraten lasse. Das erlaubt mir doch schon eher, noch etwas an diesem Ort zu verweilen.« Sie schob ihre Utensilien beiseite, klappte das Notizbuch zu und steckte es ein.

Da tauchte sie plötzlich auf, die Erfolgsfrau in Bianca, die Frau, die bestimmte, wo es langging.

Holm sah sich das Messer an, das ungemein gut in der Hand lag.

Es klang wie ein Kompromissvorschlag, dabei war es das

einzige Angebot, das sie ihm machen würde. Besser als nichts, entschied er, und fügte sich seinem Schicksal – der miserable und leidenschaftslose Koch, der er war.

»Deal!« Als Erstes zog er seine Sanduhr aus der Hosentasche und stellte sie auf die Küchenzeile.

»Sie haben ja sogar Ihre eigene Küchenuhr mitgebracht, Herr Holm.«

Er lächelte wortlos, zog sein Jackett aus und krempelte die Hemdsärmel hoch. Dabei fiel sein Blick auf ein paar gerahmte Fotos an einer Wand der Küche, die er vorher nicht hatte einsehen können. Bianca, vielleicht drei Jahre alt, saß auf einem umgedrehten Kochtopf und fuchtelte mit einem Holzlöffel in der Luft herum, offensichtlich vor Freude kieksend. Hinter ihr hockte Konrad Veh mit durchgedrücktem Rücken. Biancas Mutter – überraschend attraktiv – schmiegte sich an ihren Mann, beide Hände auf einer seiner mächtigen Schultern. Einen halben Schritt abseits war Thomas zu sehen, der ironisch lächelte, als würde er das Familienfoto nicht ernst nehmen. Die Haltung von Biancas Bruder löste etwas in Holm aus, das er nicht gleich greifen konnte.

»Ist lange her«, meinte Bianca. Holm erkannte das Gesprächsangebot in der Sekunde, in der er ihre Worte hörte.

»Unbeschwerte Zeiten, was?«

»Für mich auf jeden Fall. Sieht man ja.«

Er schaute sich ein zweites, neueres Foto an. Wieder waren alle vier Vehs zu sehen.

»An dem Tag habe ich meinen Stern bekommen«, erklärte sie.

»Ihr Bruder wirkt etwas unbeteiligt.«

»Ich habe meinen Vater nie glücklicher erlebt als an diesem Tag«, versetzte sie. »Und meine Mutter nie gelöster.«

»Und wie ging es Ihnen?«

»Ich war erleichtert. Ich wusste, ich würde meinen Sponsoren und Eltern alle Entbehrungen zurückzahlen können. Ideell und finanziell.«

Er musterte ihr Gesicht, das zur Hälfte vom flackernden Kerzenlicht beleuchtet wurde. Die andere Hälfte lag im Dunkeln.

»Na los, Herr Holm«, rief Bianca schwungvoll, »ich kriege langsam Hunger!«

Er lachte auf und ging zu einem der Profi-Kühlschränke einer Marke, von der er noch nie gehört hatte. Gleißend weißes Licht erhellte das Innere. Als er die Tür öffnete, strömte ihm kalte Luft entgegen. Er wählte vier Eier, sechs Cocktailtomaten und eine kleine Zwiebel aus.

»Omelett?«

»Warum nicht?« Sie schmunzelte und beobachtete jeden seiner Handgriffe so, als würde er just seine Gesellenprüfung ablegen.

Er glaubte, er könne sich nun ans Eingemachte vorwagen. Er erzählte ihr von Daves Attacken auf Facebook, den Repliken ihres Vaters, und wie Laura und er die Sache entschärft hatten.

Bianca nickte betroffen, während er die Tomaten ungelenk viertelte.

»Katta hat mir erzählt, dass Dave Sie gestern praktisch bedroht hat. Was hat er denn genau gesagt?«

Warum hatte er bloß die Zwiebel dazu genommen? Wie er es auch anstellte, *immer* tränten ihm beim Zwiebelschneiden die Augen.

»Er hat gesagt: Ich werde dich und deinen spießigen Landgasthof fertigmachen.«

»Wirklich?« Er sah ihr in die Augen, die das Kerzenlicht bernsteinfarben leuchten ließ. Wieder überfiel ihn dieses verdammte Vatergefühl.

Bianca nickte, schluckte eine Träne herunter und strich sich durch die Haare.

Er drängte seine kruden Gedanken beiseite und konzentrierte sich aufs Kochen – was auch dringend nötig war, wollte er sich nicht vollkommen blamieren.

Das Öl begann, kleine Bläschen zu werfen. Holm schlug die Eier in die Pfanne, schob Tomaten- und Zwiebelstücke vom Schneidebrett hinzu und verrührte alles mit einem Holzlöffel.

»Ich vertraue Ihnen, Mats Holm«, erklärte Bianca feierlich, inmitten seiner Kochbemühungen.

»Ja?«

»Ich mag, wie sie die Pfanne im Griff haben. Männlich. Stark. Verlässlich.«

Er schaute sie verblüfft an.

»Das war ein Scherz. Passt doch zur Psycho-Tante, für die Sie mich gerade halten.«

Er konnte nicht anders, er musste mit ihr lachen.

»Wissen Sie«, sie seufzte, »die eine Art Männer entschuldigt sich andauernd, wenn sie für mich kocht, die andere Art will mich unbedingt beeindrucken. Sie sind so ziemlich der Erste, der einfach so vor sich hin kocht.«

»In welche Kategorie falle ich damit?«

»In eine ganz eigene, Herr Holm«, sagte sie leise.

»Wenn ich eines auf der Welt nicht überbewerten würde, dann meine Kochkünste.« Holm besah skeptisch sein Werk. Sie schob ihn sanft beiseite, übernahm die Pfanne, griff nach Gewürzen, *Kurkuma* las Holm, wählte dann aus mehreren

Pfefferdosen eine aus und streute großzügig direkt in die Pfanne. Dann gab sie etwas geklärte Butter in eine zweite Pfanne, die schnell einen wunderbaren, tiefen Geruch verströmte. Bianca schnitt blitzschnell drei Blätter Mangold in winzigste Stückchen, die sie mit einem Fitzelchen Knoblauch anbriet und dann samt duftender Butter über das Omelett verteilte.

Geschickt schnitt sie ein Stück heraus und reichte es ihm auf der flachen Seite ihres Messers.

»Voilà, Monsieur.«

Mit dem ersten Bissen spielte sich ein kleines Feuerwerk in seinem Mund ab.

»Wow!«, rief Holm, »das schmeckt unfassbar gut. Wie haben Sie das gemacht?«

»Haben Sie doch gesehen«, antwortete Bianca.

Sie reichte ihm noch ein Stück, nein, sie hielt es ihm vor den Mund. Tat sie es unschuldig und verspielt, als wäre sie seine – *Tochter*? Oder so berechnend wie verrucht, als wolle sie ihn verführen? Was auch immer es war, beide Möglichkeiten lösten in Holm Unbehagen aus.

Trotzdem kamen sie hier nur schnell heraus, wenn er brav aufaß. Pflichtschuldig biss er zu und wandte sich ab.

Schließlich holte er die Kappe hervor, die er vorhin selbst getragen hatte, und zog sie ihr tief in die Stirn. Auf Schleichwegen, die sie soufflierte, brachte er sie durch den weitläufigen Gebäudekomplex in ihr Apartment. »Keine Ausflüge mehr, okay?«

»Versprochen«, antwortete seine Mandantin müde und schloss die Tür hinter sich ab.

Auf seinem Zimmer angekommen, bat er Katta in einer Nachricht, Bianca nicht mehr aus den Augen zu lassen. Seine zweite Nachricht sandte er an Laura: *Bianca getroffen. Abgründe. Brauchen Plan B.*

Er legte sich, so wie er war, aufs Bett, doch seine Gedanken kamen nicht zur Ruhe, sondern rotierten in seinem Kopf. Der Fall wurde richtig eklig. Wie konnte er Bianca durch diese Krise bringen, die sich auf allen möglichen Ebenen abspielte? Am Morgen würden die Medien sich auf Daves Attacken stürzen. Holms Hoffnung, Bianca sei zur medialen Selbstverteidigung mehr als geeignet, hatte sich in Luft aufgelöst. Ihren Ausflug in die geliebte Küche konnte er menschlich vollkommen nachvollziehen. Zugleich zeigte er Holm überdeutlich, dass sie ihre Situation falsch einschätzte. Auslöser mussten Emotionen aller Art sein, die jeden Gedankengang durcheinanderwirbelten wie ein Sturm ein Meer von Schneeflocken.

Dass Extremsituationen das auslösten, war nicht selten. Ja, so musste es sein! Bianca konnte vorübergehend nicht klar denken. Vielleicht mit etwas mehr Zeit. Aber so konnte er sie nicht den Journalisten vorsetzen. Das Risiko, dass ihr ein Fauxpas unterlief, erschien ihm zu groß. Das hatte er zu verhindern, indem …

Endlich fiel er in einen tiefen, traumlosen Schlaf.

7.04 Uhr

Hanna Veh war schon wach – sie war es fast die ganze Nacht gewesen –, gefangen im Gestrüpp ihrer Gedanken. Konrad hatte das mal gesagt mit dem *Gestrüpp der Gedanken*, aus dem er entkommen wollte. Damals, ganz am Anfang, als er unsicher war, ob er den Landgasthof der Eltern wirklich übernehmen sollte, und wenn ja, wie hoch der Preis dafür sein würde.

Sie war damals auf der Durchreise, studierte Kunstgeschichte und genoss das Leben. Dann der eine Moment, der alles über den Haufen warf. Sie verliebte sich in Konrad und den Hof gleichermaßen. In das nahe Hamburg. In die Welt der Köche und Küchen. In das Restaurant. In die ehrliche Handarbeit und das magische Zusammenspiel der Küchenmannschaft, selbst in die zotigen Witze in den raren Pausen und das flirrende Gefühl am Ende einer harten Schicht. Sie packte mit an, wo immer Bedarf war, wo immer Konrad sie aufstellte: im Maschinenraum (wie er die Küche noch heute nannte), beim Service oder an der Rezeption.

Die Gedanken hörten nie auf, aber das Gestrüpp änderte sich. Am Ende dieser Todesnacht hatte sie eines schmerzhaft begriffen: Allein ihr lag Bianca als *Mensch* am Herzen. Sie war ihre Beschützerin. Die Löwenmutter. Mehr denn je.

Keiner hatte Anteil daran genommen, wie Bianca nach dem Vorfall in sich zusammenfiel. Wer weiß, wie schlecht es ihrem Mädchen ergangen wäre, hätte sie ihr nicht mit dem Schlafmittel etwas Ruhe geschenkt. Da konnte sich dieser Herr Holm noch x-mal vor ihr aufbauen und schlau daherreden, was das für »kommunikative Nachteile« hatte. Aufschneider!

Die anderen zogen Bianca ihre Energie und ihr Geld ab. An erster Stelle Katharina Wiesenbach, die berechnende Blutsaugerin. An zweiter schon Konrad, der sein Lebenswerk auf den schmalen Schultern seiner Tochter errichtet hatte. Selbst Thomas, der vor dem Wahnsinn hier geflohen war, ist zurückgekehrt, um sich als eine Art Juniorgeschäftsführer ins gemachte Nest zu setzen.

Die Wut, die Angst, die Selbstzweifel – Hanna Veh musste alles wegschieben und sich frei machen für das Wesentliche: Sie musste für Bianca da sein, sich um sie kümmern, ihr Energie geben. Tat sie es nicht, würde es niemand tun. Konrad wich Wiesenbach nicht von der Seite. Längst liebte er das Image seiner Tochter mehr als sie selbst. Was war aus ihrem Mann geworden?

Es klopfte an der Tür. War Bianca wach geworden?, schoss es ihr durch den Kopf. Sie setzte sich auf die Bettkante und zog ihren Morgenmantel über, während sie die Füße in ihre Puschen manövrierte.

Es klopfte wieder.

»Mama?«

Ach, nur Thomas, dachte sie – und schämte sich umgehend für das *nur*.

Als sie die Tür öffnete, rang sie sich deshalb ein besonders mütterliches Lächeln ab, was sie nicht davon abhielt, ein gewisses Misstrauen zu empfinden. Schließlich kam er sonst selten zu ihr in die Wohnung.

»Zimmerservice«, sagte Thomas und zeigte mit der Nasenspitze auf das Frühstückstablett, dass er beidhändig trug.

»Oh, für mich? Wie nett, komm rein, mein Junge.«

»Der frühe Vogel … Ist doch deine Frühstückszeit, oder?«

Er trat ein und gab ihr einen Kuss auf die Wange, was ihren Argwohn steigerte.

»Der Mensch ist ein Gewohnheitstier«, erwiderte sie.

»Dachte, nach der Schocknacht könnte der Tag heute etwas besser anfangen.«

»Lieb von dir.«

In Windeseile richtete er den Frühstückstisch her, und sie setzte sich ihm gegenüber auf ihren angestammten Platz.

»Tee, Kaffee, Eier, Brot und Aufschnitt«, zählte er auf.

»Tee, bitte.«

Er goss ihr eine Tasse ein und fiel gleich über die Eier her.

»Hab einen Bärenhunger«, verkündete er und griff nach dem Besteck.

Angewidert sah Hanna Veh ihrem Sohn beim Frühstücken zu. Er verschlang eilig zwei Eier mit Speck. Seine Lippen glänzten vor Bratfett. Selbst wenn sie Appetit gehabt hätte, wäre er ihr bei diesem Anblick vergangen.

»Willst du nicht?«, fragte er noch einmal, schamlos weiterkauend.

»Nein, vielen Dank, nimm du ruhig.« Sie beobachtete, wie er auch ihre Portion auf seinen Teller hievte und in Angriff nahm. Als er bemerkte, wie sie ihn observierte, legte er das Besteck ab.

»Mama, davon, dass ich nichts esse, wird der Richter auch nicht wieder lebendig!«

Sie nickte stumm und entschied, das Thema zu wechseln.

»Gibt es etwas Neues von Dave?«

»Ich glaube, der schläft noch«, antwortete Thomas lächelnd.

»Dieser Hurensohn«, flüsterte Hanna Veh.

»Ach komm, du kennst ihn doch, hast du irgendwas anderes von dem Kerl erwartet?«

»Ich habe gedacht, dass er Bianca immer noch zurückhaben will. Stattdessen offenbart er ihre Geheimnisse.«

»Haben Holm und May doch ganz gut in den Griff gekriegt«, meinte Thomas. Und schob »unter den Umständen« nach, als er den bohrenden Blick seiner Mutter wahrnahm.

»Das sind Söldner«, zischte Hanna Veh, »überbezahlte Soldaten dieser hirnrissigen Medienblase.«

»Von der wir gut leben, was Biancas Sendung und die Bücher angeht«, warf Thomas ein.

Daraufhin machte sie eine herrische Geste und wischte seinen Einwand fort.

»Es geht jetzt um Bianca – und um den toten Reichelt natürlich –, nicht ums Geschäft.«

Sie spürte, dass er sich auf die Zunge biss.

»Es geht nur noch um Aufmerksamkeit«, sprach sie unbeirrt weiter, »nicht um Qualität oder Sinn.«

»Ich kenne den Vortrag, Mama.«

»Diese Industrie ist an allem schuld. *An allem!*«

»Komm schon«, sagte er besänftigend, »die Welt ist, wie sie ist. Holm ist wohl kaum im Alleingang dafür verantwortlich. Und unser Tag heute wird hart genug, wir können jede Hilfe gebrauchen, fürchte ich, also lass uns die Welt morgen oder übermorgen retten.«

Sie merkte selbst, wie sie ihn anstierte. Sprach da ihr Sohn? Dann erst registrierte sie seinen Tonfall, als er »unser Tag« gesagt hatte.

»*Unser* Tag?«, hakte sie nach.

»Wir wollten uns etwas aufteilen«, erwiderte er kleinlaut.

»Sag nicht, du sollst meinen Aufpasser spielen?«

Er schwieg eine Weile, ehe er sich durchrang, ihr zu antworten. »Die Aktion gestern mit Bianca … ihr Medikamente zu geben, Mama, das war wirklich kein guter Schachzug von dir.«

Sie schlug mit der flachen Hand auf den Tisch und stand auf.

»Wenn du dich so kleinmachen willst, ihren Kettenhund zu geben, bitte schön«, raunte sie über die Schulter. Sie hatte gleich gewittert, dass mit Thomas' Besuch etwas nicht stimmte. Auf ihre Instinkte konnte sie sich verlassen.

Sie fühlte sich in all ihren nächtlichen Überlegungen bestätigt.

Sie hätte es eigentlich sogar kommen sehen müssen, warf sie sich vor. Doch ein Gutes hatte die Sache. Sie hatte sich durch das Gestrüpp gekämpft, es geordnet und sich zurechtgelegt. Jetzt brauchte sie es nur noch zu zerschlagen. Für Bianca!

Sie ging zur Kommode und schaltete ihr Smartphone an. Es fuhr hoch, sie tippte ihren Code ein, Biancas Geburtstag. Mit einem leisen *Tepptepp* meldete das Gerät den Eingang einer Nachricht.

Bernd Scheller hatte ihr geschrieben, verkündete das Display: *Kann ich etwas für euch tun? Für dich?*

Der Cursor blinkte erwartungsvoll, doch sie wusste nicht, was sie antworten sollte. Sie sperrte den Bildschirm und legte das Gerät weg. Sie hatte keine Zeit für ihn.

Keine Zeit für ihren Liebhaber.

Liebhaber?

So hatte sie ihn noch nie genannt.

Wie das klang. So einfach. So harmlos.

Liebhaber.

7.49 Uhr

Das Klopfen an der Tür riss Holm aus dem Schlaf. Tacktata-tack-tack. Lauras erprobter Code. Er brauchte einen Moment, bis er sich orientieren konnte; ehe er mühsam die

Augen aufbekam und sich ächzend aus dem Bett hievte, um die Tür zu öffnen.

»Ich dachte, du könntest einen Doppio-Doppio gebrauchen?«, erklärte sie und hielt ihm zur Begrüßung eine Tasse mit vierfachem Espresso hin.

»So was von«, murrte er, ihr mit einem müden Lächeln dankend.

Sie erwiderte es nicht, sondern zog stattdessen einen Ausdruck hinter dem Rücken hervor.

Er kniff die Augen zusammen:

Starköchin Bianca Veh serviert: Tod und Schlammschlacht!

So lautete die Schlagzeile des bild.de-Artikels. Den Rest konnte er sich denken.

»Ist der Topteaser auf der Startseite«, sagte Laura.

Holm stöhnte erschlagen. Wie lange hatte er geschlafen? Er sah auf die Uhr. Eine Stunde, wenn er großzügig aufrundete. »Darf ich vor den schlechten Nachrichten nicht mal sagen, dass du ekelhaft munter wirkst?«

»Deiner Nachricht nach hatte ich ja auch mindestens eine Stunde mehr Schlaf«, antwortete Laura und nahm ihm den Artikel wieder ab.

Er verzog die Mundwinkel. »War nicht zu verhindern, oder?«

»Nein. Schön ist trotzdem anders. Und dein Tête-à-Tête mit Bianca?«

Er berichtete ihr knapp das Wichtigste. Seine verwirrenden Vatergefühle ließ er aus.

»Jetzt haben wir also auch noch eine labile Frontfrau, die wir nicht ins Rennen schicken können.«

»Auf keinen Fall. Eher zum Arzt.«

»Das wird kaum gehen, die Meute wird sie heute in Manndeckung nehmen: zu Wasser, zu Land und in der Luft.«

Holm zuckte mit den Schultern, bevor er für eine Minute unter die Dusche schlüpfte.

Als er aus dem Bad zurückkehrte, saß Katta mit Laura auf dem Bett.

»Du siehst ja fast noch schlechter aus als ich.«

»Spar dir das Flirten für später«, erwiderte Katta kühl und fragte, mit einem Seitenblick auf den bild.de-Artikel: »Was können wir dagegen machen?«

»Nichts, fürchte ich«, flüsterte er und rubbelte sich die Haare trocken.

»Dafür habe ich dich nicht eingekauft!«, blaffte Katta ihn wütend an. »Die rennen mir gerade die Bude ein mit ihren Fragen!« Sie streckte ihm vorwurfsvoll ihr Smartphone entgegen.

»Verlieren wir doch nicht jetzt schon die Nerven.«

Bevor Katta nachsetzen konnte, ging Laura dazwischen.

»Der Richter ist tot. Und die Schlammschlacht haben wir dem Vater zu verdanken. Wir haben nichts, was wir dementieren könnten.«

»Und wenn wir Bianca mit der Presse zusammenbringen? Ist doch deine Idee, Holm?«

Er räusperte sich. »Ich habe meine Meinung geändert«, gestand er leise.

»Wie jetzt?«

Er sah zu Laura, die ihm aufmunternd zunickte. Also ließ er die Katze aus dem Sack.

»Ich habe sie vorhin getroffen. In der Küche des Bistros. Sie hat gekocht.«

»Oh mein Gott«, flüsterte Katta. »Jetzt verstehe ich deine Nachricht.«

»Ja«, sagte er stimmlos.

»Das wäre ja ein gefundenes Fressen für die Presse. Hat das noch jemand gesehen?«

»Ich hoffe nicht«, flüsterte Holm.

»Und jetzt?«

»Das klingt blöd. Aber wir müssen es aussitzen«, erklärte Laura. Katta stockte. Hörte auf, ihr Smartphone durch die Finger kreisen zu lassen, während sie von Holm zu Laura sah und wieder zurück.

»Und wenn wir der Polizei sagen, dass es Gift war?«, schlug Katta vor. »Das würde Bianca doch so ziemlich aus der Schusslinie bringen?«

»Wir würden eine Straftat zugeben. Einen Skandal produzieren, der Bianca immens schaden könnte. Und wir hätten Lerch hintergangen, so dass sie uns, dir und der Familie nicht mehr über den Weg trauen würde. Also schweigen wir«, ermahnte Holm sie und legte einen Zeigefinger auf seine Lippen, »dass der Vater nicht die Ruhe hat, etwas für sich zu behalten, dürfte seit der Nacht klar sein, oder?«

Katta nickte ernüchtert.

»Und wir sind erst am Anfang der Krise«, erklärte Laura, »wer weiß, was noch kommt.«

»Wir haben also ein Ass im Ärmel und können es nicht spielen?«, fragte Katta nach, jede Silbe eine einzige Enttäuschung.

»Das Ass wird stechen!«, beschwor Holm sie, »wir müssen bloß Geduld haben. Das Pulver trocken halten. Früher oder später dürfte die Polizei es auch herausfinden.«

»Und uns ist klar«, fügte Laura hinzu, »dass das in dieser Situation sehr viel verlangt ist.«

Katta schüttelte ungläubig den Kopf. »Was haben wir dann von eurer Nacht-und-Nebel-Aktion, wenn wir das Wissen gar nicht nutzen können?«

»Wir haben dadurch das Wertvollste in der Krise, Katta: Wir haben einen Vorsprung!«

»Genau!«, bestätigte Holm, »wir fahren mit Licht, wir sehen voraus. Auf der Grundlage können wir unsere Kommunikation ausrichten. Wir können offensiver sein, weil wir wissen, dass das Gift die Ermittlungen und die Aufmerksamkeit von einem möglichen Fehler in der Küche, von Bianca, weglenken wird. Daves Anspielung wird im Sande verlaufen. Wir können sicher sein, dass unsere PR eine Weile halten wird und wir nicht ständig den Kurs wechseln müssen.«

Holm sah, wie das alles in Katta arbeitete, wie sie fieberhaft nach einem besseren Ausweg suchte, den sie möglicherweise übersahen. Nur gab es in diesem Fall keinen.

Katta sprang auf und tigerte durch das kleine Zimmer.

»Und wenn die Polizei das Gift nicht entdeckt. Weil sie unfähig ist? Das Gift nicht mehr nachweisbar? Konrad ganz durchdreht? Oder Bianca in der Zwischenzeit zusammenbricht?«

Touché, dachte Holm. Dieselben Gedanken hatte er auch schon durchgekaut – mit dem Bild von Bianca vor Augen, wie sie ihm das Omelett hinhielt, und ihrem feinen Geruch in seiner Nase.

»Das ist jetzt unser Job«, sagte Laura bestimmt. »Dass nichts davon eintritt.«

Sie schwiegen eine Weile.

»Lerch will übrigens das Bistro als Großraumbüro für ihre Truppe haben.«

»Schlau.«

»Und nach dem Frühstück reisen die letzten Hotelgäste ab, so dass der Trakt jenseits der Polizeiabsperrung auch noch leer steht, bei vollen Kosten versteht sich … Und denen, die heute anreisen wollten, haben wir abgesagt.«

»Das ist Mist.« Laura zuckte mit den Schultern. Es gab keine Alternative.

»Na dann.« Katta klatschte unvermittelt in die Hände, was Holm aus seinen Gedanken riss. »Dann kümmere ich mich doch mal darum«, verkündete Biancas Managerin, ehe sie aus dem Zimmer rauschte.

Holm bemerkte erst, dass Laura zu ihm gekommen war, als sie eine Hand auf seine Schulter legte.

»Alles okay?«

Sich mit beiden Händen übers Gesicht reibend, vertrieb er die Bilder von Bianca, die ihn einholten.

»Nur ein bisschen müde. Espresso ist auch nicht mehr das, was er mal war.«

Er bemühte sich, ihr ein Lächeln zu schenken.

»Liv?«, fragte Laura. Er sah ihr an, dass sie riet.

»Thomas«, antwortete er.

»Hä?«

»Der Bruder. Wir wollen doch nicht tatenlos hier herumsitzen. Ich will, dass Storch sich den einmal ansieht.«

»Glaubst du, er …?«

»Die Mutter ist die Oberglucke, der Vater würde nie sein Lebenswerk ruinieren. Katta verdient ein Vermögen mit ihr, die hat also auch kein Motiv. Die Küchencrew ist von ihren Gnaden.«

»Du meinst, der Bruder hat allen Grund der Welt, neidisch zu sein?«, fragte sie ungläubig.

»Umgekehrt, Laura: Wenn wir ihn auch ausschließen können, ist ihr direktes Umfeld sauber.«

»Bis auf Dave.«

»Den wird schon die Polizei entzaubern, sobald sie das mit dem Gift herausfindet.«

»Kann ja nur noch ein paar Stunden dauern, die wir geprügelt werden.«

»Ich bin mir ziemlich sicher, dass wir Bianca durchbekommen, wenn die Familie nichts zu verbergen hat.«

»Und wenn doch?«

»Dann gnade uns der PR-Gott.«

Sie sahen sich an, wissend, dass dieser Fall ihre sämtlichen Künste erfordern würde – und eine handfeste Ermittlung.

Holm zupfte mit zwei Fingern sein Smartphone aus dem Jackett und wählte Storchs Nummer. Er ließ lange durchklingeln, bis sein Freund abhob.

»Noch vor dem Kirchgang, Holm!?«, schnaubte Storch ungehalten in den Hörer.

»Ja, ich weiß, wie viel Uhr es ist. Aber ich brauche deine Hilfe. Jetzt!«

Holm hörte eine Frauenstimme im Hintergrund. Die schöne Shirin. Storch stöhnte entnervt. Es raschelte in der Leitung.

»Morgensex wird vollkommen überschätzt, mein Freund«, sagte Holm und zwinkerte Laura zu

»Sprich langsam und deutlich«, murmelte Storch.

Holm tat ihm den Gefallen.

8.57 Uhr

Als Franco ihn auf das verabredete Parkdeck fahren sah, setzte er sich seine Sonnenbrille auf und zog den Kapuzenpulli über den Kopf. Was für eine Aktion zu dieser Uhrzeit am frühen Sonntagmorgen. An *diesem* Sonntag! Egal. Zu viel nachdenken stört deinen Instinkt, zitierte Franco seine Mutter, die sich ihr Leben lang auf ihr Bauchgefühl verlassen hatte. Also, los ging es!

Franco sprang aus seinem roten Alfa Romeo und lief zum SUV, den Westenberg rückwärts einparkte, und stieg ein, bevor der Fernsehproduzent von Bianca den Motor abgeschaltet hatte.

Sie gaben sich die Hand.

»Wenn nicht jetzt, wann dann?«, kam Franco gleich zur Sache.

Westenberg taxierte ihn lange.

»Wenn sie die Aufzeichnungen für die neue Staffel in drei Tagen nicht machen kann, haben wir den Anlass, den wir für einen sauberen Schnitt brauchen.«

»Einen Anlass habt ihr jetzt schon!«, rief Franco, tippte auf sein Smartphone und zeigte Westenberg den ersten Artikel auf der Startseite von bild.de.

»Ja, hab ich schon gesehen, aber …«

»Aber was, Gerrit?«

»Wir haben einen gültigen Vertrag, Franco! Einen Sender, der noch an Bianca festhält, auch wenn die Quoten bröckeln und das Format ausgelutscht ist. Das Timing ist also alles entscheidend.«

»Fang nicht wieder damit an.« Franco winkte ab.

»Wenn der Sender Bianca abschießt, aber dich dann nicht nimmt, sondern einfach zu einer anderen Produktionsfirma geht, einen anderen Koch aus dem Ärmel zaubert, was auch immer – dann sehen wir beide alt aus. Du und ich!«

Franco schwieg. Das war ihm eine Nummer zu kompliziert. Er konnte sich nicht auflehnen gegen Westenberg. Er begriff aber eines: Er musste mitspielen und sich wohl oder übel auf Westenberg verlassen, so sehr ihm dessen Rumgeeier auch stank.

Er wollte doch einfach nur aus Biancas Schatten treten. Er schuldete ihr nichts. Das bestätigte Thomas ihm auch andauernd. Ihr eigener Bruder stand auf seiner Seite. Sah seine Qualitäten. Seine Gabe! Keine Frage, er respektierte Bianca, mochte sie total, sie war eine grandiose Köchin. Aber er malochte praktisch auf demselben Level, ohne Papa, ohne Rückendeckung, ohne Netzwerk. Als kleiner Italiener im Schoße der Familie Veh.

Würde er Partner finden, die ihn pushten, würde er durch die Decke gehen. Endlich einen eigenen Stern bekommen. Er hatte so viele Ideen. Rezepte seiner sizilianischen Mutter, die er in Gedanken schon tausendfach gepimpt hatte. Westenberg stieß ihn kumpelhaft an.

»Ich hab dir was mitgebracht.«

Franco sah ihn überrascht an.

»Ich hab mal unsere Probeaufnahmen neulich zusammenschneiden lassen.«

Westenberg zog ein iPad hervor und startete ein Video.

»Buongiorno a tutti, herzlich willkommen zu *Lecker Italia*, ich bin Franco Belucchi und koche heute für Sie …«

Franco spürte, wie es in seinem Bauch kribbelte. Er sah gut aus. Bewegte sich ungezwungen.

»Die Kamera schmeichelt dir«, meinte der Produzent. »Kommst total sympathisch rüber.«

»Bin ich ja auch.« Franco verzog keine Miene.

»Mit dir kriegen wir garantiert mehr weibliche Zielgruppen, was gut ist, weil …«

»Ssscht«, machte Franco und griff dem Produzenten in den Arm. Er saugte jedes Wort, das sein Abbild im iPad von sich gab, jede Sekunde, jedes Einzelbild, tief in sich auf.

Ja, das war es, was er wollte.

»Wir haben«, sagte Westenberg, »etwas Geld in eine Befragung gesteckt. Die italienische Küche ist nicht nur ein Klassiker, sondern auch der nächste Trend. Absolut massenkompatibel. Und deine Sympathiewerte gehen bei der weiblichen Zielgruppe des Senders durch die Decke. Einfach *Bämm*!«

Franco nickte, ohne die Augen von sich selbst auf dem iPad zu lassen. Er konnte sich hier und da noch etwas günstiger zur Kamera stellen, mehr zu den Zuschauerinnen gucken – er stellte sich immer junge, attraktive Zuschauerinnen vor, die er rumkriegen wollte – und mehr lächeln. Er mochte sein Lächeln. Und das Bleaching hatte sich gelohnt, so schneeweiß, wie seine Zähne rüberkamen.

»Wenn das Butterbrot jetzt auf deine Seite fällt, mein Lieber, kann ich mich darauf verlassen, dass du es wirklich durchziehen willst?«

Franco nickte.

»Das wird böses Blut geben.«

»Ich weiß.«

»Sie werden dich rausschmeißen.«

»Ich hab was in der Hinterhand. Was Besseres.«

»Und menschlich: Kannst du Bianca das wirklich antun?«

»Menschlich? Du schwimmst oben, oder du gehst unter.« Den Satz hatte Franco sich zurechtgelegt, doch er merkte selbst, wie hölzern er klang.

»Du hast ihr schließlich auch was zu verdanken, oder?«

»Einen Scheiß habe ich!«, knurrte Franco. »Sie hat mir was zu verdanken. Aber die Anerkennung werde ich von ihr und ihrem Vater nie bekommen. Also muss ich sie mir holen.« Thomas hatte ihm in dieser Hinsicht die Augen geöffnet. Schließlich hatte er eine ähnliche Rolle seit seiner Kindheit. Und nach und nach erkannte Franco, was seine heile Küchenwelt in Wirklichkeit war: Ein goldener Käfig für die eierlegende Wollmilchsau. So nannte Thomas ihn immer, wenn er seinen Ehrgeiz wecken wollte. Das war nicht nötig. Nicht mehr.

Westenberg lachte.

»Das gefällt mir, wenn du so wütend wirst. So italienisch. Mit der ganzen Gestik und so.« Er äffte ihn nach, wofür Franco ihm unter normalen Umständen eine klare, sizilianische Ansage gemacht hätte. »Vielleicht können wir das ja noch in die Show einfließen lassen?«, sponn Westenberg.

»Arschloch«, erwiderte Franco, zwang sich aber zu einem Lächeln und reichte seinem TV-Produzenten in spe die Hand.

»Wenn was ist, schick ich eine Nachricht«, sagte der zum Abschied.

Franco lief hinüber zu seinem ferrariroten Alfa.

Wenn es ihm gelang, Bianca zu ersetzen, in dem Moment, in dem sie vom Thron stürzte, hatte er alles richtig gemacht. War so lange im Windschatten geblieben, bis er im richtigen Moment zum Überholmanöver ansetzen konnte, wie ein Formel-1-Fahrer.

Er ließ die Reifen durchdrehen, ehe er seinen Wagen aus der Parkbucht jagte. *Buongiorno a tutti.* Wie cool er im Fernsehen rüberkam. Sexy. Dass er keine eins siebzig war – geschenkt. Die Endorphine ließen ihn schweben wie nach einer Schicht in der Küche, in der er alles im Griff gehabt hatte. Er musste sich ermahnen, nicht zu gutgelaunt auf den Landgasthof zurückzukehren. Bloß keinen Verdacht wecken. Stai calmo, ragazzo!

Sein Traum war zum Greifen nah.

Und er hatte nicht vor, es zu vermasseln.

10.16 Uhr

Holm lag im frottierten Bademantel des Hotels auf seinem Bett und studierte die neusten Meldungen, als es an der Tür klopfte.

»Darf ich mit in deinen Jacuzzi?«, frotzelte Laura bei seinem Anblick.

»Damit ich alter Mann diesen Tag durchhalte, schickt Katta die beste Masseurin des Landgasthofs Veh.«

»Tsss«, machte Laura nur, »die will dich gleich hierbehalten.«

»Keine Eifersucht, bitte.«

»Lass uns lieber über die Lage reden.«

»Ungern«, antwortete Holm. Die ganze Maschinerie war angesprungen und spuckte die wildesten Geschichten aus, so dass durchaus erscheinende neutrale Meldungen, Videoblogs, Webvideos und Korrespondentenberichte kaum ins Gewicht fielen. Meinung machte diese Nachricht groß. Düstere Fantasien, die sich unwidersprochen herausblasen ließen.

Auf einer Website wurden die schlimmsten Gastronomieunfälle der vergangenen zwanzig Jahre aufgezählt, was in Holms Augen einer Vorverurteilung von Bianca gleichkam. Ein vermeintlicher Experte wurde dazu interviewt, dass Burnout und Alkoholismus bei Köchen ein Riesenthema sei, womit Daves Behauptung einfach für bare Münze genommen und weitergedreht wurde.

Der Gastro-Kritiker einer Sonntagszeitung stellte fest, dass das »wahllose« Zusammenrühren von internationalen Zutaten und Rezepten eine »einzige Panscherei« ergebe, die dem links-liberal-grünen Mainstream auch noch in der Sterneküche ein wohliges Gefühl von multikulti beschere, aber faktisch sei Bianca Veh eine »hoffnungslos überbewertete Köchin«. Nicht, dass der Kritiker das nicht vorher schon verkündet hatte, allerdings gewann seine eben noch randständige Minderheitsmeinung über Nacht Gewicht. Jede konsequente und eloquent vorgetragene Position hatte irgendwann Konjunktur.

Spiegel Online befasste sich mit dem Phänomen, wie gehypte öffentliche Personen bereits in der Vergangenheit durch ein einziges unvorhergesehenes Ereignis gestrauchelt seien.

Die meisten nahmen aber direkt Daves Posts auf, Tenor: Das Pensum von Bianca Veh könne kein Mensch auf Dauer bewältigen, was auch immer ihre Managerin oder ihr Umfeld ihr einflüstere. Eine Frauenpostille mutmaßte, das Liebesaus zwischen Bianca und Dave habe sie aus der Bahn geworfen, nicht ohne den unverzichtbaren Hinweis auf einen »gemeinsamen Freund« der beiden als verlässliche Quelle. All das hallte durch die Echokammer der sozialen Medien, wurde lauter, schriller – bis hin zu dem Gerücht, das ein Schriftsteller, der länger nichts veröffentlicht hatte, in die Welt setzte, nämlich, dass Bianca ihr Kochbuch gar nicht selbst geschrieben habe, die außergewöhnliche Konzeption als Weltreise und die sprachliche Qualität der ergänzenden Erzählungen deuteten vielmehr eindeutig auf einen versierten Ghostwriter hin, was in dem Segment auch nicht unüblich sei.

»Sie zerlegen Bianca in ihre Einzelteile«, resümierte Laura und rieb sich die Nase, »fast alles mit dem gewissen Unterton, dass sie und ihre Crew wirklich schuld am Tod des Richters sein könnten.«

»Sie glauben Dave gern«, bestätigte Holm.

»Sie glauben ihm gar nicht, sie malen sich nur gern die tiefsten Abgründe aus.«

»Immerhin schläft Dave anscheinend noch seinen Rausch aus und legt nicht nach.«

»Bringt halt Klicks, was Werbung bringt, was wiederum Geld bringt, was den Arbeitsplatz sichert.«

Holm zuckte mit den Schultern. Die Medienmechanismen würden sie auch bei diesem Fall nicht außer Kraft setzen können.

»Ist ja schon gut, Mats, aber irgendwie geht mir das mit Bianca näher als sonst«, sagte Laura und setzte sich auf seine Bettkante.

Und mir erst, dachte Holm.

»Wie lange können wir unseren Trumpf im Ärmel behalten?«, fragte Laura ihn und blies sich eine Strähne aus den Augen.

Holm nickte. Der Druck auf Bianca wuchs, und sie mussten Rücksicht auf ihre Verfassung nehmen. Die Sache mit Dave Pauls, der Klinikaufenthalt, der Tote. Brach sie zusammen, würde das sofort durchsickern, und dann war das, was sie gerade erlebten, lediglich der müde Aufgalopp einer Hetzjagd, die Bianca nicht überstehen würde.

Es klopfte.

Laura tippte ihm sanft auf den Oberschenkel und sagte: »Dann lasse ich dich mal mit deiner Thailänderin allein.«

Er zog eine Augenbraue aufreizend hoch und öffnete die Tür.

Katta stürmte ins Zimmer, sichtlich nervös und aufgewühlt.

»Wir saufen ab in Anfragen: RTL, ein Dutzend Tageszeitungen, der Boulevard, dpa, *Brisant*, alle Frauenzeitschriften, alle Kochzeitschriften, *Superillu*, die Nachrichten von Biancas Sender – sucht es euch aus!« Sie knetete ihr Smartphone mit beiden Händen.

»Alle haben sie hochgeschrieben. Jetzt schreiben sie sie runter, als wären sie gelangweilt von sich selbst«, murmelte Holm.

»Ich brauche eure Hilfe, Holm! Konrad ist nervös, Thomas unsicher, Mama Veh will Dampf ablassen, und Bianca hängt am seidenen Faden.«

»Dann machen wir eben eine Krisensitzung mit der ganzen Familie«, schlug Laura vor.

»Ist es zu leger, wenn ich so bleibe?«, fragte Holm und zupfte an seinem Bademantel.

»Ich verschiebe deinen Massagetermin«, sagte Biancas Managerin.

»Nur eines, Katta.«

»Ja?«

»Kein Wort von unserer nächtlichen Aktivität«, sprach Laura Holms Gedanken aus.

»*O-kay.*« Katta dehnte beide Silben.

»Wir wollen uns nur einfach nicht in die Karten gucken lassen«, erklärte Holm.

»Werners gute alte Schule.« Laura setzte Katta aufs falsche Gleis, was sehr clever war. Schließlich würde auch Thomas dabei sein, ein Wackelkandidat in Holms Augen, den Storch noch für sie überprüfte.

Kaum dass sie Biancas Appartement betraten, ging Hanna Veh auf Holm – der wieder Anzug trug – los.

»Abwarten und Tee trinken, mehr fällt Ihnen nicht ein, während die meine Tochter fertigmachen?« Nicht nur ihre Stimme bebte vor Wut, sondern ihr ganzer Körper.

»Wir würden im Moment sowieso nicht gehört werden«, reagierte Laura schnell, um den Zorn von Hanna Veh auf sich zu lenken.

Holm nutzte den Augenblick für einen Scan. Konrad Veh saß zusammengesunken in der Ecke: erschöpft, beinahe abwesend; Bianca sah trotz des kleinen Lächelns aus wie ein gejagtes Reh. Thomas lehnte an der offenen Küchenzeile und hielt sich an seiner Teetasse fest. Da entdeckte Holm eine Kleinigkeit: Thomas hatte die Beine überkreuzt. Körpersprache log nicht. Biancas Bruder ging auf Distanz zu den anderen. Interessant, dachte Holm, sehr interessant.

»Aber je länger wir zögern«, vertrat Katta die Interessen der Familie, »umso mehr sieht es so aus, als hätten wir etwas zu verbergen. Und noch mehr Medien steigen darauf ein.«

»Wir können das alles nicht mit einer Erklärung aus der Welt schaffen.«

»Aber das ist doch Rufmord, was da gerade passiert!«, rief Hanna Veh. »Die Wahrheit ist, dass Bianca nichts mit dem Tod des Richters zu tun hat!«

»Ich verstehe ihre Bedenken, wirklich«, versuchte Laura sie zu beruhigen, »aber in diesen Stunden geht es nicht um die Wahrheit …«

»Pah«, machte Biancas Mutter. »Nichts anderes habe ich von aalglatten PR-Leuten erwartet.« Sie sah Katta zornig an, die ihrem Blick auswich.

»Es geht gerade nicht um Wahrheit, wenn ich meinen Satz zu Ende sprechen darf«, sagte Laura besonnen, »weil es um Wirkung geht. Wie kommt etwas rüber? Wem glaubt man eher, wenn Aussage gegen Aussage steht? Und: Löst die Wahrheit mehr Fragen aus, als sie beantwortet?«

Holm nutzte den Moment der Stille, um sich einzuschalten.

»Etwas anders formuliert: Es geht jetzt allein um die Frage, was Bianca hilft und was nicht. Wenn die Wahrheit nicht hilft, können wir sie nicht gebrauchen.«

Er stellte sich vor Biancas Mutter.

»Ob Sie das wahrhaben wollen oder nicht. So läuft es.«

Sie sah ihn verächtlich an, ein eiserner Blick, dem Holm standhielt, bis sie Thomas bat, ihr ein Glas Wasser einzuschenken.

»Mal eben ein Dementi zu veröffentlichen und auf Biancas Fans zu hoffen, das wäre extrem riskant – und das kann man genau ein einziges Mal machen.« Holms Blick fiel auf Konrad Veh, der wie versteinert dasaß, über Nacht um Jahre gealtert. Nahm er sich die Facebook-Sache mit Dave so zu Herzen? Spürte er, dass sein Lebenswerk drohte zusammenzubrechen? Für einen Moment hatte Holm wider besseres Wissen den Wunsch, der Familie doch mitzuteilen, dass sie Gift im Essen gefunden hatten und alles in kürzester Zeit wieder gut sein würde. Doch er sah die überkreuzten Beine von Thomas – und hielt sich zurück.

Konrad Veh erwachte aus seiner Erstarrung und sagte müde: »Ich fühle mich nicht so. Ihr macht das schon. Muss mal an die frische Luft.« Bianca war sofort an seiner Seite. Er tätschelte ihr das Gesicht, lächelte sie müde an und ging mit schweren Schritten aus dem Raum.

Eine Pause trat ein, die von Holms Smartphone beendet wurde. Es vibrierte drei Mal kurz, eine Sondereinstellung, die er für zwei Personen gewählt hatte: Storch und Werner.

»Entschuldigung«, sagte er leise und zog das Gerät hervor. Werner schrieb: *Achtung! MoPo hat jemand aus Klinik, der B schlecht aussehen lässt.*

Mist!

»Leider habe ich noch eine schlechte Nachricht. Die *Morgenpost* hat jemanden aus der Klinik, der Bianca schlecht aussehen lässt.«

»Diese Schweine, die sollen uns in Ruhe lassen!«, schrie Hanna Veh.

Laura rief den Artikel auf und überflog ihn. »Bianca habe überheblich gewirkt«, fasste sie in sachlichem Ton zusammen, »sich von den anderen ferngehalten, als wäre sie etwas Besseres«. Sie sah vom Display ihres Smartphones auf und biss die Lippen zusammen.

Holm beobachtete, wie Bianca eine Träne über die Wange rollte.

Er unterdrückte den Impuls, zu ihr hinzugehen und sie zu trösten. Alle würden es falsch verstehen. Außerdem wäre das vollkommen unprofessionell. Nicht wahr, Holm? Er musste dieses Vaterding schleunigst in den Griff bekommen.

Katta ging auf Bianca zu, Hanna Veh rempelte sie kaum merklich beiseite und nahm ihre Tochter in den Arm, die reglos blieb, den Kopf auf der Schulter der Mutter, die Augen auf Holm.

Wieder vibrierte das Smartphone in Holms Hand. Dieses Mal schrieb Storch: *Thomas auf ersten Blick sauber. Aber: Täglich Kontakt per Messenger zu Franco, dem Souschef. Gute Freunde. Vielleicht mehr?*

Aha!, dachte Holm und zwang sich, nicht verstohlen zu Thomas hinüberzusehen. Da tat sich ja ein ganz neues Lager auf; ein neues Kraftzentrum in Biancas Entourage. Dem

Kerl würde er bei nächster Gelegenheit auf den Zahn fühlen. Nein, er würde es Laura überlassen, sie war eine exzellente Verhörspezialistin, und sie würde diesen Thomas aushorchen, ohne dass er mitbekam, woher der Wind wehte …

Die lieben Familienbande.

Manchmal waren es auch Stricke.

Stricke, die sich um den Hals legten.

Stricke, die ins Fleisch schneiden konnten.

Schmerzen.

Wehtun.

Holm sah Liv vor sich. Helena. Sprang auf, gab Laura ein diffuses Zeichen und lief wortlos aus dem Raum.

10.48 Uhr

Konrad Veh musste raus an die frische Luft. In seiner breiten Brust hatte sich alles so eng angefühlt während der Besprechung mit diesem Holm, als hätte ihn jemand unter Steinplatten begraben. Er schlich hinten heraus und passierte einen Streifenwagen, aus dem zwei Polizisten kurz zu ihm aufsahen, ohne ihr Gespräch zu unterbrechen. Er nahm einen Schleichweg, der am schnellsten in den Wald führte.

Natürlich war ihm schmerzhaft bewusst, dass er in der Nacht nicht die besten Manöver gemacht hatte. Dave, dieser Hund, hatte einen wunden Punkt erwischt, einen roten Knopf gedrückt. Er hatte sich hinreißen lassen, das musste er zugeben.

Passiert ist passiert, sagte Veh sich und überließ seine Aufmerksamkeit dem neckischen Gezwitscher eines Buchfinken. Der Wind raschelte durch die Blätter des Mischwaldes, in den hier und da schnurgerade Sonnenstrahlen fielen. Vehs Anspannung ließ nach, die Enge in der Brust löste sich mit jedem Schritt, als sei die Natur eine schnell wirkende Medizin.

Doch hatte er eben noch gedacht, dass er wahllos durch den Wald lief, merkte er auf einmal, wo seine Beine ihn hintrugen: zu seinem alten Freund Bernie. Bernhard Scheller.

In dem Moment wusste Konrad Veh ganz genau, was er zu tun hatte, wenn er bei Scheller ankam. Er spürte, wie am Rande seines rechten Auges sein Äderchen zu pochen begann. Ein klares Zeichen für Anspannung. Ärger. Kampfbereitschaft.

Die Überraschung stand Bernie ins Gesicht geschrieben, als er wenige Minuten später die Tür öffnete und ihn, nach einer Schrecksekunde, umständlich hereinbat.

»Setz dich doch«, bot Scheller ihm an.

»Ich stehe lieber.«

»Ich habe einen feinen Brandy entdeckt«, meinte Scheller, der Vehs Schwäche für edle Tropfen kannte.

»Nicht der Tag dafür, Bernie, und nicht meine Zeit«, sagte Veh leise, seine Augen bohrten sich in Schellers.

»Wie geht es Bianca?«, fragte der in einem Plauderton, den Veh nur albern finden konnte.

»Willst du gar nicht nach Hanna fragen?«, erwiderte er tonlos.

Scheller zog die Augenbrauen hoch, bevor er die Nase rümpfte, sich abwandte und einen Brandy eingoss.

Er braucht Zeit, dachte Veh, er überlegt, was er machen soll. Er nutzte Bernies Denkpause und warf aus den Augenwinkeln einen Blick hinüber zu Schellers Jagdschrank. Seine Flinten standen da, die ideal in der Hand lagen, leichtgängig waren und stets geölt und geladen; Flinten, auf deren saubere Justierung man sich verlassen konnte; Gewehre, die gut rochen, wenn man mit ihnen schoss, metallen und rauchig. Waffen, mit denen sie oft gemeinsam auf die Jagd gegangen waren. Früher. In einem anderen Leben.

»Wir kennen uns so lange, Konrad, können wir nicht alles hinter uns lassen und irgendwie unsere Freundschaft retten. Es würde mir etwas bedeuten.«

Veh schwieg. Er rechnete damit, dass etwas Wehmut in ihm aufkommen würde angesichts dieser Worte, weil er diesen Kerl geliebt hatte, ihre Sauftouren und Jagden, die Nächte auf dem Hochsitz, den wärmenden Whiskey aus demselben Flachmann; wenige Worte, die saßen wie ihre Schüsse damals. Doch die Wehmut blieb aus.

»Ich hoffe«, versuchte Scheller, den Gesprächsfaden wieder aufzunehmen, »Bianca übersteht diese furchtbare Sache.«

»Du nimmst den Tod des Richters ziemlich gelassen.«

Scheller schüttelte den Kopf. »Ehrlich gesagt konnte ich kaum schlafen. Hab an euch gedacht.«

»Wenn du gleich noch sagst, dass ich nur Bescheid sagen soll, wenn ich deine Hilfe brauche, veredle ich dir die Inneneinrichtung.«

»Was soll das, Konrad? Sind wir nicht zu alt dafür?«

»Hast du was mit dem Tod des Richters zu tun?«, platzte es aus Veh heraus. Er leckte sich über die Zähne und spürte seine Zähne hart aufeinandermalmen.

»Was?«

»Um mir auch noch das Geschäft zu nehmen?«

Seine Augen huschten für einen Sekundenbruchteil zum Jagdschrank, aber Scheller fing seinen Blick auf und erschrak sichtlich.

»Dreh nicht durch, Konrad.«

Ha! Das Väterliche, Unechte in seiner Stimme verschwand schlagartig. Scheller machte einen auffällig unauffälligen Schritt Richtung Jagdschrank, während er so tat, als studiere er akribisch die Farbe seines Brandys. Das bestätigte Veh, was er längst wusste: Sein alter Freund schloss den Jagdschrank nie ab. Warum auch? Er lebte ja allein hier. Sein Sohn schaute ab und zu vorbei. Einmal die Woche kam die Putzfrau, die seit Jahrzehnten für ihn arbeitete, auf einer soliden, steuerfreien Basis.

Veh tippelte seitwärts, die Hände in den Jackentaschen zu Fäusten geballt. Er versuchte erst gar nicht, es wie Scheller zu kaschieren, im Gegenteil: Er wollte, dass der es mitbekam.

Scheller lachte künstlich auf. »Komm, was soll das. Willst du mir Angst machen? Ein Geständnis entlocken, das es gar nicht geben kann?«

»Du bist gestern den lieben langen Tag bei uns herumscharwenzelt.«

»Ich bin dein Lieferant, Konrad! Und ihr habt Sonderbestellungen gemacht, nicht ich.«

»Weißt du, was ich denke, *Bernie*?«

»Nichts Gutes.«

»Wäre ein guter Moment, um reinen Tisch zu machen.«

Scheller nippte am Brandy.

»Für dich ja. Für Bianca nein. Falls sie dir noch etwas bedeutet.«

Veh fing an zu lachen, was bald in eine Art höhnisches Grunzen kippte.

»Ich jedenfalls würde mich freuen, wenn unser Pakt noch stünde«, verkündete Scheller, jedes Wort mit Bedacht setzend.

»Ist das so?« Veh konnte das gequälte Lachen nicht mehr beherrschen, er klang in seinen Ohren wie ein in die Enge getriebenes Wildschwein vor dem Verzweiflungsangriff. Zwei, nein drei Seitenschritte machte er auf den Jagdschrank zu, einen Vorsprung, den Scheller erstaunlich leichtfüßig aufholte.

»Steht unser Deal, Konrad?« Scheller fragte ihn mit Nachdruck. Mit dieser tiefen Whiskey-Stimme eines Mannes, der gewohnt war zu bekommen, was er wollte, der gewohnt war, das Sagen zu haben und anderen Anweisungen zu geben.

Dieses Mal nicht, sprach Veh sich Mut zu.

Früher hatte er seinen Freund für dessen unerschütterliche Selbstgewissheit bewundert. Heute wäre allein diese aufgeblähte Stimme, die seiner Frau Schweinereien ins Ohr säuselte, Grund genug, um …

»Und was ist, wenn unser Deal nicht mehr steht?«, fragte Veh und sah, wie Schellers Gesichtszüge sich bei seinen Worten zu einer wütenden Grimasse verhärteten.

Er konnte nicht anders, wieder blickte er aus dem Augenwinkel zu Bernies Flinten.

11.35 Uhr

Holm hatte sich so postiert, dass er den Hof im Blick hatte. Laura hielt sich in der Hotellobby auf, sie würde Bescheid geben, wenn Bianca Vehs Bruder dort auftaucht. Es kam zwar äußerst selten vor, aber die Zigarette, die er vorgab, genüsslich zu rauchen, schmeckte ihm nicht. Am Tabak lag das nicht, schon eher an diesem Fall. Da kam Thomas, er trug einen Ordner unter dem Arm. Holm nahm einen tiefen Zug und nickte ihm zu.

»Rauchen schadet ihrer Gesundheit, Herr Holm«, meinte Thomas freundlich.

»Keine Laster, kein Lustgewinn«, entgegnete Holm.

»Da ist auch was dran. Also, lassen Sie sich nicht stören, ich muss ins Büro. Der Papierkram kennt kein Pardon.«

»Und ich dachte schon, Sie bräuchten eine Pause von den Launen Ihrer Mutter.«

Thomas wollte weitergehen, Holm hielt ihn auf, indem er ihn kurz an die Schulter tippte.

»Hätten Sie etwas dagegen, wenn meine Partnerin und ich kurz mitkommen und ein paar Fragen stellen?«

»Worum geht's denn?«

Holm lächelte vielsagend und dachte: Erwischt! Die Nachfrage kam so schnell, dass sie den ganzen Gesprächsrhythmus, den er vorher fein säuberlich aufgebaut hatte, aufbrach. Der Bursche wurde gleich nervös.

»Wir wollen uns noch besser darauf vorbereiten, Ihre Schwester zu verteidigen.«

Thomas sah ihn misstrauisch an. Jetzt wiederum dauerte die Antwort zu lange, um spontan zu sein.

»Dann kommen Sie halt mit«, sagte Thomas, und Holm drückte seine Zigarette in aller Ruhe aus.

In der Hotellobby lasen sie Laura auf. Thomas ging vor, was Holm die Gelegenheit bot, Laura zuzuzwinkern. Sie nickte gleich und wusste, dass der Ball bei ihr lag.

»Nehmen Sie Ihrem Vater viel Arbeit ab?«, verlor sie keine Zeit.

»Wir haben uns das meiste aufgeteilt«, antwortete Thomas knapp.

»Wie laufen die Geschäfte?«

»Das Zugpferd zieht …«

»Sie meinen, ihre Schwester trägt viel Verantwortung?«

»Sie hat es immer so gewollt.«

Sie erreichten das Büro.

Thomas ließ sich mit großer Selbstverständlichkeit auf den Chefsessel am Computer fallen. Laura setzte sich ihm gegenüber, Holm nahm weiter hinten auf einer Couch Platz.

»Es ist bestimmt nicht leicht mit so einer dominierenden Schwester.«

Thomas schnaubte. »Leichter als mit einer dominanten Mutter.«

»Wir ahnen dunkel, was Sie meinen«, erwiderte Laura verschwörerisch.

»Verstehe ich richtig, dass Sie hier Ihren Platz gefunden haben?«

Thomas zuckte mit den Schultern.

»Ist kein Geheimnis, dass es mir hier eine ganze Zeitlang zu eng war.«

»Wer hat Sie wieder hierher gelockt? Bianca? Ihre Eltern? Gute Freunde?« Das war ihr erstes Angebot, Franco zu erwähnen.

»Mein Vater«, antwortete Thomas. »Ich hatte mir die Hörner abgestoßen, die Flausen waren aus dem Kopf, genau in dem Moment kam er auf mich zu, bereit, mir echte Verantwortung zu geben.«

Laura legte eine Pause ein und tat so, als suche sie nach den richtigen Worten. Schließlich sagte sie: »Wir machen uns Sorgen, dass es über Dave hinaus böse Überraschungen geben könnte. Und wir würden gern die Flanken sichern. Den nächsten Giftpfeil kommen sehen, wissen Sie, was ich meine?«

»Ich denke schon.«

»Wir sind nicht die Polizei«, erklärte Laura ausdrücklich.

»Das werden Sie spätestens dann merken«, warf Holm ein, »wenn Sie unsere Rechnung in so einem Stapel vorfinden.«

Das entlockte Thomas ein vorsichtiges Lächeln.

»Ja, schon klar. Stimmt es übrigens, dass wir bestimmen, wie viel Sie beide bekommen?«

»Absolut«, bestätigte Holm.

»Sind Sie schon mal leer ausgegangen?«

Holm lehnte sich vor. »Noch nie, Herr Veh.«

»Bianca«, Laura beeilte sich, den Faden wieder aufzunehmen, »löst sicher viel Neid aus. Gibt es vielleicht unzufriedene Mitarbeiter, die einen Grund hätten, etwas an die Medien durchsickern zu lassen?«

»Alle sind lange und gerne hier.«

Laura fragte nach ein, zwei Namen, die sie wahllos von der Mitarbeiterliste gepickt hatten und bat ihn konspirativ um seine Einschätzung. Er schien sich, wie erhofft, in dieser Rolle zu gefallen.

»Franco steht im Schatten von Bianca, schmeißt hier aber ganz schön den Laden«, kam Laura dann zur Hauptperson der Befragung.

»Franco gehört praktisch zur Familie.«

»Das heißt?«

»Ich würde für ihn meine Hand ins Feuer legen. Und alle anderen auch.«

»Kennen Sie ihn besser?«

»Wie meinen Sie das?«

»Sie leben beide für diesen Hof und dieses Restaurant hier. Ähnliche Arbeitszeiten, ähnliches Alter, könnten ähnliche Interessen haben.«

Thomas sah kurz zu Holm, bevor er antwortete: »Er fing erst hier an, als ich weg war. Jetzt hängen wir tatsächlich manchmal zusammen ab. Wenn der Laden es zulässt.«

Das, mein Junge, ist bestenfalls die halbe Wahrheit.

»Und er hat einen Wagen, fährt mich manchmal.«

»Was für ein Modell?«

»Ein Alfa Romeo.«

»Ach der rote Flitzer da draußen auf dem Parkplatz?«, rief Holm, »schickes Ding, ist mir gleich aufgefallen. Ein Freund von mir hatte mal einen 6C!«

Thomas schaute Holm irritiert an.

»Dieses sportliche Cabrio, Baujahr 48?«, machte Holm einen zweiten Anlauf.

»Tut mir leid, da kennt sich Franco vielleicht besser aus als ich.«

Thomas war offensichtlich kein Fan von Oldtimern. Und kein Fan von Fragen, die er nicht zuordnen konnte.

Laura hob nun auf eine weitere Mitarbeiterin ab, die Bianca schon mal vor versammelter Mannschaft zur Schnecke gemacht hatte, und stellte zu ihr besonders viele Alibi-Nachfragen, als ob sie von größtem Interesse für die PR sei.

»Dann haben wir ja«, schaltete sich Holm wieder in das Gespräch ein, »an der Front nicht wirklich etwas zu befürchten.«

»Kümmern Sie sich besser um die Medienfront«, bat Thomas sie, »das ist ziemlich unheimlich.«

»Ja, das werden wir«, erwiderte Laura und schüttelte ihm die Hand. »Vielen Dank, das war sehr hilfreich.«

Sie schwiegen, bis sie in der Lobby waren, dann zog Holm Laura aus dem Hotel. »Muss eine rauchen«, sagte er.

»Hast du doch vorhin schon.«

»Die zählt nicht, die hat nicht geschmeckt!« Holm führte Laura in einen ruhigen Winkel hinter dem Hauptgebäude, wo sie ungestört reden konnten.

»Verschlossener Typ«, sagte Laura, als er sich eine angesteckt hatte.

»Bei Franco hat er sich sehr bedeckt gehalten. Das hätte ich mir anders gewünscht.«

»Ich habe gedacht, dass die beiden einfach schwul sind. Und sich nicht outen wollen.«

»Kann sein. Kann aber auch nicht sein – und dann wird es abenteuerlich. Auf jeden Fall haben wir da eine faule Stelle im Apfel«, meinte Holm und verfiel in Schweigen.

»Was denkst du, Mats?«, Laura berührte ihn am Arm.

»Wir müssen Bianca einsatzfähig bekommen.«

Laura irritierte die Aussage.

»Aber wir haben gesagt, wir können mit ihr nicht zum Arzt. Jetzt weniger denn je!«

»Dann eben umgekehrt.« Er lächelte sie aus den Augenwinkeln an.

»Du willst einen Arzt herholen?«

»Ganz genau. Bianca schafft das nicht mit gut zureden.«

»Und wie, bitteschön? Willst du einen Geheimgang buddeln, damit es keiner mitbekommt?«

»Nein.«

»Sondern?«

Holm breitete die Arme aus.

»Der Doc spaziert durch die Vordertür.«

»Hast du dich bei Bianca angesteckt?«

»Wir tarnen ihn, Laura.«

»Als was?«

»Na, was läuft denn hier am meisten rum?«

»Als Polizist?!« Sie unterdrückte ihren Ausruf gerade rechtzeitig.

Er zuckte mit den Schultern.

»Ich hoffe sehr, Mats Holm, das ist tatsächlich einer deiner genialen Momente. Sicher bin ich mir nicht.«

Holm grinste sie an.

»Selbst wenn Werner jemanden findet, muss derjenige noch Spaß an Karneval haben.«

»Dann sind wir uns ja einig«, sagte Holm und zog sein Smartphone hervor. Werner drückte seinen Anruf weg.

»Hat der auch eine neue Flamme?«, fragte Laura, als Holm sie ansah. Da ging ein Facetime-Anruf ein. Er nahm schmunzelnd ab.

»Es lebe der Fortschritt, Werner.«

»Ich hab was mit dir zu besprechen, dabei wollte ich dir in die Augen sehen können.«

»Aha?« Holm ahnte gleich, dass es um Liv gehen würde. »Darf ich vorher eine Bitte loswerden?«

Werner hörte aufmerksam zu und erklärte schließlich, er werde sich um einen geeigneten Arzt kümmern.

»Jetzt bist du dran«, sagte Holm und bat Laura mit einem Blick, ihn allein zu lassen. Ihre Augen blitzten kurz böse und enttäuscht auf, doch sie folgte seinem Wunsch.

»Ich habe heute mit Liv gefrühstückt.«

Holm verdrehte die Augen.

»Das habe ich gesehen«, rief Werner.

»Das *solltest* du auch sehen, mein Lieber!«

»Sie trifft noch heute Nachmittag einen Detektiv. Einen ziemlich tüchtigen, wie ich festgestellt habe.«

»Ist ein freies Land«, bemerkte Holm knapp.

»Ihr Psychiater, dieser Seeger, hat ihr das alles eingeredet.«

»Werner, hast du nicht gemeint, der sei sehr kompetent.«
»Jetzt lass nicht alles an dir abtropfen, Holm!«
»Was soll ich sonst tun?«
»Nimm deine Tochter endlich mal ernst.«
»Tue ich das nicht, wenn ich sie ihren Weg gehen lasse?«
»Du willst zugucken?«
»Warum nicht?«
»Das Mädchen ist verwirrt. Schwanger. Völlig von der Rolle!«
»Ich weiß, wie das ist. Bis auf schwanger.«
»Sehr witzig.«
»Lacht bloß keiner.«
»Holm, sie braucht dich!«
»Das kann man so und so sehen.«
»Jetzt hör doch …«

Holm riss der Geduldsfaden. »Werner, besorg mir einen Arzt! Und eine echte Uniform in der richtigen Größe. Alles weitere später.«

Genervt drückte er seinen alten Freund aus der Leitung. Er sah aus dem Augenwinkel, dass Laura, die näher trat, etwas sagen wollte, doch sie ließ die Kiefer langsam wieder zusammenfallen.

Verdammt! Liv machte nicht nur ernst, sie ging auch noch unerwartet schnell und zielstrebig vor. Hatte sie einen Verdacht? Einen Anhaltspunkt? Hätte er ihr besser nicht gesagt, dass er sich wegen Helenas Selbstmord schuldig fühlte? Was trieb sie wirklich an? Das musste er verstehen, bevor er darangehen konnte, dem Spuk ein Ende zu bereiten.

Auf Werner war bei der Sache kein Verlass. Der kämpfte offensichtlich mit einem großväterlichen Hormonschub. Laura konnte er unmöglich einbinden. Von Storch hatte er damals schon mehr verlangt, als ein Mann von einem anderen Mann verlangen durfte.

Holm war auf sich allein gestellt. Er griff nach seiner Sanduhr in der Hosentasche, suchte erst links, dann rechts.

Plötzlich fühlte er sich nicht mehr allein, sondern einsam.

Die Sanduhr war nicht da.

11.53 Uhr

Romy Lerch lugte durch die Vorhänge des Bistrofensters. Sie beobachtete den jungen Polizeisprecher bei der Arbeit. Er inspizierte höchstpersönlich, wie die Fernsehleute ihre Mikrofone auf das Stehpult drapierten. Einen Journalisten, der ihn ansprach, zog er an den Rand des Gewusels, um ihm mit wichtigtuerischer Geste etwas in den Block zu diktieren, was gleich zwei andere Reporter anlockte.

Lerch war stinksauer auf Kramer, ihren PD. Zum einen hatte ihr Chef nicht Deisting als Polizeisprecher geschickt, wie sie sich das gewünscht hatte, sondern diesen übermotivierten Jungspund.

Zum anderen, und das wog viel schwerer, hatte er ihr vorhin am Telefon verklickert, dass sie die Pressekonferenz übernehmen solle. PK, wie Sprecher Schlau sagte, der sich draußen auf ihren Platz stellte, damit die Kameraleute ihr Bild einrichten konnten.

Er wolle – in Absprache mit dem Staatsanwalt – den Ball noch flachhalten, hatte Kramer ihr erklärt. »Eskalationsstufen in der Kommunikation« lassen – und was für Worthülsen sie den Führungskräften in den Fortbildungen noch in den Kopf hämmerten. Sonst nutzten die hohen Herren jede erdenkliche Chance, ihre Nasen zu zeigen. Nun witterten sie, dass es nichts zu gewinnen gab. Bei der Obduktion hatten sie zudem Zeit verloren. Einen Verdächtigen hatte Lerch auch nicht zu bieten. Halleluja!

Ihr Boss ließ sie gleich zwei Mal hängen.

Das kriegst du wieder, schwor sie sich, als sie – Gott, das hatte ihr noch gefehlt! – niemand geringeren als KG entdeckte. Sieh an, da kommt der dritte Dolchstoß angewackelt, sagte sich Lerch und sah verdrossen, wie die Männerköpfe sich nach der zierlich-attraktiven Portugiesin mit dem stets gut gelaunten wie kumpelhaften Auftreten drehten. Jetzt schickt er mir auch noch KG auf den Hals!, fluchte sie bei sich.

Alle nannten Oberkommissarin Katia Gomes nur KG. »Steht bei uns Uniformen für Kommissarin Geil«, hatte ihr ein Kollege auf der jüngsten Weihnachtsfeier mit ebenso glänzenden wie alkoholgeschwängerten Augen erklärt, »sieht geil aus, macht geile Arbeit und ist eine geile Kollegin.«

Lerch gab sich einen Ruck und ging langsam zum Eingang des Bistros, wo sie KG in Empfang nahm.

»Katia, wenn dich nicht der Himmel schickt, dann wohl Kramer?«

»Hallo, Romy, hat er dir denn nicht Bescheid gesagt?«

»Hat er wohl vergessen«, antwortete Lerch.

»Na toll! Ich soll dich auf jeden Fall unterstützen.«

»Ich habe eine Pressekonferenz zu verschenken.« Lerch zeigte Richtung Mikrofontraube.

KG lachte lediglich und meinte, sie würde die Zeit nutzen, um sich einzuarbeiten.

In dem Moment tauchte die Partnerin von Mats Holm auf.

May. Laura May. Das mutierte ja langsam zum Tag der ungebetenen Gäste.

»Frau May?« Lerch ging auf sie zu.

»Entschuldigung, ich hatte gedacht, Holm wäre vielleicht hier.«

KG sah Lerch mit fragenden Augen an.

Ihr blieb nichts anderes übrig, sie stellte der May ihre Kollegin vor, natürlich als Kommissarin Gomes. May erklärte, dass sie PR für Bianca Veh mache.

»Kooperieren wir in irgendeiner Art?«, fragte KG an Lerch gewandt, ihre Skepsis ließ sich nicht überhören.

»Wir zögern den Krieg heraus«, erklärte die und sah durchs Fenster auf den sich füllenden Platz vor dem Restaurant.

»So lange wie möglich«, sprang May ihr bei und lächelte sie an.

»Na dann«, meinte KG irritiert, »ich hole mir die Akten.«

Kaum war sie weg, fragte May: »Ich hatte verstanden, ihr Partner sei männlich.«

»Ist er auch. Und noch zwei Wochen krankgeschrieben. Sie ist nur die Lückenbüßerin.«

In Lerch kam, wie immer vor Presseauftritten, eine unangenehme Spannung in der Magengegend auf. Ihr Mund wurde auf einmal trocken.

»Ich habe Sie auf YouTube gefunden«, sagte May, »Sie machen das ganz gut.«

»Ha!«, Lerch wurde etwas zu laut, »von mir kriegen Sie kein Geld fürs Märchen erzählen!«

»Dann biete ich Ihnen einen kostenlosen Schnellkurs an.«

Laura grinste sie auf eine Art an, von Frau zu Frau, die ihr ein Lächeln entlockte. Spontan zog sie May Richtung

Toiletten, schob sie durch die Tür und schloss hinter ihnen ab.

»Ich finde mich immer steif, defensiv und humorlos. Und diese verdammten HD-Kameras filmen einem durch die Poren bis ins Kleinhirn!«

»Die HD-Kameras machen das bei jedem«, erklärte ihr May, »das müssen Sie abhaken. Aber Sie stehen am ehesten steif, weil Sie das Gewicht wahrscheinlich auf beiden Beinen haben. Einfacher ist, wenn Sie ihr Gewicht auf ein Standbein legen und eines als Spielbein nutzen.« Sie machte es Lerch vor. »Dann sind Sie flexibler, oder?«

»Wieso sagt mir das denn jahrelang niemand?«, schimpfte Lerch mit unterdrückter Stimme, während sie es probierte.

»Dann die Defensive: Ich glaube, Sie sind emotional im Schützengraben, bevor sie sich vor die Mikrofone stellen. Das überträgt sich.«

»Ich mag nicht so gelöchert werden, wenn ich noch keinen … richtigen Überblick habe.«

»Sie haben aber offensichtlich eine Botschaft, sonst würden Sie ja keine PK geben.«

»Ja.«

»Dann wiederholen Sie die Botschaft, Achtung: *egal,* welche Frage kommt. Sie sind nicht im Beichtstuhl, sondern auf der Medienbühne.«

»Frauenarzt ist nichts dagegen«, murrte Lerch.

Laura lachte. »Und was den Humor angeht: Sie haben mich in den vergangenen fünf Minuten drei Mal zum Lachen gebracht.«

»Also halte ich meine Pressekonferenzen künftig auf der Damentoilette ab!«

Sie sahen sich an und mussten beide losprusten.

»Nehmen Sie sich doch einfach mal vor, eine einzige launige Bemerkung loszuwerden.«

»Das wäre eine deutliche Steigerung.«

»Der Berg ist immer nur so hoch, wie man ihn macht.«

Lerch nickte, ehe sich plötzlich ihre innere Stimme mit der Frage meldete, was sie hier eigentlich machte und wie diese May sich mir nichts dir nichts in ihr Vertrauen geschlichen hatte? Immerhin die Pressefrau einer Verdächtigen, die bei aller Entlastung kein Anrecht auf Sonderbehandlung ihrer Person oder ihrer Mitarbeiter hatte.

May schien zu merken, dass bei Lerch das Unbehagen einsetzte und verabschiedete sich schnell.

Was soll's …

Lerch probierte noch einmal die Sache mit dem Stand- und dem Spielbein aus, drückte auf die Spülung und lief schnurstracks zu ihrem Pressesprecher.

»Können wir?«, fragte sie.

»Ich wollte Sie doch noch briefen?«, meinte der junge Kerl verblüfft.

»Ich kann das nur spontan«, bemerkte sie und schob ihn sanft beiseite.

Sie trat an die Mikrofone, was für den üblichen Tumult unter den wartenden Journalisten sorgte. Sie lächelte geduldig in die Runde, begrüßte den einen oder anderen Journalisten mit gehobenen Augenbrauen und legte schließlich los, als alle Kameramänner und -frauen in Position waren und das Blitzlichtgewitter erwartungsvoller Ruhe wich.

»Guten Tag, meine Damen und Herren. Vielen Dank für Ihr Kommen. Ich bin Hauptkommissarin Romy Lerch, die leitende Ermittlerin. Und ich möchte Sie über unsere Erkenntnisse informieren: Bei dem Toten handelt es sich um einen

57-jährigen Richter, wohnhaft in Hamburg.« Sie merkte, dass sie tatsächlich auf beiden Beinen ihr Gewicht verteilte, und wechselte auf Stand- und Spielbein. Besser. »Wie wir feststellen konnten, wurde der Tod durch Gamma-Hydroxybuttersäure in Zusammenwirken mit Alkohol, den der Tote beim Abendessen im Landgasthof Veh zu sich nahm, ausgelöst. Das führte zu einer todesursächlichen Atemdepression. Gamma-Hydroxybuttersäure, kurz GHB, ist allgemein als K. o.-Tropfen bekannt. Nach jetzigem Stand der Ermittlungen gehen wir davon aus, dass die K. o.-Tropfen willentlich von einem oder einer Dritten in die Beilage des Opfers eingebracht worden sind. Alle anderen Lebensmittel sind unseren Proben nach *nicht* kontaminiert. Sie sind negativ. Mein Team arbeitet hart daran, den Sachverhalt weiter aufzuhellen. So weit die Fakten. Ich beantworte gerne noch ein paar Fragen.«

»Wir haben es also mit einem Giftmord zu tun?«, rief eine junge Frau in der ersten Reihe am schnellsten.

Lerch öffnete den Mund – und das Blitzlichtgewitter setzte wieder ein.

»Die K. o.-Tropfen wurden vorsätzlich dem Essen zugefügt, davon gehen wir aus.«

»Das hat aber gedauert mit der Obduktion.«

»GHB lässt sich nur acht Stunden im Blut und zwölf Stunden im Urin nachweisen. Daran können Sie sehen, wie schnell unsere Rechtsmedizin wieder gearbeitet hat, sonst hätten wir die wertvollen Erkenntnisse ja nicht vorliegen.«

»Glück gehabt«, murmelte ein Reporter in der ersten Reihe, was sie geflissentlich überhörte.

»Gibt es einen Tatverdächtigen?«

»Wir ermitteln in alle Richtungen. Das tun wir sehr breit,

da es natürlich kein Geheimnis ist, dass der Verstorbene in seinem Amt als Richter nicht davor zurückscheute, sehr unbequem zu sein.«

»Haben Sie denn konkrete Hinweise?«, hakte einer nach, den sie als erfahrenen Reporter eines Hamburger Boulevardblattes kannte.

»Ich kann Ihnen aus ermittlungstaktischen Gründen dazu keine Auskunft geben. Wir suchen die Person, die das GHB dem Essen beigefügt hat. Und das tun wir umfassend und, Sie kennen mich, gründlich.«

»Der Tatort spielt also keine zentrale Rolle?«, bohrte er nach.

»Der Tatort ist der Tatort.«

»Ich meine«, ließ er nicht locker, »die Gerüchte um Bianca Veh sind also haltlos?«

Lerch holte schon Luft, um den Kerl zurechtzuweisen. Mochte ja sein, dass er naheliegende Fragen stellte, aber diese selbstgefällige, inquisitorische Art brachte sie zur Weißglut. In dem Moment sah sie Laura May inmitten der Journalisten, die demonstrativ die Mundwinkel hochzog. Die launige Bemerkung! Verdammt! Sie wandte sich dem hartnäckigen Reporter zu, bis ihre Blicke sich begegneten. »Wenn Sie ihre dreißig Zeilen knallharter Recherche zusammengezimmert haben, werden Sie einmal mehr feststellen, dass Gerüchte dort stattfinden, wo sie hingehören: in Ihrem Blatt und nicht auf meine To-do-Liste.«

Endlich wich er ihrem Blick aus, und erst da bemerkte sie, dass viele in der Runde lachten. Der Reporter war abgezockt, er lachte einfach mit, aber immerhin. May blinzelte ihr anerkennend zu.

»Ich möchte mich auch bei der Familie Veh und dem

Management für ihre Kooperationsbereitschaft bedanken. So, wir haben alle noch zu arbeiten, schönen Sonntag.«

Als sie zurück ins Bistro lief, nahm sie das Hochgefühl in sich zwar am Rande wahr, doch es ratterte schon wieder in ihrem Kopf. Bianca Veh, dieser Pauls und die ganze Bagage waren nicht länger im Fokus. Romy Lerch war erfahren genug, andere Theorien nicht völlig auszuschließen. Vielleicht wollte doch jemand dem Restaurant und Bianca Veh schaden. Aber wenn bei so vielen Gästen das Gift ausgerechnet auf einem einzigen Teller landete, sprach jede Plausibilität dafür, dass dies kein Zufall war. Vor allem, wenn es noch dazu ein so streitbarer Gast wie Richter Reichelt war, der sich mit tausendundein Leuten angelegt hatte. In all den Jahren als Kommissarin hatte sie gelernt, dass die naheliegendste Erklärung meist auch die zutreffende war.

Ein Team saß schon dran, aber der Sache schleunigst eine Richtung zu geben, würde Kraft und Nerven kosten. Und zwar Zeit und Nerven einer sehr geilen Kollegin, die sie turmhoch mit Arbeit zuscheißen würde, bis die Beste dachte, sie arbeite unter Tage. So macht man das bei uns im Pott.

Na dann: Glück auf, liebe Katia Gomes!

12.19 Uhr

Holm wurde wahnsinnig. Er hatte sein Zimmer drei Mal auf den Kopf gestellt, seine Taschen durchsucht und zuletzt im Auto nachgesehen: Seine Sanduhr blieb verschollen! Die Uhr, die Helena ihm geschenkt hatte, bevor sie ihre Zeit für abgelaufen ansah und das Unaussprechliche tat.

Wo war er denn noch gewesen? In dem Augenblick erinnerte er sich. Er musste die Sanduhr am Morgen in der Küche des Bistros vergessen haben, als ihn Bianca Vehs skurriler Auftritt aus der Bahn geworfen hatte.

Dummerweise hatte Lerch das Bistro zu ihrem Hauptquartier umgestaltet, dennoch bog Holm vom Parkplatz kommend dorthin ab. Er würde schon einen Weg finden, um an seine Sanduhr zu kommen. Gerade als er die Tür aufstoßen wollte, brandete im Raum lauter Applaus auf.

Sie feierten ihre Chefin offenbar für den gelungenen Auftritt.

Rasch schaute Holm hinter sich, kein Polizist weit und breit, anscheinend hatte Kommissarin Lerch alle Schäflein um sich geschart.

Holm konnte nicht widerstehen, er drückte sein Ohr an die Tür und lauschte.

»Gut, dann haben wir das Schwierigste ja hinter uns und brauchen nur noch den Mörder zu schnappen«, sagte Lerch gelöst. »Einmal den Status für alle.«

Sie übergab an einen Kollegen, dessen Namen er nicht verstand.

»Die Spurensicherung ist am Tatort fertig, der Zwischenstand verrät uns nichts, was wir nicht schon wüssten, wir werden in circa zwei Stunden einen abschließenden Bericht bekommen.«

»Umfeld-Story?«, gab Lerch den Ball direkt weiter.

»Frau Reichelt ist bereit, uns demnächst in Empfang zu nehmen.«

»Weiß Hamburg, das wir in seinem Teich fischen?«

»Selbstverständlich.«

»Da fährt Kommissarin Gomes hin«, hörte Holm Lerch

sagen. Gomes musste die Neue sein, die Laura schon getroffen hatte. Bemerkenswert, dass Lerch nicht selbst fuhr.

»Außerdem bereitet der Gerichtssprecher alle wichtigen Fälle für uns auf. Der Rotary Club, in dem Reichelt Mitglied war, erwartet uns ebenso.«

»Gomes führt die Umfeld-Truppe an, teilen Sie das bitte im Anschluss auf.«

»Wird gemacht«, antwortete eine junge schneidige Frauenstimme. Das musste Gomes sein.

»Werfen wir einen Blick in Reichelts Portemonnaie.«

Ein anderer Mitarbeiter von Lerch, der sehr leise sprach, referierte, soweit Holm es verstehen konnte, dass Reichelt auch in dieser Hinsicht sehr aufgeräumt war und es keine auffälligen Konten oder Kontobewegungen gab, die einen Zusammenhang zum Mord an Reichelt zuließen.

»Sie scheinen nicht so richtig überzeugt davon zu sein, dass der Giftanschlag Reichelt galt?« Wieder Gomes. Die Frage hätte er auch gestellt.

Lerch räusperte sich.

»Na ja, man muss bis an den Teller kommen, nicht wahr. Das ist verdammt riskant.«

»Sie sind sich also sicher, dass Sie nicht mitkommen wollen zu Frau Reichelt?«

»Ja. Ich glaube, ich werde hier gebraucht.«

Holm hielt die Luft an.

»Was meinen Sie damit?«

»Wer auch immer dahintersteckt: Ohne Helfershelfer im direkten Umfeld des Restaurants kann ich mir nicht vorstellen, wie die Vergiftung vonstattengegangen sein soll. Die ganze Konstellation, da ist irgendwas. Ich kann es noch nicht genauer benennen.«

»Haben Sie in der PK nicht etwas anderes angedeutet?«

»Hab ich das?«, fragte sie gespielt. Holm hörte einige Lacher.

Blitzschnell, aus dem Bauch heraus, sprang er auf und lief, so selbstverständlich er konnte, durch die Tür und mitten in die Sitzung.

»Oh, Entschuldigung, Frau Kommissarin, ich sah Sie nach der Pressekonferenz hier hereinlaufen. Tut mir leid, falls ich störe!«

Lerch sah ihn vorwurfsvoll an, womit er leben konnte, zumal er neben ihr ein neues Gesicht entdeckte. Ein schönes, feines, würdevolles Gesicht. Gomes.

»Guter Auftritt übrigens, oder?« Er lächelte Gomes an, die ihn kühl scannte, so dass er den Blick durch den Raum wandern ließ. Einige Polizisten nickten bestätigend.

»Ah, Holm, treiben Sie es nicht zu weit!« Lerch warf einen Stift auf den Tisch vor ihr und stemmte die Hände in die Hüften. »An die Arbeit, Leute!«

Holm schob sich zu ihr durch.

»Ich muss mich wirklich entschuldigen, ich bin hier so in Gedanken hereingerauscht und …«

»Kommen Sie zur Sache, Holm!«

Er nestelte an seinem Kragen und lehnte sich zu ihr. »Können wir das unter vier Augen besprechen. Könnte relevant für Ihre Arbeit sein, ich kann und darf es aber nicht an die große Glocke hängen.«

Lerch sah sich in dem geschäftigen Treiben nach einem stillen Plätzchen um.

»Gehen wir nach da hinten, in die Küche«, schlug sie genervt vor.

»Ach, hier ist noch eine Küche«, log Holm, schließlich

hatte er genau an jenem Ort am frühen Morgen Bianca seine erlesenen Kochkünste vorgeführt.

Er entdeckte seine Sanduhr, kaum dass sie den Raum betraten. Sie stand neben dem Kochfeld, als gehöre sie zur Einrichtung – genau dort, wo er sie am Morgen abgestellt hatte, um Bianca ein Omelett zu zaubern.

Ihm fiel ein Stein vom Herzen.

»Also?«, fing Lerch ungeduldig an.

»Ich… wollte Ihnen eine Sache melden, die jetzt wahrscheinlich keine Rolle mehr spielt, da es ja nach kaltblütigem Mord am Richter aussieht, wenn ich Sie in der PK richtig verstanden habe…«

Er sah die Neugier in ihren Augen aufblitzen.

»Raus mit der Sprache.«

Holm atmete tief ein, als falle ihm der nächste Satz besonders schwer. Dann platzierte er sein Ablenkungsmanöver.

»Ich habe vorhin vertraulich erfahren, dass Dave Pauls gestern Nachmittag Bianca Veh damit gedroht hat, er werde sie und ihren Hof fertigmachen.«

Lerch ließ es sacken.

»Dazu seine Aggression im Internet.«

»Warum macht er das alles?«

Holm zuckte mit den Schultern. »Enttäuschte Liebe plus schlimme Kindheit, etwas in der Art.«

»Ich habe bereits in die Akte geschaut, Sie Schlaumeier!«

Holm hob abwehrend die Hände. »Ich wollte das wirklich nur transparent machen. Meiner Mandantin ist – bei uneingeschränkter Unterstützung von Ihnen – natürlich sehr viel daran gelegen, dass die Polizei hier nicht dauerhaft ihre Nebenstelle einrichtet.«

Lerch kniff die Augen zusammen und sah ihn eindringlich

an. Jetzt nicht weggucken, befahl Holm sich, nicht schneller blinzeln, nicht das Kinn recken, nicht das Standbein wechseln. Sei eilfertig, brav und harmlos.

»Sie wissen«, sagte Lerch bedächtig, »dass ich bei allem, was Sie behaupten, die Hälfte abziehe.«

Er lächelte vorsichtig. »Sorgen denn die restlichen fünfzig Prozent dafür, dass Sie mit Bianca Veh sprechen möchten?«

Wieder musterte sie ihn.

»Ich komme so in einer Viertelstunde in die Wohnung der Dame. Den Weg finde ich, danke.« Sie wandte sich ab, was Holm nutzte, um mit einer fließenden Bewegung die Sanduhr zu schnappen und in der Hose verschwinden zu lassen.

Er watschelte hinter Lerch her und trat auf den Hof hinaus.

Perfekt! Die Sanduhr war zurück in seiner Hosentasche und der Verdacht platziert. Damit drängte er das Geschehen so weit weg von Bianca, ihrem Restaurant und ihrer Familie, wie irgend möglich. Zwar stürzte er die Starköchin in eine heikle Situation, zu der vermutlich intime Fragen gehören würden, saß er jedoch selbst daneben, konnte es nicht wirklich schiefgehen. Das sah auch Laura so, bei der er kurz vorbeiging, um ihr in drei Sätzen zu berichten.

»Sieh zu, dass sie es packt, Mats!«

»Auf jeden Fall steuere ich lieber den nächsten Schritt von Lerch auf diese Weise, als dass sie anfängt, überall herumzuschnüffeln, bevor wir es getan haben.«

Krisen-PR ist nichts für Freunde des gepflegten Catenaccio. Das hatte Werner ihnen immer gepredigt.

Holm gab ihm Recht. Reine Defensive war ebenso wenig seine Lieblingstaktik, konnte aber, wohldosiert, durchaus wirksam sein.

»Brauchst du mich?«, fragte Laura.

»Nein, bleib lieber an Thomas und Franco dran«, bat er sie und lief los.

»Jaja«, maulte seine Partnerin, »Vorsprung durch Wissen.«

Holm hatte noch gut zehn Minuten Zeit. Wenn nur nicht mit jedem Schritt Richtung Appartement von Bianca seine diffusen Vatergefühle in ihm aufsteigen würden.

Ihr Duft nicht in seine Nase zurückkehrte.

Warum faszinierte sie ihn dermaßen?

Was machte er mit Liv verkehrt, dass sie auf einmal dem Geist ihrer toten Mutter nachjagte?

Wie würde Helena damit umgehen, wenn sie noch am Leben wäre?

Er umklammerte seine Sanduhr in der Hosentasche und verlangsamte seine Schritte.

Einen Moment, er brauchte nur einen kurzen Moment für sich.

Lockerte seine Krawatte.

Dachte an früher.

Als er noch ganz war.

Gleich würde es wieder gehen.

Bestimmt.

12.27 Uhr

Eklunds Augen lagen tiefer, als Liv es auf dem Foto wahrgenommen hatte, sie wirkten ruhig, geheimnisvoll und uneinsehbar. Kein schöner Mann, nicht mal attraktiv fand sie ihn vis à vis, aber markant.

Sie hatten sich in einem Café verabredet. Trotz der Mittagszeit bestellten beide nur Getränke. Liv war viel zu nervös, sie würde keinen Bissen runterkriegen. Außerdem musste sie die ganze Zeit reden. Er unterbrach sie ausschließlich mit klugen und knappen Fragen, die ihren Bericht lenkten, ohne ihn zu bremsen. Privatdetektiv Sören Eklund ließ sie ausführlich erzählen.

Endlich nahm sie einen großen Schluck ihres Milchkaffees, hatte sich leer geredet, alles Wichtige, so hoffte sie, lag nun auf dem Tisch.

»Ich würde es gerne noch einmal mit meinen Worten zusammenfassen«, sagte Eklund, der leider keinen süßen schwedischen Akzent hatte (und auch nur Halbschwede war), was ihre Freundin Joe sicher schwer treffen würde.

»Ihre Mutter hat vor dreizehn Jahren Selbstmord begangen. Sie haben den Leichnam ihrer Mutter gefunden, was das traumatische Erlebnis verstärkt hat.«

Liv nickte und nippte an ihrem Kaffee.

»Nun hat Ihr Vater Ihnen offenbart, dass er sich schuldig fühlt am Selbstmord Ihrer Mutter. Denn die hatte ein Verhältnis mit dem damaligen Staatssekretär im Verteidigungsministerium, Florian Kellermann. Ihr Vater, damals noch aufstrebender investigativer Journalist, wollte sie kurz vor dem Suizid zurückgewinnen. Deshalb deckte er ein angeblich übles Waffengeschäft mit Libyen auf, in das Kellermann verstrickt gewesen sein soll. Er wollte damit Ihrer Mutter Helena beweisen, auf wen sie sich eingelassen hatte.«

Liv blies in den Kaffee und nickte wieder.

»Aber offensichtlich hatte Ihr Vater sich übernommen, konnte keinen Zeugen beibringen für seinen schwersten Vorwurf. Die Absicht Ihres Vaters verkehrte sich ins Gegenteil, als die Affäre in die Medien kam. Das Ganze traf Ihre Mutter so sehr, dass sie keinen Ausweg mehr sah.«

»Genau das ist die Geschichte meines Vaters.«

»Die Sie nicht glauben.«

»Der ich nachgehen will, um meinen Frieden mit der Sache zu machen.«

»Dazu hat Ihnen ihr Psychotherapeut geraten, weil er befürchtet, dass Ihre aktuelle Schwangerschaft Sie auf brutale Weise auf Ihr Trauma zurückwerfen wird.«

»Klingt verrückt, oder?«

»Wenn Sie wüssten, was ich sonst höre«, antwortete Eklund und machte eine wegwerfende Bewegung.

»Ach, jetzt bin ich auf einmal langweilig!«, rief sie und stemmte gespielt die Hände in die Hüften, stellte aber fest, dass Eklund nicht nach Blödeln zumute war.

»Liv, Sie stellen nicht nur mir, sondern auch sich selbst eine sehr schwere Aufgabe.«

»Ich weiß.« Sie legte eine Hand auf ihren Bauch.

»Der Fall liegt weit zurück, er scheint politisch zu sein – und eine Ungereimtheit liegt nicht auf dem Tisch.«

Sie nickte.

»Ist jetzt nicht unbedingt Foto und Anschrift der Geliebten, womit ich sonst üblicherweise meine Aufträge beginne«, versuchte nun Eklund, ihrer ersten Begegnung die Schwere zu nehmen.

»Mir wäre nur lieb, wenn Sie gleich absagen, sofern Sie den Job nicht wollen«, verlangte Liv.

Eklund hielt inne, fuhr sich mit der Hand nachdenklich durch seinen Bart, während er sie genau musterte.

»Ganz im Gegenteil«, sagte er schließlich, »auf so einen Fall warte ich seit einer halben Ewigkeit.«

Livs Miene hellte sich auf.

»Wir sind uns aber einig, dass wir beide keine Ahnung haben, wo die Reise hingeht.« Er sprach jetzt ganz leise, weil zwei Tische weiter ein Pärchen Platz genommen hatte. »Das macht es schwer planbar, auch was das Budget angeht.«

»Korrekt«, erwiderte Liv, die daraufhin einen Umschlag hervorzog und ihm zuschob. »Vorschuss.«

»Das ist unüblich.«

»Ist ja auch kein üblicher Fall.«

»Eine Rechnung kriegen Sie trotzdem«, meinte Eklund, was sie mit einem Schulterzucken quittierte.

Eklund steckte den Umschlag ein, ohne nach den fünf grünen Scheinen zu sehen, die Liv hineingesteckt hatte.

»Sie glauben, dass Ihnen ihr Vater nicht die ganze Wahrheit sagt, hegen aber auch keinen ernsthaften Verdacht gegen ihn, Ihrer Mutter persönlich etwas angetan zu haben.«

»Ja«, wisperte sie. »Das kann ich mir nicht vorstellen.«

Wieder taxierte Eklund sie sekundenlang.

»Wo lernt man eigentlich diesen Röntgenblick, den hätte ich auch gerne«, bemerkte Liv.

»Schwedischer Geheimdienst«, flüsterte er, und beide lachten.

Liv winkte einem Kellner wegen der Rechnung. Eklund packte seinen Notizblock in seine lederne Umhängetasche.

»Darf ich Sie noch fragen, wo Ihre Mutter beerdigt ist?«, wollte er wissen.

»Auf dem Dorotheenstädtischen.«

»Besuchen Sie sie manchmal?«

»Nein, ich bin nie wieder dort gewesen, seit damals.«

Eklund nickte mitfühlend.

»Für mich ist das ein Nicht-Ort, wissen Sie, was ich meine?«

»Tut mir leid«, entschuldigte sich der Detektiv, »ich wollte Ihnen nicht zu nahe …«

»Alles gut«, unterbrach sie ihn schnell, »wenn mich das schon aus der Bahn werfen würde, sollte ich gar nicht erst mit der Sache anfangen.«

Eklund reichte ihr zum Abschied die Hand und versprach ihr, sich gleich morgen wieder zu melden, bis dahin schmiede er einen Plan, so dass sie die nächsten Schritte besprechen konnten.

Erst nachdem sich ihre Wege getrennt hatten, bemerkte Liv ihre weichen Knie. Sie hatte es getan! Sie hatte den Stein ins Rollen gebracht. Wohin auch immer er unterwegs war.

12.42 Uhr

Holm nickte den beiden Sicherheitsleuten, die Katta zum Schutz vor ungebetenen oder neugierigen Gästen aufgestellt hatte, zu und klingelte an der Tür von Biancas Appartement. Als sie nicht reagierte, klopfte Holm. »Hallo? Hier ist Holm. Ich muss dringend mit Ihnen sprechen.«

»Gerade passt es mir nicht«, sagte sie durch die Tür.

»Ich kann wirklich nicht warten, tut mir leid.«

Sie öffnete die Tür einen Spalt breit, so dass er ihre Nasenspitze und ihr rechtes Auge zu sehen bekam.

»Dürfte ich bitte hereinkommen?«, fragte er mit Nachdruck und mühte sich, an Bianca vorbei zu erkennen, was denn im Raum hinter ihr gerade vor sich ging.

»Mann, Herr Holm! Ich glaube, meine Mutter hat Recht, was Sie angeht.«

Er sah auf die Uhr. Gleich würde Lerch kommen und Bianca einen Haufen Fragen stellen. Heikle Fragen.

Er ging so nah an den Spalt, wie er konnte, und flüsterte: »Gleich kommt Kommissarin Lerch. Soll ich Sie darauf vorbereiten oder nicht?«

Er sah das Auge blinzeln, den Mund offen, ehe beides verschwand. Er drückte die Tür auf und schlüpfte hinein.

»Ich …«

Es verschlug ihm die Sprache. Den ganzen Boden bedeckten bunte Karteikarten, auf die Bianca mal ein Wort, mal etwas mehr gekritzelt hatte.

»Was machen Sie denn hier?«, fragte er.

Bianca schluckte, warf dann den Kopf in den Nacken und erklärte: »Ich koche ein relativ aufwendiges Fünf-Gänge-Menü.«

Er sah sie entgeistert an.

»Nur zur Beruhigung. Ich habe das früher öfter gemacht, mit vierzehn, wenn die Küche unten besetzt war. Jetzt ist es ja so ähnlich. Wollte es nur mal wieder ausprobieren, zur Ablenkung. Können Sie das nicht verstehen?«

Holm zog die Augenbrauen hoch und wusste nicht, was er sagen sollte.

»Sehen Sie mich nicht so an wie ein strenger Vater!«, verlangte sie. Bei *Vater* mischten sich für einen Sekundenbruchteil Gedankenfetzen an Liv, ihren Detektiv und das Telefonat mit Werner in seine Überlegungen. Er wandte den Blick von ihr ab.

»Also, ich koche in Gedanken. Die verschiedenen Farben stehen für Zutaten von den verschiedenen Kontinenten. Gönnen Sie mir etwas Eskapismus, Herr Holm.«

»Wenn es hilft«, sagte er kaum hörbar. »Und diese paar

Karten reichen, damit Ihnen ein umwerfendes Gourmet-Menü in den Sinn kommt? Haute cuisine around the world?«

Sie hakte sich bei ihm unter.

»Es kommt mir nicht in den Sinn. Es kommt mir auf die Zunge. Ich kann es mir im Detail vorstellen. Und schmecken.«

»Aha?!«

»Das Zauberwort heißt Geschmacksgedächtnis. Meins ist besonders ausgeprägt.«

»Weil Sie seit Ihrer Kindheit nichts anderes machen. Dazu Ihre kulinarische Weltreise.«

»Genau. Das sind meine Schätze.« Sie löste sich wieder aus seinem Arm.

»Ich finde das wirklich … faszinierend und beeindruckend. Aber ganz ernsthaft: Kommissarin Lerch kommt jeden Moment.«

»Was will sie denn?«

»Über Dave reden.«

»Oh Gott, nein«, wisperte sie. »Ich will auf keinen Fall mit ihr über ihn sprechen!«

Es klopfte an der Tür. Holm erstarrte. Lerch durfte auf keinen Fall den Eindruck bekommen, dass Bianca ein Wackelkandidat war, das würde ihre Neugier auf sie lenken. Das genaue Gegenteil war seine Absicht.

Die Kommissarin hielt er nicht gerade für einen Feingeist vor dem Herrn, Lerch würde Bianca garantiert für bekloppt erklären, wenn sie das hier sah.

»Das hätten Sie mit mir absprechen müssen!«, beschwerte sie sich.

Es klopfte wieder, energischer dieses Mal.

Bianca sah ihn wütend an. Holm konnte nicht anders. Er

stürzte zu Boden und raffte mit beiden Händen die Karteikarten zusammen.

»Was machen Sie denn da?«, fuhr Bianca ihn mit gepresster Stimme an und versuchte, ihn davon abzuhalten.

»Den Abwasch«, konterte er ernst.

»Bianca? Alles in Ordnung?« Er erkannte Kattas Stimme sofort. Bianca öffnete ihr hastig, als käme die Rettung.

»Was ist denn bei euch los?«, fragte Katta, ihr skeptischer Blick machte Halt bei den ausgelegten Karteikarten.

»Jeden Moment kommt die Kommissarin. Wegen Dave«, erklärte Holm kurz angebunden.

»Und wann wolltest du das mit mir absprechen?«, motzte Katta los.

»Verdammt, Katta, auf einmal gab es eine Chance, die habe ich genutzt. Klar?«

Holm sah ein, dass das alles viel zu schnell ging, für Katta und Bianca.

»Ich muss mich entschuldigen. Ich habe euch überfahren. Aber das habe ich nur getan, weil ich meinen Job gut machen will. Nämlich Sie, Bianca, durch diese Krise zu bekommen. Alles Weitere erkläre ich später. Okay?«

Katta senkte den Kopf.

Bianca taxierte ihn lange, bevor sie »okay« flüsterte.

»Danke für das Vertrauen, Bianca«, sagte Holm, »wir brauchen jetzt die Wettkämpferin in Ihnen. Sie müssen die Fragen beantworten, mehr nicht. Früher oder später wären die sowieso gekommen.«

Katta ging zu Bianca und legte ihr die Hände auf die Schultern. »Schaffst du das?«

Bianca mied den Blick ihrer Managerin.

Sie braucht noch eine Stütze, schoss es Holm durch den

Kopf. Etwas, was ihr Halt gibt. Komm schon, Holm! Er streichelte die Sanduhr in seiner Tasche, als sei sie eine Wunderlampe, der gleich ein guter Geist entsteigen würde samt einer fabelhaften Idee.

Katta zuckte hilflos mit den Schultern, als es an der Tür klopfte.

Holm lief zu Bianca und wisperte gehetzt auf sie ein: »Stellen Sie sich vor, Sie sind in einer Talkshow. Lerch ist die Moderatorin. Sie sind auf sicherem Grund. Fernsehen. Sie wissen, dass Sie gut rüberkommen. Okay?«

Katta war im Begriff die Klinke herunterzudrücken, als Holm sie mit einer Geste stoppte, ganz nah an Bianca herantrat und ihr ins Ohr flüsterte, dass sie ein weiteres Exklusiv-Omelett bei ihm gewinnen würde, wenn sie jetzt ablieferte. Das zauberte Bianca ein zartes, aufrichtiges Lächeln ins Gesicht. »Perfekt«, urteilte Holm und gab Katta, die Augen auf Bianca gerichtet, ein zweites Zeichen.

Katta ließ Lerch ein. Ganz die Managerin fragte sie, ob es die Kommissarin stören würde, wenn Holm und sie angesichts der Umstände anwesend wären. Lerch gab mit einer Handbewegung zu verstehen, dass sie bleiben konnten. »Als Zuhörer«, stellte sie klar. Kaum hatten sie Platz genommen, startete Lerch ihre Befragung.

»Frau Veh, Herr Holm sagte mir, Ihr Ex-Partner Dave Pauls habe Sie am gestrigen Tag bedroht. Können Sie mir das in eigenen Worten schildern?«

Bianca tastete ihre Finger ab, inspizierte ihre Handinnenflächen und gab sich endlich einen Ruck, der sie zu Lerch aufsehen ließ.

»Er hat gesagt: *Ich werde dich und deinen spießigen Landgasthof fertigmachen.*«

»Haben Sie das ernst genommen?«

»Er hat mir Angst gemacht.«

»Hat er das vorher nicht?«

»Noch nie.«

»Aber Sie beide hatten vorher auch schon Schwierigkeiten?«

»Sonst hätte ich mich wohl nicht getrennt.« Wie Bianca das aussprach, hatte Klasse; ganz aufrecht, selbstsicher und souverän. Sehr wandlungsfähig, dachte Holm. Eben noch flüchtete sie in ihre kulinarischen Weltreisen, nun sagte sie in größter Ernsthaftigkeit gegen ihren Ex aus. Holm spürte etwas Ungutes, eine Irritation im Zuge dieser Feststellung, musste sich aber gleich wieder auf den Dialog konzentrieren.

»Können Sie mir erzählen, in welchem Zusammenhang er das zu Ihnen gesagt hat? Und warum waren Sie überhaupt unter vier Augen?«

»Es wirkt alles so weit weg, bei dem, was inzwischen alles passiert ist, aber… ich bin ja gestern zur Köchin des Jahres gewählt worden.«

»Glückwunsch übrigens«, schob Lerch ein, was Bianca mit einem Blinzeln goutierte.

»Wir wollten feiern, ich hatte ihn auch eingeladen, als versöhnliche Geste. Nicht mehr und nicht weniger. Ich habe mir gewünscht, dass wir zu einem vernünftigen Umgang kommen können.«

»Stattdessen hat er Ihnen gedroht.«

»Er kam viel früher, hat mich bekniet, dass wir reden.« Sie stockte plötzlich, und Holm ahnte, dass sie in diesem Moment die Szene vor ihrem geistigen Auge ablaufen sah.

»Er hat gesagt, er wolle sich ändern. Sein Restaurant aufgeben. Was auch immer, wenn ich ihn wieder in mein Leben ließ.«

Sie schaute kurz hinüber zu Katta, die ihr aufmunternd zunickte.

»Sie ließen ihn abblitzen?«, vermutete Lerch.

»Auf einmal war da wieder der andere Dave.« Bianca wirkte bedächtig. »Wütend. Hässlich. Als er das mit dem Fertigmachen sagte, bin ich weggelaufen.«

»Darf ich fragen«, Lerch wurde ganz behutsam, »was Sie an ihm gefunden haben? Sie scheinen mir sehr unterschiedliche Charaktere zu sein.«

»Sie hören sich an wie meine Mutter.«

Holm musste schmunzeln.

»Sie wissen, was ich meine.«

»Die meisten Leute verstehen Dave nicht. Ich meine: Klar, ich habe von Anfang an auch seine schlechten Eigenschaften gesehen. Mehr davon, als mir lieb war, aber ich habe ihm das verziehen. Den Übermut, die große Klappe, seine Aussetzer – weil all das bloß die Kehrseite seiner tollen Eigenschaften ist, eine Überdosis davon, die bei ihm alles kippen lässt.«

»Welche tollen Eigenschaften meinen Sie?«

»Er war für mich alles, was ich nie sein würde: so frei, wild, und… selbstbestimmt. Niemandem verpflichtet. Getrieben von Lebenslust. Getrieben davon aufzusteigen, wegzukommen von den Schatten seiner Kindheit, so hat er das immer genannt.«

Lerch brachte Bianca zum Reden, das musste Holm ihr lassen. Nur wohin lenkte die Kommissarin das Ganze?

»Ich würde den nächsten Punkt nicht ansprechen, wenn es mir nicht relevant für die Ermittlung erscheinen würde, aber ich muss Sie das fragen, um seine Drohung besser einschätzen zu können: Warum haben Sie sich getrennt?«

Bianca erstarrte. Schlagartig trübte sich Kattas Miene.

»Ich dachte, wir sprechen über gestern.«

»Ich weiß, dass Ihnen das hier nicht leichtfällt, und ich bin sehr dankbar, dass Sie sich dem stellen, aber wenn Sie mir diese eine Frage noch beantworten könnten ...«

Bianca sah zu Katta, dann zu Holm, schließlich aus dem Fenster. Sie zog ihre Beine an und umschlang ihre Knie.

»Er ... er hat mich geschlagen. Aus Eifersucht. Völlig grundlos, aber so ist er nun mal.«

Wie bitte? *Was?*

Wieso hatte Katta ihm nichts davon gesagt! Es kostete Holm alle Mühe, sein Pokerface aufrechtzuerhalten. Er bemerkte, wie die Managerin sich an ihrem Smartphone festklammerte. Der Schreck saß ihr in den Gliedern. Pah. Davon konnte er sich auch nichts kaufen.

Männer, die Frauen schlugen. Die kannte er zu gut. Einige Tage lang hatten ihn seine düstersten Kindheitserinnerungen nicht heimgesucht. Er konnte nicht anders, er musste an seinen üblen Vater und an seine schutzlose Mutter denken. Er glaubte, die Narben auf seinem Rücken zu spüren, die nie ganz heilen würden.

»Wie hat er sie geschlagen?«, wollte Lerch wissen.

Bianca wollte es aussprechen. Tränen erstickten ihre Worte genauso wie ihre Stimme.

Sie machte eine zitternde Faust. Ließ sie auf ihr linkes Auge zuschnellen. Dann Richtung Bauch.

Oh Gott!

Deshalb war ihr Vater so dünnhäutig gewesen, als Dave in der Nacht ihren Klinikaufenthalt öffentlich gemacht hatte. Dave hatte ihn verursacht!

»Und da entschuldigen Sie ihn noch?«, platzte es aus

Lerch heraus. »Sie sind doch eine so erfolgreiche und starke Frau?!«

»Liebe ist, wenn man es nicht versteht«, flüsterte Bianca.

»Lieben Sie ihn denn immer noch?«

Mann, Lerch ließ nichts aus, das musste er ihr lassen. Er hätte sich niemals getraut, solch direkte Fragen zu stellen.

»Das spielt keine Rolle. Es ist nur dieses eine Mal passiert. Aber meine Mutter hat Recht: Ich kann nicht mehr mit ihm zusammen sein.«

Also hatte Hanna Veh in dieser Hinsicht besonderen Einfluss auf Bianca.

Lerch wog den Kopf, als überlege sie, was sie mit den Informationen anstellen solle.

»Danke, Frau Veh«, sagte sie abrupt und stand auf.

Katta setzte sich zu Bianca und schloss sie stumm in ihre Arme, Holm folgte Lerch in den Flur.

»Und jetzt?«, fragte er die Kommissarin, die einen zügigen Schritt hatte. »Knöpfen Sie sich den Burschen vor?«

»Ich werde den Teufel tun und Sie in meine Ermittlung einweihen. Aber es ist Ihr gutes Recht, das zu vermuten.« Sie sah ihn vielsagend an, was er mit einem dankbaren Nicken erwiderte.

»Machen Sie Ihren Job und ich meinen.« Lerch beschleunigte ihren Schritt. Holm ließ sie laufen.

Doch nach einigen Metern verlangsamte sie ihr Tempo wieder und sah sich um.

»Danke für das Vertrauen, Herr Holm.«

Er hob die Hand, halb abwehrend, halb zum Gruß. Die andere Hand hielt in der Hosentasche seine Sanduhr fest umschlossen. Wenn er gewusst hätte, welche Bombe platzen würde, hätte er die Kommissarin niemals zu Bianca gelockt.

Unfassbar! Dave hatte Bianca verprügelt. Deshalb die Klinik. Deshalb die Isolation, die ihr jetzt eine andere Patientin in den Medien vorwarf. Sie wollten kein Foto von ihr mit einem blauen Auge zulassen. Hätte Bianca, hätte Katta, hätte irgendwer ihm und Laura die Wahrheit gesagt, dann hätte er sein Mädchen doch besser verteidigen können.

Er stockte mitten im Gedankengang. Hatte er – wenn auch nur in Gedanken – wirklich von *seinem Mädchen* gesprochen?

Und wenn schon, sagte er sich gereizt, dann fühle ich mich Bianca eben nah. Ja, und?

Jetzt ging es um Pauls. Eine Frau zu schlagen, mit der Faust ins Gesicht! Das kleine Arschloch.

Ob du den Richter auf dem Gewissen hast oder nicht, mein Junge, ist mir scheißegal. Wer austeilt, muss auch einstecken können. Ich werde es dir zeigen, David Pauls. So oder so.

14.00 Uhr

Romy Lerch brauchte ihr Navi nicht einzuschalten. Sie erinnerte sich gut, wo in Hamburg das Restaurant von Dave Pauls lag. Ein junges Ding mit tiefem Ausschnitt telefonierte kurz, nachdem Lerch ihre Marke gezeigt und ihren Wunsch geäußert hatte, mit Dave Pauls zu sprechen.

»Komm mal mit«, forderte die Kellnerin sie auf und ging voran. Lerch sparte sich jeden Kommentar und folgte brav, hinaus aus dem Gästeraum in die Küche, über der ein saftiger, fein-rauchiger Grillgeruch lag, der sich mit dem sehr würziger Saucen verband.

Jetzt ein Rinderfilet auf die Hand, da würde ich nicht Nein sagen, dachte Lerch. Da fuhr sie von Restaurant zu Restaurant, und das Einzige, was sie sich gegönnt hatte, war Automaten-Cappuccino und Labber-Toast auf der Autobahnraststätte. Irgendetwas machte sie falsch.

Am Ende der Küche ging rechts ein winziges Büro ab, in dem Dave Pauls sich über einen Schleifstein lehnte und ein Messer mit gut zwanzig Zentimeter Klinge bearbeitete.

»Moin, moin«, sagte er, sparte sich aber, zur Kommissarin aufzusehen. »Ich muss mich konzentrieren«, redete er darauflos, »das ist ein japanisches Messer. Ein Kunstwerk. Ich war mal in so einer Manufaktur bei den Japsen und hab mir das angeguckt. Wahnsinn. Und jeden Tacken wert.«

»Ich will Sie gar nicht lange stören, Herr Pauls, allerdings liegt mir eine Aussage von Bianca Veh vor. Ist es korrekt, dass Sie sie gestern bedroht haben?«

»Wird das ein Verhör?«, stellte er eine Gegenfrage und wendete die Schneide seines Messers.

»Ich wollte Ihnen den Weg nach Stade ersparen und erst einmal prüfen, ob die Aussagen überhaupt belastbar sind.«

»Stade? Dann sind Sie bei der Landeitruppe, was?« Er musste grinsen. »Da würde ich auch eher nach Hamburg fahren.«

»Also, möchten Sie mir Auskunft geben – oder eine Landpartie machen? Für morgen früh um acht bekomme ich bestimmt eine Vorladung.«

Die Uhrzeit ließ ihn ein Gesicht machen, als hätte er in eine Zitrone gebissen.

»Was ich sage und was ich meine, wenn ich mit Bianca spreche, das werden Leute wie Sie nie nachvollziehen können.«

»Das würde ich als Bestätigung werten.«

»Liebe ist, wenn man es nicht versteht.«

»Hab ich heute schon mal gehört. Ist der Spruch aus Ihrem Poesiealbum?«

»Das geht Sie einen Scheiß an, Frau Kommissarin«, wurde er plötzlich laut und starrte kurz zu ihr auf.

»Prügeln Sie auch aus Liebe? Verstehe ich nämlich auch nicht, wie man einer Frau ins Gesicht boxen kann und in den Bauch.«

»Von wem haben Sie das?«

»Von wem wohl?«

»Nein, sie hätte das nie verraten.«

»Sie streiten also auch das nicht ab.«

»Wer hat Bianca dazu angestiftet?«

»Niemand.«

»Ihre Hexe von Mutter! Die war es! Die will wie immer ihr Baby retten!«

»Falls Sie Frau Mama Ihre Zuneigung zuteilwerden lassen wollen, ich stelle zwei Leute für die Sicherheit der Familie ab, sobald ich hier herausspaziere.«

Das ist doch alles … ein Missverständnis«, meinte Dave Pauls, nun auf einmal ganz leise, »ich liebe Bianca. Wir lieben uns! Aber alle flüstern ihr ein, dass ich kleiner Wichser aus der Gosse nicht zu ihrer Sterne-Welt passe.«

»Mir kommen die Tränen.«

Er legte das Messer weg, leckte sich über die Lippen, schien nervös zu werden.

Lerch zog eine Mappe aus ihrer Tasche und schlug sie auf. »Ich hab noch was Interessantes gefunden, Herr Pauls.«

»Das mit den K. o.-Tropfen?« Er nahm wieder das Messer in die Hand und schliff es weiter.

»Ganz genau.«

»Hat ja lange gedauert«, kommentierte er.

»Sie haben vor längerer Zeit ein junges Mädchen mit K. o.-Tropfen willenlos gemacht und dann abgeschleppt.«

»Ich habe es nur getestet. So was wie 'ne Mutprobe.«

»Bin beeindruckt. Da gehört sicherlich viel Mut dazu.«

»Ich bin nicht unbedingt auf alles stolz, was ich gemacht habe. Aber ich bin ich. Außerdem habe ich ihr … nichts getan. Deshalb wurde alles fallen gelassen.«

»Aber Sie waren vor Gericht deswegen.«

»Ja, und?«

»Drohung, frühere Gewaltanwendung, chronische Eifersucht«, zählte Lerch auf. »Dazu dubiose Vorkenntnisse in Sachen K. o.-Tropfen. Daraus wird irgendwann ein Motiv.«

»Tsss!«, machte er und leckte sich wieder über die Lippen.

»Ihnen ist klar, dass das alles zusammen ziemlich übel aussieht?«

Er knallte sein Messer hin und streckte die Arme aus, als sei er bereit, sich Handschellen anlegen zu lassen. »Na, dann führen Sie mich doch ab, Frau Kommissarin.« Plötzlich stierte er sie an, die Zähne bleckend wie ein angriffslustiger Hund. Ein ungezügelter Gesichtsausdruck, der sie erahnen ließ, dass dieser junge Kerl anderen mit Leichtigkeit Angst einjagen konnte.

»Bleiben Sie in der Stadt. Sie hören diesbezüglich von meinen Hamburger Kollegen.«

»Ach? Jetzt klemmen Sie den Schwanz ein?« Pauls bekam sofort Oberwasser. »Beim nächsten Gespräch ist mein Anwalt dabei, klar?«

»Wenn Sie einen brauchen«, antwortete sie nüchtern.

»Und das ist nicht so ein netter Kerl wie ich.«

»Ich mag harte Jungs lieber«, erklärte sie und wandte sich zum Gehen, »als die Möchtegern-Fraktion.«

»Bitch!«, zischte Pauls ihr hinterher.

»Gesundheit! Und nicht nötig, ich finde alleine hinaus.«

Er hatte sie am Ende frech auflaufen lassen, sie überrascht. Er hatte gemerkt – oder gewusst? – dass ihr eine konkrete Verbindung von ihm zur Tat fehlte.

Trotzdem gab es endlich einen Tatverdächtigen, wenn auch auf dünner Grundlage von drei halben Indizien. Den Staatsanwalt würde das nicht überzeugen. Noch nicht.

14.31 Uhr

Holm stand auf Lauras kleinem Balkon, ein einsamer Mensch an der Fensterfront des Hoteltrakts, den Hof zu seinen Füßen, und rauchte auf Lunge. Da konnten die Gesundheitsbürokraten noch so schlimme Fotos auf die Schachteln drucken lassen. Er brauchte das gerade, um herunterzukommen.

Seine rein menschliche Wut auf Dave samt den hässlichen Erinnerungen an seine Kindheit war das eine. Das andere, und das beschäftigte ihn mehr, war die professionelle Seite des Ganzen. Für gewöhnlich wurde Holm fuchsteufelswild, wenn die Auftraggeber ihm nicht die Wahrheit verrieten und so seine Arbeit erschwerten, wenn nicht gar unmöglich machten. In diesem Fall neigte er dazu, ein Nachsehen zu haben. Biancas Geschichte war so intim und emotional, er konnte nicht verlangen, das Innerste, Zerbrechlichste seiner Mandantin auf dem Silbertablett serviert zu bekommen.

Ein waberndes, unwohles Gefühl verspürte er dennoch,

wenn er an den Morgen in der Bistroküche mit Bianca zurückdachte. Sie hatte ihn um den Finger gewickelt, ihr Geheimnis aber schön für sich behalten. Er hatte es nicht bemerkt, ja, nicht einmal Verdacht geschöpft. Ihr Einfluss auf seine Wahrnehmungsgabe erschreckte ihn ein weiteres Mal. Ohne seine Antennen würde er nicht der sein können, der den Unterschied in dieser Krise ausmachte.

Durch die offene Tür hörte er, wie Laura mit Storch telefonierte. Die Lage musste Storch inzwischen kennen, Laura war dabei, die neuen Aufgaben zu erläutern. Sie stieg aus dem bisher erfolglosen Scan von Thomas und Franco aus. Stattdessen knöpfte sie sich Dave vor. Genau wie die Medien es taten, die – wie so oft – schnell Wind bekommen hatten von »Verdachtsmomenten gegen Dave Pauls«.

»Die Rotlichtverbindung, die wir gestern Abend schon aufgetan haben, da setze ich an«, sagte Laura, »wir müssen denen etwas zum Fraß vorwerfen, damit Dave im Fokus bleibt.« So würden sie Zeit schinden, damit Storch weiter an Thomas und Franco graben konnte und Holm Bianca päppelte.

»Nicht gut, nein, sie kann nicht auftreten«, hörte er Laura sagen.

Auf dem Hof herrschte einige Bewegung, erst jetzt entdeckte er Lerch, wie sie im Stechschritt über den Platz hastete. Als sie unvermittelt zu ihm aufsah, salutierte er mit der Gauloises im Mundwinkel. Sie grüßte zurück, indem sie ihm einen Vogel zeigte, und verschwand in ihrem neuen Büro, dem Bistro der Vehs.

Laura beantwortete geduldig Storchs vollkommen berechtigte Nachfragen. »Haben wir auch schon besprochen. Es gibt Fotos von Bianca nach Daves Ausraster, aber die bleiben unter Verschluss.« Holm wollte die Fotos gar nicht zu sehen bekommen. Er brauchte einen kühlen Kopf.

Er beobachtete wahllos das Kommen und Gehen, bis Katta aus dem Hauptgebäude gelaufen kam und zu ihrem Wagen Richtung Parkplatz rannte. Sie stieg ins Auto und brauste los.

Holm runzelte die Stirn. Das schien ihm … *verdächtig*, war das erste Wort, das ihm einfiel. Ach Quatsch, Holm, fang nicht an zu spinnen. Holm zupfte sein Smartphone aus der Innentasche seines Jacketts und entschied sich für einen Videocall. Was Werner konnte, konnte er schon lange. Er wollte Katta in die Augen sehen, wenn er sie ausquetschte. Egal, wie wackelig und unscharf das Bild war.

Sie ging dran, das Bild ruckelte hin und her, bis Katta das Gerät in eine Halterung gesteckt und auf sich ausgerichtet hatte.

»Kleine Spritztour?«, fragte er.

Sie sah gehetzt in die Kamera. Unsicher. Ertappt. Legte unbewusst eine Hand schützend vor ihren Hals, wie er es häufiger bei Frauen erlebt hatte, die sich angegriffen fühlten. Für Holm waren das keine guten Anzeichen.

Was lief da?

»Jetzt fühle ich mich aber überwacht«, rief sie und lachte künstlich. Sie ging sofort in die Gegenoffensive unter Vermeidung einer Antwort auf seine Frage.

»Wir haben eine Art Peilsender auf Lauras Balkon«, antwortete Holm. »Also, Katta?«

»Ich muss wohin.«

»Kein guter Zeitpunkt.«

»Holm, ich weiß nicht, wo mir der Kopf steht. Wem ich trauen kann und wem nicht.«

»Was ist denn los, Katta?«

»Ach!« Sie machte eine wegwerfende Handbewegung.

»Ich sage es mal anders«, nahm er den nächsten Anlauf, »ihr habt euer Kontingent an Geheimnissen für heute aufgebraucht.«

»Aaaah, Holm«, rief sie und boxte mit der rechten Faust Richtung Objektiv.

»Aua«, sagte Holm, »die Gerade habe ich nicht kommen sehen.« Er nahm mit der Blödelei den Druck aus seiner Befragung, vielleicht öffnete sie das. Immerhin schmunzelte sie ein ›*Haha, sehr witzig*‹ in die Kamera.

»Zewi will aussteigen«, verriet sie unvermittelt, »Biancas Premium-Werbepartner. Sofort!«

»Ich verstehe«, antwortete Holm, der sich ad hoc schämte, für einige Minuten an Katta gezweifelt zu haben. Er legte den Kopf in den Nacken und sah zum Himmel. Auch das noch!

»Der Marketingmacker von denen hat es mir eben mitgeteilt. Ich bin losgefahren, ohne nachzudenken. Wollte ihm keine Zeit geben, dass die Entscheidung sich setzt. Ab nach Hamburg und reingrätschen.«

»Dafür dürfte es zu spät sein.« Holm hatte oft genug für große Firmen und Konzerne gearbeitet, um zu wissen, dass so eine Entscheidung nicht spontan fiel – und ebenso wenig mal eben zurückgenommen wurde.

»Komm, Holm, gib mir Munition. Hast du Ideen. Einen PR-Trick? Soll ich mit Biancas Gage runtergehen?«

Sie hatte ein beeindruckendes Kämpferherz. Manchmal reichte das leider nicht.

»Ich sage es wirklich ungern, aber die Würfel sind gefallen, Katta, der ruft nicht aus irgendeiner Laune an, weil er dich ins Schwitzen bringen will. So arbeiten die big shots nicht.«

»Du meinst, ich kann auch gleich gegen den Baum fahren, ja?«

»Katta, verdammt!«

»Komm schon, Holm! Du weißt genau, dass das ganze Kartenhaus zusammenbricht, wenn Zewi aussteigt. Und Bianca gleich mit. Wer liegt dann ganz unten begraben unter den Trümmern dieser Karriere?«

Holm wollte aus der Dynamik des Gesprächs heraus widersprechen, doch ihm fielen keine Argumente ein. Was konnten sie noch tun? Er drückte seine Zigarette aus und stellte seine Sanduhr auf das Geländer.

Hatten sie ein Druckmittel gegen den Lebensmittelkonzern? Ihm fiel keines ein. Konnten sie im selben Atemzug, wie Zewi sich zurückzog, einen neuen Partner vorstellen? Offensichtlich nicht. Mitten in einer Mordermittlung wäre das auch kontraproduktiv gewesen. Aber … was wäre, wenn …

»Holm, in diesem Abschnitt stehen wirklich sehr hübsche, gut gewachsene Buchen.«

»Okay, Katta, ich habe eine unausgegorene Idee, keine Garantie, kein Fangnetz. Willst du aufs Trapez?«

»Ob ich da runterfalle oder gegen den Baum fahre, ist gehupft wie gesprungen.«

Holm lächelte in sein Smartphone.

Sie hatte wirklich einen guten Galgenhumor. Und Mut.

Er schnappte sich die Sanduhr und verließ den Balkon. Was jetzt kam, sollte Laura direkt mitbekommen.

Sie sah gleich auf, als er das Zimmer betrat, er flüsterte ihr kurz zu, dass Zewi absprang, was seine Partnerin mit einem frustrierten Nicken zur Kenntnis nahm. Holm stellte auf laut.

»Pass auf, Katta, du musst den Marketingmann hinhalten.«

»Aber wie denn?«

»Zu neunundneunzig Prozent werden sie eine Mitteilung rausgeben und bei sich auf der Website publizieren wollen.«

»Davon würde ich auch ausgehen.«

»Gut. Dann musst du darauf drängen, eine *gemeinsame* Erklärung herauszugeben.«

»Weil das besser aussieht, wenn Bianca sich selbst hängt?«

»Weil uns das die Zeit bringt, die wir brauchen. Sag, du musst es Bianca schonend beibringen und ein Zitat mit ihr abstimmen.«

»Und dann?«, fragte Katta.

»Dann drehen wir den Spieß um«, antwortete er trocken. Selbst Laura bekam große Augen bei seinen Worten.

»Was heißt das, wir drehen den Spieß um?«

»Bianca tritt kurzfristig auf und erklärt beiläufig, dass sie im Angesicht der Krise erkannt hat, dass sie endlich einen Schritt machen will, über den sie länger nachgedacht hat, sich nämlich wieder auf das Wesentliche zu konzentrieren. Allein deswegen bittet sie Zewi um Auflösung des Werbevertrags, was du den Marketingchef in dem Moment wissen lässt.«

»Der bringt mich um.«

»Tut er so oder so. Das Geld ist auch weg.«

»Verdammt!«

»Man kann nur retten, was zu retten ist, Katta«, klinkte Laura sich ein.

»Da will doch nie wieder einer mit ihr Werbung machen!«

»Die Branche hat kein Gedächtnis.«

»Sagt der Richtige.«

»Wenn du den Deal mit der Nationalmannschaft hinkriegst, rennen euch alle die Bude ein.«

»Und was soll ich Herrn Zewi sagen?«

»Sie will wieder mehr kochen. Du hast ihr von dem Schritt abgeraten, aber Bianca ist im Ausnahmezustand.«

»Und die Medien?«

»Werden denken, dass sie gut beraten ist, das Chaos zu nutzen, um die Geschichte in einem Abwasch durchzuziehen.«

»Das lässt so ein großer Konzern doch nicht auf sich sitzen!«, rief Katta.

»Dann machen wir sie zu schlechten Verlierern«, erklärte Laura.

»Und was ist mit dem Arzt? Du hast gesagt, sie schafft keinen Auftritt.«

Holm schluckte.

»Eine neue Situation erfordert eine neue Lösung«, entgegnete er mechanisch.

»Na super! Auf Biancas Kosten!«

»Wir bereiten sie auf den Punkt vor«, versprach Laura.

»Überzeugt sie erst einmal, dass sie überhaupt mitmacht!«

»Sie hat ein Kämpferherz, genau wie du. Wir stellen den Arzt in Aussicht.«

Katta schüttelte lange den Kopf im Display.

»Und wenn das alles schiefgeht?«, fragte sie schließlich.

Darauf hatte Holm keine Antwort. Er sah Hilfe suchend Laura an, die ihr Gesicht vor die Kamera seines Smartphones schob und erklärte: »So denken wir nicht, Katta. Und fahren ganz gut damit.«

Biancas Managerin prustete verständnislos und legte auf.

Holm ächzte und stützte das Gesicht in seine Hände.

»Gerade kamen wir auf Kurs«, flüsterte er.

»Wir müssen es Bianca schonend beibringen.«

»Das ist es ja, Laura. Ich glaube, wir müssen das Gegenteil tun. Und die Samthandschuhe für die nächsten Stunden beiseitelegen.«

Und den Papa in dir auch, fügte seine innere Stimme hinzu. Schick ihn in Pause. Bianca hilft jetzt nur Holm pur.

15.19 Uhr

Hier saß sie also nun seit – gefühlt – einer Ewigkeit in einem sehr modischen, aber vollkommen unbequemen Designersessel und wartete auf Marcus Bodin, Director Marketing Germany des Lebensmittelkonzerns Zewi. Alle fünf Minuten kam eine junge Frau, die Katta überfreundlich fragte, ob alles in Ordnung sei, ob sie nicht doch etwas trinken wolle und versicherte, dass Dr. Bodin sicher gleich käme.

Katta war lange genug im Geschäft, sie wusste, dass er sie absichtlich warten ließ, um sie kleinzumachen. Billig fand sie das, trotzdem war sie unter höchster Anspannung, denn der Trapezakt, den Holm ihr eingeflüstert hatte, entschied ziemlich sicher über die Zukunft von Bianca – und damit auch über ihre eigene, da gab es nichts zu beschönigen. Ihr Smartphone hatte sie ausnahmsweise auf Flugmodus gestellt und in ihre Tasche gesteckt. Sie musste sich voll und ganz auf das hier konzentrieren.

Es machte sie so unfassbar traurig, dass sie diesen einmaligen Werbevertrag mit Zewi verlieren würden. Sie hatte so hart daran gearbeitet, vor zwei Jahren …

Endlich kam Bodin, der zu einem sündhaft teuren Maßanzug Converse trug, und begrüßte sie formvollendet.

»Ich weiß es sehr zu schätzen, dass Sie sich die Mühe gemacht haben, Frau Wiesenbach, aber ich muss gleich sagen, dass Sie mich nicht umstimmen werden.«

Dass er so direkt sein würde, überrumpelte sie. Sonst war er immer sehr zurückhaltend gewesen und hatte sich erst am Ende einer Reihe von präzisen Fragen festgelegt.

»Ich sehe, Sie haben sich schon eine Meinung gebildet und möchten unsere Seite gar nicht mehr hören?«

»Nun, Frau Wiesenbach«, sagte er und setzte sich an die vordere Kante seines Sessels, »die Polizei ist hier aufgetaucht und hat Fragen gestellt. Von dem Klinikaufenthalt wussten wir nichts – da Sie nicht dementiert haben, stimmt es ja offensichtlich.«

Sie schwieg.

»Ich habe Ihnen von Anfang an gesagt, wie wichtig uns unser Image ist und dass wir Bianca gerade deswegen zu uns geholt haben.«

»Natürlich«, bestätigte Katta. »Ich verstehe Sie ja, und es tut mir leid, dass diese schreckliche Sache zu so einem Ergebnis führt. Aber könnten wir uns nicht darauf verständigen, das Ganze etwas später abzuwickeln, wenn der Rauch sich gelegt hat? In diesem Moment träfe es Bianca, von der ich selbstverständlich herzlich grüßen soll, doppelt hart.« Sie baute diese Verhandlungslinie auf, wohlwissend, dass er sich darauf nicht einlassen würde. Das machte es ihm aber schwerer, gleich, bei der entscheidenden Frage, wieder Nein zu sagen.

Er breitete entschuldigend die Arme vor ihr aus und hielt die Handflächen zur Decke.

»Die Ansage kommt von oben. Unsere Communications-Leute sind der Ansicht, dass unsere Trennung genau jetzt, gleichsam im Windschatten des Mordfalls, medial untergeht und den Schaden für uns kleinstmöglich hält.«

»Und Recht wird ihnen auch jeder geben«, schmierte sie ihm Honig um den Bart.

»Tut mir leid, Frau Wiesenbach. Image is king.«

Sie tat so, als würde sie alles Gehörte noch einmal abwägen.

»Ich merke, ich kann Sie nicht umstimmen.«

Er lächelte sie mit zusammengekniffenen Lippen an und zog die Augenbrauen hoch.

»Dann lassen Sie uns das mit Anstand über die Bühne bringen«, erklärte sie, als gäbe sie sich geschlagen.

Er nickte und holte eine Mappe vom Tisch und schlug sie im Stehen auf.

»Wir haben schon etwas vorbereitet«, erklärte er und reichte ihr ein Blatt. Du Hund, schimpfte sie, hast sogar schon eine Presseerklärung in petto.

Er setzte sich wieder und lehnte sich zurück.

Katta stoppte den aufkommenden Ärger und verlangte sich äußerste Konzentration ab. Der entscheidende Moment rückte näher.

Sie schaute sich die Erklärung an und legte sie schließlich vor sich auf das Glastischchen.

»Ich fände es sehr fair und respektvoll, wenn wir eine gemeinsame Erklärung herausgeben könnten.«

»Hm«, machte Bodin so skeptisch wie verblüfft.

»Eine einvernehmliche Trennung. Bewahrt auch Ihre Seite vor Langzeitfolgen. Sie wollen nicht von jedem neuen Partner gefragt werden, warum Sie aus laufenden Verträgen aussteigen.«

Sie sah ihn kühl an.

Bodin blinzelte. Setzte sich auf.

Weiter, feuerte sie sich an, und zückte ihren Füller aus der Handtasche.

»Ich würde bei Ihrem Entwurf lediglich den ersten Satz leicht modifizieren«, meinte sie und schrieb *trennen sich einvernehmlich* an den Rand, »und hier«, sie machte ein Kreuz an die Stelle, »passt ein Zitat von Bianca hin, zwei kurze Sätze, Dank und Bedauern, nicht mehr. Der Rest bleibt unverändert.«

Bodin starrte auf das Blatt. Sie spürte, wie er abwägte. Wie er prüfte, ob ein Haken an der Sache war. Ob er es seinen Bossen verkaufen konnte. Sie ließ ihn. Sie wollte, dass es in ihm arbeitete.

»Das ist doch nach zwei guten Jahren nicht zu viel verlangt, oder?«, schob sie leise nach.

Er gab sich einen Ruck.

»Wie lange werden Sie brauchen?«

»Ich muss zurückfahren, ihr die ganze Sache persönlich nahebringen, sie ist natürlich in keiner guten Verfassung heute, muss den nächsten Tiefschlag vermutlich einen Moment lang verarbeiten, ehe ich mit ihr auf Arbeitsmodus wechseln und ein Zitat abstimmen kann. Wenn Sie mir zwei Stunden geben, geht die Sache heute noch über die Bühne.«

Er streckte ihr die Hand hin.

»Das ist der letzte Gefallen, den ich Ihnen tun kann.«

»Ich wusste, dass Sie das wie ein Ehrenmann abwickeln würden«, erwiderte sie und schenkte ihm ein Lächeln.

»Sie wissen, dass das nichts Persönliches ist, liebe Frau Wiesenbach.«

Er war sich nicht zu blöd, sie am Rande des Geschäftsmäßigen zu umarmen.

»Dann verliere ich mal besser keine Zeit«, sagte sie und ging zügig hinaus.

Puh, geschafft!, dachte sie, als sie im Aufzug stand. Im selben Moment bekam sie ein schlechtes Bauchgefühl. Bodin würde ausrasten, wenn Bianca in weniger als zwei Stunden die Zusammenarbeit mit Zewi aufkündigte. Anders als Holm fand sie, dass die Branche durchaus ein Gedächtnis hatte. Es würde sie nicht wundern, wenn sie sogar über ein gottverdammtes Elefantengedächtnis verfügte und Biancas halsbrecherische Aktion potenzielle Werbepartner für immer abschrecken würde.

Ihr wachsendes Magengrummeln bekam eine Richtung.

Holm! Warum in aller Welt verließ sie sich so sehr auf Holm?

Das hatte sie schon einmal getan.

Und er hatte ihr Vertrauen missbraucht.

Auf übelste Weise.

15.56 Uhr

Holm schnappte sich einen Barhocker und knallte ihn so wuchtig mitten in Biancas Appartement, dass selbst die Wachleute vor der Tür etwas mitbekommen mussten. Das interessierte Holm nicht die Bohne.

»Ich halte nichts von Generalproben. Deshalb wird das hier ein Stahlbad«, verkündete er.

»Muss das wirklich sein?«, fragte Konrad Veh.

»Besser ein hartes Trainingslager als ein verpatzter Auftritt.«

»Sind Sie wirklich einverstanden mit dem Plan?«, fragte Laura in aller Behutsamkeit Bianca. Die hob den Kopf, lächelte tapfer und rief: »Auf in den Kampf!«

»Okay, Bianca, Sie werden jetzt unsere hässliche Seite kennenlernen – allein mit dem Ziel, dass Sie bereit sind, wenn es um die Wurst geht.«

»Ja«, bestätigte sie.

»Dann rauf auf den heißen Stuhl.«

Holm wandte sich ab, zog sein Jackett aus, krempelte die Ärmel hoch und zwinkerte Laura zu, woraufhin sie prompt loslegte.

»Haben Sie etwas mit dem Tod von Richter Reichelt zu tun?«

»Nein.«

»Frau Veh«, übernahm Holm, der anfing, um ihren Stuhl herumzulaufen, »waren Sie in einer Klinik?«

»Ja.«

»Wie lange?«

»Fünf Tage, oder sechs.«

»Wie lange denn nun genau?«, hielt Holm Tempo und Schärfe hoch.

»Sechs, glaube ich.«

»Was ist so schwer an der Frage?«

Bianca stockte.

»Lieben Sie Dave Pauls?«

Sie ließen die Fragen auf Bianca niederprasseln wie Faustschläge.

»Ich …«

»Für mehrere Stunden sah es so aus, als könnten Sie und ihre Crew für den Tod verantwortlich sein. Davon ist nun keine Rede mehr bei der Polizei. Hatten Sie Selbstzweifel?«

»Das kann man so nicht …«

»Möchten Sie den Hinterbliebenen von Richter Reichelt etwas mitteilen?«

»Natürlich bin ich … genau wie Sie …«

Sie begann zu schluchzen und schlug ihre Hände vors Gesicht. »Ich schaffe das nicht«, flüsterte sie.

Holm klatschte in die Hände und rief entnervt, »Bämm, das war's! So gehen Sie baden, Bianca!«

Die Sterneköchin senkte den Kopf. Laura reichte ihr ein Taschentuch, während Konrad Veh regungslos im Hintergrund sitzen blieb. »Ich dachte, wir fangen mit Zewi an«, rechtfertigte Bianca ihren Aussetzer.

»Sie müssen mit allem rechnen«, versuchte Laura es hart in der Sache, doch sanft im Ton, »mit *allem*, Bianca! Sonst passiert das, was gerade passiert ist.«

»Das ist Einstellungssache, okay?«, stieg Holm wieder ruhiger ein. »Seien Sie innerlich bereit für jede Situation. Wenn Sie wachsam sind, brennt nichts an.«

»Das klingt vertraut«, antwortete sie in Gedanken und wechselte in eine aufrechtere Haltung.

»Das ist es!«, rief Laura.

»Was denn?«, wollte Konrad Veh wissen.

»Hast du auch gesehen, wie sie sich gleich aufgerichtet hat, beim Stichwort *nichts anbrennen*?«, fragte sie Holm.

»Jetzt, wo du es sagst«, bestätigte er.

»Wir stützen Bianca, indem wir ihr für den Presseauftritt ein vertrautes Umfeld schaffen.«

»Hier in der Wohnung wohl kaum?«, wandte Vater Veh ein.

»Die Küche vom Bistro!«, rief Holm und klatschte in die Hände, »die hat auch einen eigenen Eingang, wir müssen nicht mal durch Lerchs Revier.«

Er sah Bianca an. Die Küche vom Bistro war ein guter Ort. Die Küche ihrer Kindheit. Der Ort, an dem sie Vertrauen zu Holm gefasst hatte.

»Oder ist das übertrieben?«, hinterfragte Laura ihre eigene Idee.

»Wir sagen, dass einfach kein anderer Raum zur Verfügung steht. Der Rest verspielt sich.«

»Okay, wir lassen nur wenige Journalisten hinein. Das kommt Ihnen entgegen, Bianca, denke ich, wenn es übersichtlich bleibt.«

»Und ein einziges Filmteam, dem wir sagen, wo es stehen darf, aus Platzgründen versteht sich«, schlug Laura vor, »am besten machen wir Ihren Haussender zum Poolführer, dazu nehmen wir den *Reuters*-Fotografen, den kenne ich, der hält sich an Absprachen; der darf am Anfang und am Ende knipsen, das reduziert das Gewusel in Ihrem Blickfeld.«

»Was meinen Sie?«, fragte Holm Bianca.

»Kann ich mir schon vorstellen, aber das ändert ja nichts daran, dass ich antworten muss.«

Holm bat sie vom Barhocker und stellte ihn zurück an die Frühstückstheke. »Probieren Sie es mal hier, mit Ihrer Küche im Rücken.«

Er betonte die letzten Worte und sah zu Laura hinüber, die zum Glück sofort begriff, wie er Bianca zusätzlich stärken wollte. Es half nichts, sie mussten alle Register ziehen. Sie würden NLP anwenden. Er war absolut kein Fan von *Neurolinguistischem Programmieren*, aber Biancas Ego brauchte schnell wirkendes Doping. Sie würden ein oder zwei Leitsätze bis zum Pressetermin wiederholen; Sätze, die Bianca sich zumindest kurzfristig zu eigen machte. Sie wollten sie starkreden. Ihre Seele würde dann der Doc fachkundig massieren.

Laura tat so, als prüfe sie, wie Bianca in der neuen Umgebung wirkte.

»Eine Küche steht Ihnen sehr gut, Bianca.«

Bianca musste lächeln.

»Wie hat Boris Becker noch mal den Center Court in Wimbledon genannt?«, fragte Holm.

»Sein Wohnzimmer!«, rief Bianca.

»Genau! Da war er zu Hause. Und Sie sind es in Ihrer Küche, Bianca. Sie wissen, wo welcher Löffel liegt.«

»Das ist Ihr Reich.«

»Die Journalisten kommen zu Ihnen. Sie haben ein Heimspiel.«

»Den Heimvorteil wollen wir nutzen.«

»Ich habe zufällig ein Familienfoto dort gesehen, von früher«, sagte Holm zu Konrad Veh. » Bianca schwingt den Kochlöffel – das wurde in der Bistroküche geschossen, oder?«

»Ja, richtig«, antwortete der stolz, »das war damals die Restaurantküche, später haben wir uns vergrößert.«

»Was meinen Sie, Bianca, mit der Küche im Rücken, in der Ihre Erfolgsgeschichte begann, in kleinem Setting, macht das den Berg, über den wir wollen, etwas kleiner?«

»Ich kann mir das auf jeden Fall gut vorstellen«, meinte sie, »und wenn ich mich abstützen kann, so wie hier, das würde mir auch helfen, ich weiß gar nicht, wohin mit meinen Händen.«

»Ist notiert«, sagte Laura.

»Dann steigen wir noch einmal ein, Bianca, okay?«

Sie nickte und sah kurz über die Schulter, als wolle sie sich vergewissern, dass da wirklich ihre Küche stand. Holm blinzelte Laura zu. Das schien zu funktionieren.

»Also, Frau Veh, warum sind Sie in die Klinik gegangen?«

Sie überlegte kurz.

»Weil ich so weit war, Schwäche zuzulassen.«

Da kam sie plötzlich durch, die Bianca aus dem Fernsehen. Und ihre Worte – hatten Wucht!

»Wer hat ihnen denn den Satz aufgeschrieben?«

Sie lächelte. »Ausnahmsweise niemand. Ich weiß nicht, ob Sie das nachvollziehen können, aber wenn man immer zu den Gewinnern zählt, stark sein muss, anführen, vorne stehen – dann blenden Sie irgendwann einen Teil von sich aus.«

»Den schwachen Teil?«, fragte Laura.

»Den darf es nicht geben.«

»Denn schwer wiegt die Krone«, meinte Holm. »Das haben Sie sich doch selbst ausgesucht!«

»Ja, aber am Ende bin ich auch nur ein Mensch. Am Ende verbrenne ich mir auch die Finger, wenn ich da hinter mir auf die Herdplatte fasse.« Sie zeigte blind über die Schulter genau auf den Herd. Großartig!

»Ich habe mir das Kochen ausgesucht, ja. Ich habe mir die Sterneküche ausgesucht, stimmt. Aber was auf einen einprasselt – dazu das Beziehungsende. Das kann einem schon mal die Beine wegziehen.«

»Es ist von Gewalt in der Beziehung die Rede. Von Verdachtsmomenten gegen Dave Pauls?«

»Ich wünsche ihm, dass er eines Tages seinen Frieden findet.«

»Haben Sie eine Botschaft an ihn?«

»Ich habe nicht vor, das über die Medien auszutragen. Nicht jetzt und auch nicht in Zukunft.«

Einem Instinkt folgend, ging Holm auf sie zu und schob ihr eine Strähne aus der Stirn. Überschritt voller Absicht jede angemessene Distanz.

»Hat Ihnen die Zeit in der Klinik geholfen?«, fragte er leise.

»Jeder braucht mal ein Coaching. Ich habe die Zeit wie in

Trance verbracht. Als beobachtete ich jemand anderen, dem es schlecht ging. Als spräche der Therapeut nicht mit mir. Die Gespräche waren schwierig. Mein Innnerstes nach außen zu kehren, da bin ich nicht sehr gut drin.« Sie lächelte ein bezauberndes Mädchenlächeln.

»Sie wurden als arrogant beschrieben. Was sagen Sie dazu?«

»Ich glaube, die meisten Menschen haben ein gutes Gespür dafür, warum sich jemand mal in sein Schneckenhaus verkriecht. Darauf vertraue ich. Und es hat gutgetan.«

Bianca war voll da. Ließ sich auch nicht aus der Ruhe davon bringen, dass er jeden seriösen körperlichen Abstand unterschritt.

»Wie gehen Sie mit dem Todesfall in Ihrem Restaurant um?«, fragte Laura.

»Ich denke die ganze Zeit an die Angehörigen. Vor allem an seine Frau. Jetzt können wir nur noch dafür sorgen, dass der Mörder gefasst wird. Wir tun alles, um die Polizei zu unterstützen.«

Holm und Laura hielten inne.

»Das war gut, Bianca«, lobte sie ihr Vater. Seine Worte schienen sie aus einem gleichsam hypnotischen Zustand zurückzuholen. Sie blinzelte ein paar Mal, wie benommen, unrhythmisch. Dann sah sie hoffnungsvoll Holm an.

»Das mit *Schwäche zulassen*, das ist exzellent. Sie reden offen und nach vorne über den Entwicklungsschritt eines Menschen, der souverän damit umgehen kann.« Sie nickte tapfer, und er konnte förmlich mit Händen greifen, wie ihre Zuversicht wuchs.

»Danach müssen Sie nicht zu sehr ins Detail gehen. Auch nicht zu gefühlig werden.«

»Keiner will, dass Sie Abbitte leisten«, meinte Laura. »Und keiner mag das Gejammer des anderen. Ist doof, aber praktisch Gesetz.«

»Also, die Überschriften lauten: Schwäche zulassen und sachlich erzählen, da ist ohnehin so viel Emotion in Ihrem Statement.«

Konrad Veh ließ Katta herein, die an der Tür geklopft haben musste.

»Denken Sie bitte an die Bistroküche da unten.« Laura hämmerte Bianca weiter das Bild ein, das ihr Kraft geben sollte, »und was Ihr Vater daraus gemacht hat. Gegen Widerstände. Auch dank Ihrer Gabe.«

Holm spürte, dass er in diesem Moment ihr letztes Ass spielen und Biancas Selbstzweifel endgültig zurückdrängen musste. Zum Glück waren fast alle Menschen sehr empfänglich für Belohnungen.

»Wir haben übrigens noch etwas arrangiert für Sie, Bianca.«

»Was denn?«

»Direkt nach dem Pressegespräch werden wir jemanden hierhaben, mit dem Sie sprechen können. Einen Profi.«

»Echt?«, fragte sie ungläubig nach.

»Echt«, antwortete Holm. Er sah ihr eine gewisse Erleichterung an. Immerhin, dachte er.

»Ich danke Ihnen!« Sie stieg vom Hocker und umarmte ihn so fest, dass sich wieder der Vater in Holm regte. Oder war es der Mann in ihm?

Er spürte Erleichterung, als sie von ihm abließ. Katta und Laura starrten ihn an. Daraufhin zog er sich rasch von Bianca zurück und erklärte, dass sie sich jetzt noch mit der Schlüsselszene befassen würden. »Laura hat eine kleine Choreographie entwickelt, für die wir auch Katta brauchen.«

»Soll ich meinen Namen tanzen?«, fragte Biancas Managerin, den Moment nutzend, um zu Bianca zu treten und sie zu begrüßen.

»Nein«, antwortete Laura. »Sie müssen nur den Kopf schütteln. Im richtigen Moment. Und in der richtigen Dosis.«

Holm setzte sich hinten zu Konrad Veh. Er brauchte eine Pause, um Biancas Umarmung zu verdauen. Er spürte ihre Arme an sich, ihre Brüste. Hatte diesen Geruch in der Nase, diesen frischen, unschuldigen Duft.

Würde sie es schaffen?

Fifty-fifty.

Mehr war nicht drin.

16.23 Uhr

»Hast Du Lust auf das hier oder auf das da?« In der einen Hand hielt Joe den Wälzer zu Zivilrecht in die Höhe, in der anderen Scrabble. Es gelang ihr, ein Gesicht zu machen, als würde sie allen Ernstes in Erwägung ziehen, den Sonntag mit Lernen zu verbringen. Liv musste einfach über ihre Freundin lachen, die das Leben so bewundernswert leicht nahm. Trotzdem legte sie eine Hand auf den Bauch und meinte: »Mit Baby würde ich das Studium eh nicht schaffen.«

»Na dann«, rief Joe und warf das Zivilrecht über die Schulter auf ihr Bett, »Scrabble gehört sowieso die Zukunft.«

Sie machte sich daran, das Spiel auf ihrem winzigen Ess-, Schreib- und Wohnzimmertisch aufzubauen.

Wie lange es wohl noch dauern würde, bis Joe sie langweilig fand und sich eine andere Studienfreundin suchte?

Livs Smartphone klingelte. »Unbekannte Nummer«, las sie die Anzeige in ihrem Display vor.

»Nepper, Schlepper, Bauernfänger«, meinte Joe beiläufig. »Früher gab es gar keine Nummernanzeige.«

»Da haben die Dinosaurier echt was verpasst!«

Liv musste wieder über ihre Freundin lachen und meldete sich mit:

»Ja, hallo?«

»Eklund hier.«

»Ach, Sie sind das, Herr Eklund.« Der Name zauberte ein Lächeln auf Joes Gesicht, die dank des Porträtfotos auf seiner Website festgestellt hatte, dass sie so einem skandinavischen Typen durchaus etwas abgewinnen konnte. Den Luftkuss, den sie ihm zuwarf, behielt Liv für sich.

Eklund zögerte ob ihrer Reaktion. »Ach, die unterdrückte Nummer. Sorry«, meinte der Privatdetektiv schließlich. »Ich habe mein Diensthandy im Büro liegenlassen.«

»Haben wir vergessen, etwas zu besprechen?«, fragte Liv.

»Ich möchte, dass Sie sich etwas angucken.«

»Okay?«

»Ich meine: jetzt!«

»Jetzt?« Sie sah zu Joe auf, die augenblicklich damit aufhörte, mit ihren Händen über ihren Körper zu fahren und erregte Grimassen zu schneiden. Stattdessen kam sie näher, legte einen Arm um Liv und hörte mit.

Eklund nannte die Adresse.

»Was ist denn da?«, wollte Liv wissen.

»Der Dorotheenstädtische Friedhof«, antwortete er zurückgenommen.

»Da liegt meine Mutter.«

»Ja.«

»Ist das irgendein Psycho-Scheiß oder was?«, platzte es aus ihr heraus. Sie musste an ihren Therapeuten, Bernd Seeger, denken; daran, wie aufreibend die Stunden bei ihm gewesen waren, bis sich ihre Entscheidung herausgeschält hatte, dass sie den Weg gehen wollte, der sie zu Eklund geführt hatte.

»Ich würde Sie nicht bitten, wenn ich keinen Grund hätte.«

Liv stockte der Atem. Joe sah sie forschend an.

»Geben Sie mir eine halbe Stunde«, bat Liv und legte auf. »Und nein. Liebling, ich kann dich heute nicht verkuppeln.«

Joe nickte ihr aufmunternd zu. »Eine sexy Stimme hat er trotzdem«, flüsterte sie ihr ins Ohr.

Die Fahrt in der Bahn wurde zur Reise in die Vergangenheit, gepflastert mit all den alten, düsteren Bildern, die sie bei Seeger schon aufgerufen, betrachtet und durchdekliniert hatte. Wie der schöne, im Herbstlicht würdig funkelnde Sarg in den Boden gelassen wurde. Wie sie sich weigerte zu glauben, dass ihre Mutter in diesem Holzkasten steckte. Und wie sie sich dagegen wehrte, eine Schaufel Erde auf den Sarg zu schütten – warum sollte sie ihre Mutter zum Abschied mit Dreck bewerfen? Am meisten spürte sie die Hand ihres Vaters, in der ihre den ganzen Vormittag lag. Ihr schwitziges Pfötchen in seiner trockenen Hand, die fest zugriff, fast so, dass es wehtat, und den ganzen Vormittag nicht losließ. *Können Sie sich vorstellen, dass er sich an Ihnen festgehalten hat?*, hatte Seeger in einer Therapiestunde gefragt. Ständig kam er mit diesen »Perspektivwechseln«, die ihre festgefahrene Deutung der Erinnerungen lockern, wenn nicht gar aufbrechen sollten. Nein, hatte sie damals – vor zehn Tagen – rasch geantwortet. Heute wäre sie sich gar nicht mehr so sicher. Und das war gut so.

Eklund begrüßte sie mit leisen Worten und festem Händedruck.

Liv konnte nichts sagen. Sie starrte ihn nur an: ein tiefer, harter Blick, der selbst diesen Privatdetektiv innerlich zusammenzucken ließ, sie konnte den Moment der Verstörung in seinen Augen sehen.

Mit einer ruhigen Geste bat er sie, sich das Grab ihrer Mutter anzusehen. Schweigend führte er sie hinüber.

»Fällt Ihnen etwas auf?«

Sie konnte nicht sprechen. Senkte den Kopf. Nahm den Grabstein wahr. Die Schrift, die Blumen. Dann sah sie wieder auf.

»Das Grab ist gemacht«, erklärte er.

Sie sah wieder herunter.

»Es ist sehr gepflegt. Jemand kümmert sich. Liebevoll, würde ich sagen.«

Er hatte Recht. Die Geranien – in Weiß und Lila – sahen frisch und farbenfroh aus. Das Unkraut war gejätet. Die Erde nicht so ausgezehrt wie die der Nachbargräber. Jemand musste zusätzlich gewässert haben.

»Da Sie meinten, Sie hätten mit diesem Ort nichts mehr zu tun gehabt seit damals – frage ich mich, wer nach all den Jahren diesen Aufwand betreibt?«

Sie nickte langsam.

»Vielleicht doch Ihr Vater?«

»Er hat nie etwas davon gesagt. Ich wüsste nicht mal, dass er je hier war.«

»Ihre Tante, die Sie erwähnt haben. Laura May?«

Sie schüttelte den Kopf. »Nicht ihr Stil mit Lila und so. Und wenn, hätte sie es mit mir besprochen. Wie es aussehen soll. Sie ist so drauf.«

Eklund kniete sich nieder und schob behutsam eine Geranie beiseite.

»Und das hier, sagt Ihnen das etwas?«

Sie musste zwei Mal hinsehen, denn das kleine Ding, auf das Eklund sie aufmerksam machte, steckte zum Teil, verdreckt und verwittert wie es war, in der Graberde.

Sie lehnte sich vor, ganz vorsichtig, als wolle sie die Totenruhe ihrer Mutter nicht stören.

»Eine Sanduhr?«

Eklund nickte.

»Irgendwo schon mal gesehen?«

Erst in dem Moment suchte sie wieder seine Augen, dieses Mal nicht wütend, sondern überrascht.

»Mein Vater hat so eine«, wisperte sie.

Eklund hob schweigend die Augenbrauen.

Liv sprang auf, lief einige Schritte fort vom Grab und zückte ihr Smartphone.

»Liv, gerade passt es gar nicht gut«, meldete sich ihr Vater.

»Lässt du Mamas Grab pflegen?«, schoss sie einfach ihre Frage ab.

»Wie bitte? Ich habe jetzt wirklich keine Zeit für deine Detektivspiele. Wir müssen über alles in Ruhe sprechen. Später! Bitte! Okay?«, sagte Holm und drückte sie aus der Leitung.

»Was sagt Ihr Vater?«, fragte Eklund, der keine Mühe hatte, ihren Gesprächspartner zu erraten.

»Er klang so«, antwortete Liv bedächtig, »als wüsste er nicht, wovon ich spreche«.

»Glauben Sie ihm?«, bohrte Eklund behutsam nach.

Sie lachte auf und erklärte ihm, dass ihr Vater sein Geld mit Lügen verdiene. »Verdammt viel Geld für verdammt viele, meisterhaft verpackte Lügen.«

Eklund hielt inne, er spürte bestimmt die Wucht ihrer Emotionen, was sie gleich bereute. Dass ihr Vater sie aber auch so rasend machen konnte!

»Wir können also nicht ausschließen, dass er sich kümmert«, stellte Eklund nüchtern fest. Liv war dankbar, dass er sachlich blieb und sich auf die Fakten konzentrierte. Mitgefühl wollte sie nicht, und bis zum Wahnsinn analysieren lassen konnte sie sich von Seeger.

Liv sah Eklund beschwörend in die Augen.

Er zog einen Mundwinkel hoch. »Das ist keine Spur. Aber ein Anhaltspunkt.«

Sie nickte langsam.

»Vielleicht ... haben Sie mit ihrer Mutter etwas zu besprechen«, flüsterte der Detektiv und zog sich nach einer leichten Verbeugung zurück.

»Ja.« Ihre Antwort fiel tonlos aus. Es berührte sie peinlich, dass Eklund sie erst auf diese naheliegende Idee bringen musste. Sie kam sich so jung und dumm und unerfahren vor. Gleichzeitig lobte sie sich, dass sie mit Eklund immerhin den richtigen Mann erwischt hatte. Schnell, besonnen und diskret.

Auf weichen Knien wandte sich Liv dem Grab ihrer Mutter zu. *Helena Holm*. Sie fuhr mit dem Zeigefinger über die eingravierten Buchstaben. Dann fing sie an, stumm zu erzählen. Sie redete mit ihrer Mutter, so als käme sie bloß von einer besonders langen Weltreise heim. Mit den Worten flossen die Tränen, bis sie meinte zu hören, wie ihre Mutter antwortet. Leicht und unbekümmert, frei von Vorwürfen, voller Liebe für Liv – und Anerkennung für ihr Projekt. Das sagte ihre Mutter, mit ihrem schönen, klaren Timbre.

Als die Stimme verstummte und der aufkommende Frühsommerwind Livs Tränen trocknete, empfand sie eine große Erleichterung, die sie lächeln ließ, ausgelöst vom erfüllenden Gefühl, jetzt und hier das Richtige zu tun.

Liv küsste ihre Fingerspitzen und drückte sie an den Grabstein.

Ich komme bald wieder, wenn ich dir etwas Neues zu berichten habe. Versprochen, Mama!

Dann verließ sie den Friedhof, mit dem Wind im Rücken.

17.38 Uhr

Es lief gut. Fast zu gut. Anfangs hatte Bianca ein paar Sätze zu der Küche gesagt. Die Hinterbliebenen von Reichelt angesprochen. Und eine Punktlandung bei Dave und der Kliniksache hingelegt, inklusive ironischem Ausflug zur Überreaktion ihres Vaters im Netz.

Die Heiterkeit, die das bei mehreren Journalisten auslöste, verriet Wohlwollen. Mehr brauchen wir gar nicht, dachte Holm. Ein bisschen Empathie, viel Beißhemmung, und sie konnten es nach Hause schaukeln.

Ein Journalist drehte sich zu ihm um und reichte ihm mit einer kleinen Geste sein Wasserglas. Holm brauchte einen Moment, bis er zurück in seine Rolle fand. Die des Kellners, der diesen Termin betreute. Die Vehs hatten seine Größe griffbereit gehabt, eine Perücke, eine Brille, fertig. Er nahm dem Journalisten das Glas ab und brachte es nach hinten.

Verstohlen zückte er sein Smartphone. Sie streamten ihr Pressegespräch live über Biancas Facebook-Account. Damit kanalisierten sie die Reaktionen im Netz auf ihre Plattform, wo sich naturgemäß viele Fans von Bianca aufhielten, die ihren Auftritt überdurchschnittlich positiv sehen würden. So war es. Herzchen und Smileys flogen am unteren Displayrand durch das Bild. Die Kommentare waren fast durchweg positiv und aufmunternd. Feedback und Meinungsmache in Echtzeit. Traumhaft!

Der Plan, den er mit Laura und Storch ausgeheckt hatte, schien aufzugehen. Er trat wieder in die Menschentraube. Ob Katta etwas trinken wolle, fragte er sie, was sie aus ihrer tiefen Konzentration auf Bianca riss. Sie sah ihn perplex an, was er nutzte, um »Läuft!« zu flüstern und sich fleißig anderen Gästen zuzuwenden. Die Arme hinter dem Rücken verschränkt, warf er wenig später vermeintlich einen umsichtigen Kellner-Blick durch den Raum, scannte aber in Wirklichkeit die Gesichter der Journalisten.

Es ist angerichtet, dachte Holm. Kommen wir doch zum entscheidenden Punkt, wir machen die Klimmzüge hier ja nicht zum Vergnügen. Wenige Momente später gelang es ihm, Blickkontakt zu Bianca aufzunehmen und ihr zuzuzwinkern. Ganz Profi führte sie ihren Gedanken zu Ende.

»Das furchtbare Ereignis gestern«, fuhr sie fort, »hat mich wachgerüttelt. Ich kann das gar nicht anders beschreiben. Ich will wieder den absoluten Fokus auf das Kochen legen. Auf solche Orte hier. Ich will mich neu aufstellen.« Kunstpause. »Doch zurück zu wichtigeren Sachen. Ich kann immer noch nicht fassen, dass das in meinem Restaurant passiert ist. Umso mehr ist es mir ein Anliegen, dass der Fall bald aufgeklärt wird. Deshalb unterstützen wir alle die Polizei in jeglicher Hinsicht. Ich kannte die Polizei bisher nur aus dem Fernsehen. Aber die arbeitet wirklich hart an der Lösung des Falls. Vielen Dank!«

Jetzt musste die Nachfrage kommen.

Nichts regte sich.

Jetzt!

Bitte, bitte …

»Was meinten Sie eben mit ›*sich neu aufstellen*‹?«

Bingo! Bianca hatte sich verplappert, würden sie berichten. Keiner würde ihr das übelnehmen. Außer die Granden ihres Noch-Werbepartners Zewi.

»Entschuldigen Sie, ich würde ungern abschweifen, dafür ist der Vorfall viel zu ernst.«

Ein leichtes Raunen ging durch Menge.

Wie cool Bianca auf einmal diesen Auftritt hinlegte. Wahnsinn. Fast beängstigend. Sie konnte ihre Gefühlswelt – und die Wahrheit – auf erstaunlich souveräne Art verbergen. Holm zweifelte keine Sekunde daran, dass sie das viel Energie kostete, doch ihre Nervenstärke beeindruckte ihn.

Bianca nippte an ihrem Wasser. Dabei hielt sie – auffällig unauffällig – Ausschau nach jemandem. Nach ihrer Managerin natürlich, von der sowieso alle dachten, dass sie die Fäden sponn. Katta schüttelte den Kopf ein winziges bisschen.

Mehrere Journalisten waren natürlich Biancas Blick gefolgt und mussten nur noch anbeißen.

Kommt schon, Leute, forderte Holm sie bei sich auf, schießt ins Blaue.

»Wollen Sie eine Auszeit nehmen?«, fragte der Erste, was Bianca einsilbig verneinte.

»Wollen Sie kürzertreten?«, rief die Nächste.

»Das Restaurant aufgeben, bei dem Makel?«, spekulierte ein anderer.

»Oder folgen Sie Sebastian Bras? Einige Spitzenköche wie er haben in jüngster Zeit Sterne zurückgegeben! Wollen Sie sich davon frei machen?«

Bianca hob abwehrend die Hände.

»Stopp. Okay. Es tut mir leid, dass ich diese Andeutung gemacht habe. Ist wirklich nicht mein Tag heute. Aber bevor Sie mit noch mehr Gerüchten hier herausgehen als Sie sowieso schon im Gepäck hatten, sage ich es jetzt eben, auch wenn mir das eine Standpauke meiner Managerin einbringt.«

Die meisten Journalisten lächelten, im sicheren Gefühl, gleich eine News serviert zu bekommen, die sie mit ihren Spürnasen gewittert und aus ihr herausbekommen hatten.

»Also, ich merke schon länger, dass ich mich … auf das Wesentliche konzentrieren muss. Und das findet in solchen Räumen statt. In Restaurants. Hier gehöre ich hin. Mir ist klar geworden, dass ich auch Dinge lassen muss, um Ruhe und Zeit dafür zu haben. Deshalb … haben wir meinem Werbepartner, dem Lebensmittelkonzern Zewi, eben schweren Herzens mitgeteilt, dass ich um Auflösung des Vertrags bitte. Es war eine wundervolle Zeit, ich durfte bei Zewi mit inspirierenden Menschen zusammenarbeiten. Dafür ein großes Dankeschön! Und das mit dem Makel? Wer hat das mit dem Makel gesagt?«

Einer der Journalisten hob die Hand.

»Das ist kein Makel, verstehen Sie?« Bianca wurde auf einmal lauter. »Das ist ein toter Mensch! Ich habe ihn selbst da liegen gesehen.« Sie wurde sehr emotional. Stopp jetzt, hätte Holm ihr am liebsten aus der hintersten Ecke der Küche zugerufen.

»Wissen Sie, hier bei uns soll es den Leuten gut gehen. Sie sollen eine gute Zeit haben. Fein essen. Wie können Sie so pietätlos sein und so einen Vorfall Makel nennen? Wie sollen sich die Angehörigen fühlen, wenn sie das hören?«

Der Reporter wurde bleich und murmelte etwas von Missverständnis.

Schon ging Katta dazwischen. »Das reicht jetzt, glaube ich, vielen Dank und frohes Schaffen«, rief sie den Journalisten zu. Der Fotograf betätigte noch einmal den Dauerauslöser und prüfte seine Bilder direkt im Display, der Kameramann löste seine Sony aus dem Schlitten am Stativ und drehte von der Schulter Biancas Abgang.

Puh! Sie hatte es geschafft. Mit einem Wackler am Ende, aber den würden sie verkraften.

Holm sah auf sein Smartphone. Laura hatte ihm eine Nachricht gesendet, er musste so auf Bianca konzentriert gewesen sein, dass er das Vibrieren nicht bemerkt hatte.

Visite, stand da nur.

Sehr gut! Der Arzt war drin. Sie konnten ihr Versprechen halten.

Solange nicht alle Journalisten den Raum verlassen hatten, zwei sprachen noch mit Katta, räumte Holm pflichtschuldig auf und balancierte die zurückgebliebenen Gläser auf einem Tablett durch den Raum.

Schließlich kam sie zu ihm, steckte ihr Smartphone weg und zog ihn beiseite.

»Mister Zewi hat schon geschrieben. Er ist außer sich, will Bianca der Lüge bezichtigen.«

»Schlechter Verlierer.« Holm konnte sich ein Lächeln nicht verkneifen.

»Aber wenn die an die Presse gehen?«

»Lassen wir sie alt aussehen.«

Katta starrte ihn an.

»Du hast nichts von deiner Kaltblütigkeit verloren, merke ich.«

»Deshalb hast du mich geholt, oder?«

Sie schwieg.

»Also wirf mir bitte nicht etwas vor, das du weidlich ausnutzt!«

Sie konnte ihm nicht in die Augen sehen.

»Ach, jetzt wärmen wir doch noch die alten Geschichten auf? Ich habe damals getan, was ich tun konnte. Dein Bruder hat es übertrieben. Das war nicht kaltblütig. Es gab keine andere Wahl.«

»Die gibt es immer, und das weißt du, Holm!«

Mit diesen Worten ließ sie ihn stehen und eilte aus dem Raum. Sie würde zu Bianca hasten. Dort war ihr Platz.

Und wo ist meiner, fragte sich Holm.

Wo ist nur meiner?

Er sah durch die leere Küche. Sein Blick blieb bei den alten Fotos von Bianca und ihrer Familie hängen.

Familie.

Langsam setzte Holm sich in Bewegung, stellte Kaffeetassen und Teller in den Cateringwagen, wischte danach mit einem Tuch die Stehtische ab, an denen die Journalisten gestanden hatten. Vor einer Ewigkeit hatte er mal gekellnert. Lange vor der PR. Sogar vor dem Journalismus, noch vor dem Mannsein, in seiner Jugend. Er musste über sich selbst lachen. Was machte er hier? Er warf den Lappen in die Spüle, zog seine Gauloises aus der Tasche und knipste das Licht aus.

18.42 Uhr

Franco Belucchi lief wie zufällig an Thomas vorbei und raunte ihm »Kühlraum« zu. Er lief vor, schnappte sich ein Klemmbrett und tat geschäftig. Wenig später kam Thomas.

»Tu auch irgendwas, falls jemand kommt«, wies Franco seinen Freund an.

»Was sagen wir dann?«

»Wir halten hier alles à jour. Damit wir bereit sind, wenn das Restaurant wieder öffnet.«

Thomas nickte. Franco spähte noch einmal hinaus in den Flur, zog dann sein Smartphone aus der hinteren Hosentasche und hielt es seinem Freund hin.

»Schon gesehen? Deine Schwester bekommt gute Presse.« Er schüttelte den Kopf, als könne er es einfach nicht glauben.

»Ich habe nichts anderes erwartet«, urteilte Thomas gelassen, »sie lieben sie halt.«

»Wie mich das mittlerweile ankotzt«, antwortete Franco gereizt.

»Nicht so laut!«

»Regt dich das nicht auf? Ich meine, das Engelchen hat gerade, während quasi noch eine Leiche in ihrem Restaurant liegt, ihren Werbepartner abgesägt, zack – und die sind alle ganz gerührt. Keiner wird stutzig?!«

»Dabei brauchen wir die Kohle.«

»Hast du was mitbekommen, Thomas?«

»Nee, nichts. Musste ja Mutter bewachen, damit die nicht Amok läuft.«

»Also zieht Katta die Fäden – und dein Vater?«

»Mein Vater hat gestern komisches Zeug geredet. Und heute war der auf seinem eigenen Planeten, völlig abwesend.

Ich glaube eher, der PR-Typ hat einen guten Draht zu Bianca im Ausnahmezustand.«

»Was wollten die eigentlich von dir?«

»Haben sich Sorgen gemacht um weitere offene Flanken.«

Thomas grinste Franco an.

»Haben die nach mir gefragt?«

»Auch. Aber vor allem hatten die Melinda im Visier, wahrscheinlich hat Katta denen erzählt, dass Bianca sie einmal in den Senkel gestellt hat.«

»Na dann«, sagte Franco und schürzte die Lippen.

Drei Klopfzeichen ließen Thomas auf sein Smartphone gucken.

»Was gibt es?«

»Hab einen Google-Alarm eingerichtet.«

»Schlau«, lobte Franco.

»Fuck!«, entfuhr es Thomas.

»Was denn?«

»Die Frau des Richters: Sie sagt, ihr Mann habe fast nie getrunken.« Er scrollte hinunter und las vor: »Wenn die Polizei feststellt, dass eine Wechselwirkung des GHB mit Alkohol zum Tod meines Mannes geführt hat, dann fragt sich: Wer konnte damit rechnen, dass er ausgerechnet an diesem Abend gleich mehr als zwei Glas Wein trinkt? Niemand. Ich war dabei. Er hat sich ganz spontan entschieden.«

»Oh Mann!«, stöhnte Franco, »die bringt sich selbst in Deckung.«

»Was will sie sonst damit sagen? Dass der Mord Zufall war?«

»Oder dass ihn nur jemand begangen haben kann, der den Richter genau beobachtet hat. Jemand, der im Raum war und an sein Essen kommen konnte.«

»Das heißt, die Cops werden alles noch mal durchschütteln.« Franco wurde bleich.

»Lass sie doch«, sagte Thomas.

Sie sahen sich an.

»Bleib cool, Franco. Calmo, amico. Calmo.«

Der Souschef nickte, aber er spürte, wie in ihm Unsicherheit aufkeimte.

»Bist du cool, Frankie?«

»Ja.«

»Sag es.«

»Ich bin cool.« Er lächelte Thomas an, bis der ihm einen kurzen, harten Kuss gab und aus dem Kühlraum lief.

19.14 Uhr

In Biancas Appartement herrschte Totenstille. Niemand sprach. Niemand rührte sich. Kein Geräusch. Kein Hüsteln. Nichts. Konrad Veh: ein Schatten seiner selbst. Biancas Mutter schien gar zu vergessen, Holm böse anzusehen. Thomas stand wieder mit gekreuzten Beinen an der Küchenzeile und schaute betroffen. Alle wagten bestenfalls Seitenblicke auf Bianca, die zwischen ihrer Mutter und Katta saß, den Blick auf den Boden geheftet, die Knie zusammengepresst, mit Tränen in den Augen.

Ihr Auftritt hatte sie immense Kraft gekostet, das wusste Holm, das Manöver war hart an der Grenze gewesen, aber von der Performance her einfach grandios. Bianca hatte es selbst gespürt und gestrahlt, als wolle sie den ganzen Landgasthof beleuchten.

Alles für eine Handvoll nichts. Für ein paar lumpige Minuten Entlastung.

Dann kam die nächste Hiobsbotschaft, die Reichelts Frau überbrachte. Wenn es stimmte, dass ihr Mann ausschließlich in seltenen Ausnahmen Alkohol trank, dann war ein Mordanschlag im Restaurant nach menschlichem Ermessen komplett unplanbar.

Dass jemand Reichelt beschattet und die Gelegenheit genutzt hatte, die sich auf einmal bot, erschien selbst Holm hoch riskant und höchst unwahrscheinlich. Viel eher traf es KaDe Reichelt zufällig. Weil das eigentliche Ziel Bianca Veh hieß? Unfassbar.

Hatte Dave bisher lediglich eine gute Zielscheibe abgegeben, was sie genutzt hatten, um Bianca aus dem Fokus der Medien herauszuhalten, rutschte er für Holm ganz nach oben auf der Liste der Verdächtigen, was wiederum Bianca schwer zusetzte.

Holm schob die Augenbrauen zusammen. So ein Mist! Gerade hatten sie die Krise fein säuberlich von Bianca entfernt und den Stecker bei der Werbung gezogen – und dann ein solcher Rückschlag.

Er sah zu dem Arzt, der die Polizeiuniform ordentlich gefaltet abgelegt hatte und sich etwas verzagt im Hintergrund hielt. Holm konnte es ihm nicht verübeln in Anbetracht der Situation.

Hanna Veh nahm Bianca in den Arm, sanft und zärtlich, bevor sie ihr ein Glas Wasser holte. Laura suchte immer wieder Blickkontakt zu ihm. Katta stand auf, schrieb etwas auf dem Smartphone und setzte sich wieder.

Sie hatten noch Glück im Unglück. Wäre das Statement von der Reichelt während Biancas Auftritt gekommen, er hätte nicht erleben wollen, was die Konfrontation mit den entsprechenden Fragen dazu bei Bianca ausgelöst hätte.

Laura räusperte sich.

»Ich weiß, wie schwer das jetzt ist, aber wir sollten die Zeit trotz allem nutzen.« Katta war die Einzige, die zu ihr aufblickte. »Vielleicht sollten wir Bianca etwas Ruhe gönnen, vielleicht gehen Sie, Herr Doktor, einfach mal mit?«

Der Arzt nickte beklommen.

»Schaden kann es doch nicht«, flüsterte Hanna Veh ihrer Tochter zu und geleitete sie ohne Widerrede in den hinteren Teil der Wohnung.

»Frau May, Herr Holm«, setzte Biancas Vater an, »ich glaube, wir ahnen alle, wo die Reise jetzt in den Medien hingeht, aber mein Kopf will nicht mehr. Können Sie uns das auseinanderdröseln?«

Holm stand auf. »Frau May macht das sicher gerne, wenn Sie mich so lange entschuldigen, ich muss einen wichtigen Anruf machen.«

Er wartete keine Antwort ab, dankte in den Raum und verschwand mit einem knappen Nicken aus dem Appartement.

Den Anruf schob er nur vor, er musste raus aus dieser lähmenden Stimmung, um nicht selbst zur Salzsäule zu erstarren. Er ging direkt auf sein Zimmer und duschte kurz heiß und kalt, um der Müdigkeit Herr zu werden.

Er machte den Fernseher an. Promi-Dinner. Na klasse. Er zappte ins Erste. Just als er sich auf dem Bett ausgestreckt hatte, für fünf Minütchen, klopfte es.

Er öffnete im weißen Bademantel, was Laura mit »bin ich ja doch richtig bei Udo Jürgens« kommentierte. Er ließ sie ein.

»Na?«, meinte er müde.

»Du guckst jetzt nicht ernsthaft *Tatort*?«

»Wollte nur einen Powernap machen, fünf Minuten.«

»Kannst ja gleich deine Freundin aus dem Ruhrgebiet einladen, ich besorge auch Knabberzeug.«

»Du meinst Lerch?«

»Yep!«

»Ich dachte, die wäre jetzt deine Freundin, seitdem du sie im Nebenjob coachst.«

»Das war ein Akt der Nächstenliebe. Kommt nicht wieder vor.«

Holm musste lachen und ging ins Bad, um sich anzukleiden.

»Auf jeden Fall dürfte die gute Romy gerade ziemlich beschäftigt sein«, sagte er durch die Tür.

»Genau deswegen müssen wir los. Spar dir die Gurkenmaske.«

Er zog sich zu Ende an und ging zurück in das Zimmer.

»Wie jetzt?«, fragte er.

»Während Biancas Auftritt habe ich die Bestätigung dafür bekommen, dass ein gewisser Omar, Daves bester Kumpel, einem zwielichtigen Typen einen Haufen Geld schuldet. Spielschulden. Über 10.000 Euro.«

»Aha.«

»Dave war gestern ziemlich heftig einen heben, wie seine Kreditkarte Storch verraten hat – und die Anschrift der Bar dazu. Da habe ich angerufen und unter einem Vorwand herausgefunden, dass dieser Omar auch am Start war.«

»Waren die Jungs in Frust- oder Feierlaune?«, wollte Holm wissen.

Laura zuckte mit den Schultern.

»Aber vor zwei Minuten hat Storch spitzgekriegt, dass

Omar über einen Handymast in Wilhelmsburg eingeloggt ist. Er dürfte in seiner Lieblingsspielhölle stecken. Dem könnten wir auf den Zahn fühlen. Falls Dave geplaudert hat.«

»Du meinst, Besoffene und Kinder sagen die Wahrheit?«

»Wenn wir Omar richtig einheizen, singt er vielleicht, verplappert sich, was weiß ich.«

Holm ließ sich den Vorschlag durch den Kopf gehen.

»Hier können wir gerade nicht punkten, Mats. Der Doc beatmet Bianca. Katta kümmert sich um den TV-Sender. Die Eltern müssen verdauen, dass der Bumerang schon wieder auf dem Rückweg ist. Und Thomas, tja, der braucht uns sowieso nicht.«

Holm zögerte.

»Wir machen auf Geldeintreiber, Mats. Schnappen den Typen. Quetschen ihn aus! Das oder *Tatort* gucken.«

Endlich nickte Holm ihr zu. »Sobald wir hier weg können«, rief er und sprang, plötzlich munter, auf. »Hamburg ist immer eine Reise wert.«

20.27 Uhr

Da kommt mir doch der kalte Drei-Sterne-Brei hoch, fluchte Romy Lerch still und schlug mit der flachen Hand auf die Tastatur ihres Laptops an ihrem improvisierten Arbeitsplatz im Bistro der Vehs. Die verstohlenen Blicke der Kollegen gingen ihr am Allerwertesten vorbei. Aber so was von!

Der Polizeidirektor saß ihr im Nacken. Und reichte den Druck von oben – von Ministerium und Staatsanwaltschaft – brühwarm an sie durch. Sie wusste kaum, wo ihr der Kopf stand. Selbst ihren lieben, geduldigen Mann hatte sie vorhin abwürgen müssen.

Scheißtag. Scheißjob. Alles beim Alten.

Warum sollte es ausgerechnet ihr besser gehen als den meisten anderen Menschen?

»Außer der Frau von Richter KaDe Reichelt haben mir inzwischen drei weitere Quellen bestätigt«, referierte KG weitere Details ihrer Ermittlung, »dass der Richter fast nie Alkohol konsumiert hat und wenn, so ergibt sein Trinkverhalten kein berechenbares Muster. Mal hat er ein Glas auf einer großen Feier genommen, mal hat er aus einer Laune heraus unter Freunden getrunken.« Sie blätterte in ihrem Notizblock vor und zurück. »Nichts, worauf ein Mörder hätte setzen können. Die K. o.-Tropfen allein hätten ›zu neunundneunzig Prozent‹ nicht gereicht, um ihn zu töten.«

»Sagt Maglite?« Einige Kollegen im Raum grinsten, weil Lerch den wenig schmeichelhaften Spitznamen der Rechtsmedizinerin Margarethe Jochims benutzte, der darauf zurückging, dass sie, so seriös sie auch arbeitete, wegen ihres massiven Übergewichts bei jeder Tatortbesichtigung einen glühend roten Kopf bekam. Bei so was konnten die Kollegen richtig kreativ werden.

»Yep, das sagt Maggie.«

»Und wenn das eine Prozent zutrifft?«, fragte Lerch lahm.

»Habe ich auch gefragt«, antwortete KG, »darauf hat sie gesagt… Sie würde allein aus ›Gründen der Rechtssicherheit‹ neunundneunzig Prozent sagen. Persönlich würde sie Gift darauf nehmen, dass…«

»Erspar mir wenigstens Maggies schlechten Humor«, bat Lerch entnervt.

»Und da die Haarprobe, die du vorsichtshalber veranlasst hattest, negativ ausgefallen ist, haben wir es Schwarz auf Weiß vor uns.«

»Reichelt hat keine Drogen genommen, er ist und bleibt der schwer seriöse Saubermann.«

»Wusste gar nicht, dass es noch solche Männer gibt«, warf KG ein.

»Heiraten kannst du ihn nicht mehr«, antwortete Lerch ungeduldig, was für einen Lacher im Bistro sorgte. Lerch säte einen strengen Blick und erntete das erwünschte Schweigen.

»Vielmehr«, fuhr Lerch fort, »können wir den Gedanken abhaken, dass jemand vielleicht von einem möglichen Drogenkonsum des Richters wissen könnte.«

»Scheiße«, fluchte KG, womit sie den Stand der Ermittlungen vollumfänglich und wahrheitsgemäß zusammenfasste, ehe sie sich Richtung »Sanitärbereich« aufmachte, was Lerch mit »genauer will ich es gar nicht wissen« quittierte.

Sie ließ sich die neuen Fakten noch einmal durch den Kopf gehen. Zum Teufel, mit was für einem Fall hatte sie es hier zu tun? Ging das Ganze vielleicht doch gegen die erfolgreiche junge Köchin? Hatten sie es mit einer kranken Aktion zu tun, die ihren Ruf schädigen sollte? Was sie selbstverständlich an Dave Pauls denken ließ. Sie fand, dass er heißblütig war, durchaus zu einer Straftat fähig, wie er in der Vergangenheit bewiesen hatte. Aber er war nicht dumm. Oder konnte Liebe so blind machen? Sie durfte sich nicht mehr auf Einbahnstraßen begeben.

Ein junger Kollege in Uniform kam zu ihr an den Tisch.

»Hier will jemand dringend mit Ihnen sprechen«, erklärte er ohne Umschweife.

»*Hier* wohl kaum«, antwortete sie, »oder ich muss zum Augenarzt.«

»Also, draußen, der Mann ist draußen. Bei dem Eingangsportal, links.«

Sie zog die Augenbrauen hoch.

»Ich habe wirklich keine Zeit für die Geschichtenerzähler aus tausendundeiner Nacht.«

»Er sagt, es geht um Franco Belucchi, den Souschef.«

»Aha!«

»Er redet nur mit Ihnen. Er hat Sie im Fernsehen gesehen.«

Einige Kollegen pfiffen, was sie an sich abtropfen ließ.

Sie stützte den Kopf auf.

»Er hat gesagt, er wartet zehn Minuten, dann ist er weg.«

»Jetzt stellt der auch noch Bedingungen.« Sie stöhnte und legte ihren Kopf auf der Tischplatte ab.

»Ihre fünfzehn Minuten Ruhm. Sollten Sie nutzen, Frau Kommissarin.«

Der Uniformierte grinste sie an. Alle in der Nähe, die sich ihre Antwort nicht entgehen lassen wollten, lauschten mucksmäuschenstill.

Mühsam stand sie auf, spürte die kurze Nacht in den Knochen, es wurde wirklich Zeit, dass sie die Beförderung ergatterte und diesem hundsgemeinen Tagesgeschäft entkam.

»Passen Sie auf, dass Ihre fünfzehn Minuten Ruhm nicht der Tatsache geschuldet sind, dass mein Arschtritt Sie berufsunfähig macht.«

Die Kollegen pfiffen und johlten. Wenn sie den Fall genauso so locker löste, wie sie ihre Kollegen unterhielt, würde sie ja zum Abendessen zu Hause sein.

Sie warf sich ihren Sommermantel über und ging – ohne auf KG zu warten – los. »Nun kommen Sie schon mit«, fuhr sie den rot gewordenen Polizisten an, »dann können Sie hautnah dabei sein, wie Sie meine Arbeitszeit vernichten.«

Er hatte Mühe, mit ihr Schritt zu halten.

Sie liefen aus dem Hauptgebäude auf das Portal zu.

»Wo steckt der Stratege?«

»Er hat gesagt, er wartet im Auto«, antwortete ihr Kollege kleinlaut.

Sie brauchte nicht lange zu suchen.

»Oh Gott, nee jetzt, der will mich doch verarschen.« Sie schürzte verächtlich die Lippen.

Da saß allen Ernstes ein Typ in einem gelben Mini. Das Halstuch hatte er bis zur Nase hochgezogen, Sonnenbrille, Baseballkappe.

Als er sie erkannte, winkte er ihr kurz zu.

»Vom Geheimdienst ist der schon mal nicht«, bemerkte Romy Lerch, ging zum Wagen und stieg ein. Ihr Kollege ging auf die Rückbank.

»Unauffälliges Auto«, sagte sie zu dem vermeintlichen Informanten.

»Gehört meiner Freundin«, erwiderte der Typ nervös.

»Der deutsche Staat, die Polizei von Stade und meine weibliche Eitelkeit danken Ihnen dafür, dass Sie meinen fulminanten Fernsehauftritt vertrauenswürdig fanden. Ansonsten habe ich extrem wenig Zeit. Also: Wer sind Sie? Was haben Sie? Und was soll die raffinierte Tarnung?«

Der Typ atmete durch. Sie bemerkte, dass er schwitzte. Das lag zum Teil an den Klamotten, aber – sie wusste nicht, wieso – sie musste an *Angstschweiß* denken. Vielleicht vertrödelte sie ihre Zeit doch nicht mit einem handelsüblichen Quartalsirren, der sich aufspielen wollte.

»Okay, also … Verkleidet bin ich, weil man mich hier kennt.«

Er verlor den Mut.

»Weiter«, sagte sie, jetzt etwas einfühlsamer.

»Mein Name ist… Gerrit Westenberg«, verriet er bedeutungsschwanger und verfiel in Schweigen.

»Ich will Ihnen nicht zu nahe treten, aber sollte mir das etwas sagen?«

Er nestelte an der hinteren Hosentasche, zog einen Ausweis aus seinem Portemonnaie und reichte ihn ihr.

»Kann ja jeder kommen«, sagte er mehr zu sich selbst. Er zog das Halstuch herunter und nahm kurz die Sonnenbrille ab.

Sie glich Foto und schweißüberströmtes Gesicht ab und nickte.

»Ich bin der Produzent von *Die VEHnomenalste Kochshow.*«

Lerch brauchte einen Moment.

»Der Produzent von Bianca Vehs Fernsehsendung!«

»Verstehe«, erwiderte sie leise, das wurde ja doch viel interessanter, als sie angenommen hatte. »Franco Belucchi habe ich da aber noch nie gesehen.«

Westenberg nickte bedächtig.

»Genau das ist es ja«, flüsterte er. Sein Blick ging ins Leere, als versuchte er, seine Gedanken zu ordnen. Sie ließ ihm Zeit.

»Franco ist sehr ehrgeizig. Er will eine eigene Sendung.«

»Was hat das mit meiner Mordermittlung zu tun?«

»Wir haben hinter dem Rücken von Bianca über eine Sendung verhandelt. Eine Nachfolgesendung. Statt Biancas Show.«

Sie sah ihm in die Augen.

»Gucken Sie nicht so, ich bin nicht stolz darauf, aber so läuft das Geschäft. Die Quoten bröckeln, der Pfiff ist raus. Für die hier«, er zeigte Richtung Hof, »ist das nur noch eine weitere Einnahmequelle, aber wenn der Sender mich rauskickt, bin ich am Arsch, verstehen Sie.«

»Hören Sie, Herr Westenberg, Sie müssen sich nicht rechtfertigen.« Sie legte eine Hand auf seinen Unterarm. »Geschäft ist Geschäft. Und man muss den Arsch am Kacken halten, wie man da sagt, wo ich herkomme.«

Mit dem bewusst derben Spruch rang sie ihm ein gequältes Lächeln ab.

»Aber was ist mit Franco?«

»Ich habe ihn heute heimlich getroffen. Er ist sehr ungeduldig. Will endlich aus dem Schatten von Bianca treten. Glaubt, jetzt sei der richtige Zeitpunkt. Ich habe nach dem Treffen schon ein schlechtes Bauchgefühl gekriegt. Und als ich das vorhin mitbekommen hab, dass das wohl kein gezielter Mord war …«

»Haben Sie an Franco gedacht.«

»Ja«, bestätigte Westenberg kaum hörbar.

»Dass er nachhelfen wollte, mit einem Skandal, der die labile Frontfrau endgültig umhaut.«

»So in der Art.«

»Da haben Sie kalte Füße bekommen.«

»Eiskalte, ehrlich gesagt.«

»In so was will man ja auch nicht reingezogen werden.«

Westenberg rieb sich mit dem Halstuch den Schweiß aus dem Gesicht.

»Franco ist ein guter Bursche, wissen Sie. Ich hoffe, ihm sind vor lauter Ehrgeiz nicht die Sicherungen durchgebrannt.« Sie würden doch bloß Fernsehen machen, schob er nach, ein bisschen Unterhaltung.

»Tja«, meinte Lerch, »wir werden sehen«, und machte Anstalten auszusteigen.

»Wenn Sie mich aus der Sache heraushalten könnten«, bat Westenberg.

»Sie haben einen gut bei mir, aber ich kann Ihnen nichts versprechen. Kollege Rückbank kümmert sich um Ihre Aussage und so weiter. Halten Sie sich zur Verfügung für eine Aussage auf dem Revier.«

Sie stieg aus. Der Polizist, der wegen Westenberg zu ihr gekommen war, lief grinsend neben ihr her und legte, als sie wieder außer Sichtweite waren, in aufreizender Manier eine Hand an sein Ohr.

»Wollten Sie mich loben, Frau Kommissarin?«

Ein wachhabender Polizist hielt ihr die Tür auf. »Glück gehabt«, murrte sie, »aber glauben Sie nicht, dass Sie damit von meiner Arschtrittliste sind.«

»Natürlich nicht«, antwortete er gespielt devot.

»Dann ruhen Sie sich nicht auf ihren kleinwüchsigen Lorbeeren aus. Wir hatten Franco doch schon gescannt? Bringen Sie mir die Unterlagen. Und finden Sie heraus, wo der angehende Fernsehkoch steckt.«

20.55 Uhr

Holm jagte den A8 Richtung Hamburg. Laura und er nutzten die Zeit für ein produktives Stillsein. Ihm reichte ein Seitenblick, um zu wissen, dass seine Partnerin über den Fall nachdachte. Er selbst konzentrierte sich auf eine Atemübung, bei der er tief ein- und sehr langsam ausatmete. Das sollte ihn etwas frischer machen, was er dringend gebrauchen konnte, die durchgemachte Nacht verlangte langsam ihren Tribut.

»Hast du deine Handschellen dabei?«, brach er das Schweigen.

Laura zog eine Augenbraue hoch. »Welche hättest du denn gerne?«

»Ich kenne nur die für die Arbeit.«

»Wenn du wüsstest, was du verpasst«, antwortete sie und knuffte ihn in die Schulter.

»Du hast ja noch Jan Theiss«, frotzelte er.

»Meinen Freund und Helfer«, murmelte Laura, »der Herr Kommissar ist gerade etwas schreibfaul.«

»Du vermisst ihn wohl?«

»Sehr witzig! Wie die Sonne die Nacht, würde ich sagen.«

Sein Smartphone vibrierte. Katharina Wiesenbach stand im Display.

Holm nahm den Anruf auf der Freisprechanlage an und sagte: »Du vermisst uns aber schnell.«

»Wo steckt ihr denn?«

»Auf dem Weg zu einem Maskenball«, ließ er Katta wissen, schließlich hatte er sich einen Vollbart angeklebt und Kontaktlinsen eingesetzt, die seine Augen grün aussehen ließen. Laura trug eine Perücke.

»Was?«, entfuhr es Katta. Er merkte, dass sie nicht zum Scherzen aufgelegt war, also entschied er sich nach kurzem Blickkontakt mit Laura, sie auch in diese Aktion einzuweihen.

»Wir geben uns als Inkasso-Leute aus und quetschen einen gewissen Omar aus, Daves besten Freund.«

»Wie bitte?« Katta konnte ihre Stimme kaum beherrschen.

»Dave ist Risikopatient. Wenn er wirklich Dreck am Stecken hat, ist das einerseits positiv für uns. Andererseits könnte Bianca dann ganz abrauschen. Wir haben zwei gute Gründe für diesen Schritt.«

»Arbeitet ihr immer so?«, wollte Katta wissen.

»Wenn es sein muss.«

»Ihr seid wahnsinnig.«

»Der Ausflug könnte dir beim Deal mit der Nationalmannschaft helfen.«

»Du bist ein Drecksack, Mats Holm«, hörte er Katta sagen.

»Sei ehrlich: Ein *realistischer* Drecksack«, antwortete er gut gelaunt.

Sie legte auf, was ihm einen rügenden Blick von Laura einbrachte.

»Wir sollten das nicht auf die leichte Schulter nehmen.«

»Tun wir nicht.«

»Dann park irgendwo«, wies Laura ihn an, »unser Freund müsste in dem Laden da vorne sein.« Laura zeigte auf eine typisch überbeleuchtete Kaschemme von Spielhalle.

Schräg gegenüber fand sich eine schmale Gasse, in der Holm nach dem Parken eine Zigarette rauchte, während Laura den Laden im Auge behielt.

»Du musst mir mal erzählen, warum Katta und du Freunde fürs Leben seid.«

»Hat mit Handschellen zu tun«, erklärte er, deutete in Richtung ihres Gürtels, an dem sie ihre trug, und blies genüsslich Rauch in die Nacht.

»Lerne ich gleich was über deine Vorlieben?«

»Nicht, was Sex angeht.«

»Sieht sie das auch so?«

»Ist eine lange Geschichte ...«

Lauras Smartphone machte *Plingling*. Holm erkannte den

Klingelton wieder. Das musste Theiss sein, der Kommissar, der an ihr hing wie eine Klette.

Laura las schnell und flüsterte: »Mist!«

»Was denn?«

Sie hielt ihm das Gerät hin.

Wenner ist für mich nicht abgeschlossen, stand da. Der Mistkerl stocherte immer noch in ihrem vorigen Fall herum, Wenner Pharma.

»Mal flirtet er, mal droht er«, stellte Holm fest.

»Könnte er was in der Hand haben?«, fragte Laura.

»Nicht antworten«, wies Holm sie an. Laura schaltete ihr Smartphone aus und steckte das Gerät weg.

Holm wollte etwas sagen, doch Laura griff ihm fest in den Arm. »Da ist unser Mann!«

Holm schnippte die Zigarette weg und machte ein paar schnelle Schritte, um zu Laura aufzuschließen. In dem Moment schaute Omar über die Schulter und rannte augenblicklich los.

»Der will abhauen«, rief Holm, da sprintete Laura bereits hinter dem Kerl her. Holm reichte es, ein veritables Joggingtempo aufzunehmen und Laura nicht aus den Augen zu verlieren. Ihr entwischte niemand.

Er sah, wie sie Omar schnell erreichte und in die Beine trat, so dass er sich überschlug und gegen eine Wand krachte. Als Holm bei ihnen ankam, hatte sie Omar schon in eine ruhige Seitenstraße gezerrt und ein schattiges Plätzchen gefunden. Sie legte Daves Freund Handschellen an, ehe sie Holm anblinzelte.

»Seid ihr Bullen, oder was?«, meldete Omar sich zu Wort.

»Schlimmer als das«, antwortete Holm.

Omar stierte ihn an.

»Schuldeneintreiber, hombre«, sagte Holm. »Schöne Grüße von Miguel.«

»Fuck«, stöhnte Omar und versuchte, sich aus Lauras Griff zu befreien. Holm drückte ihn hart gegen die Wand, Laura verdrehte ihm den Arm, trat ihm in die Kniekehle und drückte ihn energisch zu Boden, ihr Knie in seinem Rücken.

»Gebt mir noch ein bisschen Zeit, Leute«, presste Omar hervor, »sagt das Miguel, wir sind alte Freunde, Mann.«

»Er sagt, er scheißt darauf.«

»Ich kenne euch nicht, er hat sonst andere Leute geschickt.«

»Tja, schätze, dieses Mal will er sein Geld wirklich haben«, erklärte Laura ihm und unterstrich ihr Argument mit einem Kniestoß gegen seine Wirbelsäule.

»Fuck«, stöhnte Omar wieder, und die verzweifelte Anspannung wich aus seinem Körper. Laura nickte Holm zu, das war ihr Moment.

»Es sei denn«, Holm dehnte die Worte, »du kannst ihm einen wertvollen Gefallen tun.«

»Wie? Gefallen?« Omar schnappte, ohne nachzudenken, nach dem Köder.

»Er macht sich Sorgen um Dave.«

»Um Dave?«

»Genau, Dave.«

»Was will er von Dave?«, fragte er und sah zu Holm auf, so weit es Lauras Griff zuließ.

Holm hob die Arme.

»Rotlichtgeschäfte, nehme ich an. Wir haben uns vor langer Zeit abgewöhnt, nach dem *Warum* zu fragen. Bringt nur Ärger statt Geld.«

Omar sah ihn lange an. Taxierte seine Chancen, ungeschoren davonzukommen. Abzuhauen. Holm zog ohne Vorwarnung seinen Elektroschocker aus dem Holster am Gürtel. Als Omar das Ding sah, weitete sich sein Blick.

Dann seufzte er. »Wie kann ich euch helfen?«

Holm sah Laura an. Er war kein Freund von Gewalt, aber manchmal half schon die pure Aussicht auf Schmerz weiter.

»Da ist jemandem aber das Hemd viel näher als die Hose!«, sagte Laura mit hohler Stimme und tätschelte grimmig sein Gesicht, als wäre sie enttäuscht, nicht ein paar Foltermethoden anwenden zu dürfen.

»Hat Dave sich in letzter Zeit K.o.-Tropfen besorgt?«, fragte Holm.

»Was?!«

»K.o.-Tropfen?«

»Nein, Mann! Hab ich nichts von mitgekriegt!«

»Wüsste er, wo man es bekommt?«

»Ich weiß, wo und bei wem man solche Sachen bekommt.«

»Du hast ihm aber nichts besorgt?«

»Nein, wie oft denn noch?«

»Schläge auf den Hinterkopf erhöhen das Denkvermögen.«

»Wirklich nicht, Leute, Ehrenwort.«

»Ehrenwort?« Holm lachte hämisch, doch Lauras Blick bestätigte, was er selbst spürte: Der Junge sagte die Wahrheit.

»Und gestern Nacht wart ihr einen heben«, übernahm Laura die Gesprächsführung.

»Dave ging es mies wegen dieser arroganten Schlampe.«

Laura drückte ihr Knie tief in seine Wirbelsäule.

»Seiner Ex?«, hakte sie scheinheilig nach, »Bianca Veh? Bei der einer verreckt ist?«

Omar nickte, so gut das in seiner Position ging.

»Aha.«

»Der war fertig, Mann. Todtraurig, weil er sie nicht zurückkriegt.«

»War er wütend?«

»Ja, schon auch.«

»Wollte er sich an ihr rächen?«

»Was geht das den verfickten Miguel an?«

Holm hielt ihm den Elektroschocker vor die Nase.

»Lass stecken, Alter«, murmelte Omar kleinlaut.

»Wollte er ihr es dieses Mal heimzahlen? Dass sie mit ihm Schluss gemacht hat? Ihn abgewiesen hat? Ihm das Gefühl gab, ein zweitklassiger Typ zu sein, der nicht gut genug für sie war?«

»Ich wünschte es!«, zischte Omar.

»Weiter!«

»Ich wünschte, er hätte sich vor der Bitch nicht so klein gemacht. Immer kleiner. Der hätte seinen Schwanz abgegeben, damit sie einen Tag mit ihr verbringt.«

»Er liebt sie noch immer? Ernsthaft?«, fragte Laura mit steinerner Miene.

Omar grinste jetzt. »Tja, so ist das wohl, wenn du aus der Gosse kommst, und für ein paar Monate gibt die Sterne-Prinzessin dir das Gefühl, du wärst was Besonderes.«

Holm verzog den Mund. Der Schuss ging daneben.

»Deine Schulden sind hiermit getilgt.«

»Echt jetzt?«, fragte Omar ungläubig.

»Es sei denn, du hast uns belogen. Dann kommen wir wieder, prügeln alles aus dir raus und versenken das Wenige, was von dir übrig ist, in der Außenalster.«

»Bleib liegen. Zähl bis hundert. Und verpiss dich dann.«

Omar nickte verschüchtert. Laura stieß ihn an. »Zähl schon! Wir wollen es hören.«

»Eins, zwei, drei …«

Sie ließen ihn liegen und zogen sich zurück. An der Hauptstraße teilten sie sich auf, kamen erst beim Wagen wieder zusammen und fuhren los.

Laura starrte nach vorn, die Lippen und Augenbrauen zusammengekniffen. Sie hatte nicht vor, auch nur ein einziges Wort mit ihm zu reden. Ihre Aggression an Daves Kumpel auszulassen hatte noch nicht gereicht.

Der letzte große Fall lag ihr schwer im Magen. Schwerer, als Holm erwartet hatte. Ohne Laura zu fragen, hatte er am Ende ihre Jobs riskiert, als er brisanteste Informationen weitergegeben hatte – an eine Frau, die er mühsam aus dem Kopf bekam. Eine Frau, die ihn magisch anzog. Eine Frau, von der Laura nie wieder etwas hören wollte.

Wenn er wenigstens zu sich selbst ehrlich sein durfte, war er dankbar für ihr wütendes Schweigen. Sie würde sich schon wieder einkriegen, sobald sie in Jork waren und zu liefern hatten.

Wenig später rief Katta an, die er über die Freisprechanlage gleich informierte, dass ihr Ausflug nicht besonders erfolgreich gewesen war.

Atemlos antwortete Katta: »Ihr wart auf dem Holzweg. Lerch hat Franco mitgenommen!«

»Was?«, rief Holm, Laura setzte sich auf.

»Sie lässt ihn zur Polizeiinspektion in Stade bringen, will ihn da verhören. Und sie hat nicht den Hinterausgang benutzt. Mehr weiß ich auch nicht, es ging alles ziemlich schnell.«

Holm sah in den Spiegel und trat voll auf die Bremsen, wendete den Wagen und fuhr Richtung Stade.

»Wir versuchen, etwas herauszubekommen«, rief er und drückte Katta aus der Leitung.

»Dann gib mal richtig Gas!«, meldete Laura sich murrend zurück.

Er trat das Pedal bis zum Anschlag durch.

22.39 Uhr

Was lief denn hier für ein Streifen? Franco konnte nicht klar denken. Alles ging so schnell. Auf einmal fand er sich in diesem dämlichen Verhörraum wieder, der ihn nervös machte. Er rieb sich seine eisigen Hände. Und dann noch dieser Stuhl. Ihm tat jetzt schon der Hintern weh. Die sollten endlich kommen. Je schneller der Schwachsinn hier vorbei war, desto besser.

In einer hektischen Aktion hatte diese pummelige Kommissarin ihn vor allen abführen lassen, die Sau. Farabutta! Wahrscheinlich bekam die massig Druck von oben, weil sie so gar nicht vorankam. Nehmen wir doch mal wahllos jemanden fest. Besser als gar nichts.

Wieso war er unter Verdacht geraten? Was hatten die in der Hand? Wie kamen sie auf die Idee, dass er etwas mit dem Tod des Richters zu tun hatte?

Ach, die klopfen nur auf den Busch. War wohl kaum Zeit gewesen, ihn zu durchleuchten oder zu observieren. Selbst wenn, was sollten sie bitteschön finden?

Die Tür ging auf. Pummelchen und die Schöne kamen herein und setzten sich ihm gegenüber.

Schweigend musterte die Lerch ihn. Die andere legte einen

dünnen Hefter ab, startete den Audiomitschnitt und sagte ihr Sprüchlein auf: Ort, Zeit, Anwesende und so weiter.

»Sie haben viel Kommunikation mit Thomas Veh«, begann die Lerch die Befragung. Ha! Interessante Eröffnung, dachte Franco.

»Was tut das zur Sache?«

»Die frustrierten Kronprinzen im Doppelpack? Schmieden einen Plan, die Königin zu stürzen.«

»Bullshit!«

»Sagen wir: ein Motiv, das uns nicht fremd ist«, schaltete sich die junge Kommissarin ein.

»Und was schreiben wir da so Böses, dass Sie mich so behandeln?«

»Das kriegen wir heraus.«

»Wird nur etwas dauern, wenn Sie uns nicht unterstützen. Bis wir einen richterlichen Beschluss haben und Zugriff. Ihr Name wird durch die Presse geistern …«

»Drohen Sie mir?«

»Wie kommen Sie denn darauf?«, fragte sie scheinheilig, die falsche Schlange.

»Ich habe nichts zu verbergen«, behauptete Franco grimmig.

Lerch warf ihrer Kollegin einen Seitenblick zu. Staffelübergabe. Die Schöne lächelte ihn an. Sie hatte ein bezauberndes Lächeln, das konnte er nicht leugnen.

»Sind Sie zufrieden mit Ihrem Job?«

»Besser als Ihrer, würde ich sagen.«

Sie lächelte kurz. »Mal ernsthaft?«

Er atmete durch.

»Das Restaurant ist erfolgreich. Ich darf mich in der Küche austoben. Alles gut.«

»Es ist bestimmt nicht immer leicht, die zweite Geige zu spielen.«

»Alles gut«, wiederholte er schmallippig.

Was sah die Lerch ihn denn so an? »Bei Ihnen ist also alles tutti, was?«

Er lachte abschätzig auf und machte eine wegwerfende Handbewegung.

»Wie finden Sie die *VEHnomenalste Kochshow*?«, fragte die junge Kommissarin unvermittelt. Ein Lächeln suchte er nun vergeblich in ihrem Gesicht.

»Ich sehe das ja gerne«, bemerkte Pummelino im Plauderton.

»Was wollen Sie eigentlich von mir? Was soll das hier?« Er spürte, wie sein Blut zu kochen begann. Wie die Wut in ihm aufstieg.

Lerch lehnte sich über den Tisch.

»Wie lief Ihr Date heute mit Gerrit Westenberg?«

Er erstarrte. Kein Blinzeln. Kein Herzschlag. Seine Mundwinkel zuckten ein winziges Mal.

Er sprang auf.

»Setzen Sie sich hin!« Sie hatte ihm nichts zu befehlen. Verdammt! Die durchkreuzten seinen Plan. Ihren gemeinsamen Plan!

Er explodierte. Verlor die Beherrschung. Trat einen Stuhl um.

Die junge Kommissarin sprang auf und legte eine Hand auf ihre Knarre am Bund.

Die alte Hexe blieb ungerührt sitzen.

»Ja, ich habe ihn getroffen. Ja, ich habe mich in Stellung gebracht. Was kann ich dafür, wenn Bianca nicht mehr klarkommt mit allem? Soll ich mit ihr untergehen?«

»Sie reden sich um Kopf und Kragen, Herr Belucchi.«

Zwei Uniformierte kamen herein. Nahmen ihn an den Armen. Er wehrte sich kurz, bis er sich der Übermacht fügte und sich von den Typen wieder auf seinen Stuhl pflanzen ließ.

»Die haben mich Doppelschichten kloppen lassen. Die tollen Vehs. Immer schön Bianca den Rücken freihalten. Sich vom Vater reinreden lassen, der kann nicht mal 'ne Bockwurst unfallfrei kochen.« Er biss sich auf die Zunge. Stopp jetzt! Halt den Mund!

»Sie gieren danach, die Ehre und Aufmerksamkeit zu bekommen, die Ihnen – in Ihren Augen – zusteht.« Lerch sprach ruhig, überlegen, als wäre sie etwas Besseres.

»Könnte man ein Motiv nennen«, sagte im selben Ton die Junge.

»Vielleicht sollten wir Thomas Veh befragen?«

»Mal sehen, wer der Härtere von den beiden ist.«

»Einen knackt man immer.«

»Pah«, machte Franco. Ihm schwirrte der Kopf. Er spürte sein Herz pumpen. Seine Finger konnte er nicht mehr stillhalten. Er zog die Nase hoch, obwohl er keinen Schnupfen hatte. Wünschte sich, ziellos in seinem Alfa durch die Gegend zu fahren und laut Musik zu hören.

»Wir können auf jeden Fall feststellen, dass Sie Motiv und Möglichkeit hatten.«

»Wie, Möglichkeit?«, hörte er sich fragen.

»Sie waren doch in der Küche!«

Er fing an zu lachen. Er konnte nicht anders. Er lachte laut.

»Sie haben ja wirklich gar keine Ahnung. Ist das alles? Hohle Verdächtigungen?«

»Wollen Sie leugnen, freien Zugang zur Küche gehabt zu haben?«

»Wie stellen Sie sich das vor? Dass ich einem Koch Gift auf seine Teller träufele?«

Die Kommissarinnen verfielen in Schweigen.

»Sie kennen uns Köche nicht! Wir lassen uns nicht einfach in die Töpfe spucken. Schon gar nicht in einer Sterneküche!«

»Kommen die Gerichte nicht zum Pass?«

»Oh, eine echte Expertin! Und vor Bianca, den ein- und ausgehenden Kellnern und weiß Gott wem hole ich mein Giftfläschchen heraus? Vielleicht habe ich auch einen Ring, in dem das Zeug versteckt ist.« Er riss seine Hände hoch und inspizierte theatralisch seine Finger. »Oh, ich trage ja nie Ringe. So ein Pech!«

Sie sahen ihn verunsichert an.

»Haben Sie bei mir Gift gefunden? Schnappen Sie sich mein Laptop. Da habe ich bestimmt was im Darknet bestellt.« Er grinste höhnisch.

»Wir haben …«

»Eine Küchencrew ist eine Einheit«, schnitt Franco der Kommissarin das Wort ab, »wenn ich eine falsche Bewegung mache, merken das mindestens zwei andere, da kann man nicht einfach irgendwas auf eine Beilage streuen.«

»Die soziale Kontrolle unter Köchen ist jetzt ihr Alibi?«

»Fragen Sie doch einfach alle anderen. Sie brauchen doch Beweise, oder?«

»Sie hätten vorher auch Zeit gehabt.«

»Da kam die Sonderlieferung Fisch. Die habe ich angenommen, verfrachtet, vorbereitet. Dazu meine Mise. Das Anstoßen auf die Köchin des Jahres. Wann noch mal, sagen Ihre tollen Ermittlungen, soll ich das gemacht haben? Und wie? Den Teller vorher einpinseln, oder was?«

Die hübsche junge Kommissarin senkte den Blick. Lerch starrte ihn undurchdringlich an.

»Muss ich Geld für einen Anwalt ausgeben, damit Sie mich gehen lassen? Oder war noch was?«

Lerch schluckte, machte schließlich eine Geste, als würde sie am Ende eines erschöpfenden Tages eine lästige Fliege fortwedeln. Sie murmelte etwas von prüfen. Festen Schrittes verschwand die junge Kommissarin aus dem Raum. Dann führten ihn die Uniformierten nach draußen. Franco sah über die Schulter zurück. Lerch saß da. Ihre Mundwinkel zuckten, als würde sie die Aussagen abschmecken, die er ihr serviert hatte.

Buon appetito, du Miststück!

22.52 Uhr

»Wie kommen Sie hier rein?«, rief Romy Lerch völlig entgeistert.

Sie zog Holm in einen freien Verhörraum.

»Ich glaube, es gab ein Missverständnis, und ich wurde für den Anwalt von Franco gehalten. Und dann habe ich die Toilette nicht gefunden.«

»Sparen Sie sich das verschmitzte Lächeln!«

Sie musterte ihn eindringlich.

»Das ist also ihr natürlicher Lebensraum«, versuchte er, sie ein wenig aus der Reserve zu locken.

»Ich habe mich über sie erkundigt, Holm.«

»Das nehme ich als Kompliment.«

»Sie haben nicht mal eine Website.«

»Bin halt old school.« Holm lächelte unschuldig.

»Oder tatsächlich so smart, wie Sie tun.«

»Mir schmeichelt, dass ich imstande bin, ihre Konzentration vom Fall abzulenken – aber hegen Sie wirklich einen Verdacht gegen Franco?«

»Er wurde lediglich als Zeuge befragt.«

»Im Präsidium?«

»Ich war halt gerade hier«, entgegnete sie mit wenig Überzeugung in der Stimme.

»Kommen Sie, Frau Lerch!«

»Ich wollte ihn etwas einschüchtern, ja und?«

Holm legte den Kopf schief.

»Ach, Mann, Holm! Ich weiß nicht, ob Sie mich mehr mit Ihrer Hartnäckigkeit oder Ihrem Charme nerven!«

Holm wusste auf einmal nicht weiter. Er senkte den Blick und hörte sich sagen: »Ich bitte Sie aufrichtig, Frau Lerch.«

»So aufrichtig Sie können, meinen Sie?«

»Könnten wir professionell bleiben«, bat Holm leise.

»Hören Sie auf damit. Ich gebe Ihnen eine einzige Information, als Gegenleistung für ihren Tipp bezüglich Dave. Und dann verschwinden Sie hier.«

»Ja, danke.« Ein Tipp war besser als keiner.

»Sparen Sie sich den Dank. Ich stehe einfach nicht gern in der Schuld von Leuten wie Ihnen.«

Er hielt inne und senkte seine Hände, die er beschwichtigend gehoben hatte. Er schuldete ihr nichts. Eine Hand wusch die andere. Nicht mehr und nicht weniger.

»Also«, sagte Lerch und legte die Hände ineinander, »Franco hat mit einem TV-Produzenten wegen einer Koch-Sendung verhandelt.«

»Aha?«, machte Holm.

»Es ist der Produzent von Bianca Veh.«

Holm zählte zwei und zwei zusammen. »Was kein Zufall sein dürfte«, schloss er und zog die Mundwinkel herunter.

»Aber ein Motiv.«

Das konnte Holm verstehen. Was bedeutete das nun für Bianca, überlegte er stumm nickend.

»Und … was machen Sie jetzt mit ihm, Frau Lerch?«

»Ich habe gesagt, Sie bekommen eine Information frei Haus.«

Sie griff nach seinem Arm, erstaunlich fest, und sagte: »Jetzt werde ich Sie persönlich nach draußen eskortieren!«

»Wenn es ohne Handschellen ginge, wäre ich dankbar.« Holms Arm fühlte sich an, als stecke er in einem Schraubstock.

Sie ließ ihn tatsächlich erst vor dem Gebäude wieder los.

»Danke für die Andenken«, sagte Holm vorwurfsvoll und rieb sich den Arm.

»Och, einen blauen Fleck werden Sie schon überleben.«

Mit diesen Worten ließ sie ihn stehen.

Er musste eine rauchen. Und denken. Er zog die Gauloises hervor. Doch weder schmeckte die Zigarette noch sprang sein Gehirn an. Die wieder einsetzende Müdigkeit senkte die Rechenleistung auf ein Minimum. Er warf die Kippe fort und lief zum Auto. Laura stieg gespannt aus und kam auf ihn zu.

»Dachte schon, sie hätte dich gleich dabehalten …«

Na, immerhin hatte Laura ihre Fassung wiedererlangt und hielt es nicht länger für nötig, ihn zu ignorieren.

Er erzählte ihr im geparkten Wagen, was Sache war, als Katta anrief. Er stellte auf laut und fasste noch einmal knapper zusammen, was er aus Lerch herausgequetscht hatte.

»Dieser Verräter!«, rief Katta, »den schnappe ich mir und mache ihn zur Minna, den kleinen Hurensohn!«

»Ruhig Blut!«, meinte Holm erschöpft.

»Der untergräbt meine Arbeit, das lasse ich mir nicht bieten!«

»Es geht jetzt um Bianca«, sagte Laura eindringlich und schob leise nach, »nicht um Eitelkeiten.«

»Sobald die Geschichte mit dem TV-Produzenten durchsickert, trifft das Bianca richtig hart«, meinte Holm besorgt.

»Ihr könnt sagen, was ihr wollt, ich bin für Vorwärtsverteidigung«, erklärte Katta.

»Dein Horrorszenario«, wisperte Laura verstohlen Holm zu, doch Katta bekam es mit.

»Welches Horrorszenario?«, fragte sie alarmiert.

Holm sah Laura vorwurfsvoll an, denn ihm blieb nichts anderes übrig, als Katta in das mieseste Szenario einzuweihen, das sie entwickelt hatten.

Zu Katta sagte er: »Biancas Image zerbröselt in unseren Händen, obwohl sie nichts mit dem Tod zu tun hat, weil ungute Dinge zusammenkommen, das Umfeld überreagiert und sie aus dem Gleichgewicht gerät.«

»Das heißt, um Bianca nicht endgültig zu destabilisieren, dürfen wir die Fernsehsendung unter keinen Umständen verlieren!«, schloss Katta.

»Wir werden das Gegenteil tun«, erwiderte Holm nüchtern und rieb sich die müden Augen.

»Hä?«, machte Katta.

»Wir lassen uns einen Termin beim Sender geben! Gleich morgen früh.«

»Uns?«

»Ich komme mit. Als dein neuer Partner.«

»Du verkleidest dich wohl gerne?«

»Wenn es sein muss.«

»Aha! Und wie willst du sie überzeugen? Der Produzent würde doch nie so weit gehen, wenn er nicht einen Wink aus dem Sender hätte!«

»Ich werde sie überhaupt nicht überzeugen.«

Laura nickte ihm zu. Sie hatte verstanden, was er vorhatte. Sie waren eben auf einer Wellenlänge. Das gab ihm ein wärmendes Gefühl von Zusammenhalt, das seiner Müdigkeit – und Einsamkeit – entgegenwirkte.

An Katta gewandt, erklärte er kurz angebunden: »Ich werde die Bosse im Sender korrumpieren.«

»Mit deinem Wimpernaufschlag?«, meinte Katta bissig.

Sie wurde nicht klug aus dem, was er sagte. Er machte keinen Hehl daraus, dass ihm das für den Moment gefiel.

»Lass dich überraschen, Katta.«

4.26 Uhr

Der Mann am Boden hatte eine Ladung Schrot abbekommen. Dafür brauchten weder Romy Lerch noch KG ein rechtsmedizinisches Gutachten. Brust und rechte Schulter waren zerfetzt. Eine Gesichtshälfte hatte die körnige Munition durchsiebt und Teile des Schädels sowie des Gehirns an die Wand geklatscht.

»Was für eine Sauerei«, flüsterte KG.

»Wenn du willst, kannst du kurz rausgehen«, meinte Lerch scheinheilig.

»Nein, nein, geht schon«, erklärte Gomes. Schade, dachte Lerch, fast hätte ich sie in die Weichei-Falle gelockt.

»Und er ist wirklich der Lieferant der Vehs?«

Lerch fragte sicherheitshalber nach, weil sie es immer noch nicht fassen konnte, dass gut vierundzwanzig Stunden nach Richter Reichelt nun auch dieser Bernd Scheller tot war.

»Absolut. Er und Konrad Veh kannten sich seit Jahrzehnten. Alte Freunde. Scheller war der Hauptlieferant, die Kollegen haben in seinem Arbeitszimmer«, sie zeigte nach oben, »auch ganz aktuelle Unterlagen gefunden und entsprechende Kontobewegungen.«

»Haben wir ihn schon gecheckt?«

»Nur Basics. Scheint ein erfolgreicher Geschäftsmann zu sein, der seine Steuern zahlt und sich dummerweise für die Jagd interessiert.« KG wies zu seinem Waffenschrank.

»So viel steht bei den Vehs gar nicht auf der Karte, wie ich kotzen könnte«, fluchte Lerch, während sie sich umsah.

»Moin moin«, rief eine heisere Frauenstimme in den Raum, die Lerch, ohne sich umzusehen, als die der Rechtsmedizinerin erkannte. Kaugummi kauend kam Maggie Maglite auf sie zu. Sie trug, wie gewohnt, ihre weiten schwarzen Walle-Klamotten. Sie kann ja meinetwegen so fett sein, wie sie will, dachte Lerch, aber diese Kaugummis!

Wie auch immer, Lerch schätzte ihre Kompetenz, und um nichts anderes ging es hier am Ende.

»Hallo, Maggie.« Sie gab ihr die Hand und nickte zur Leiche hinüber.

Die forensische Pathologin gab auch KG die Hand, sah aber schon zur Leiche, auf die sie dann ein paar Schritte zuging.

»Schrot? Was für eine Sauerei.«

KG sah Lerch entgeistert an. Ja, Schätzchen, dachte Lerch, so reden die echten, ganz und gar ungeilen Menschen.

Maggie machte eine Blase und ließ sie platzen.

KG zog nur eine Augenbraue hoch.

»Kommen wir zur Sache«, forderte Lerch. »Dem Streuwinkel nach stand der Täter ein ganzes Stück weit weg, nehme ich an?«

Maggie gelang es, ihre Handschuhe aufzublasen, ohne das Kaugummi hineinzuspucken, den hilflosen Polizeifotografen schob sie einfach weg. Sie machte sich nicht einmal die Mühe, Blickkontakt zu ihm aufzunehmen. Sie hatte nur Augen für den Toten.

Sie kniete sich hin. Ihre Augen huschten über den Leichnam. Eine Hand legte sie mütterlich an seine Wange. »War ein attraktiver Mann.«

Lerch rollte mit den Augen.

»Für sein Alter, meine ich.«

»Schussabstand?«, wollte Lerch mit gepresster Stimme wissen.

»Ja, da liegen Sie richtig, Frau Kommissarin, je nach Waffe schätze ich mal so fünf bis sechs Meter.«

»Die Tatwaffe fehlt«, warf KG ein.

Maggie lehnte sich über sein Gesicht und besah sich die Eintrittswunden.

»Ziemlich gerader Eintritt, soweit man das bei Schrot ad hoc sagen kann«, dozierte Maggie. »Eher von unten. Kleinere Person. Oder die Flinte wurde sehr wahrscheinlich nicht an der Schulter gehalten, sondern mehr seitlich, unter der Achsel, mit beiden Armen.« Sie zeigte ihnen, wie.

Das hielt Lerch für plausibel. »Ich sehe keine Schleifspuren, und er liegt in einer großen Blutlache«, legte sie nach. »Wurde er an Ort und Stelle erschossen?«

»Ziemlich sicher.«

»Ziemlich?«

»Wenn er woanders erschossen wurde, hat man ihn sehr schnell hierher gebracht und abgelegt, ausgeblutet ist er auf jeden Fall hier. Der ist ein echter Brocken, 95 Kilo oder so, da braucht man fast zwei Leute dafür. Und was hätten Täter davon, sich so lange am Tatort aufzuhalten?«

»Könnte also nicht schaden, wenn die Spusi genauer hinschaut.«

»Sicher ist sicher, aber ich würde erst mal davon ausgehen, dass es ihn hier erwischt hat. Einbrecher vielleicht, die er überrascht hat?«

»Bis jetzt haben wir keinerlei Anhaltspunkt dafür.«

»Also hat er den Täter reingelassen?«

»Scheint so. Oder der hatte einen Schlüssel.«

»Familie?«

»Ein Sohn, der hier ab und an wohnt.«

»Familie«, meinte Maggie beiläufig. »Nur Ärger, und wenn du sie brauchst, ist sie nicht da.«

Sie bemerkte Lerchs Blick.

»Kommen Sie schon, Frau Kommissarin, als ob ich Unrecht hätte!«

Nach Bestätigung suchend, sah sie KG an, doch die hatte sich bereits abgewandt.

»Wir gehen auf jeden Fall von einem Zusammenhang mit dem Giftmord gestern im Landgasthof Veh aus. Herr Scheller war Lieferant.« Maggie schnaufte, was man nur mit gutem Willen als Antwort deuten durfte.

Lerch stellte sich an die Füße der Leiche. Maggie beschrieb mit ihren Händen den Korridor, aus dem der Schuss gekommen sein könnte. Lerch machte fünf große Schritte in die Richtung und drehte sich um.

Der Waffenschrank, an dem sich der Täter höchstwahrscheinlich bedient hatte, stand einige Meter entfernt. Der Täter musste also die Waffe herausgenommen und eine Weile in Händen geführt haben. Er drohte, sie stritten, Scheller wollte zur Tür. Peng!

»Ein Scharfschütze war das übrigens nicht«, sagte Maggie, was Lerch aus ihren Gedanken riss. Die Rechtsmedizinerin stand an der Wand, dort, wo das Schrot eingetreten war.

»Ich habe mal ungefähr den Schusskreis abgesteckt, den das Schrot bildet.«

»Und?«

»Der Mittelpunkt wäre dann die rechte Schulter, auch wenn das Schrot deutlich Richtung Brust gestreut hat.«

Lerch dachte nach.

»Üblicherweise wird ja eher auf Brust, Kopf oder Unterleib gezielt.«

»Welcher Profi würde auch eine gottverdammte Schrotflinte nehmen.«

»Eine Tat im Affekt?«

Maggie zuckte mit den Schultern.

»Aber ein Amateur, der unter Stress abdrückt, hätte vielleicht vor lauter Schreck die Schrotflinte fallen lassen und wäre davongelaufen, oder?«, fragte sich KG laut.

»Hängt vom IQ ab«, meinte Maggie.

»Die Tatwaffe ist weder im Haus noch – nach erster Durchsuchung – in der Nähe.«

»Würde mich nicht wundern, wenn die Spurensicherung hier Hinweise findet.«

»Dann hätten wir wohl am ehesten einen tendenziell unerfahrenen oder sehr aufgewühlten, sicher aber nervösen Täter, der zugleich nicht auffliegen will und schlau genug ist, die Waffe zu verstecken«, murmelte Lerch.

Zwei Morde in einem Umfeld innerhalb von vierundzwanzig Stunden.

An Zufall würde nicht mal ihre sechsjährige Nichte denken, die noch fest an Weihnachtsmann und Osterhase glaubte.

Gab es eine Verbindung zwischen den beiden Morden?

Lerch zog ihr Smartphone hervor und entsperrte den Bildschirm.

»Weißt du, wie viel Uhr es ist?«, fragte KG, die an ihre Seite trat.

Lerch zuckte mit den Schultern und tippte eine Nummer an, die sie heute schon einmal gewählt hatte. Nach dem zweiten Klingeln hob jemand ab.

»Frau Kommissarin? Hier ist Reichelt«, sagte die Frau des Richters, ihre Stimme klang belegt, aber nicht verschlafen.

»Ja, ich bin es, Romy Lerch. Entschuldigen Sie die Uhrzeit.«

»Haben Sie etwas?«

»Leider nur eine Frage. Kannte ihr Mann einen Bernd Scheller aus Jork?«

In der Leitung wurde es einen Augenblick lang ruhig.

»Nein, den Namen habe ich noch nie gehört.«

»Würden Sie ihn kennen, wenn er häufiger mit Herrn Scheller zu tun gehabt hätte?«

»Ich denke schon«, erwiderte Frau Reichelt.

»Gut, das war es schon.«

»Darf ich fragen, warum Sie das um diese Zeit wissen wollen?«

»Das darf ich Ihnen nicht sagen, aber Sie sind eine kluge Frau.«

»Ich weiß es zu schätzen, dass Sie rund um die Uhr an dem Fall arbeiten«, beendete Reichelts Witwe tonlos das Gespräch und legte auf.

»Also bleibt der Dreh- und Angelpunkt Bianca Veh«, dachte KG laut, »der Gasthof und ihre Familie.«

»Was mir am meisten Kopfzerbrechen macht, ist, wie unterschiedlich die Morde sind. Ein stiller Giftmord – und dann die laute Schrotflinte. Passt das zu ein und demselben Täter, der in dem Fall sehr vielseitig und ausgebufft sein müsste?«

»Giftmord gilt als die weibliche Methode zu töten, die dicke schwere Schrotflinte eher als eine männliche«, meinte KG.

»Vielleicht haben wir es mit zwei Tätern zu tun?!«

»Womöglich eine Familienfehde?«, nahm KG den Faden auf, »Veh gegen Scheller? Mord eins ist Aktion, Mord zwei Reaktion. Wenn man sich so lange kennt, wird es schon einen Anlass geben.«

»Oder es gibt doch nur einen Täter, der einen geplanten Mord begeht und – wahrscheinlich unter Druck – einen spontanen zweiten.«

»Mit zwei sehr unterschiedlichen Motiven.«

»Und dem Hauptziel, uns zu entkommen«, schloss Lerch.

Sie war hundemüde und beschloss, als Nächstes auf die Spurensicherung zu setzen. KG sagte zu, sich sofort um Verstärkung zu kümmern, und lief aus Schellers Haus. Tja, dachte Lerch, die ihr hinterhersah: Sie hat ihren Spitznamen wirklich nicht umsonst.

Lerch sah auf die Uhr und schrieb eine SMS an den besten Profiler im Landeskriminalamt, den sie kannte. Er würde ihr am frühen Morgen sicher weiterhelfen, sobald er die Nachricht las.

Sie sparte sich die Heimfahrt. Lieber ließ sie sich im Landgasthof ein Zimmer geben und machte morgen ganz früh weiter.

Was für eine Scheiße, dachte sie, während einsetzender Sommerregen auf ihre Windschutzscheibe prasselte. Was zum Teufel ging hier vor? Unter den neuen Umständen passte Dave Pauls ebenso wenig ins Bild wie Franco Belucchi. Oder übersah sie etwas?

Wie sie den Fall während der kurzen Fahrt auch drehte und wendete, er ergab überhaupt keinen Sinn.

TAG DREI

4.43 Uhr

Holm fand keine Ruhe. Liv raubte ihm den Schlaf. Unaufhaltsam waberten die Gedanken durch seinen müden Kopf. Der kommissarische Eifer seiner Tochter löste etwas in ihm aus, das sich schwer greifen ließ. Nichts Gutes auf jeden Fall. Er hätte diese flüchtigen, gespenstischen Gedanken gar nicht in Worte fassen können. Misstrauen keimte in ihm auf, bis er mit einem entnervten Stöhnen die Decke beiseiteschob und sich auf die Kante des Hotelbetts hievte. Sein Zimmer war pechschwarz. Er knipste die Nachttischlampe an, gab seinen Augen einen Moment und stand wie gerädert auf. Am liebsten hätte er sich sofort eine Zigarette angezündet, aber das Unwesen tugendhafter Nichtraucherzimmer hatte auch das Hotel der Vehs in einen Ort braver Moral verwandelt.

Außerdem musste er diese Gedanken klarkriegen – oder wenigstens den Kopf frei. Er zog sich an und verließ das Zimmer. Die Nachtbeleuchtung schimmerte müde über den Flur. Er nahm die Treppen, nickte einem Nachtportier zu, der seinen Gruß mit tapferer Reglosigkeit erwiderte. Zigarette und Feuerzeug hatte Holm parat, noch ehe er das Hotel verließ.

Um nicht irgendwelchen übereifrigen Journalisten oder Paparazzi in die Arme zu laufen, schlug er den rückseitig gelegenen Weg ein, der zu einem Waldstück führte. Er genoss den ersten Zug im Gehen und ließ die Zigarettenspitze lange aufglühen.

Die Nacht war wacher als er. Das sanfte Geraschel und

leise Getrappel im Wald lenkte ihn eine Weile ab. Seine Schritte wurden langsamer, die Zigarette kürzer.

Was sollte er tun? Liv die allerletzte Wahrheit gestehen, die er ihr neulich verschwiegen hatte? Aber warum – ohne Not? Er konnte sich nicht vorstellen, dass sie etwas herausbekommen würde.

Und was, wenn er vorgab, sie zu unterstützen? Wenn er sich an die Spitze der Bewegung setzte und die Sache in die richtigen Bahnen lenkte? Dorthin, wo es nicht so sehr wehtat.

Vermutlich, dachte er, griff er ihr längst unter die Arme; anders jedoch, als er sich das vorstellte. Sicher nutzte sie für ihr Vorhaben jenes Geld, das er monatlich überwies, selbstverständlich nicht für diese Art von Studien … Sonst würde sie sich den Detektiv überhaupt nicht leisten können.

Bäume, Schatten und nachtaktive Tiere huschten an ihm vorbei. Er beobachtete sich. Wie er bitter lächelte. Das Leben war manchmal ein ironisches Biest. Er hatte ein guter Vater sein wollen, als er für Liv den Dauerauftrag einrichtete, frei von Hintergedanken oder Erwartungen. Nun nutzte sie genau dieses Geld, um ihm zu beweisen, dass er der schlimmste Vater von allen war.

Die Zigarette schmeckte nicht mehr. Er warf sie auf den Boden und trat sie fein säuberlich aus.

Am besten ließ er Liv machen. Sie musste selbst an den Punkt kommen, an dem sie den Spuk stoppte.

Er überließ sich der Dunkelheit, dem Wäldchen und seinen schwirrenden Gedanken, die nun zu Bianca drängten.

Diese junge Frau machte etwas Ungutes mit ihm.

Oder war es nur zu gut …?

Plötzlich bemerkte er zwischen Ästen und Gehölz Licht. Blaulicht! Keine Sirenen.

Sein Instinkt schlug an. Schlagartig verflogen seine Grübeleien. Er beschleunigte seine Schritte. Nach zwanzig Metern konnte er mehr erkennen: Beim Anblick des Polizeiwagens vor dem Hof zog sich sein Magen zusammen. Er befand sich Luftlinie vielleicht einen knappen Kilometer von den Vehs entfernt. Wer wohnte da vorne? Konnte das irgendwas mit seinem Fall zu tun haben? Oder anders gefragt: Wie konnte es *nichts* mit seinem Fall zu tun haben?

Dann sah er sie. Sie kam mit einer anderen Frau aus dem Haus, gestikulierte, gab Anweisungen. Romy Lerch. Seine Füße trugen ihn ungefragt näher. Hatte sie einen Hinweis gefunden in Sachen KaDe Reichelt? Hoffnung keimte in ihm auf. Vielleicht brachte das weitere Entlastung für Bianca Veh!

Er merkte gar nicht, dass er das Flatterband erreicht hatte. Ein Polizist kam auf ihn zu und forderte ihn mit fester Stimme auf weiterzugehen.

»Ich arbeite mit Kommissarin Lerch«, brachte Holm irritiert hervor.

Der Polizist blickte über die Schulter und rief: »Frau Kommissarin!« Er deutete mit dem Kopf auf den ungebetenen Gast. Als Lerch ihn erkannte, blitzte es in ihren Augen auf. Sie riss den Arm hoch und streckte die Handfläche entgegen.

»Hier warten«, wies der Polizist ihn misstrauisch an.

Lerch wandte sich ihren Kollegen zu und besprach sich ohne Eile weiter.

»Was ist denn los?«, fragte Holm.

»Wenn es nach mir geht, können Sie das morgen die Pressestelle fragen«, raunte der Polizist ihn feindselig an.

»Ich bin kein Journalist«, erklärte Holm leise. Sein Gegenüber machte einen abschätzigen Laut und wandte ihm den Rücken zu.

Endlich löste Lerch sich von ihren Kollegen, schlug die Arme um sich und kam gemessenen Schrittes auf ihn zu.

»Schon okay«, sagte sie zu dem Polizisten, der Holm mit einem letzten bösen Blick bedachte und abzog.

»Da haben Sie sich gleich wieder beliebt gemacht, was«, sprach sie Holm mit ernster Miene an.

»Er hält mich für einen Journalisten.«

»Haben Sie sich für das Kompliment bedankt?«

Er zog eine Grimasse.

»Kleine Nachtwanderung, Herr Holm?«

»Konnte nicht schlafen.«

»Wer kann das schon«, antwortete sie erschöpft.

Holm bot ihr eine Zigarette an. Zögernd nahm sie eine. Er gab erst ihr Feuer, dann sich.

»Frau Lerch, was zum Teufel ist los?«

»Fragen Sie morgen bei der Pressestelle nach.«

»Ach, kommen Sie schon. Ich verkaufe die Story auch nicht an die *Bild*.«

Sie schwieg eisern.

»Dann frage ich mal anders«, unternahm Holm einen zweiten Anlauf, »hat es etwas mit dem Mord an Richter Reichelt zu tun?«

Langsam blies sie den Rauch in den Nachthimmel.

Da nahm Holm am Rande eine Bewegung wahr, die seine Aufmerksamkeit auf sich zog. Zwei Männer trugen einen Sarg in das Haus. Erst jetzt bemerkte er hinter dem Polizeiwagen ein langgezogenes dunkles Fahrzeug.

»Oh mein Gott!«, entfuhr es Holm. »Noch ein Toter?«

Die Kommissarin starrte durch ihn hindurch.

»Kommen Sie, Frau Lerch, Sie mögen mich nicht, okay, aber es geht um die Existenz einer jungen talentierten Frau, die sich mit jeder Stunde, die vergeht, mehr in ihre Einzelteile auflöst.«

Lerch ließ rauchend den Blick in die Ferne schweifen.

»Kein bisschen Frauensolidarität?«, schob Holm nach und traute sich ein Lächeln.

Lerch stöhnte.

»Ein Mann wurde ermordet. Bernhard Scheller. Sagt der Ihnen was?«

Holm dachte kurz nach. »Nie gehört.«

»Dummerweise war er Lieferant der Vehs.«

Holm zog die frische Nachtluft durch die Zähne ein.

»Und langjähriger Freund des Vaters.«

Er ließ die Luft wieder aus den Lungen strömen.

»Und wie?«

»Kann ich Ihnen aus ermittlungstaktischen Gründen nicht sagen.«

Holm beließ es dabei.

»Gottverdammt, was läuft hier?«

Sie musterte ihn herablassend, als sei er naiv oder völlig übergeschnappt.

»Eines kann ich Ihnen noch frei Haus verraten: Ich werde den Gourmet-Tempel da drüben zerlegen. Das schwöre ich Ihnen! Frauensolidarität hin oder her!«

Holm schluckte. Das durfte er nicht so stehenlassen. Was konnte er sagen? »Sie kündigen einseitige Ermittlungen an?«

»Ha!«, rief Lerch und verdrehte die Augen.

»Ich warne Sie, Frau Kommissarin, wenn Sie so da rangehen, befeuere ich die Medien, vom Jorker Käseblatt bis zur *Tagesschau*.«

Sie machte eine wegwerfende Geste und ging davon.

»Hauen Sie ab, oder ich lasse Sie in Gewahrsam nehmen«, rief sie über die Schulter.

Er fluchte ihr still hinterher und wartete gar nicht erst ab, bis der Polizist sich samt maliziösem Grinsen vor ihm aufbaute.

Er trat den Rückzug an und ging zügig zurück zu dem Wald. Dort zückte er sein Smartphone und rief Storch an.

»Wo brennt's?«, stöhnte sein Freund nach dem dritten Klingeln in den Hörer.

»Ich brauche dich hier.«

»So schlimm?«

»Und ich brauche einen Scan. Sehr sensibel.«

»Jetzt?«

»Bis Schulbeginn.«

»Von wem?«

»Romy Lerch.«

»Wem?«

»Hauptkommissarin Romy Lerch.«

»Eine Polizistin?«, rief Storch, plötzlich hellwach, »Scheiße, Holm!«

»Mordkommission.«

Scheiße, dachte er, würde ich das übrigens nicht nennen, sondern eine Vorsichtsmaßnahme.

Für schlechte Zeiten.

Wenn die nicht schon längst angebrochen waren.

Würde er allen Ernstes eine Kommissarin über die Medien attackieren, um die Haut seiner Mandantin zu retten?

Er steckte das Smartphone weg, umschloss fest die Sanduhr in seiner Hosentasche und lief zurück zum Landgasthof Veh. Laura hatte genug Schönheitsschlaf gehabt.

5.41 Uhr

Südafrika! Die Küche und die Weine dort elektrisierten Bianca Veh. Sie blätterte in dem kulinarischen Reiseführer vor und zurück. Ja, Südafrika würde dabei sein. Sie warf das Buch auf ihr Bett und klatschte freudig in die Hände.

Wo waren die Käsepicker? Sie blickte versonnen über die wilde Landschaft, die sie in den vergangenen Stunden produziert hatte. Zeit spielte keine Rolle.

Diverse Reiseführer lagen verstreut auf dem Boden, manche noch aufgeschlagen, andere mit bunten Post-its versehen. Untergemengt waren Klamotten von ihr; nachdem sie aufgewacht war, hatte sie sich nicht entscheiden können, was sie mitten in der Nacht anziehen sollte. Ihr war ohnehin zu warm, so dass sie sich schließlich für Pants und T-Shirt entschieden hatte. Eine Schere, Klebezettel und andere Utensilien hatte sie wahllos um die Bücher drapiert. Ausdrucke von Rezepten sowie Informationen zu Früchten und Kräutern aus aller Herren Länder vervollständigten das Chaos. Dagegen wirkte der Flickenteppich aus gesammelten Zeitungsartikeln, ausgerissenen Buchseiten und ersten Notizen zu spontanen Eingebungen in einer Ecke des Raums regelrecht ordentlich.

Auf Zehenspitzen bewegte Bianca sich durch ihr Zimmer, bis sie die Box mit den Käsepickern unter ihrer Pyjamahose und einem Kochbuch für Gourmet-Hamburger entdeckte.

Sie nahm einen Käsepicker heraus und stellte sich vor die Weltkarte, die sie an die Wand gehängt hatte. Mit dem Finger fuhr sie über den afrikanischen Kontinent und platzierte schwungvoll den Picker auf dem roten Punkt neben dem Schriftzug *Johannesburg*.

Wunderbar! Biancas Herz schlug höher.

Indonesien und China. Usbekistan. Spanien und Portugal in Europa. Elfenbeinküste, Namibia und Südafrika.

Sie schnappte sich ihr Smartphone, ignorierte die Uhrzeit und schrieb ihrem Bruder: *Danke für die Bücher, du bist ein Schatz!*

Er hatte sie für Bianca im Netz per Expresslieferung bestellt.

In einige davon hatte sie noch gar nicht hineinschauen können, sie stapelten sich auf ihrem Nachttisch. Doch sie spürte jetzt schon, wie die vielen Eindrücke sie inspirierten und ihre Kreativität anstachelten. Weder wollte noch konnte sie sich dagegen wehren. Die Ideen entsprangen einer Quelle tief in ihr, von wo aus sie an die Oberfläche sprudelten. Sie liebte die Magie dieser Momente: Für Bianca waren sie die eigentliche Kunst am Kochen.

Sie wollte noch einmal lernen. Nicht bei Monsieur Pierre oder anderen Küchengöttern. Sie wollte reisen. Wie beim ersten Mal. Das waren die schönsten Monate in ihrem Leben gewesen. Mitten in dieser Krise wurde ihr das klar.

Sie musste hier raus. Raus aus der Tretmühle. Aus dem Trübsinn.

Sie war von Erfolg zu Erfolg geeilt. Weiter, immer weiter, leidenschaftlich, begeistert – besessen. Nach dem ersten Stern kam der zweite. Was sonst? Sie erinnerte sich nur zu gut daran, wie albern sie die Frage des Reporters gefunden hatte, als sie sie ohne jedes Nachdenken beantwortet hatte. Zweifel von Kollegen, mit denen sie zusammenkam, hatte sie als deren Schwäche angesehen. Als mangelnde Gier, fehlenden Hunger auf Erfolg. Schlicht als einen Wettbewerbsvorteil für sie. Ein französischer Star-Koch, den sie verehrte, hatte

Michelin vor einer Weile gebeten, ihm seine drei Sterne abzunehmen. Zu groß seien die Bürde und der Druck. Bianca erinnerte sich genau daran, was sie gedacht hatte: Der hatte es nicht mehr nötig, sein Name brauchte keine Sterne, er glänzte für sich. So einen Schritt konnte man sich erst leisten, wenn man im Olymp angekommen war.

Seit ihrer kurzen Auszeit war sie sich nicht mehr sicher, ob sie richtiggelegen hatte.

Wie lange konnte ihre nächste Weltreise dauern? So lang wie in ihren Lehr- und Wanderjahren würde es sicher nicht gehen, aber ein paar Monate? Dann konnte sie in jedem Land wenigstens einige Wochen verbringen.

Haute cuisine around the world. Das durfte nicht zum bloßen Motto verkommen. Zu einem PR-Gag. Sie musste das mit Leben füllen. Mit ihrem Leben.

Unterwegs zu sein würde ihr helfen, diese unerträglichen Tage zu vergessen. Und Dave. Sie wollte innere Ruhe finden. Ihr Gleichgewicht. Seelenfrieden.

Am zweiten Buch zu schreiben würde ihr dabei helfen. Katta müsste den Verlag etwas vertrösten, was die Abgabefrist anging. Das würde ihre Managerin mit links schaffen, keine Frage. Kam ihr Buch eben ein Jahr später ins Weihnachtsgeschäft.

Dieser Plan gab ihr – so müde sie sich auf einmal auch fühlte – Hoffnung.

Lächelnd drehte sie inmitten des Chaos eine alberne schwerelose Pirouette, als es zaghaft klopfte.

Bianca sah auf die Uhr und zog die Augenbrauen zusammen. Dennoch ging sie zur Tür. Wieder klopfte es dezent.

»Wer ist da?«, fragte Bianca leise.

»Ich bin's, Katta!«

Ohne zu zögern, ließ Bianca ihre Managerin ein.

»Hab ich dich geweckt?«, wollte Katta mit einem verlegenen Lächeln wissen.

Bianca schüttelte den Kopf und zog – einem Impuls folgend – ihre verdutzte Managerin ins Schlafzimmer.

»Komm schnell, ich muss dir was zeigen.«

Auf der Türschwelle erstarrte Katta.

»Toll, oder?«

Kattas Reaktion fiel nicht gerade überschwänglich aus. Sie hörte auf, das Smartphone zwischen den Fingern rotieren zu lassen. Bianca nahm sie in den Arm, ganz fest. Sie brauchte einen Moment, um Kattas ausweichenden, beunruhigten Blick einzufangen.

»Ich brauche das, okay?«, flüsterte sie.

Katta scannte sie, traurig und mitfühlend.

»Das da«, Bianca zeigte hinter sich, »wird ein noch besseres Buch werden als das erste«!

Sie kannte Katta gut genug, um zu merken, dass sie nicht richtig bei ihr war.

Endlich räusperte sich ihre Managerin.

»Bernhard Scheller ist tot.«

Bianca erstarrte.

»Ermordet. Auf seinem eigenen Hof drüben.«

»Onkel Bernhard?«

Biancas Augen füllten sich mit Tränen.

»Wie?«

»Das wissen wir noch nicht.«

In dem Moment, in dem Bianca die Kraft verließ, übernahm Katta die Umarmung.

»Verstehst du?« Katta schaute ihr fest in die Augen.

Bianca konnte diesem Blick nicht standhalten.

Sie flüsterte nur: »Der Alptraum geht weiter.«

Als sie zu schluchzen begann, zog Katta sie ganz an sich.

»Der Alptraum kommt erst noch«, hörte sie ihre Managerin sagen. Sie löste sich aus Kattas Armen und sah sie ängstlich an.

Ihre Managerin machte ein paar Schritte in den Raum.

»Hat dir jemand bei dem Kunstwerk geholfen?«

»Nein, das ist mein Hirngespinst.«

»Die Bücher?«

»Hat Thomas besorgt.«

»Und hat er sie auch vorbeigebracht?«

»Ja, hat er.«

»Und er ist sofort wieder gegangen?«

»Sag mal, checkst du gerade mein Alibi?«

Katta lächelte ertappt.

»Nein, wie kommst du denn darauf?«

Endlich steckte sie ihr Smartphone in die Hosentasche, um es gleich wieder herauszuholen. Wut stieg in Bianca auf.

»Und was hast du heute Nacht gemacht?« Sie wurde laut. »War Holm vielleicht bei dir?«

Katta schüttelte unmerklich den Kopf.

»Von wann bis wann?«

»Bianca«, antwortete sie, so gefasst wie möglich, »das fällt alles auf dich zurück. Die Polizei wird danach fragen. Ich wollte nur ...«

Bianca hielt inne. Katta hatte ja Recht. Aber wie sie gefragt hatte, dass schmeckte ihr gar nicht. Das mussten sie später ausräumen. Jetzt war der Profi gefragt, das leuchtete ihr ein.

»Ich habe hier meine Hirngespinste ausgelebt.« Sie zeigte auf die Wand hinter ihrem Rücken. »Ganz allein. Okay?«

»Ja, okay.«

Sie verfielen in Schweigen.

»Was passiert jetzt?«, fragte Bianca.

Katta dachte lange nach. »Holm kriegt jede Menge Arbeit«, erwiderte sie schließlich.

»Ja«, stimmte Bianca tonlos zu.

»Hatte dein Vater Probleme mit Bernhard?«

»Wegen der Lieferungen?«

»Zum Beispiel.«

»Nicht, dass ich wüsste. Mir ist nichts aufgefallen.«

Katta schüttelte langsam den Kopf.

Auf einmal drängte sich eine Erinnerung in Biancas Bewusstsein. Sie hatte einen bösen Seitenblick auf Scheller wahrgenommen, der jetzt vor ihrem geistigen Auge auftauchte.

Nur nicht durchdrehen!

Sie schob das Bild beiseite.

»Wir sollten einen Familienrat abhalten.«

Bianca nickte, während die Erinnerung neuerlich an die Oberfläche kam.

Hör auf mit dem Quatsch!

»Ich würde Holm und Laura gerne dazuholen. Wir haben keine Zeit zu verlieren.«

»Natürlich«, sagte Bianca.

Sie stand auf und tapste zu der Wand, an der ihre Reiseplanungen hingen.

»Tut mir leid«, flüsterte Katta.

»Mir auch«, antwortete Bianca, streckte den Arm aus und riss die Weltkarte mit einem Ruck von der Wand, die Picker flogen durch den Raum. Bianca zerriss die Karte in winzige Stücke. Sie weinte dabei – um Onkel Bernhard und um ihre Pläne.

Da drängte er sich schon wieder auf, dieser Seitenblick auf Onkel Bernhard, den sie – warum auch immer – abgespeichert hatte. Alle Tränen der Welt konnten die Klarheit dieser Momentaufnahme nicht trüben, die Erinnerung nicht auswaschen. Sie wusste nicht, was sie denken sollte. Sie verspürte nur noch den Wunsch, sich aufs Bett zu legen, auf die Seite. Wie ein kleines Päckchen lag sie da, eingerollt, die Arme um die Beine geschlungen.

Doch, er hatte Scheller für den Bruchteil einer Sekunde bitterböse angesehen, schon vor einer Weile war das gewesen, vor ihrer Auszeit. Das war keine Fantasie oder Spinnerei. Das wusste sie ganz sicher.

Sie hatte den bösen Blick ihres Bruders Thomas gesehen.

Und nun war Onkel Bernhard tot. Ihr Lieferant. Der beste Freund ihres Vaters. Bernhard Scheller.

Sie hatte Thomas nie gefragt, warum er ihn so angesehen hatte. Allein die Vorstellung raubte ihr den Atem.

7.39 Uhr

Holm sah Laura an, dass es ihr genauso ging wie ihm: Sie verplemperten ihre Zeit. Viel Zeit. Der Familienrat der Vehs fühlte sich für Holm an wie eine Ganzkörperlähmung. Niemand regte sich, niemand sprach. Er spürte fast Dankbarkeit, wenn jemand wenigstens mal die Nase hochzog.

Die gedruckte Presse, die den Stand von gestern ausgiebig durchdeklinierte, war schlimm genug. Die nächste Welle würde sich zu einem Tsunami auftürmen.

Konrad Vehs starrer Blick war irgendwo ganz weit weg. Holm konnte nicht sagen, ob in der Vergangenheit oder in der Zukunft. Vehs Frau verbarg die meiste Zeit ihre verweinten Augen hinter den Handflächen. Bei Biancas Bruder Thomas konnte man das Gefühl haben, allein die Hülle dieses Menschen hielte sich in diesem Raum auf. Katta hatte ein, zwei Anläufe genommen, über die Dinge zu sprechen. Seitdem hüllte auch sie sich in ratloses Schweigen. Und Bianca, die zwischen Katta und ihrer Mutter auf dem Sofa saß, verschanzte sich hinter hochgezogenen Knien und einer tief in die Stirn gezogenen Baseballkappe eines Sponsors.

Laura hüstelte. Sie wollte einen weiteren Versuch unternehmen. Er zwinkerte ihr zu, Hut ab vor ihrer Beharrlichkeit. Er selbst würde bald die Sanduhr in seiner Hosentasche zerbrechen, wenn hier nicht endlich was voranging.

»Ich verstehe, wie schwer diese Stunden für Sie alle sind«, setzte seine Partnerin an, »aber wir sind noch handlungsfähig. Sind Sie damit einverstanden, dass wir eine Doppelstrategie fahren? Offiziell kooperieren wir weiter in vollem Umfang mit der Polizei, aber über Bande sorgen wir für Kritik an den einseitigen Ermittlungen, das ganze Programm. Was meinen Sie?«

Niemand antwortete.

»Wissen Sie, die da draußen warten nicht. Jeder Reporter will wissen, was der zweite Mord mit dem ersten zu tun hat. Wenn wir den Spekulationen freien Lauf lassen, wird Sie das ruinieren.«

Als hätte Laura keine konkrete Frage gestellt, schnitt Katta ein völlig anderes Thema an. »Wir sollten Biancas Facebook-Auftritt stumm schalten. Die Timeline läuft über. Vielleicht sagen wir so was wie: Aufgrund der aktuellen Ereignisse fühle ich mich außerstande, mich hier zu äußern. Das nimmt mich alles sehr mit.«

»Wir sollten jetzt keine Kommunikationskanäle dichtmachen«, schaltete Holm sich ein.

»Gute Idee, Katta!«, schnitt Bianca ihm das Wort ab, »lass uns das machen.«

Keiner bewegte sich.

Holm klatschte unvermittelt in die Hände.

»Mir reicht es jetzt! Ich will die gottverdammte Wahrheit wissen. Was Sie hier veranstalten, wird Bianca die Karriere kosten, ihre Existenz vernichten und ihre Familie zerstören. Wollen Sie das? Herr Veh?«

»Haben Sie einen Feind?«, riet Laura.

»Wir brauchen die Wahrheit nur, um Ihnen zu helfen. Darauf können Sie sich verlassen, Bianca.«

Sie sah nicht einmal zu ihm auf, was ihn rasend machte.

»Wozu brauchen Sie uns dann überhaupt noch?«, schrie er in die Runde.

Keine Reaktion.

In Richtung Laura erklärte er: »Ich denke, es ist besser, wir reisen ab«, und wandte sich der Tür zu.

»Bitte, bleiben Sie.« Die schwache Stimme, die sich erhob, gehörte Biancas Mutter. Ausgerechnet sie, die Laura und Holm die ganze Zeit angefeindet hatte, grätschte in diesem Augenblick dazwischen?

»Geben Sie uns etwas Zeit. Uns allen. Bitte!«

Zum ersten Mal entdeckte er in ihren Augen etwas Zerbrechliches, Sensibles.

»Vielleicht fahrt ihr erst mal zum Sender«, schlug Laura leise vor, »wenn der abspringt, können wir eh einpacken.«

Holm warf einen letzten ernüchterten Blick in die Runde und winkte Laura aus dem Raum.

»Sprich bitte mit Werner. Wir brauchen Experten, die bereit sind, die einseitige Ermittlung zu kritisieren.«

»Sie haben kein Go gegeben.«

»Ich werte Schweigen als Zustimmung.«

»Na dann … Welche Medien?«

»Welche, die schnell schießen und große Verbreitung haben.«

Laura nickte. »Ich kümmere mich um … das hier.«

Katta trat aus dem Raum, als Laura sich bereits mit gezücktem Smartphone von ihnen abwandte.

Holm und Katta fuhren schweigend Richtung Hamburg. Der Termin bei Biancas Fernsehsender kam alles andere als gelegen, ließ sich aber auf keinen Fall aufschieben, da hatte Laura vollkommen Recht. Holm überprüfte im Rückspiegel seine dunkelblonde Perücke und die Hornbrille. Das musste reichen.

Sein Smartphone meldete einen Anruf von Laura.

»Gibt es was Neues?«, meldete Holm sich über die Freisprechanlage.

»Unser alter Freund hat den Turbo angeschmissen und mit einem Anruf einen ersten Kritiker der Polizeiarbeit gewonnen.«

Dass sie Werners Namen nicht nannte, ließ Holm aufhorchen. Traute sie Katta nicht?

»Gut«, sagte Holm, »dann alles wie besprochen.«

»Bin schon dabei, den Mann in Stellung zu bringen. Und viel Glück gleich!«, wünschte Laura.

»Dir auch«, erwiderte Holm und drückte sie aus der Leitung.

»Glück werden wir wohl brauchen«, sagte Katta beiläufig, »und zwar jede Menge davon.«

Holm hatte ihr seinen Plan – bis auf ein paar Anweisungen– nicht verraten. Dass sie das wurmte, konnte er förmlich mit Händen greifen.

»Sag schon, was du vorhast, Holm.«

Er schwieg.

»Du willst mich doch nicht ernsthaft blind in dieses Gespräch laufen lassen?«

»Es gibt Situationen, die darf man nicht proben.«

Aus dem Augenwinkel registrierte er, wie sie sich aufsetzte.

»So wie bei meinem Bruder, ja?«

Schon bei ihrem allerersten Anruf hatte er gewusst, dass sie die Aussprache in der Sache suchen würde. Aber das hier war der denkbar schlechteste Moment. Bloß keine Nebenkriegsschauplätze.

Nein, Holm, widersprach eine innere Stimme. Es würde *immer* der schlechteste Moment für die Geschichte sein. Also räumen wir es ab. Er seufzte innerlich.

Holm hatte Katta vor Jahren am Tresen kennengelernt. Sie jobbte als Barkeeperin und machte den besten Moscow Mule, den er je getrunken hatte. Das hatte er ihr auch gesagt. So waren sie ins Gespräch gekommen. Nach diversen Abenden und zahllosen Mules hatte sie ihn um Hilfe gebeten. Den Mann, der wusste, wie man Menschen aus heiklen Situationen herausboxte. Ihr Bruder steckte in Schwierigkeiten, hatte mit Drogen gehandelt, sich auf die falschen Leute eingelassen. Sein »Eigenbedarf« war an der Grenze des Beherrschbaren angekommen. Er wollte aussteigen, wusste nur nicht, wie. Holm hatte ihm dringend empfohlen, sich einen Anwalt zu nehmen. Kein Geld, hatte der Bursche behauptet. Und das teure Motorrad?, hatte Holm nachgehakt. Daraufhin hatte er sich den billigsten Winkeladvokaten gesucht, den er auftreiben konnte.

»Dein Bruder hat sich nicht an das gehalten, was ich ihm gesagt habe.«

»Du hast ihn in die Höhle des Löwen geschickt!«

»Es hätte gelingen können, wenn er die nötige ... Disziplin gehabt hätte.«

Holm hatte ihm vorgeschlagen, zur Polizei zu gehen. Straffreiheit gegen Information. Kattas Bruder wusste viel. Die Polizei würde zugreifen, wenn ein Handlanger das mittlere Management ans Messer lieferte. Das war auch Lauras Einschätzung gewesen. Kattas Bruder musste nur souverän auftreten, die Geschichte geschickt auf den Tisch legen und auspacken. Holm hatte nächtelang mit ihm geübt.

»Ja, natürlich, Herr Master of Desaster. Aber diejenigen, die nicht so gute Nerven wie Mats Holm haben, sind Vollversager!«

»Das habe ich nicht gesagt.«

Kattas Bruder waren im Verhörraum die Sicherungen durchgebrannt. Er hatte sich in Widersprüche verstrickt, die ihn schlecht aussehen ließen, hatte mehr gestanden als nötig, dann versucht, seine Aussage abzubrechen, und war schließlich brutal auf die Beamten losgegangen. Sein Anwalt hatte das Ganze in Schockstarre begleitet. Die Drogenfahnder behielten Kattas Bruder gleich da. Kein Deal. Kein Entgegenkommen. Zwei Jahre ohne Bewährung.

»Er hat dir vertraut, Holm! Vertrauen – kommt das in deinem Wortschatz überhaupt vor?«

Er bog von der Autobahn ab.

»Ich wollte sein Bestes, Katta.«

»Ach, er war dir doch egal. Du hattest keine Lust, weiter in die Sache hineingezogen zu werden.«

»Das stimmt. Ich habe es für dich getan.«

»Weil du mich endlich ins Bett kriegen wolltest!«

»Vielleicht. Wahrscheinlich.«

»Du gibst es auch noch zu, du Hund!« Sie schüttelte ungläubig den Kopf, die Fäuste im Schoß.

»Ach, komm schon.«

»Du hast sein Leben ruiniert, du Mistkerl!«

»Entschuldige, das mit dem Drogenhandel hat er wunderbar alleine hinbekommen.«

Kattas geballte Fäuste schimmerten blutlos und blass.

»Ich weiß gar nicht, was du hier suchst, Holm«, presste sie wutschäumend hervor.

Der Pförtner ließ sie auf den Parkplatz des Senders. Holm parkte, stoppte den Motor und blieb sitzen.

»Willst du mich noch an Bord haben?«

Katta sah lange aus dem Fenster, auf ihre Fäuste und wieder aus dem Fenster.

»Du könntest es mir einfacher machen«, wisperte sie.

Holm zögerte einen Moment, dann legte er ihr behutsam eine Hand auf die Schulter.

»Katta, du hast mich zu einer Schlacht gerufen, nicht zum Cocktailschlürfen an der Binnenalster.«

Sie biss sich auf die Lippen. Seine Hand schüttelte sie nicht ab.

»Ich kann gerade nicht netter sein. Du hast einen Kämpfer bestellt. Einen Krieger. Und ich kämpfe mit allem, was ich habe. Auf meine Art. Okay?«

Stille.

»Und ich habe damals wirklich gedacht, dass dein Bruder es hinbekommt. Sonst hätte ich ihn niemals dorthin geschickt.«

Er hatte nur Augen für ihre Fäuste.

Nichts tat sich.

»Das war ein Fehler. Ja. Ich habe es falsch eingeschätzt.«

Er übersah ihren winzigen Seitenblick nicht.

»Ich bin nicht stolz darauf, aber das kann passieren. Und nimm es mir nicht übel: Deinen Bruder hätten sie wahrscheinlich auch so drangekriegt. Er war schon über die rote Linie.«

Ihre Finger regten sich. Er löste seine Hand von ihrer Schulter und legte sie auf ihre Hände.

Sie zögerte, nahm schließlich seine Hand zwischen ihre. Er sah, wie sie mit den Tränen rang, ein Kampf, den sie schließlich verlor.

»Verdammt!«, rief sie und lachte verschüchtert, »so können wir wohl kaum zu Frau Bourguignon gehen.«

Holm lächelte, drückte sie an sich, so gut das von Autositz zu Autositz ging, gab ihr einen zarten Kuss auf die Wange und stieg aus dem Wagen.

Das hatte früher oder später sein müssen, keine Frage. Er meinte jedes Wort genau so, wie er es sagte. Die Sache hatte es nicht verdient, als Parkplatzgeplänkel erledigt zu werden. Für Bedauern blieb keine Zeit, die nächste Aufgabe wartete bereits. Hoffentlich würde sein Plan aufgehen und das Gespräch mit der Senderchefin gutgehen. Hoffentlich riss Katta sich zusammen.

8.02 Uhr

»Ist das alles?«, herrschte Kommissarin Lerch – mit auf dem Rücken verschränkten Händen – Katia Gomes an.

Die nickte nur müde und machte auf dem Absatz kehrt.

Ja, verzieh dich nur, KG!, fluchte Lerch ihr still hinterher.

Romy Lerch würde ihre Laune auf einer Skala von eins bis zehn bei minus neun einordnen. Noch eine schlechte Nachricht und sie platzte. Und das würde sich nicht anhören wie ein bunter Geburtstagsballon, sondern eher wie der Urknall. Galgenhumor half nichts, das wusste Romy Lerch. Schaden konnte er aber auch nicht.

Wie Gomes ihr soeben berichtet hatte, liefen die Ermittlungen gegen Franco ins Leere. Seine Version hatte sich bestätigt. Nachbefragungen und eine Ortsbegehung ließen keinen anderen Schluss zu. Ein Giftfläschchen war auch nicht in seiner Wohnung aufgetaucht.

Das Brummen ihres Smartphones quittierte Lerch mit übellaunigem Augenrollen. Na, ob das wohl eine schlechte Nachricht war oder eine schlechte Nachricht?

Hab Ihnen Mann und Maus geschickt. Ticktack.

Oh, ein galanter Liebesbrief ihres Chefs, PD Kramer. Das verstand er also unter »vollumfänglicher Unterstützung«, die er ihr am Morgen zugesichert hatte.

Ticktack. Der Penner! Was dachte er denn, was sie hier tat. Jorker Obstwiesen besichtigen?

Allerdings, sie spürte ein hämisches Grinsen in ihrem Gesicht, hatte es auch etwas für sich, wenn der Herr Polizeidirektor so sehr auf heißen Kohlen saß, dass sich langsam die ersten Brandblasen am Allerwertesten bildeten. Hoffentlich waren die dritten Grades!

Endlich sah Lerch zwei große Polizeibusse auf den schmalen Zubringer einbiegen, der zum Hof des zweiten Mordopfers führte. Sie passierten die Sperre, die sie hatte einrichten lassen, um die Pressefuzzis vom Tatort auf dem Scheller-Hof fernzuhalten. Und von ihr selbst.

Plötzlich spürte sie den starken Drang, eine zu rauchen. Sie wusste, dass sie keine Zigaretten bei sich trug, klopfte aber dennoch ihre Taschen ab. Sie hätte die Zigaretten dieses elenden Mats Holm beschlagnahmen sollen.

KG nahm die Fußtruppen mit einer Höflichkeit in Empfang, die Lerch nervte. Den Blick auf den knackigen Hintern in der überengen Anzughose gab es wie immer gratis. Es fehlte nicht viel, dass jeder noch ein Röschen gereicht bekommen hätte. Sie schien die Einzige zu sein, der es reichte, für ihren Job bezahlt zu werden und fertig.

Als alle bereitstanden, ergriff Lerch schnörkellos das Wort.

»Wir suchen eine Schrotflinte. Ähnlich diesem Modell.«

Ein Kollege reichte ihr eine Waffe. Sie hielt die Flinte über den Kopf.

»Kann auch in Einzelteile zerlegt und versteckt worden sein.«

Sie hielt die Waffe in alle Richtungen, ehe sie sie ihrem Mitarbeiter zurückgab.

»Die direkte Umgebung des Hauses haben wir schon abgesucht. Sie alle sind hier, weil wir uns dieses Waldstück vornehmen wollen.« Sie zeigte lässig über die Schulter.

»Sollen wir nicht gleich bei den Vehs suchen?«, rief einer munter.

»Falls mich noch nicht alle kennen: Ich mag keine Angeber, und ich mag keine Schwätzer. Ich mag saubere, sorgfältige Polizeiarbeit, die gerichtsfeste Fakten bringt, aus denen wir am Ende unsere Schlüsse ziehen.«

»'tschuldigung«, murmelte der Kollege kleinlaut. Sie würdigte ihn keines Blickes.

»Wer auch immer das war, die Person könnte über gute Ortskenntnis verfügen. Insofern schauen Sie doppelt und dreifach hin! Hier steht keiner mit der Stoppuhr, klar!«

Sie sah viele nickende Köpfe. So langsam kam die Truppe auf Kurs.

»Es könnte sich um eine Mordwaffe handeln. Also, wenn sie sie finden: Foto ist okay, anfassen nicht.«

Dass sie das jedes Mal dazusagen musste, auch wenn sie es als Witz verpackte… Doch sie hatte ihre Erfahrungen. Und eine Lehre ihres Berufslebens lautete: Was schiefgehen kann, geht gerne auch mal schief.

Das Lachen der Kollegen ebbte ab.

»Kommissarin Gomes hier hat die Einteilung und einen Haufen Karten, damit Sie sich nicht verlaufen. Viel Glück und Waidmannsheil.«

Lerch überließ KG die Details sowie die Ausstattung und Einweisung der Kolleginnen und Kollegen.

Die Tatwaffe zu finden wäre ein Sechser im Lotto.

Aber wenn das nicht gelang?

Keine der Fragen, die sich ihr in der Nacht in dem Haus da vorne gestellt hatten, konnte sie bisher beantworten. Nicht eine einzige! Ihr befreundeter Profiler im LKA hatte die Arbeit aufgenommen, aber noch keine Ergebnisse geliefert.

Zwei Morde, die so gar nicht zueinander zu passen schienen – gingen sie auf das Konto von einem oder zwei Tätern? Sie neigte zu zwei Tätern, so konnte sie zumindest eine halbwegs stimmige Theorie aufstellen, was in etwa passiert war.

Sie beobachtete, wie die Truppe losmarschierte. Eine dichte Kette, fast Schulter an Schulter, Schritt für Schritt.

Das würde eine Weile dauern.

KG kam auf sie zu und zeigte in den Himmel über dem Wald.

»Schon gesehen, Romy? Wir haben Zuschauer.«

Lerch musste eine Hand an die Stirn legen, ehe sie erkannte, was da über den Baumwipfeln schwebte: eine Drohne.

»Bitte lächeln«, sagte KG, »wir kommen in die Abendnachrichten.«

»Vermutlich«, erwiderte Lerch. »Kümmerst du dich darum?«

»Gleich als Nächstes.«

»Und wie sieht es mit unserer anderen Aktion aus?«, wollte Lerch wissen.

»Ist in Arbeit.«

»Schön.«

»Da wird der Himmel voller Drohnen sein«, merkte KG vorsichtig an.

Die leitende Kommissarin zuckte mit den Schultern. Sie musste sich auf das Wesentliche konzentrieren. Und ihre Trümpfe im richtigen Moment kühl ausspielen. Dieser Tag würde Licht ins Dunkel der Ermittlung bringen. So oder so. Das war ab sofort beschlossene Sache. Und basta!

9.18 Uhr

Anne-Marie Bourguignon, die Senderchefin, ließ sie eine ganze Weile warten. Das konnte etwas bedeuten, musste aber nicht. Holm versuchte, die Balance zwischen notwendiger Vorspannung und zweckmäßiger Entspannung zu halten.

Mit einiger Verspätung ließ Bourguignons Assistent sie schließlich in ein geräumiges Eckbüro mit weitläufigem Blick über Hamburg eintreten. Aus dem Ensemble des nüchtern-elegant ausgestatteten Büros stach lediglich eine orientalisch angehauchte Récamiere hervor, die dem Raum eine persönliche wie exklusive Note gab. An der Wand gegenüber des Schreibtisches hingen mehrere Flachbildschirme, auf denen stumm einige der wichtigsten Sender des Landes liefen.

»Frau Bourguignon, darf ich Ihnen meinen Partner vorstellen: Holger Schultheiss.« Holm reichte ihr die Hand. Fester Händedruck. Fester Blick. Eine kräftige Figur, die in Chanel gehüllt war. Teuer hieß nicht automatisch geschmackvoll, aber das cremefarbene Kostüm stand ihr.

»Ich wusste gar nicht, dass Sie einen Partner haben«, rief Bourguignon, »und dann noch so einen.« Sie ließ ihren Blick genüsslich vom Scheitel bis zur Sohle streifen.

Holm lächelte. Er hatte vor Jahren gelernt, dass Frauen in Machtpositionen sich häufig keinen Deut besser verhielten als männliche Bosse.

»Sagen wir, Herr Schultheiss hat sich lange Zeit mehr im Hintergrund der Firma bewegt, aber nun haben die Umstände ergeben, dass wir zusammen an vorderster Front agieren.«

Bourguignon schnalzte mit der Zunge, es klang so, als wollte sie zur Sache kommen.

»Wollt ihr den Staffeldreh schieben?«, ging Katta nach vorn, genau wie besprochen.

Bourguignon warf die Hände in die Luft.

»Ich muss mit Gerrit sprechen, wie der Produktionsplan

aussieht. Wir hatten ehrlich gesagt gehofft, dass die Sache sich schneller klären würde.«

Katta strich sich nervös die Haare aus der Stirn und nickte. Sie nahm das Smartphone vom Tisch und wog es in beiden Händen, ehe sie es wieder zurücklegte.

Bourguignon sah von Katta zu Holm, ganz geschäftsmäßig.

»Ich will nicht lange um den heißen Brei reden. Im Sender gibt es große Bedenken, dass wir in eine sehr schmutzige Geschichte hineingezogen werden.«

»Aber …«

Bourguignon stoppte Katta mit einer geübten Handbewegung.

»Dazu bröckelnde Quoten, leicht nur, aber der Trend ist leider nicht unser *friend*. Gar kein Vorwurf. Vielleicht etwas zu viel Routine? Wahrscheinlich wollen die Zuschauer was Neues. Abwechslungsbedürfnis. Nichts, was man persönlich nehmen sollte. Sollen wir nicht besser nach einer Pause mit neuen Ideen wieder zusammenkommen?« Sie stützte ihre Arme auf die Lehnen und schob ihre Ellbogen weit nach außen.

Holm lächelte. Nicht wegen dem, was sie gesagt hatte, sondern wegen ihrer Körpersprache. Wie sie sich breit machte, sich Raum nahm: Territorialverhalten war das, sonst nichts. Sie fühlte sich sicher, bei ihrem Heimspiel als mächtige Senderchefin. Klare Verhältnisse.

Oder auch nicht.

»Im Moment, das ist unser Eindruck, ist Biancas Sendung auserzählt«, schoss Bourguignon einen weiteren Giftpfeil ab, begleitet von einem Lächeln, das wohl empathisch sein sollte, aber kühl wirkte.

»Wir … wir könnten ja kurzfristig ein neues Format entwickeln«, hielt Katta dagegen.

»Der Aufsichtsrat hat nachgehört, wie wir zu der Sache stehen.«

Aha, daher wehte der Wind. Ihre Aufseher hatten Bourguignon Druck gemacht.

»Sie wollen Bianca wirklich fallenlassen?«, hakte Katta nach. »Wegen ein paar Imagesorgen Ihrer Kontrollettis?«

Bourguignons Lächeln gefror für einen winzigen Moment, den Holm nicht verpasste.

Sie lehnte sich über den niedrigen Besprechungstisch, an dem sie Platz genommen hatten und setzte die Hände breit auf, mit gespreizten Fingern. Sie nahm sich nun auch den Raum in der neutralen Zone. Holm lächelte weiter. Denn er wusste eines: Sobald die Senderchefin ihre Selbstsicherheit verlor, würde ihr Körper es ihm ebenso verraten, bevor sie es selbst wusste. Auf diesen Moment lauerte er.

»Frau Wiesenbach, die gucken auf die Zahlen, das wissen Sie!« Sie sah Katta eindringlich in die Augen, bis sie sich zurücklehnte und ihre Arme auf den Rückenlehnen links und rechts von ihr ablegte.

»Tun sie das wirklich?«, meldete sich erstmals Holm zu Wort.

»Das versichere ich Ihnen.«

»Zahlen können wir liefern«, konterte Holm blitzschnell. Bourguignon taxierte ihn ausdruckslos. Holm registrierte im Augenwinkel, wie Katta erstarrte.

Erst einmal den Rhythmus des Gesprächs brechen. Agieren, nicht nur reagieren. Sprangen sie die ganze Zeit über die Stöckchen, die die Senderchefin ihnen hinhielt, war das Ergebnis vorprogrammiert.

»Hören Sie, Herr Schultheiss, mit diesem dubiosen zweiten Mord sind Biancas Karten noch schlechter geworden.«

»Im Gegenteil«, gab er ruhig, aber bestimmt zurück.

Bourguignon zögerte irritiert.

»Wissen Sie etwas, was ich nicht weiß?«

»Ich sehe was, was Sie nicht sehen«, antwortete Holm.

Die Senderchefin stutzte erneut, wandte sich dann an Katta und meinte: »Bis vor einer Minute war mir Ihr Schattenmann hier sympathisch.« Sie lachte. Holm beobachtete jede Regung von ihr durch die Gläser seiner Tarnbrille. Ihre Arme ließ sie auf den Lehnen, doch sie schlug die Beine übereinander und wippte mit der Fußspitze. Holm hörte sofort die Stimme seines Lehrmeisters: *Nervosität gleich überschüssige Körperenergie, die ungerichtet abgegeben wird.* Werner liebte es, seine Weisheiten in Merksätze und Formeln zu verpacken.

»Sie übersehen ein Geschäft«, sagte Holm bedächtig. Er sprach bewusst lauter, baute seine akustische Präsenz aus. Bourguignon hörte auf zu wippen.

»Aber wenn Sie das als *Geschäftsführerin* kaltlässt, bitte. Gehen wir eben woanders hin.«

Sie nahm einen Arm von der Lehne und legte ihn in ihren Schoß.

Katta hustete, sah auf ihre Schuhspitzen und wünschte sich offensichtlich, nicht länger diesem Aufeinandertreffen beiwohnen zu müssen.

Bourguignon kniff die Augen zusammen und fragte scharf: »Sie drohen mir allen Ernstes?«

Holm lächelte und legte einen Arm auf die freie Armlehne rechts von ihm. Dann platzierte er eine Gegenfrage: »Trotzdem werfen Sie mich nicht raus?«

Die Senderchefin musterte ihn, sie begriff, dass sie ihn unterschätzt hatte, stand abrupt auf und ging, die Hände auf dem Rücken, zur Fensterfront.

»Ein Punkt für Sie. Sie haben mich neugierig gemacht. Wer auch immer Sie sind und wo auch immer Sie, Katharina, ihn ausgegraben haben.«

Katta schien seit Minuten zum ersten Mal wieder zu atmen.

Der Assistent steckte den Kopf zur Bürotür hinein und teilte mit, dass ihr nächster Termin auf sie warte. So viel Zeit hatte *Bourguignon* ihnen also tatsächlich eingeräumt.

»Sie hören es. Ich gebe Ihnen zwei Minuten, Herr Schultheiss. Bianca zuliebe.« Sie blufft, dachte Holm. Sie will wissen, was Sache ist.

Holm stand auch auf und ging zu ihr. Er wollte ihr keine Gelegenheit geben, sich wieder zu sammeln.

»Schauen wir es uns gemeinsam noch einmal an. Die Situation ist schrecklich? Ja. Der zweite Mord macht alles noch schlimmer für Bianca? Absolut! Aber … Die *Story*, die es zu erzählen gibt, wird immer besser. Das ganz große Drama. Eine beliebte Starköchin umgeben von mysteriösen Todesfällen. Abgründe tun sich auf. Ein ominöser Klinikaufenthalt. Ein Ex-Geliebter, der eine undurchsichtige Rolle spielt. Diese Story … Sie will erzählt werden! In einer eigenen Doku-Reihe. In einer intimen, abendfüllenden Talkshow. Oder beides? Das ist Ihrer Fantasie überlassen, Frau Bourguignon. Ein TV-Event, das Ihrem Sender mal wieder richtig Aufmerksamkeit bringt. Ein PR-Coup mit garantiert hohen Quoten!«

»Sieht Bianca das auch so?«, fragte *Bourguignon* tonlos nach.

Katta räusperte sich.

»Sie weiß«, antwortete Holm, »dass sie es sowieso medial aufarbeiten muss. Warum nicht beim Haussender?«

»Entscheidend ist«, sprang Katta auf den Zug auf, »Bianca ist unschuldig.«

Bourguignon wog das Gesagte in Gedanken ab.

»Wir bekämen das exklusiv?«

Ja! Jetzt hatte er sie. Sie begann zu verhandeln!

»Ganz in unserem Sinne«, meinte er trocken.

»Weltrechte?«

»Einverstanden.«

»Keine Geheimnisse. Die Klinik, die Love-Story mit Dave. Wir bekommen alles?«

Holm sah Katta an, als müssten sie das mit einem Blickkontakt abstimmen.

»Okay, wenn Sie mitgehen, einen starken Link zur *VEHnomenalsten Kochshow* einzubauen, so dass wir über die Personality neues Publikum generieren.«

»Quoten-Kickback?« Sie dachte einen Moment darüber nach. »Doppelter Nutzen für beide Seiten. Ziemlich clever.«

»Und da Sie sich Inspiration wünschen und neue Impulse – was halten Sie von einer anderen Produktionsfirma, die sich besser mit Doku und Personality auskennt?«

»Sie machen einen Vorschlag, meine Leute machen einen Vorschlag. Und den Rest kegeln wir aus.«

»Drehbeginn direkt nach Ende der polizeilichen Ermittlungen.«

»Deal.« Sie hielt Holm die Hand hin.

»Katta?« Als sie nickte, schlug er ein. »Es ist eine Freude, mit Ihnen Geschäfte zu machen, Frau Bourguignon.«

Kaum hatten sie den Sender verlassen, konnte Katta nicht mehr an sich halten. Sie griff ihn am Arm.

»Holm, bist du wahnsinnig? Das alles macht Bianca niemals mit!«

»Du wolltest, dass der Sender im Boot bleibt. Er ist im Boot geblieben. Dachtest du, das gibt es für lau?«

Katta biss sich auf die Lippen, bis sie beim Auto ankamen.

»Wir können nicht einfach Verträge schließen, die wir garantiert brechen werden. Das schadet Bianca und unserem Image!«

Holm blieb stehen und zog eine Augenbraue hoch. Katta hielt seinem Blick stand. Sie kamen hier nicht weiter. Also griff er nach seinem Portemonnaie und holte eine goldene Kreditkarte heraus.

»Ich muss jetzt sehr ungalant sein, Katta, aber du musst alleine zurückfahren.« Er hielt ihr seine Kreditkarte hin.

»Und was macht der Master of Desaster, während der Baum lichterloh brennt?«

»Ich habe noch was in Hamburg zu erledigen.«

»Shopping oder was?«

»Ich werde mit Dave sprechen!«

»Was???«

»Keiner kennt die Familie so gut wie er. Und solange ich keine Ahnung habe, wo die Reise hingehen könnte, weiß ich nicht, wie ich Bianca schützen soll.«

»Du redest wie ihr Vater.«

Er schwieg.

»Und warum sollte er überhaupt mit dir reden?«

Holm lächelte gelassen, schließlich hatte er sich diese Frage auch gestellt. »Weil ich ihm etwas anbieten kann, was er unbedingt haben will.«

»Ah, Holm!« Sie stieß ihm vor die Brust. »Behalt bloß deine dämliche Kreditkarte.« Er sah ihr nach, wie sie vom

Parkplatz stapfte, die Arme vor der Brust verschränkt, den Kopf eingezogen.

Sie würde sich schon wieder beruhigen.

Erst am Steuer bemerkte Holm ein Bauchgrimmen. Die Aussicht auf einen Scoop und reichlich Werbeeinnahmen waren eine solide Geschäftsbasis. Was die Senderchefin anging, war er sich von Anfang an ziemlich sicher gewesen, dass sie gute Chancen hatten, sie auf ihre Seite zu ziehen.

Bei Dave war das nicht der Fall.

Ganz und gar nicht.

9.56 Uhr

Der Erste kam heraus. In den Armen trug er einen Computer. Kommissarin Lerch hatte erwartet, dass sie Genugtuung empfinden würde bei der Beschlagnahmung der geschäftlichen Unterlagen der Vehs. Doch sie tat es nicht. Der nächste Kollege brachte Laptops, eine Kollegin einen Karton voller Ordner.

Ihr befreundeter Profiler vom LKA hatte Lerch eine ernüchternde Rückmeldung gegeben. Er lamentierte, er habe zu wenig brauchbare Informationen. Ein oder zwei Täter – er wollte sich einfach nicht festlegen, sondern hielt beides für möglich. Sackgasse.

Den habe ich überschätzt, dachte sie bitter, ehe sie das ungerechte Urteil in Gedanken zurücknahm. Er hatte ihr oft genug geholfen, das musste sie zugeben.

So blieb nur die mühselige Fußarbeit, Ermittlungen Schritt für Schritt für Schritt. Hoffentlich brachte diese Aktion hier verwertbare Erkenntnisse – und nicht nur unliebsame Publicity.

Am Tor gab es Gedrängel. Kameraleute und Fotografen stritten um die besten Plätze. So eine Aktion sprach sich natürlich herum. Einer redete aufgeregt in sein Smartphone, das er am Ende eines Selfiesticks befestigt hatte, und sah immer wieder über die Schulter. Der war wahrscheinlich live auf Facebook. Für die *Bild*, vermutete sie, die machten das mittlerweile fast standardmäßig.

Irgendjemand musste die Aktion einem lauernden Fernsehteam gesteckt haben. Und das hatte sich auf die Anlage gewagt. Sie könnten natürlich vom Privatgelände fliegen, Bianca Vehs Managerin, Wiesenbach, hatte die Security-Truppe verstärkt und auch am Tor sowie am Hoteleingang Leute postiert. Noch hielten sich die Männer vom Sicherheitsdienst allerdings zurück. Aber das war nicht ihr Problem, darum mussten sich die Vehs kümmern, fand Lerch, die Polizei hatte alle Hände voll zu tun.

Wie aufs Stichwort kam der Sohn auf sie zugeschossen. Das sonst ausdruckslose Gesicht – eine einzige Grimasse.

»Was soll der Scheiß?«, rief Thomas Veh ihr zu.

»Wir machen nur unsere Arbeit«, antwortete Lerch betont kühl. Hätte sie doch das Kamerateam verscheucht, nun war es zu spät.

»Ja?« Er baute sich vor ihr auf. Zwei Kollegen drängten sich dazwischen und sprachen beruhigend auf ihn ein. Der junge Veh zeigte mit dem Finger auf sie: »Dann mache ich jetzt meinen Job. Zahlen Sie Miete für die Räume, die wir Ihnen zur Verfügung stellen, oder verpissen Sie sich von unserem Grundstück!«

Lerch stellte sich so, dass die Kameras ihr Gesicht nicht

richtig einfangen konnten und ließ den Sermon über sich ergehen, bis ihre Kollegen Thomas entfernten und er wutschnaubend das Filmteam vom Hof verjagte.

Sie musste nicht gerade ein Holm sein, um zu begreifen, was für einen Bärendienst der Bursche seiner Schwester erwies.

Die Drohne, die über das Waldstück geflogen war, verrichtete auch wieder ihren Dienst. Gleich hängen sie sich noch aus Hubschraubern. Lerch traute der sensationsgierigen Presse in diesem Fall alles zu. Dass die meisten Journalisten sich korrekt verhielten und alle Vorgaben der Polizei befolgten, konnte sie kaum besänftigen. Sie beschäftigte sich immer mit den schwarzen Schafen. Berufskrankheit.

KG kam auf sie zu, sie hatte das Smartphone an ihre Schulter gedrückt.

»Wie läuft es?«

»Wir sind gleich fertig. Hier ist der PD.«

»Warum ruft der zuerst bei dir an?«

»Er sagt, du warst nicht zu erreichen«, antwortete KG cool. Mit diesen Worten hielt sie ihr das Telefon hin.

»Sie müssen doch nicht übers Vorzimmer gehen, Kramer!«

»Ich spreche, mit wem ich will.«

Arschloch, dachte Lerch. Er überging sie und wollte, dass sie es auch wusste. Dem Drecksack war auch nichts zu billig.

Sie lief Richtung Wald. Computer und Geschäftsunterlagen waren gleich gesichert. Sie wollte nachschauen, ob die Kollegen weiterkamen, die die Tatwaffe suchten.

»Mit welchen Häppchen darf ich Sie füttern?«

»Sie machen gerade ziemlich viel Lärm.«

»Ich versuche, zwei Morde aufzuklären.«

»Ich lese erste Berichte, die von einseitiger Ermittlung sprechen.«

»Ach, Mann, das hat sich dieser Holm ausgedacht. Der PR-Dackel von Bianca Veh.«

»Es äußern sich Polizeiexperten, nicht PR-Strategen!«

»Herrgott, wir gehen dem naheliegendsten Verdacht am intensivsten nach. Das eine schließt das andere ja nicht aus!«

»Umso mehr sollten Sie dafür sorgen, keine Angriffsfläche zu bieten. Verfolgen Sie auch andere Optionen, wie es sich gehört. Mehr sage ich ja nicht.«

Lerch erblickte eine Traube von Polizisten an einem Bachlauf und verließ den Waldweg mit Kurs auf den Trupp.

»Sie mischen sich in meine Ermittlung immer dann ein, wenn es auf Ihrem Stühlchen im Büro mehr als handwarm wird.«

»Wir wollen beide dasselbe. Den Rest habe ich überhört, weil wir alle sehr angespannt sind.«

»Wie gnädig«, erwiderte Lerch.

Einer der Kollegen entdeckte sie und winkte sie hektisch heran.

Als sie den Suchtrupp erreichte, sah sie einen Kollegen mit Handschuhen in ein Gewirr aus Wurzeln greifen. Er zog etwas heraus. Länglich, metallen. Die Tatwaffe!

Vorsichtig drehte er sich um und streckte sie ihr entgegen.

»Was Sie als Nächstes vorhaben, wollte ich wissen. Frau Lerch, sind Sie noch da?«

Sie strahlte über das ganze Gesicht und zeigte dem aufmerksamen Kollegen einen nach oben ausgestreckten Daumen.

»Lärm, Herr Kramer. Als Nächstes mache ich noch mehr Lärm.«

Sie legte auf. Und stockte. Wie unvorsichtig von KG, ihr das Smartphone entsperrt zu geben. Da könnte ja jemand einen Blick in ihre Messenger werfen: WhatsApp, Facebook, Threema – auch ihre Mailbox war nur einen Fingertipp entfernt.

Wenn die beiden Foul spielten, durfte sie das ebenso.

Ach, was soll's, Romy! Lass dich nicht auf das Niveau herab. Kramer und KG konnten warten. Was sie in der Hinsicht wissen musste, würde sie auch eleganter herausfinden.

Sie hatte die Tatwaffe gefunden! Mit ihrer Aktion. Ihrem Lärm. Das zählte, nichts anderes.

Sie verriegelte das Smartphone und steckte es weg.

»Spitze, liebe Kollegen! Ab ins Labor damit und auf Fingerabdrücke untersuchen!«

»Sehr gern, Chefin.«

»Jetzt kriegen wir den Dreckskerl!«

»Oder die Dreckskerlin«, antwortete Lerch. »Oder die Dreckskerle.«

Ihre Kollegen schauten sie verständnislos an.

»Wir wollen ja nicht einseitig ermitteln.« Sie lachte laut, schlug den Polizisten reihum auf die Schulter, dankte noch einmal für ihre herausragende Arbeit und machte sich auf den Weg zurück zum Landgasthof Veh.

Schließlich mussten sie schleunigst umziehen, wie es der Sohn der Vehs verlangt hatte. Unter den gegebenen Umständen würde sie diesem Wunsch nur allzu gern nachkommen. Wer wollte schon unter einem Dach hausen mit einem Mörder. Oder einer Mörderin. Oder Mördern.

Sie nicht.

11.14 Uhr

Wenn Mats Holm eines hasste, dann waren es feuchte Hände. Wurden seine Hände weich und glitschig, fühlte er sich komplett unwohl. Da es so selten passierte, überraschte ihn dieses Symptom für Nervosität umso mehr, selbst wenn es ihn vor dem nächsten Gegner warnte. In diesem Fall vor Dave Pauls. Biancas Ex Auge in Auge gegenüberzutreten kostete Energie, ja, mehr noch: Überwindung.

Er prüfte seinen Blick im Rückspiegel – er verriet Unsicherheit. Holm stöhnte, genervt von sich selbst, und griff ins Handschuhfach, aus dem er Reinigungstücher hervorzog. Jede Hand wischte er mit einem der Tücher ab. Dann nahm er Perücke und Brille ab und rieb sich das Gesicht. Er wollte diese Rivalität zu Dave nicht weiter ausloten. Dinge zu Ende zu denken, konnte Vieles kaputtmachen. Er ließ die Sache lieber auf sich beruhen, mochte der Rest in seinem Unterbewusstsein wabern, bis es sich zu einer Klarheit formen würde, mit der er etwas anfangen konnte.

Dave, tippte er in sein Smartphone und schickte Laura die Nachricht. Dann atmete er tief ein und ganz langsam aus, parkte den Wagen und ging ums Eck zum Wohnblock von Pauls.

Er spürte, wie wieder ein dünner Schweißfilm seine Handflächen eroberte. Dagegen half ausschließlich Konzentration. Er durfte das Treffen – dieses eine, das es zwischen ihnen geben würde – nicht vermasseln. Zu hoch schätzte er das Risiko ein, dass dieser vogelwilde Kerl die Sache ausschlachten würde.

Er klingelte bei Pauls. Es dauerte eine Weile, bis es in der Leitung krachte.

»Was gibt's?«, hörte er Biancas Ex-Freund sagen.

»Paketpost.«

Der Summer ging, und Holm schob die Tür auf. Wenig später klingelte er an der Haustür des Kochs.

Dave selbst öffnete, nachlässig gekleidet, er hatte noch Zeit bis zum Beginn seiner Schicht.

Holm entsprach offensichtlich nicht seinen Vorstellungen eines Paketboten, was in ein fragendes Gesicht mündete.

»Guten Tag, mein Name ist Mats Holm. Ich mache seit Samstag die PR für Bianca Veh, und ich muss mit Ihnen reden.«

Dave guckte ihn verblüfft an.

»Hab ich Ihnen den Mist im Netz zu verdanken?«

»Ja.«

»Die Polizei?«

»Ja.«

»Sie haben ja Eier, hier aufzutauchen.«

»Ja.«

»Sagen Sie mir einen einzigen Grund, warum ich Ihnen nicht gleich aufs Maul hauen sollte.«

»Wollen Sie nicht wissen, warum ich hier bin?«

»Die Not muss groß sein.«

Ohne weitere Vorwarnung schlug Dave Holm mit der Faust ins Gesicht. Der Schlag traf ihn mit voller Wucht und warf ihn herum. Damit hatte er nicht gerechnet. Ein metallischer Geschmack machte sich in seinem Mund breit.

Am liebsten hätte er zurückgeschlagen, doch das hätte ihn seinem Ziel keinen Schritt näher gebracht.

Sich das Kinn reibend, sagte er stattdessen: »Damit sind wir erst einmal quitt, würde ich vorschlagen.«

»Oh, der Herr hat Nehmerqualitäten«, höhnte Dave.

»Ich habe Ihnen auch etwas anzubieten.«

»Wollen Sie aufhören, mich auf Facebook zu ärgern?«

»Vielleicht.«

»Das geht mir so was von am Arsch vorbei.«

»Das sollte es nicht.«

»Woher wissen Sie, dass ich Ihren Besuch nicht an die große Glocke hänge?« Dave stieg von einem Fuß auf den anderen, kraftvoll, ungezähmt und angriffslustig.

Einen zweiten Schlag würde Holm sich nicht verpassen lassen.

»Ich weiß es nicht. Aber Sie würden Bianca treffen. Und das wollen Sie eigentlich nicht, Dave.«

Der Kerl hielt Holms Blick stand. Zum ersten Mal schien er ins Grübeln zu kommen.

»Ich kann Ihnen Zugang zu einem besonderen Ort verschaffen«, spielte Holm seinen Trumpf aus.

»Was?«

»Biancas Herz, Dave. Sie wollen dorthin zurück. Und ich kenne den Weg.«

Holm ließ die Worte, die er sich vorher zurechtgelegt hatte, in dem Burschen arbeiten. Das hat gesessen.

»Wie?«, wollte Pauls mit gepresster Stimme wissen.

»Eins nach dem anderen.«

Pauls schnaubte irritiert, blinzelte ein paar Mal schnell und wandte sich ab.

»Kommen Sie, Sie Mistkerl«, rief er über die Schulter.

Geschafft! Holm atmete einmal tief durch, erst dann folgte er Pauls in dessen Wohnung.

Der Koch fläzte sich auf sein Sofa, bot ihm keinen Platz an, hatte aber allem Anschein nach auch nichts dagegen, dass Holm eine Pizzaschachtel beiseiteräumte und sich setzte.

»Was wollen Sie, Herr Holm?«

»Helfen Sie mir.«

»Tsss! Warum sollte ich?«

»Wir wollen beide Bianca retten.«

Pauls sah ihn misstrauisch an. Natürlich fragte er sich, wo die Reise hinging und ob er den Köder zu schnell geschluckt hatte.

»Ich dachte, Sie verdächtigen mich.«

»Habe ich auch. Aber mit dem Mord an Scheller werden die Karten neu gemischt.«

»Und jetzt bin ich ihr Joker?« Dave lachte dreckig.

»Ich hoffe es. Ich muss möglichst die Wahrheit wissen, dann kann ich die bestmögliche Krisen-PR machen.«

»Glauben Sie den Scheiß selbst, den Sie erzählen? Dass Sie überhaupt ein Wort wie Wahrheit in den Mund nehmen.«

»Immerhin verprügele ich nicht meine Frau.«

Pauls stockte der Atem. *Hab ich dich, du kleiner Großkotz.*

»Keine Angst«, ergänzte Holm nüchtern, »die Beweisfotos bleiben unter Verschluss. Vorerst.«

»Sie sind 'ne Ratte!«

»Hab schon Schlimmeres gehört«, antwortete Holm unbeeindruckt.

»Was erzählen Sie von Hilfe, wenn Sie mir gleichzeitig drohen?«

»Ich wollte versuchen, Ihnen respektvoll gegenüberzutreten. So, wie Sie von der Familie wohl nicht behandelt worden sind.«

Dave lachte wieder auf.

»Wir können es kurz machen: Ich weiß auch nicht, wer es war.«

»Scherzkeks«, antwortete Holm.

»Was wollen Sie, Mann?« Dave wurde laut.

»Keiner kennt die Familie besser als Sie.«

»Reden Sie doch mit denen.«

Holm stöhnte. Ihm blieb nichts anderes übrig. Er musste Dave sagen, wie es stand, wenn er ihn für sich gewinnen wollte.

»Die schweigen. Keine Ahnung, ob die geschockt sind oder sonst was. Ich komme da nicht weiter.«

Dave schnalzte nachdenklich mit der Zunge.

»Können Sie sich irgendeine Familienfehde vorstellen?«

»Veh gegen Scheller?«

»So in der Art.«

»Keine Ahnung.«

»Ich sag mal so«, warf Holm ihm einen Knochen hin. »Ich würde den Teufel tun und meinem Lieferanten eine Ladung Schrot verpassen, wenn es mein bester Freund wäre, der verlässlich Spitzenqualität liefert. Zumal die Tat am helllichten Tag passiert sein musste, wie mehrere Medien übereinstimmend berichteten.«

»Sie wollen den Vater ausschließen?«

»Ich will alle ausschließen.«

»Tsss!« Dave schüttelte den Kopf. »Dann schließen Sie Konrad eben aus.«

»Wieso, Dave?«

»Weil er eine traurige Witzfigur ist.«

»Ich habe gelesen, er wäre ein cleverer Geschäftsmann. Das Gehirn hinter dem Erfolg. Und er macht auf mich einen vernünftigen Eindruck.«

»Ja? Hier ist meine Version: Bianca hat es nicht wegen Konrad geschafft. Sondern *trotz* ihm.«

Hm, brachte ihn diese neue Information weiter? Machte das Biancas Vater verdächtiger oder weniger verdächtig?

»Was ist mit Thomas?«

»Ich mag ihn eigentlich, weil er irgendwie ein komischer Vogel ist. Außenseiter rieche ich fünfzig Meter gegen den Wind. Er passt nicht so zu den anderen. Aber er hat um mich einen Bogen gemacht.«

»Ist er auch eine Witzfigur?«

»Auf jeden Fall sind sie auch mit ihm nicht richtig vorangekommen.«

»Wie meinen Sie das?«

»Haben die Ihnen nicht mal das erzählt?«

Holm schwieg.

»Als ich noch mit Bianca zusammen war, lief das Restaurant nicht so gut. Ich habe es nur mal aufgeschnappt. Da wurde nicht offen drüber geredet.«

»Das Restaurant lief nicht gut? Trotz der beliebtesten Köchin der Republik?«

»Tja, sie war nicht oft genug da, bei all den anderen Terminen. Das kriegt die Kundschaft mit. Außerdem ist ihr Konzept ziemlich teuer. Ich meine, ich weiß nicht einmal, ob Bianca das weiß oder ob die den Zahlenkram von ihr fernhalten.«

»Wen meinen Sie mit *die*?«

»Bei den Vehs regieren die Weiber: Biancas Drachen von Mutter, die Wiesenbach. Und an ihren guten Tagen Bianca selbst.«

Holm stockte.

»Und jetzt schulden Sie mir was, Kumpel.«

Holm nickte Pauls zu und verließ die Wohnung ohne ein weiteres Wort.

Er hatte mehr aus dem Kerl herausbekommen, als er erwartet hatte, doch weniger als erhofft. Irgendwie schien das alles interessant. Irgendwie blieb es auch vage.

Wieder draußen zog er sein Smartphone hervor und rief Storch an.

»Können wir mal einen heimlichen Blick auf die Kommunikation von Katharina Wiesenbach werfen?«

»Du meinst unsere Katta hier?«

»Ja, Storch, genau die.«

»Irgendeine Richtung, Mats?«, hörte er Laura im Hintergrund fragen.

»Geldsorgen. Geschäftliche.«

»Na, das passt ja«, rief Laura, die näher ans Telefon kam, »Lerch hat Computer und Geschäftsunterlagen von Papa Veh beschlagnahmen lassen!«

Holm schürzte die Lippen, rieb sich die Stirn. Er brauchte einen Moment, um diese Neuigkeit zu verarbeiten.

»Wir müssen schneller sein als sie«, meinte er zum Abschied und stieg in seinen A8. »Und checkt bitte auch die Mutter.«

Als er die Hände aufs Lenkrad legte, stellte er fest, dass sie aufgehört hatten zu schwitzen.

12.17 Uhr

Liv genoss, wie der Wind ihr Gesicht umspielte. Der Kollhoff Tower, Potsdamer Platz, 25. Stock. Die Touristen störten sie nicht. Sie liebte den unverstellten Blick hundert Meter über den Straßen ihrer Stadt. Gedächtniskirche und Ku'damm im

Westen. Kreuzberg und Tempelhof im Süden. Checkpoint Charlie und Gendarmenmarkt im Osten. Sie versank in der Aussicht.

In den Nachrichten hatte sie zufällig den Innenminister gesehen. Kellermann. Mit Leichtigkeit hatte er einige Fragen in der Bundespressekonferenz pariert und selbstsicher vor Fernsehkameras ein Statement gegeben. Sosehr sie ihren Vater in Frage stellte, war auch Kellermann von Interesse, ganz klar. Welche Rolle hatte er damals gespielt? Eklund hatte ihr am Morgen genau diese Frage gestellt. Eine Antwort war sie ihm schuldig geblieben.

Hier oben auf dem Turm erhaschte sie immer wieder einen neuen Blick auf Berlin. Aufs Leben. Mal lag es am Licht, mal am Wind, mal an ihr selbst.

Sie wollte es ihm nicht zeigen, aber Ben störte die Ruhe, die sie hier oben empfand. Wo sie auch stehen blieben, er trommelte irgendwelche Rhythmen auf die Balustrade. Oder noch schlimmer: mit den Fingerspitzen auf ihren Bauch. Sie hasste das und drehte sich abrupt weg, was er offenbar als neckisches Spielchen betrachtete.

»Hör auf mit dem Quatsch, Ben!«

»Du willst das Baby nur für dich selbst haben«, protestierte er.

Ich bin mir nicht mal sicher, ob ich es überhaupt haben will, versetzte Liv stumm.

Sie ließ ihn stehen und ging ein paar Schritte weiter.

Holocaust-Mahnmal und Brandenburger Tor, Reichstag und Kanzleramt im Norden.

Wieder und wieder musste sie an ihr Gespräch mit Werner denken. Am Morgen nach der Bootstour war sie mit ihm an der Müritz entlangspaziert und hatte ihn ausgefragt. Nach ihrer Mutter, nach Holm. Sie wusste, dass alles, was sie sagte, brühwarm bei ihrem Vater landen würde. Ein Teil von ihr wollte es sogar. So warmherzig und liebenswert Werner auch sein mochte, sie hatte nichts aus ihm herausbekommen. Ein mitfühlender Blick, ein paar nachdenkliche Worte und Hymnen auf ihre Mutter.

Liv bemerkte, dass sie in Gedanken eine Hand auf ihren Bauch gelegt hatte. Sie zog sie zurück. Sah sich um. Ben trommelte mit dem Rücken zu ihr auf die Brüstung. Bei seinem Anblick beschlich sie das Gefühl, dass sie zwei Kinder auf einmal bekommen würde, wenn sie die Sache durchzog. Gott, was hatte sie eine Angst vor den Entscheidungen, die da anstanden. Sie musste mit Joe reden und das ganze Durcheinander in ihrem Kopf und in ihrem Herzen mit ihrer besten Freundin sortieren.

Ihr Smartphone vibrierte in der Innentasche ihrer Jacke. Eklund rief an, ihr Detektiv. Himmel, wie sich das anhörte.

»Sie sind fleißig«, meldete Liv sich.

»Deshalb habe ich auch eine gute und eine schlechte Nachricht für Sie.«

Ihr stockte der Atem.

»Ja?«, hauchte sie.

»Auf der Sanduhr, die am Grab ihrer Mutter versteckt war, sind keine Fingerabdrücke. Das bringt uns nicht weiter.«

»Verstehe.«

»Dafür habe ich einen Glückstreffer gelandet, glaube ich.«

»Ich wusste gar nicht, dass Glück eine relevante Kategorie für Sie ist.«

Eklund schnaubte ein geschmeicheltes Lachen in die Leitung.

»Ich habe die Ex-Sekretärin von Kellermann ausfindig gemacht.«

»Aha?«

»Die Chefsekretärin. Damals.«

»Okay?«

»Meiner Erfahrung nach sind Sekretärinnen eine der besten Quellen.«

»Meinen Sie, sie hat etwas mitbekommen?«

»Sie ist von der alten Schule. Abteilung hundert Prozent.«

»Was heißt das?«

»Die gehen erst, wenn der Chef geht.«

Liv stockte wieder der Atem.

»Müssen die nicht eine Verschwiegenheitsklausel oder so was unterschreiben?«

Sie hörte Eklund gut gelaunt in den Hörer prusten.

»Ganz die Jurastudentin ... Als Kellermann befördert wurde, hat er sie ausgemustert. Sich eine jüngere geholt. Und die Dame ist mittlerweile pensioniert.«

»Haben Sie etwa schon mit ihr gesprochen?«

»Ich habe sogar einen Termin mit ihr!«

»Echt jetzt?«, flüsterte Liv.

»In ihrer Wohnung. Heute Nachmittag.« Die Weite, der Blick, alles um sie herum schien sich zu drehen.

»Ich komme mit!«, rief Liv.

»Hören Sie, ich weiß nicht ...«

»Schreiben Sie mir wann und wo«, forderte Liv, schob ein »bis später« nach und drückte Eklund weg.

Sie spürte ihr Herz heftig schlagen. Oh Gott! Was hatte sie losgetreten? Was würde sie erfahren? Wo führte das alles hin?

Plötzlich nahm sie nicht mehr die Weite wahr, sondern die Tiefe unter sich. Sie machte einen Schritt fort von der Straßenschlucht. Bekam sie auf einmal Höhenangst? War das der Schwangerschaft geschuldet? Oder ließ sie die Aussicht auf das Gespräch mit Kellermanns Ex-Sekretärin schwindeln?

Sie ertappte sich dabei, dass sie schon wieder die Hand auf ihren Bauch gelegt hatte. Dieses Mal zwang Liv sich, sie dort zu lassen.

Ihr Smartphone vibrierte erneut. Eklund schickte ihr Ort und Uhrzeit. Sehr zuverlässig, der Gute. Sie schätzte die Strecke ab und stellte fest, dass sie noch etwas Zeit hatte, bevor sie sich auf den Weg machen musste. Sie ging zu Ben und nahm ihn wortlos in den Arm. Gott sei Dank hielt er still und küsste sie schließlich. Na also, geht doch! Sie würde ihn sich schon noch etwas zurechtbiegen können, ihren Trommler. Den … *Vater* ihres Kindes. Das klang zu verrückt, um wahr zu sein. Sie zog ihn an sich und küsste ihn leidenschaftlich zurück.

In Gedanken war sie trotzdem schnell wieder bei Kellermanns Sekretärin. Was konnte die alte Dame ihnen verraten? Sie gab Ben zu verstehen, dass er sie fest umarmen sollte – was er auch tat.

13.23 Uhr

Ihre Hände schienen Holms Körper längst zu kennen, so sicher fanden sie die besten Wege an die richtigen Stellen, er konnte sekündlich spüren, wie seine Anspannung nachließ.

»Roxana, das ist die beste Massage seit Thailand 1998«, murmelte Holm.

»Ich beherrsche auch Fußtechniken«, antwortete die gazellenhafte Masseurin mit kehligem Akzent.

»Da bin ich mir sicher«, meinte Holm versonnen.

»Setzt du dich auf die Kante hier, Rücken zu mir.«

Holm gehorchte und nutzte die Gelegenheit, den Stapel Online-Artikel durchzusehen, den Laura ihm mitgegeben hatte. Es reichte vollkommen, wenn er die Schlagzeilen überflog.

»Unappetitlicher Mord nahe Veh-Lokal – Familienkrieg?«
»Zweiter Gang: Zulieferer von Veh ermordet«
»Mordverdacht? Hält Starköchin Bianca Veh das durch?«
»Bangen um Bianca: Geschäftsunterlagen beschlagnahmt!«
»VEHrrückt: Junior-Chef jagt Polizei vom Gourmet-Hof«
»Tatwaffe gefunden: Verrät sie den Killer?«

Er warf den Stapel neben sich auf die Massagebank und schenkte seine Aufmerksamkeit wenigstens noch für ein paar Minuten diesen magischen Händen auf seinem Rücken.

»Bianca gutes Mädchen«, kommentierte Roxana.

Holm wollte sich ungern darauf einlassen, da hörte er jemanden den Wellnesstrakt des Landgasthofs Veh betreten.

»Holm?«, rief Laura.

»Behandlungsraum zwei«, erwiderte Roxana.

»Ich fasse es nicht«, hörte Holm seinen alten Freund Storch murmeln.

»Das nennt sich Erfolgsprämie«, sagte Holm laut.

»Ach, und ich dachte, Katta hätte einfach ein schlechtes Gewissen, und das wäre die Friedenspfeife«, antwortete Laura spitz, als sie mit Storch den Massageraum betrat.

Holm sah kurz auf und lächelte die beiden spitzbübisch an.

»Das ist übrigens die mit Abstand beste Masseurin von Hamburg umzu: Roxana.«

»Hallo.« Sie sprach das *h* wie ein weiches *ch* aus. »So, Herr Holm, dann Sie arbeiten schön weiter. Sehr viel Spannung noch in LWS. Ich lasse Handynummer vorne an Rezeption, wenn Sie noch einmal Entlastung brauchen.«

»Danke, Roxana, darauf komme ich bestimmt zurück.« Er zwinkerte Laura zu, die offensichtlich nicht zu Späßen aufgelegt war.

»Am besten noch etwas hinlegen und nachspüren«, wies Roxana ihn an und verließ den Raum.

»Ihr habt es gehört«, erklärte Holm grinsend, zog sich aber sein Hemd über und umarmte Storch. Sein alter Freund, der Felix Orth hieß, war offensichtlich direkt aus dem Jugendzentrum zu Hilfe geeilt. Seine staksigen Gräten steckten in zerrissenen Jeans, dazu trug er Kapuzenpulli, Jeansjacke und Sneaker. Den Kinnbart hatte er länger nicht gestutzt, ein Haargummi sorgte für Ordnung auf seinem Kopf.

»Und die Jugendsozialarbeit?«, fragte Holm.

»Hab Shirin engagiert.«

»Die Jungs werden dich nicht vermissen«, meinte Holm und zwinkerte Storch zu.

»Hast du alles gelesen?«, fragte Laura ihn und wies mit dem Kinn auf die Artikel.

»Die Überschriften haben mir gereicht.«

»Die nehmen den GAU fast schon vorweg.«

»Weiß nicht, ob da draußen mehr Polizisten oder Paparazzi unterwegs sind«, meinte Storch.

Holm zuckte mit den Schultern.

»Nach dem Mord an Scheller, der Beschlagnahmung und der Knarre: Haben wir was Besseres im Angebot, das sie schreiben könnten?«

»Was die Recherche angeht: Hanna Veh lebt online eher abstinent«, sagte Storch.

»Und Katta?«

»Arbeit, Arbeit, Arbeit. Sehr fleißig, die Gute. Nutzt aber auch zwei Messenger, in die ich nur hineinschauen kann, wenn ich vorher beim BND anheuere. Dasselbe gilt für die SMS von beiden.«

»Lerch und ihre Leute ziehen gerade um«, fügte Laura hinzu, »auf einen Hof zwei, drei Kilometer von hier.«

»Ich werde sie vermissen.«

Storch hüstelte. »Ich habe mir deine spezielle Freundin angeguckt. Nichts zu holen. Skandalfreie Laufbahn. Umsichtig, vorsichtig, besonnen.«

»Man könnte sogar sagen«, übernahm Laura, »es müsste mehr solcher Bullen geben.«

Holm rümpfte die Nase. »Aber gerade vergaloppiert sich unsere Vorzeigekommissarin! Dann bleiben wir bei unserer schmalen Linie?«

Laura nickte: »Bianca hat mit all dem nichts zu tun und kooperiert in vollem Umfang. Sicherlich wird nachvollziehbar werden, warum die Polizei die Beschlagnahmung der Geschäftsunterlagen für notwendig erachtete. Dazu eine Beileidsnote im Namen der ganzen Familie. Und hintenrum versuchen wir, unsere gute Romy schlecht aussehen zu lassen.«

»Ja«, bestätigte Holm matt.

»Katta macht nichts anderes, seit sie von eurem Date in Hamburg zurück ist. Aber das ist der Meute natürlich viel zu wenig.«

Holm holte seine Sanduhr hervor und sah zu, wie die Körner unaufhörlich rieselten. Das war zu wenig, viel zu wenig. Laura hatte ganz Recht.

Katta tat, was sie konnte. Bianca konnte er nicht auftreten lassen. Die Journalisten bekamen eine Steilvorlage nach der anderen. Und Thomas musste sich dafür rechtfertigen, warum er die Polizei vom Hof gejagt hatte.

Er kannte einige Journalisten so gut, es wäre ein Leichtes für Holm, ihnen seine Variante der Story beizubringen. Sie würden es sogar so schreiben. Gegen den herrschenden Mainstream würde er damit allerdings nicht ankommen. Nicht jetzt. Noch nicht. Dann brauchte er das Pulver auch nicht feucht werden zu lassen. Mist!

»Weiß Storch von meinem Besuch bei Dave?«

Laura nickte.

»Brillanter Move übrigens, Holm. Und nicht mal ein blaues Auge.«

Holm lächelte seinem Freund einen müden Dank zu und nahm kurz den schmerzenden Kiefer wahr, ehe er wieder in Gedanken versank.

Der Vater hätte etwas sagen können, doch brauchte es nicht allzu viel Fantasie, ihn nach den jüngsten Entwicklungen für verdächtig zu halten – nachdem Lerch auch noch die Geschäftscomputer beschlagnahmt hatte.

»Bianca kann die Ermittlungen nicht ignorieren«, Holm kannte Lauras dringlichen Tonfall zu gut, »und sie kann sich nicht von ihrem Umfeld distanzieren. Sie steckt in der Mausefalle, Mats!«

»Wir müssen sie da rausholen, bevor es zu spät ist«, antwortete er.

»Und wenn wir lauter werden? Härter rangehen? Können wir was mit medialer Vorverurteilung reißen?«

»Wir sollten es versuchen. Alles ist besser als nichts«, fand Storch.

»Ja klar, aber Werner sagt, die beiden Polizeiexperten, die wir hatten, treten nicht noch einmal auf, die haben viel Druck von ihren Leuten bekommen. Er hat niemanden mehr in petto. Das heißt: Wir sind blank, was Ad-hoc-Fürsprecher angeht.«

»Shit!«, fluchte Storch.

»Dann muss er halt selbst in die Bütt!«, schlug Holm vor.

»Mit schönen Grüßen von Holm KPR?«, wollte Storch wissen.

»Ich dachte mehr als alter Haudegen, der die Lage einordnen kann – und dann zufällig sehr klare Worte findet. So was wie Rufmord.«

Laura blinzelte ihn an.

»Das ist ein echter Holm«, sagte sie anerkennend. »Die Karte können wir genau ein Mal spielen, aber warum nicht. Ich rede mit ihm. Am besten wettert er in den sozialen Medien los, dann sorge ich dafür, dass die richtigen Leute das sehen und ihn auf Sendung bringen. *Brisant* wäre prima. Dann kriegen ihn die von der *Tagesschau* eher auf den Schirm und die Morgenmagazine.«

»Na, ihr seid ja wieder drauf!« Holm überhörte Storchs Kommentar und grübelte weiter.

»Wir sehen zu wenig«, flüsterte er endlich. »Ich habe überhaupt kein Gefühl dafür, was hinter der Sache steckt oder wann das Ende der Fahnenstange erreicht ist.«

»Können wir uns nicht Bilder von Sicherheitskameras besorgen, die in der Nähe vom Hof stehen?«, ging Storch darauf ein.

»Besorgen?«, hakte Laura grinsend nach.

»Das wird Lerch schon machen.« Holm winkte ab.

»Kriegst du dich in so was gehackt?«, fragte Laura.

»Klar!«, rief Storch angestachelt. »Muss ein paar Sachen checken, aber dann kann ich uns All-Access-Bändchen besorgen.«

Holm zögerte. »Ich weiß nicht, viel Risiko, viel Aufwand und der Ertrag könnte schmal sein.«

»Besser als rumsitzen«, antwortete Storch pikiert.

»Okay«, sagte Laura und klatschte in die Hände wie eine Trainerin bei der Halbzeitansprache, »lassen wir das lieber. Ich habe aber eine andere Idee. Wir kümmern uns um die drei Ps!«

»Die was?«, fragte Storch verblüfft.

»Fast alle Fälle lassen sich auf drei Motive zurückführen«, referierte Laura, »Politik, Portemonnaie und Poppen.«

Storch rollte mit den Augen.

»Das sind die hohen Weihen der Polizeischule, mein Lieber!« Laura machte ein Ja-so-ist-das-Gesicht, das Storch immerhin dazu brachte, einen Mundwinkel hochzuziehen.

»Politik wäre der Fall gewesen, wenn der Richter gezielt getötet worden wäre«, kam Holm zurück zur Sache.

»Wenn es mit Portemonnaie zu tun hat, wird Lerch was auf den Computern finden oder in den Akten«, ließ Storch sich auf die drei Ps ein, so befremdlich er den Angang auch fand.

»Dann können wir uns doch mit Poppen befassen!«, meinte Laura mit einem Grinsen.

»Wer mit wem?«

»Katta scheint Papa Veh nahezustehen.«

»Wo wäre die Verbindung zu Scheller?«

»Sie tun sich zusammen, um ihn aus dem Weg zu räumen.«

»Weil?«

»Weil dann die Schulden getilgt wären.«

Storch zuckte mit den Schultern.

»Was ist mit Scheller und Bianca?«, warf Laura in den Raum.

»Lass sie da raus«, antwortete Holm.

»Aber …«

»Es geht um Scheller, verdammt!« Ihm entfuhren die Worte lauter, als er wollte, und schärfer, als er dachte.

Laura verstummte. Er wusste nicht, was er sagen sollte, und wandte sich ab.

»Ich glaub auch nicht, dass sie der Typ dafür ist«, meinte Storch. »Erst Dave, den Rebellen – und dann in den sicheren Hafen, der alte Mann und die Fee? Das ist mir zu krass.«

»Oder nach der Vorgeschichte gerade plausibel«, insistierte Laura.

Holm zog vielsagend die Augenbrauen hoch.

Laura warf die Hände in die Luft. »Es macht keinen Sinn, mit zwei Typen wie euch über Frauenseelen zu diskutieren.«

»Na, hör mal«, protestierte Storch.

»Hallo«, sie machte Roxana mit dem sanften *ch* nach, »Herr Holm, hast du Handynummer, ruf mich an. Mach ich dir LWS richtig schön durch.«

Storch musste laut lachen und applaudierte Laura. Holm schüttelte grinsend den Kopf.

Als Storch sich wieder beruhigt hatte, schob Holm nach: »Sie beherrscht auch thailändische Fußtechniken.«

Das gab Storch den Rest.

»Siehst du!«, rief Laura gespielt, »und mit so einem Kerl muss ich Tag für Tag über die Runden kommen.«

Es dauerte einen Moment, bis Storch sich wieder unter Kontrolle hatte.

»Was ist mit Scheller und Hanna Veh?«, meinte er dann.

Sie sahen sich an.

»Die Übermutter?« Holm runzelte die Stirn.

»Die verzweifelte Frau, die nicht gesehen wird. Die mit der Managerin konkurriert.« Laura verschränkte die Arme vor der Brust.

Bei Vehs haben die Weiber die Hosen an, hatte Dave gesagt. Am Morgen war es die Mutter gewesen, die Laura und ihn gebeten hatte zu bleiben. Ausgerechnet sie. Warum bloß?

»Mal ehrlich, Laura: Du könntest es verstehen?«

»Scheller war immer da. Vielleicht hat sie nur mit dem Feuer gespielt, wollte in Wahrheit aber Vehs Aufmerksamkeit zurück. Ihn eifersüchtig machen.«

»Nach dem Motto: Was du mit Katta kannst, kann ich auch!?«

»Ausgerechnet mit seinem alten Freund?«, hakte Holm nach.

»Gerade mit ihm. Sie wollte ihren Konrad bestrafen.«

»Ist das allgemeine Frauenpsychologie, oder dürfen wir gerade die Abgründe deiner Seele bewundern?«

»Wie wäre es, wenn der kleine Macho in dir das selber herausfindet?«

»Bei Gelegenheit«, antwortete er kurz angebunden und schob das Thema mit einer knappen Geste beiseite.

»Selbst wenn es so wäre«, meinte er dann und rieb sich den Nacken, »wir haben zwei Tote. Keine Idee. Keine Linie. Und einen frauenpsychologisch plausiblen Verdacht.«

»Die drei Ps lügen nie. Fast nie.«

»Hast du die Uniform eigentlich je abgelegt?« Storch zwinkerte Laura zu.

»Wie soll das Bianca nutzen?«, dachte Holm laut.

»Im Moment würde ich mich fragen: Kann es ihr schaden?«, erwiderte Storch.

»Wie auch immer«, sagte Laura, »wir haben keine große Wahl. Im schlechtesten Fall schließen wir eine Hypothese aus.«

Storch und Holm schwiegen.

»Und«, legte Laura nach, »es gibt eine ziemlich einfache Möglichkeit, der Sache nachzugehen.«

»Die da wäre?«

»Na, wir schauen uns in der Wohnung der Vehs um«, sagte sie, als sei es das Natürlichste der Welt. »Nach Liebesbriefen! Du hast doch gerade gehört, dass Mama Veh es nicht so mit sozialen Medien hat.«

Holm kräuselte die Mundwinkel. »Freiwillig wird sie uns nicht reinlassen.«

»Auf keinen Fall«, stimmte Laura ihm zu.

»Und was daran ist dann bitteschön *ziemlich einfach*?«, fragte Storch.

Laura grinste ihn katzenhaft an und schnipste mit den Fingern.

Liebesbriefe! Darauf konnte wirklich nur Laura kommen.

Sollten sie bei Mama Veh nachschauen oder nicht?

Nachschauen. Wie das klang. *Einbrechen* hätte wohl jemand gesagt, der nichts mit dem beschönigenden Job eines Krisen-PR-Beraters zu tun hatte.

Holm war sich nicht sicher. Sacken lassen. Nachdenken.

Wurden sie erwischt, hätte selbst Holm keine Ausrede parat.

13.59 Uhr

Eklund lächelte ihr aufmunternd zu, nachdem er an der Wohnungstür von Annegret Götz geklingelt hatte. Wer und was sie hinter dieser Tür erwartete, konnte Liv nicht erahnen, sie wusste bloß eins: Wenn die Frau nicht gleich aufmachte, würde sie es sich anders überlegen und so schnell wegrennen, wie sie nur konnte.

Zum Glück hörte sie das Geklacker von hohen Schuhen. Eine kleine, schmale, feingliedrige Dame öffnete die Tür. Aufrecht, volles graues, kurz frisiertes Haar, in einem gedeckten, dunkelblauen Kostüm, der Rock ging bis über die Knie, helle Bluse, Perlenkette. Als handle es sich um ein Bewerbungsgespräch, bei dem unklar war, wer sich wem vorstellte.

Ungezählte Stunden im Dienst von anstrengenden oder anspruchsvollen Chefs hatten sich in ihrem Gesicht verewigt. Sie scannte Eklund, hatte nicht die Gewohnheit ablegen können, jemanden in Sekundenschnelle abzuschätzen.

Einen Moment lang ruhten ihre Augen ganz auf Eklund, der mit seiner beachtlichen Statur ihren Blick auf sich zog.

Dann erst sah sie zu Liv hinüber. Schlagartig sog sie die Luft ein und legte eine Hand auf die Brust. »Mein Gott«, flüsterte sie, ohne die Augen von der jungen Besucherin zu lassen. Liv stockte mitten in der Bewegung, ihre ausgestreckte Hand hing in der Luft.

Annegret Götz brauchte einen Moment, bis sie sich gesammelt hatte. »Verzeihen Sie«, sagte sie mit klarer Stimme. »Sie sehen ihrer Mutter wahnsinnig ähnlich.«

»Liv Holm«, stellte ihr Detektiv sie vor, »meine Name ist Eklund, wir haben telefoniert.«

Götz gab beiden die Hand.

»Das mit meiner Mutter höre ich übrigens oft«, erwiderte Liv verständnisvoll. »Wobei ich mich anders an meine Mutter erinnere. Und auf Fotos sehen wir auch nicht gerade aus wie Zwillingsschwestern.«

Annegret Götz sah sie lange an. »Es ist nicht nur das Aussehen, mein Kind«, erklärte sie und wandte sich ab.

Eklund warf Liv einen vielsagenden Blick zu und folgte der alten Dame durch einen kurzen Korridor in ihre Wohnung.

»Schön haben Sie es hier«, merkte er an.

»Gar nicht wie eine Seniorenresidenz meinen Sie?«

»Entschuldigung.«

»Schon gut. Sie haben ja Recht. Vierzig Quadratmeter Luxus, solange ich auf eigenen Beinen stehen kann, was die meiste Zeit sogar der Fall ist.«

Liv musste diese Frau einfach anlächeln. Sie fand sie auf Anhieb sympathisch.

»So sollten alle Altenheime aussehen«, meinte Eklund.

»Dann brauchen Sie aber auch zwei Kinder, die die horrende Miete zahlen, um kein schlechtes Gewissen zu haben, wenn sie nur ein Mal im Jahr zum Anstandsbesuch vorbeikommen.«

Liv wusste nicht, was sie sagen sollte. Eklund ging es genauso.

»Tee oder Kaffee?«, fragte Annegret Götz munter.

Sie hatte ein Porzellanservice bereitgestellt, welches ebenso alt wie teuer sein musste, das erkannte sogar Liv auf einen Blick.

»Wie ich Ihnen am Telefon sagte«, kam Eklund zur Sache, nachdem Götz den Tee serviert hatte, »möchte Frau Holm gerne herausfinden, wie es zum Tod ihrer Mutter kam.«

Götz nickte, ihre Augen ruhten auf Liv allein.

»Wenn Sie uns da …«

»Um ehrlich zu sein, hatte ich mich entschieden, Sie in aller Höflichkeit dumm sterben zu lassen, Herr Eklund. Als Chefsekretärin ist das praktisch mein Spezialgebiet, wenn Sie verstehen.«

Liv bemerkte, dass ihr der Mund offen stand. Schnell presste sie die Lippen wieder zusammen.

»Für mich gibt es eine Gegenfrage«, erklärte Götz und wandte sich ganz Liv zu. »Hat er hier Sie mitgeschleift oder wollten Sie dabei sein?«

»Er wollte mich abhalten. Ich musste unbedingt.«

»Warum?«

»Weil ich es wissen muss. Weil es mich nicht loslässt. Weil ich schwanger bin und unsicher …« Livs Stimme versiegte.

Götz zog zur Antwort eine Augenbraue in die Höhe.

»Sie haben Mut, Liv.«

Liv wusste nicht, was sie darauf antworten sollte, also nippte sie an ihrem Tee.

»Nun?«, hakte Eklund dezent nach und setzte einen treuen Hundeblick auf, der alles Eis Nordschwedens zum Schmelzen bringen würde.

Götz hielt den Tee samt Untertasse vor die Brust, pustete sanft in die Tasse und sah aus dem Fenster.

»Ach, was soll's«, sagte sie dann, »ich schulde ihm sowieso nichts. Fragen Sie.«

Liv klapperte mit der Tasse, als sie diese zittrig absetzte, und verschüttete etwas Tee.

»Ja, äh, wussten Sie, dass Herr Kellermann und meine Mutter ein Verhältnis hatten?«

»Davon bin ich ausgegangen.«

»Auf welcher Grundlage?«

»Nun, ich führte seinen Kalender. In jeder Lebenslage, wenn Sie verstehen.«

»Wie lange ging das?«, wollte Eklund wissen.

»Fast ein halbes Jahr.«

»Es war also mehr als eine flüchtige Affäre?«

»Die Dauer lässt darauf schließen.«

»War es ihm ernst mit meiner Mutter?«

»Diskretion ist an dieser Position das A und O. Herr Kellermann hat nie etwas dazu gesagt, und ich habe nie gefragt.«

Götz' Aussagen prasselten auf Liv ein. Verwirrten sie, überforderten sie. Eklund übernahm die Gesprächsführung, er schien ein gutes Gespür dafür zu haben, wann er gefragt war. Liv driftete ab.

Fast sechs Monate war das gegangen? Unglaublich! Liv konnte sich nicht an eine einzige auffällige Situation erinnern. Klar, sie hatte nichts als ihre Kindheitserinnerungen an die Zeit, aber war ihre Mutter eine … perfekte Schwindlerin gewesen?

»Frau Holm?« Eklund legte eine Hand auf ihren Arm.

»Ähm, Entschuldigung, wie bitte?«

»Ich habe Sie gerade gefragt«, wiederholte Götz, »ob Sie gar nicht die wichtigste Frage stellen wollen.«

Liv konnte nicht mehr klar denken. Welche Frage? Was? Worüber hatten die beiden geredet? Sie hatte völlig den Faden verloren. Sie schaute Eklund flehend an.

»War ein bisschen viel auf einmal, was?« Götz' Stimme bekam einen mütterlichen Unterton.

Liv war erleichtert, als Eklund das Wort ergriff.

»War Helena Holm in ihrer Todesnacht bei Herrn Kellermann?«

Annegret Götz machte ein ernstes Gesicht.

»Ja, das war sie.«

»Was?«, brachte Liv stimmlos hervor.

»Ihre Mutter traf in ihrer letzten Nacht Staatsekretär Kellermann.«

»Im Büro?«

»Ich habe sie mit eigenen Augen gesehen.«

Livs Kopf kam ihr auf einmal so schwer vor, dass sie ihn abstützen musste.

»Wann war das?«

»Spät am Abend. Nach 22 Uhr. Ich hatte auf einen früheren Dienstschluss gehofft. Er schob wegen ihrer Mutter unsere letzte Besprechung und ließ mich mit einem Berg Unterschriftenmappen warten.«

»Sind Sie sicher?«, hakte Eklund nach.

Liv hörte die Götz vorwurfsvoll ausatmen. Termine waren ihr Leben. Irrtum ausgeschlossen.

»Welchen Eindruck machte sie?«

»Sie war sehr aufgewühlt.«

»Waren die beiden verabredet?«

»Sie muss sich kurz vorher bei ihm direkt gemeldet haben. Er kam zu mir und sagte, ich solle sie gleich hereinlassen.«

»Hat er gesagt, worum es ging?«

»Nein.«

»Muss etwas Dringendes gewesen sein.«

»Ich will nicht spekulieren.«

»Wie lange blieb sie?«

»Etwa eine Viertelstunde. Vielleicht zwanzig Minuten.«

»Und dann?«

»Ist sie wieder gegangen.«

»Immer noch aufgelöst?«

»Ich hatte den Eindruck, sie sei etwas ruhiger.«

»Was hat er am nächsten Tag gesagt – als bekannt wurde, dass sie nicht mehr am Leben war?«

Für einen Augenblick gefiel Liv nicht, wie kalt Eklund sich durch die Details arbeitete, wie distanziert er über ihre Mutter sprach. Dann begriff sie, dass er sich nur professionell verhielt, so schmerzhaft das auch für sie sein mochte. Er hatte sie nicht gebeten, an diesem Termin teilzunehmen. Vermutlich hat er geahnt, warum.

»Am nächsten Tag«, antwortete die Götz, »war er schon auf Dienstreise. Deshalb brauchte ich ja am Abend noch die Unterschriften, damit ich in seiner Abwesenheit alles abarbeiten konnte. Das haben wir noch erledigt, dann blieb er eine Weile allein, und schließlich hat ihn der Fahrer zum Flughafen gebracht. Ich habe ihn erst drei Tage später wiedergesehen. Er sprach die Sache von sich aus an. Traurig und mitfühlend. Ganz souverän. Wie immer.«

»Haben Sie ihm das abgenommen?«

»Aber ja. Danach war es nie wieder ein Thema.«

»Und da Selbstmord attestiert wurde, gab es keine Ermittlung«, flüsterte Eklund.

Liv stand abrupt auf und streckte der Götz die Hand hin.

»Sie sind ein sehr anständiger Mensch, Frau Götz«, sagte sie kaum hörbar.

»Ich hoffe, Sie finden, was Sie suchen, mein liebes Kind, was auch immer es ist.«

Auf der Straße atmete Eklund tief durch und zog eine Packung Zigaretten hervor.

»Wusste gar nicht, dass Sie rauchen.«

»Manchmal muss es sein. Wenn Sie nichts dagegen haben.« Er zeigte mit dem Kinn in Richtung Livs Bauch.

»Keine Angst, ich atme zur anderen Seite und genieße die edle Berliner Abgasluft.«

»Na dann.« Er nahm einen tiefen Zug.

»Ich kann es einfach nicht fassen«, murmelte Liv, »dass etwas nachbohren reicht, um all das zu erfahren.«

»Manches Geheimnis ist irgendwann bereit, gelüftet zu werden.«

»Stellen Sie ihr Licht nicht unter den Scheffel, Herr Eklund.«

»Ja, wir hatten heute Glück. Und yep, wir sind schlauer als heute Morgen. Aber viel weiter sind wir nicht«, meinte er.

»Das sehe ich anders.«

»Inwiefern?«

Liv taxierte den Detektiv, ehe sie ihm ihren spontanen Impuls anvertraute.

»Ich gehe zu Kellermann.«

»Wie bitte?«

»Ich werde ihn zur Rede stellen.«

»Das ist zu früh. Er ist Politiker. Der amtierende Innenminister von Deutschland, Liv! Wenn er Sie überhaupt empfängt.«

»Das wird er, verlassen Sie sich darauf.«

»Und wie wollen Sie das anstellen?«

»Ich rufe bei der Nachfolgerin von der Götz an«, verkündete Liv entschlossen. »Was sonst?«

Bevor Eklund seine taktischen Einwände vorbringen konnte, umarmte sie ihren perplexen Schnüffler und lief los.

Sie ahnte, dass er ihr sprachlos hinterhersah. Sie beschloss, sich nicht umzusehen. Stattdessen versenkte sie ihre Hände in den Manteltaschen und beschleunigte ihr Tempo.

Den nächsten Termin wollte sie alleine bestreiten. Das war sie sich schuldig. Und ihrer Mutter.

14.16 Uhr

Bianca hörte ihnen so aufmerksam wie wortlos zu. Holm und Laura berichteten abwechselnd, was die Schlagzeilen über sie beherrschte. Sie erklärten, warum ihr das Wasser bis zum Hals stand, auch wenn Holm das insgeheim für eine ziemliche Beschönigung hielt. Daraus leiteten sie ab, dass sie die Doppelstrategie intensiviert weiterfahren wollten, auch mangels Alternativen: öffentliche Kooperation und heimliche Konfrontation.

»Ja und Amen«, sagte Bianca schließlich träge.

»Okay«, bestätigte Laura schnell, sie wollte den Punkt abhaken.

»Da gibt es noch etwas«, übernahm Holm. »Ich habe Dave getroffen.«

Bei dem Namen musste Bianca schlucken, es tat Holm leid, dass er sie damit quälte, aber es musste sein.

»Ist das eine Ihrer Finten?«

»Nein, ich habe ihm die Wahrheit gesagt.«

»Sind Sie wahnsinnig?«

»Manchmal.« Er zog einen Mundwinkel zu einem halben Lächeln hoch. »Ich habe darauf gesetzt, dass er sich verplappert«, bog Holm sich die Wahrheit zurecht, »hat er aber nicht.«

»Was hat er gesagt?«

»Leider nichts, was uns weiterhilft.«

»Na toll.«

»Aber … um ihn zum Reden zu bringen, habe ich ihm versprochen, dass Sie sich mit ihm treffen werden.«

»Wie bitte?«

»Sehen Sie es mir bitte nach.«

»Einen Scheiß werde ich! Was glauben Sie, wer Sie sind? Sie haben doch die Fotos von mir gesehen, oder nicht?«

»Ich verstehe Ihren Ärger, Bianca«, knickte Holm ein, »Sie haben Recht. Das war falsch von mir. Ich kümmere mich darum.«

»Wir ziehen uns besser zurück«, meinte Laura zu Holm, und an Bianca gerichtet, sagte sie: »Ich würde Ihnen gerne Ihre Mutter schicken.«

»Damit ich keine Dummheiten mache?« Bitterer Zynismus stand ihr nicht, fand Holm.

»Damit Sie nicht allein sind«, erklärte Laura ruhig.

»Gehen Sie mir aus den Augen«, verlangte Bianca. Holm sah noch, wie sie ein Kissen nahm, es in die Arme schloss und sich hinlegte.

Im Hinausgehen zwinkerte er seiner Partnerin zu. Sie gingen direkt zu Biancas Mutter und klingelten.

»Ihre Tochter hätte Sie gerne bei sich«, erklärte Laura.

»Ah, okay, sofort«, erwiderte Hanna Veh, zog sich etwas über und lief los. Sie taten so, als gingen sie zu Holms Raucherecke, kehrten aber postwendend zurück. Holm zog sein Smartphone hervor, um Storch zu schreiben. *Sie kommt. Alles wie besprochen.* Dann sah er sich kurz um und flüsterte: »Go!«

Laura hatte wenig Mühe mit der alten Tür. Sie schlossen sie schnell hinter sich und machten einige Schritte in die Wohnung hinein.

»Wir können hier nicht alles auf den Kopf stellen«, flüsterte Laura, was Holm mit einem Nicken beantwortete. Sie gingen langsam und vorsichtig durch alle Zimmer der Wohnung.

»Okay. Was wissen wir über Hanna Veh …? Sie ist schlau. Auch subtil.«

»Misstrauisch«, ergänzte Holm.

»Also keine offensichtlichen Orte wie ihr Schminktisch.«

»Trotzdem nah bei sich.«

»Wohl kaum unter der Matratze!«

Holm überlegte. Sie würde ihre Liebesbriefe – wenn es diese überhaupt gab – nicht an einem Ort verstecken, den ihr Mann zufällig aufsuchen konnte. Nichts mit Aktenordnern. Nichts mit Kochen. Etwaige Weinkontore oder Schnapsschränke fielen auch aus. Werkzeuglager.

Dann fiel es ihm wie Schuppen von den Augen. Wie einfach. Wie banal. Die Vehs lebten in der klassischen Versorgerehe. Mann Arbeit, Frau Haushalt. Und dass Veh in diesen Dingen ein Macho alter Schule war, konnte Holm sich lebhaft vorstellen.

»Gibt es hier eine Besenkammer? Einen Putzschrank? So was!«

»Ach, das ist zu billig.« Lauras Skepsis ließ sich nicht überhören.

»Du kennst die Psychologie der Frauen – und ich die der Männer.«

»Hör bloß auf«, schimpfte Laura.

»Wir ergänzen uns eben perfekt«, witzelte Holm leise weiter, während er ins Badezimmer ging.

»Ich kümmere mich um den Rest«, erklärte Laura und verschwand Richtung Schlafzimmer.

Holm sah in den Unterschrank des Waschbeckens. Reinigungsmittel und Tücher standen säuberlich aufgereiht. Er klopfte die Fliesen ab, den Schrank. Nichts.

Er erhob sich und wechselte hinüber in die Küche. Sein Blick fiel gleich auf den Vorratsraum, der eine Ecke der Küche ausmachte. Er drehte den kleinen Schlüssel und öffnete ihn.

Hier sah es schon anders aus. Die Regale rechter Hand boten ein einziges Durcheinander von Tomatendosen, Nudelpackungen, Gewürzgurken und allen möglichen anderen Lebensmitteln. Vor ihm beleuchtete die nackt von der Decke hängende Glühbirne ein Sammelsurium an Chemikalien, Staub- und Bodentüchern, Eimern und Vasen, Spülmaschinentabs, Küchenrollen, Taschentüchern.

Holms Instinkt meldete sich. Er tastete die Stellregale ab. Kniete sich hin, um die lose Fußleiste zu überprüfen. Tatsächlich konnte er an einer Stelle einen quer zum Boden verlaufenden Spalt im alten Gemäuer ausfindig machen. Er begann, ganz vorsichtig ein Regal zu verrücken, damit er einen besseren Blick auf diesen Spalt werfen konnte. Die sauberen Abdrücke seiner Füße inmitten der Staubschicht verrieten ihm schon, dass das Regal lange nicht bewegt worden war. Wahrscheinlich befand er sich auf dem Holzweg, zu Ende bringen wollte er es dennoch. Die Leiste wurde von einem einzigen, wackligen Nagel gehalten. Mühelos zog er die Leiste von der Wand ab. Er machte die Taschenlampe an seinem Smartphone an und zwängte seinen kleinen Finger in den Spalt. Keine Box, keine Briefe.

Ihm blieb nichts übrig, als den Finger wieder herauszuziehen. Dann schob er das Regal auf seinen alten Platz zurück und nahm sich das nächste vor. Er zupfte an einigen Sachen, zog eine Dose hervor und warf einen Blick hinein. Schließlich hockte er sich hin und fing an, das Regal systematisch auszuräumen. Er wollte nichts übersehen.

Was war das? Auf Schienbeinhöhe entdeckte Holm ein altes, breites Abflussrohr. Oder war das ein Waschmaschinenanschluss aus den Siebzigerjahren? Er schraubte den Messingdeckel ab, leuchtete hinein und – entdeckte eine schmale Plastikröhre. Nach zwei Versuchen gelang es ihm, sie herauszuzupfen. Volltreffer! Eingerollt in der Röhre waren Zettel. Papier. Die Tinte schimmerte durch die Rückseiten der wenigen Blätter.

Mit einem Handgriff zog er den Plastikdeckel von der Röhre ab und fischte mit den Fingerspitzen ein erstes Blatt hervor.

Hanna, mein Herz, las er und schaute sofort nach dem Abschiedsgruß am Ende des Briefs. Gut leserlich stand da: *Dein Bernhard.*

»Frau May«, rief er, »ich würde gerne ein Bingo anmelden.«

Es dauerte kurz, bis Laura »Nicht wirklich?« antwortete und Augenblicke später in der Tür stand.

Er hielt den Brief hoch.

»Hanna, mein Herz«, zitierte er.

»Großartig!«, flüsterte Laura.

Er zog die anderen Blätter hervor. Insgesamt waren es sieben kurze Briefe, nie länger als eine Seite.

»Den Daten nach ging es eine Weile«, stellte Laura fest.

Holm rieb sich das Kinn.

»Und die sitzt da heute Morgen, heult und sagt keinen Mucks.« Laura musste sich beherrschen, um nicht laut zu werden.

»Außer dass wir bleiben sollen.«

»Einerseits wollte sie es geheim halten. Andererseits wusste sie, was kommt.«

»Da ist so ein PR-Schutzschild auf einmal hilfreich.«

»Geht's der am Ende um sich selbst?«

Holm zuckte mit den Schultern. »Lesen können wir später, mach am besten schnell Fotos, bevor sie auf die Idee kommt, die schönen Zeilen für romantische Kaminfeuer zu benutzen.«

Laura zückte ihr Smartphone und machte sich an die Arbeit. Während er die Briefe in die Röhre steckte und diese wieder verstaute, fragte er sich, ob Konrad Veh tatsächlich nichts von der Affäre mitbekommen haben konnte.

Ein Geräusch riss ihn aus seinen Gedanken. Laura griff alarmiert nach seinem Arm.

Die Tür!

Verdammt? Hatte Storch geschlafen. Er zog sein Smartphone hervor. Oh nein! Vor zwei Minuten hatte Storch ihn gewarnt. Holm hatte die Vibration nicht bemerkt, so vertieft musste er in die Liebesbriefe gewesen sein.

Er fluchte bei sich.

Laura gab ihm ein Zeichen, er solle sich nicht rühren. Vielleicht holte die Veh ja nur etwas.

Vielleicht.

Die Tür fiel zu. Dann knirschte der Schlüssel im Schloss. Auch das noch! Biancas Mutter schloss von innen ab.

Lauras Blick flog durch den Raum. Es gab kein Versteck. Kein Entkommen. Laura zeigte zwar auf das Fenster. Doch sobald sie sich bewegten, würde die Veh hellhörig werden. Außerdem hätten sie die Fensterbank abräumen und nacheinander aus dem Fenster klettern müssen. Holm schüttelte den Kopf.

Sie hörten Hanna Vehs Schritte näher kommen. Wenn sie an der Küche vorbeiging, ohne die beiden zu bemerken, zum Bad oder zum Schlafzimmer, dann kämen sie zumindest aus der Küche raus. Vielleicht hatte sie den Schlüssel von innen stecken lassen.

Plötzlich stand sie im Türrahmen und starrte sie giftig an.

»Ich überlege gerade, ob mich das ernsthaft überrascht, Sie beide hier zu erwischen.«

In aller Seelenruhe trat sie an die Küchenzeile und zog zwei Küchenmesser mit beeindruckenden Klingen aus einem Holzblock hervor, die sie auf die beiden richtete.

14.38 Uhr

Die Polizei hatte es nicht so mit der Ordnung. Thomas musste bei dem Gedanken grinsen. Das Bistro glich einem einzigen Saustall. Würde sich das ein Otto Normalbürger leisten, gäbe es gleich ein Knöllchen. Die hielten sich wirklich für etwas Besseres, die Trachtentruppe, allen voran ihre Bienenkönigin.

»Bei den Hotelzimmern würden wir für so eine Sauerei Reinigungszulage nehmen«, sagte er zu Franco, der keine Sekunde gezögert hatte, ihm zur Hand zu gehen.

»Sollten wir fotografieren und der *Bild*-Zeitung geben.«

»Ja, genau. Mit ner schönen Überschrift: *Deutschland – deine Ordnungshüter.*«

»Auf in den Kampf«, rief Franco theatralisch. Thomas tat es ihm gleich und schnappte sich zuerst die überquellenden Mülleimer.

»Ich hätte so gern das Gesicht von der Lerche gesehen«, meinte Franco, »als du sie hier rausgeschmissen hast.«

»Genug ist genug«, sagte Thomas knapp. Ihre Gastfreundschaft so mit Füßen zu treten, passte auf keine Kuhhaut. Erst hatte sie sich hier eingenistet, dann Franco verdächtigt und schließlich die Computer und Akten vor laufenden Kameras mitgenommen. Sie schoss ins Blaue, da brauchte man kein Kriminologe zu sein, um der Frau Kommissarin blinden Aktionismus vorzuwerfen.

Geschäftsschädigend war das, rücksichtslos, dumm. Dumm, hoffte Thomas insgeheim, konnte ihnen womöglich noch helfen.

»Und wie fühlst du dich an Tag eins nach deinem ersten Verhör?«, wechselte er mit einem Augenzwinkern das Thema.

»Wer sagt, dass das mein erstes war?«, feixte Franco.

»Ach ja, ich habe hier ja den ganz hartgesottenen Mafia-Mann am Start«, meinte Thomas. Franco wollte ihn in den Arm nehmen. »Nicht sicher hier«, murmelte Thomas und wandte sich ab.

»Ich überlege auf jeden Fall, wie ich mich bei Westenberg erkenntlich zeige.«

»Sei doch froh, Franco, der feine Herr Produzent hat die Maske fallen lassen!«

»Er hat mich eiskalt bei den Bullen angeschwärzt.«

»Wenn du ihm auch solche Angst einjagst.«

»Pah«, machte Franco, während er geschäftig leere Plastikflaschen einsammelte und Folienpapier von Junkfood jeder Art.

»Echte Feinschmecker«, rief er und hielt die Verpackung eines Proteinriegels in die Luft.

»Das Gute ist«, kam Thomas zurück auf Westenberg, »dass er dir jetzt etwas schuldet.«

»Der soll mir nicht in die Quere kommen!«

»Ich nenne dich bald nur noch Vesuvio.«

»Bin wenigstens nicht so gefühlskalt wie die Leute in deiner Familie.«

»Na komm.«

»Kühlschränke. Alles Profi-Kühlschränke. Die kannst du auf einen Zehntelgrad genau einstellen.«

»Vielleicht brodelt es auch ewig vor sich hin, und dann gibt es den einen, vernichtenden Ausbruch«, meinte Thomas leise.

»Die letzten Tage von Pompeji, was?« Franco lachte bitter.

»Meinst du, die gucken nur nach den Verbindungen zu Scheller, oder sie prüfen richtig die Bücher?«

»Ich weiß nicht, Franco.«

»Aber wenn sie es herauskriegen?«

»Und wenn nicht?«

»Ist das unsere Taktik? Den Kopf in den Sand stecken?«

»Bleiben wir einfach cool. Und halten Augen und Ohren offen.«

Franco schüttelte den Kopf und machte schweigend einen festen Knoten in seinen Müllsack.

Das Smartphone von Thomas vibrierte.

»Ein Link von Katta«, murmelte er und öffnete die Seite, Franco kam direkt zu ihm.

»Zugeschaltet ist Werner Mühlen«, sagte die Moderatorin, »der viele Jahre lang erfolgreich Krisen-PR gemacht und viele solcher Situationen selbst erlebt hat. Herr Mühlen, was ist los bei Bianca Veh – haben Sie schon mal einen vergleichbaren Fall erlebt?«

»Jeder Fall ist einzigartig. Was diesen auszeichnet, ist die wirklich irrlichternde Polizeiarbeit. Das bewegt sich irgendwo zwischen Vorverurteilung und Rufmord, das muss ich leider so deutlich sagen. Das hat Bianca Veh nicht verdient.«

»Kaum einer kennt sich besser aus als Sie, wie lässt sich das verteidigen?«

Thomas stoppte das Video.

»Ich habe fast Mitleid mit deiner Schwester.«

»Wieso? Soll sie doch sehen, was sie mit ihren Höhenflügen angerichtet hat.«

»Ach, komm schon, Thomas.«

»Heute ist mit Sicherheit nicht der Tag, an dem wir weich werden.«

Franco drückte ihm den vollen Sack in die Hand. »Hier, bring mal weg. Und entspann dich auf dem Weg.«

Thomas sah ihm hinterher, wie er sich die Hände an der Hose abwischend davonmachte.

Mitleid mit Bianca? Tsss! Die fiel doch sowieso wieder auf die Füße, wie immer. Thomas machte sich viel mehr Sorgen um seinen Vater, seine Mutter – und um sich selbst.

Was würde Lerch herausfinden? Und vor allem: Was nicht?

Selbst Franco faszinierte Biancas Schicksal mehr als seines. Das war ein vergifteter Gedanke, das begriff Thomas in dem Moment, in dem er ihn dachte. Trotzdem war er in der Welt und ließ ihn verbittert im leeren Bistro zurück.

14.44 Uhr

Holm ließ die Klingen in Hanna Vehs Händen nicht aus den Augen. Was für ein idiotischer Anfängerfehler von ihm, nicht aufs Smartphone zu schauen! Er hatte zugelassen, dass sie auf frischer Tat ertappt wurden, von dieser durchgeknallten, unberechenbaren Frau, deren Augen seit Minuten irre zwischen Laura und ihm hin- und hersprangen.

»Sie sind ja auf einmal gar nicht mehr so redselig, Herr Holm.«

Gaben sie zu, warum sie hier waren, würde sie den Verstand verlieren. Taten sie es nicht, hielt sie sie weiter fest.

»Was sollte mich davon abhalten« legte Hanna Veh nach, »die Polizei zu rufen und Sie beide endlich loszuwerden?«

»Die Briefe«, hörte Holm Laura sagen. Selbstsicher, voll auf die Zwölf. Verdammt! Das konnte die Frau endgültig explodieren lassen. Ihre Augen verengten sich zu wütenden Schlitzen, aus denen sie furchterregende Blicke abfeuerte. Jetzt gab es kein Zurück mehr, sie mussten es auf dem Weg versuchen, den Laura eingeschlagen hatte.

»Die Polizei würde sie aus Ihrem Vorratsraum herausholen und hätte dann vermutlich ein paar Fragen an Sie.« Laura sprach, so ruhig sie konnte, als richtete sie die Worte an eine Suizidgefährdete, die vom Dach eines Hochhauses todessüchtig in die Straßenschlucht hinabstarrte.

Holm beobachtete, wie Vehs Kinnlade sich senkte.

»Ihre Affäre würde durchsickern und Ihren Familienbetrieb, ja Ihre Familie, die Ihnen doch so heilig ist, sprengen.«

Langsam, Laura. Nicht zu viel auf einmal.

Da sprang Hanna Veh vor, hieb die Messer durch die Luft und schrie wie von Sinnen: »Du Miststück! Du Hurensohn! Was macht ihr hier?«

Drohend streckte sie ihnen die Messer entgegen.

»Niemand darf das erfahren. Niemals!«

»Frau Veh …«

»Wie bist du darauf gekommen, du Teufel?« Sie spuckte die Wörter hervor und starrte Holm an. Speichel hing in ihren Mundwinkeln.

»Das war ehrlich gesagt meine Idee«, ging Laura dazwischen. Gut, sie sprang ihm zur Seite, lenkte Vehs Aufmerksamkeit auf sich. Wenn Biancas Mutter noch einen einzigen Schritt näher rückte mit diesem irren Blick und den unerfreulich großen Messern, mussten sie sie entwaffnen. Er würde ihr die verdammten Arme brechen, wenn es sein müsste.

Laura hob langsam die Hände zu einer beschwichtigenden Geste.

»Wir wollen nur Bianca helfen. Das wollen Sie doch auch, oder?«

»Komm mir nicht so. Glaub ja nicht, wir säßen in einem Boot!«

»Wir müssen verstehen, was los ist. Dann können wir helfen. Wirklich!«

»Ihr seid zu spät dran. Viel zu spät.«

»Eines haben wir in all den Jahren gelernt: Es ist nie zu spät, um zu retten, was noch zu retten ist.«

»Frau Veh, diese Briefe begründen ein Tatmotiv.«

»Lass das, du Mistkerl.«

»Wusste ihr Mann davon?«

Sie hieb ein Messer in seine Richtung, wollte ihn endlich zum Schweigen bringen.

»Ihr Sohn?«

»Katharina Wiesenbach?«

»Stopp!«, brüllte Biancas Mutter und machte einen wütenden Schritt auf sie zu. Darauf hatte er gelauert. Holm ließ seine Hände vorschnellen, griff Veh fest an den Gelenken und fixierte so die Hände. Plötzlich Blut – sie hatte ihn mit der Klinge am linken Unterarm erwischt. Doch er spürte keinen Schmerz. Nur Wut.

Laura zerrte Veh das Messer aus der linken Hand und steckte es hinten in den Hosenbund. Dann riss sie den Arm mit einer geübten Bewegung auf Vehs Rücken.

»Aua, ah! Sie tun mir weh!«

Holm hätte es nichts ausgemacht, ihr Handgelenk zu zerquetschen, als sie Laura und ihn minutenlang mit dem verbliebenen Messer bedrohte, von dessen Klinge sein Blut tropfte. Laura sah ihn mit ebenso entschlossenem Blick an. Endlich ließ Hanna Veh unter Schmerzen das zweite Messer fallen.

Laura schoss es weit weg, ließ Veh sofort vom Wickel und entschuldigte sich für den festen Griff. Holm ließ auch von ihr ab, brachte aber keine Worte der Reue über die Lippen.

Laura wandte sich ihm zu und wollte sich die Wunde ansehen. Er schob sie brüsk von sich und murmelte etwas von Schnittwunde. Laura schnappte sich das erstbeste Tuch, das ihr unter die Finger kam und verband Holm.

Biancas Mutter, die in Schockstarre verharrt war, brach auf einmal in Tränen aus. In diesem Moment erkannte Holm zum allerersten Mal eine gewisse Ähnlichkeit mit ihrer Tochter, doch er ließ diesen irritierenden Gedanken für sich stehen, denn Veh sackten die Beine weg und forderten eine Reaktion von ihm. Holm erwischte sie gerade noch unter den Achseln und hievte sie aufs Sofa.

»Ich hole Ihnen ein Glas Wasser«, bot Laura an und lief in die Küche, ohne eine Antwort abzuwarten.

Veh rieb sich ihr Handgelenk.

»Tut mir leid«, kam es Holm doch noch kühl über die Lippen, »aber bei Messern hört der Spaß auf.«

Veh nickte unmerklich. »Mir auch.«

Laura kam mit einem Glas Wasser zurück.

»Danke«, murmelte Biancas Mutter.

Laura gab ihr einen Moment, dann fragte sie behutsam: »Möchten Sie nicht lieber erzählen, als dass wir nachbohren?«

Hanna Veh starrte in ihr leeres Glas, als fände sie dort die richtigen Worte. Holm konnte fühlen, wie ihr Schutzpanzer Risse bekam, knackte und aufbrach.

»Es ging zwei Jahre«, setzte sie an. »Gut verstanden hatten wir uns immer. Ich hätte nie gedacht, dass es so weit kommen würde. Aber Konrad und ich … wir haben uns in all diesem Ehrgeiz verloren. Uns gegenseitig krank gemacht. Vorwürfe. Erwartungen. Bestrafungen. Immer etwas mehr. Das hat meine Ideale von Familie ausgehöhlt.«

»Biancas Durchbruch brachte keinen Frieden?«

»Im Gegenteil. Das war ja der Beweis dafür, dass er mit allem Recht hatte. Und ich Unrecht. Dass der Einsatz sich lohnte. Für alle.«

»Er hat sich erst recht in die Arbeit gestürzt«, schloss Holm.

Hanna Veh nickte.

»Dann kam die Wiesenbach dazu, man brauchte ja unbedingt eine Managerin. Ihnen wird nicht entgangen sein, dass wir uns in gegenseitiger Abneigung verbunden sind.«

Holm zog einen Mundwinkel hoch.

»Es wuchs und wuchs, bis wir die Kontrolle verloren haben. Bis die ganzen Blutsauger an Bianca hingen.«

»Und Dave.«

Voller Enttäuschung schüttelte sie den Kopf.

»Haben Sie Kinder?«

Laura verneinte. »Eine Tochter«, sagte Holm, was Veh veranlasste, nun ihn anzusprechen.

»Dann kennen Sie vielleicht das Gefühl, alles, wirklich alles dafür gegeben zu haben, damit aus ihrem Kind ein anständiger Mensch wird …«

»Und dann taucht dieser Typ an ihrer Seite auf, mit dem man so gar nichts anfangen kann. Willkommen im Club.«

In ihren Augen flackerte es kurz auf. Holm arbeitete so lange in der Krisen-PR, und doch war das entwaffnendste Mittel, das er in all den Jahren entdeckt hatte, die Wahrheit.

Veh stellte ihr Glas mit einer langsamen Bewegung ab.

»Sie sehen die Katastrophe kommen, aber keiner hört auf Sie. Geld und Ruhm machen blind. Selbst Bianca wurde von diesem Virus befallen.«

»Sie verloren Ihren Einfluss auf sie.«

»Ja, da haben Sie Recht.«

»Ein schmerzhafter Prozess«, flüsterte Laura.

Hanna Veh verfiel in Schweigen.

»Wusste Bianca etwas von Ihrer Affäre?«, wollte Laura wissen.

Veh schüttelte den Kopf.

»Thomas?«

»Vielleicht.«

Ihr Mann?«

Sie blickte auf. »Ja. Er wusste es praktisch von Anfang an.«

»Was hat er gemacht, als er es erfuhr?«

»Hat er um sie gekämpft?«

Biancas Mutter krampfte, weinte. Schwieg, bis Laura sie in den Arm nahm.

»Es tut mir leid«, Holm räusperte sich, »aber um weiterzumachen – für Bianca! –, muss ich Sie fragen, wen Sie eher verdächtigen würden. Ihren Sohn oder Ihren Mann?«

»Thomas nicht, nein«, brachte sie mit Mühe heraus. Die Tränen erstickten ihre Stimme.

Holm ließ ihr Zeit, bis sie zu ihm aufsah, Tränen verschleierten ihre Augen.

»Für Konrad … habe ich das Gefühl verloren. Jedes Gefühl.«

Sie stützte ihren Kopf in die Hände, ihr Rücken bebte, Holm und Laura tauschten Blicke aus.

Abrupt griff Biancas Mutter nach seiner Hand, sie hatte knochige, erstaunlich kräftige Finger.

»Sie beschützen meine Bianca doch, Herr Holm, oder? Deshalb wollte ich heute früh, dass Sie bleiben.«

»Mit allem, was ich habe«, sagte Holm heiser, Laura in die Augen starrend.

Endlich kam Licht ins Dunkel. Endlich kamen sie der Wahrheit so nah, dass Holm KPR seinen Job machen konnte. Sie mussten ganz dringend eine Rettungsschneise für Bianca schlagen.

Die Familie würden sie nicht retten können, die schrieb Holm ab. Das war allerdings auch nicht ihr Auftrag. Es ging um Bianca. Und ihr Image. Deshalb sind wir hier, hämmerte Holm sich ein. So blutig es in den nächsten Stunden auch zugehen würde, sie konnten dieses Ziel immer noch erreichen – zumindest im Kern, einem kleinen Kern, mit bitteren Abstrichen. Holm spürte Hoffnung in sich aufkeimen. Für den Fall und – was ihm noch wichtiger war – für Bianca.

15.07 Uhr

Bianca Veh wusste, wo sie ihn finden würde. Wenn es Ärger in der Arbeit gab oder er sich mit Mutter stritt, zog er sich in sein Reich zurück. Ein bescheidenes Reich, das ihrem Vater genügte. Jeder, das hatte sie in der Klinik begriffen, brauchte einen Ort, wo er ganz er selbst sein konnte. Frei von Zwängen, den offensichtlichen wie den verborgenen. Meist waren das einsame Rückzugsorte. Glücklich waren die, die diese Orte mit anderen teilen konnten. Sie wusste, wovon sie sprach.

Irgendwann blieb nichts mehr übrig, was man noch verlieren konnte, außer dem verdammten Gefühl der Leere.

Sein Büro lag in den Tiefen des Hoteltrakts, das sie immer mit Respekt betreten hatte. Die ganze Bürokratie, die er ihr vom Leib hielt, die Aktenrücken und Zahlenkolonnen, Soll und Haben: all das schüchterte Bianca ein. Ein höchst komplexes Fünf-Gänge-Menü für zwölf Personen – kein Problem. Jenseits dieser Schwelle aber, das war nicht ihre Welt. Dass Konrad ihr dort den Rücken freihielt, war ein Geschenk.

Sie klopfte am Türrahmen und trat ein. Da saß er in seinem Chefsessel mitten im ausgeräumten Büro, eine Tischlampe spendete das einzige Licht. Ansonsten hatten die Polizisten alles mitgenommen, was nicht niet- und nagelfest war. Vor ihrem Vater stand ein Glas Whiskey auf dem leeren Tisch. Konrad Veh, Papa, ein König ohne Reich. Stell dir vor, dachte sie, sie würden dir alles aus der Küche tragen, bis zum letzten Löffel.

Er sah kurz auf, lächelte matt und blätterte weiter in einem alten Fotoalbum.

»Ich wollte dir noch mal sagen, wie leid mir das mit Onkel Bernhard tut.«

»Danke. Ja, schrecklich das Ganze.« Er sah sich eines der Fotos genauer an.

»Wie lange kanntet ihr euch?«

»Ewig.«

»Das ist lang.«

»Weiß Gott.«

»Da kann viel passieren«, wagte Bianca sich vor.

Er blickte zu ihr auf und verharrte reglos. Erst jetzt erkannte sie, wie stark gerötet seine Augen hervorstachen. War die Ursache dafür Trauer – oder Wut?

Sein Blick verließ ihren und glitt hinab auf den Boden, wie ein Anker auf den Meeresgrund.

»Wie klein ihr damals wart«, murmelte er.

Bianca brachte die Stimmung ihres Vaters aus dem Konzept. Sie hatte ins Büro laufen und ein paar harte Fragen loswerden wollen. Auf einmal fehlten ihr die richtigen Worte.

»Soll ich dir mal erzählen, wie Bernhard überhaupt unser Zulieferer geworden ist?«

Sie wollte keine alten Geschichten hören. Sie wollte wissen, ob stimmte, was sie sich im Laufe des Tages zusammengereimt hatte. Dennoch gab sie nach und ließ sich auf die nostalgische Geschichte ein, die er ihr anbot.

»Wart ihr nicht von Anfang an ein Duo?«

»Ja, fast. Als ich den Hof hier übernahm, habe ich einen Berg Schulden geerbt. Fleisch war teuer. Und gutes Fleisch erst. Bernhard hat damals gewildert. Aus Lust und Laune. Er wollte rumballern. Ich konnte das Fleisch gebrauchen. Eine faire Sache.«

Er trank das Whiskey-Glas in einem Zug aus.

»Wirklich?«

»Ja.«

»Warum hast du das nie erzählt, Papa?«

»Ich wollte, dass du dich nie so schäbig fühlen musst wie ich. Ich wollte dir keine Schwäche mitgeben. Keine Selbstzweifel.«

Bianca verschlug es die Sprache, sie wusste nicht, was sie sagen sollte.

»Viel später haben wir begriffen, wie gut wir uns ergänzten. Der perfekte Lieferant, der perfekte Abnehmer, eine große Freundschaft fürs Leben.«

Sie konnte nicht heraushören, ob er das ironisch meinte oder nicht. Ihr Vater erhob sich aus seinem Sessel und ging zu einer Kommode, auf der eine halbleere Whiskey-Flasche thronte. Er goss sich seelenruhig ein, nahm einen großen Schluck und ließ den edlen Tropfen genüsslich die Kehle hinablaufen.

Er hielt ihr fragend die Flasche hin.

Sie schüttelte den Kopf.

Nun mach schon, forderte ihre innere Stimme sie auf. Frag ihn endlich!

Sie räusperte sich, setzte an, hielt inne und legte eine Hand an den Kehlkopf. Die Antwort auf diese Frage konnte alles verändern, und während sie noch überlegte, ob sie das wirklich wollte, hörte sie sich sagen: »Habt ihr euch gestritten, Papa?«

»Nicht wirklich.«

»Sondern?«

»Wie gesagt, Bianca: Er ist ein Wilderer.«

Sie brauchte einen Moment.

»Mama?«

Er schien das Etikett auf der Flasche zu studieren. Womöglich tat er es wirklich.

»Aber ...?« In Bianca stieg Übelkeit auf, der Boden unter ihren Füßen schien zu schwanken, und sie schaffte es so eben noch in den Chefsessel.

Plötzlich schoss ihr eine Erinnerung durch den Kopf: Der böse Seitenblick ihres Bruders auf Onkel Bernhard. Auf Scheller. Thomas musste es durchschaut haben. Warum hatte er ihr nichts davon gesagt? Wollte er die Familie beisammenhalten? Gar Bianca vor noch mehr Unheil beschützen?

»Die Familie, meinst du, die heilige Familie?« Ihr Vater schnaubte desillusioniert. »Alles Verblendung, Bianca. Selbsttäuschung. Deine Mutter hat sich nie etwas anderes aufgebaut, also klammerte sie sich an die Familie. An ihre Vorstellung von Familie. An mich, manchmal auch an Thomas – vor allem an dich.«

»Hast du das nicht auch gemacht?« Sie fragte in die Übelkeit hinein, die sich immer mehr in ihr breitmachte.

»Auf andere Art«, antwortete er schnell, als habe er auf diesen Vergleich nur gewartet.

»Meinst du?«

»Ich wollte dir immer Flügel verleihen. Hanna wollte sie dir stutzen.«

»Hab ich nie so empfunden.«

»Ich wollte, dass du ein Adler wirst. Sie brauchte bloß einen Wellensittich, den sie behüten konnte.«

»Was hast du getan, Papa?«

»Ich habe versucht zu überleben.«

»Hast du das Bernhard angetan? Aus Rache?«

Ihr Vater lachte auf, als sei sie völlig übergeschnappt.

»Hast du mir etwas zu sagen, Konrad?«

Er schüttelte den Kopf.

»Ich glaube, ich habe einen Anspruch darauf«, sagte sie geschäftsmäßig. »Und zwar allerspätestens jetzt!«

»Das denkst du also von mir?«

»Ich weiß nicht mehr, was ich denken soll. Es gibt zwei Tote. Und ich komme mir vor, als sei ich schuld an allem.«

Ihr Vater ächzte, lehnte sich abgekämpft an die Wand und wisperte: »Ich habe ihn erpresst, Bianca.«

»Was?«

»Ich habe mir mein Schweigen bezahlen lassen, damit

deine Mutter sich und der Welt weiter die heile Familie vorgaukeln konnte und du nicht … abgelenkt wurdest von deiner … Berufung.«

»Ich bin Ende zwanzig, nicht zwölf!«

»Einmal war ich kurz davor, es dir zu erzählen, weil ich es nicht mehr ausgehalten habe, ganz ehrlich, aber dann kam das mit Dave dazwischen.«

»Wie krank muss man sein?«, fragte sie unerbittlich. »Warum das Ganze? Du hast ihn erpresst, um Mama zu bestrafen?«

Nun legte er auch noch die Schläfe an die Wand. Er lächelte verlegen, beinahe ängstlich.

Sie kannte diesen Gesichtsausdruck nicht. Was kam jetzt noch? Sie stand auf und ging zu ihrem Vater. Eine Armlänge vor ihm blieb sie stehen und suchte Blickkontakt, den er tunlichst mied.

»Dem Hof geht es nicht gut«, murmelte er. »Zu hohe Kosten im Restaurant. Du warst zu selten hier. So kam es eben hin.«

»Jetzt bin ich doch schuld?«

»Nein, niemals«, er machte einen Schritt auf sie zu, griff sie an den Schultern und hob seinen Blick: »Aber ich habe es für dich getan, ja.«

Seine Augen flehten um Anerkennung. Baten um Absolution.

»Und jetzt wollte er nicht mehr mitmachen?«

»Doch. Wieso?«

»Na ja, ich dachte …« Sie sprach unbedacht, sie merkte es erst, als sie in seinen Augen entdeckte, wie etwas in ihm zerbrach, etwas Unwiederbringliches. Das Äderchen unter seinem Auge, das sich mit den Jahren immer mehr verselbständigt hatte, sprang fast aus seinem Gesicht.

So musste sie Dave angesehen haben, nachdem er sie geschlagen hatte. Bianca machte einen halbherzigen Schritt auf ihren Vater zu, doch der stoppte sie mit einer abwehrenden Geste.

»Dass du das von mir denken kannst …«

»Ich …« Ihre Stimme versiegte.

»Bianca, ich bin doch nur ein kleiner Koch … der gewagt hat, große Träume zu haben.«

Er ging zurück zu seinem Sessel und ließ sich schwer hineinfallen. Das Fotoalbum klappte er zu und legte es vor sich auf den Tisch, ehe er die Hände ineinanderfaltete.

»Weiß Mama davon?«, traute Bianca sich eine zögerliche Nachfrage.

»Sie hätte mir längst die Augen ausgekratzt.«

»Katta?«

»Nein.«

»Thomas?«

»Vielleicht, wenn er mittlerweile die Bücher zwischen den Zeilen zu lesen versteht.«

»Und jetzt?«

»Auch das werden wir durchstehen. Und du wirst weiter Erfolg haben. Das ist das Einzige, was noch zählt.«

Bei den letzten Worten drehte er sich im Sessel, bis Bianca nur noch der Blick auf die hohe Rückenlehne blieb.

Sie hatte ihm wehgetan. Aber er ihr auch. So viele Wahrheiten auf einmal. Sie zog sich aus dem Büro zurück. Eine ungekannte Übelkeit durchströmte sie von Kopf bis Fuß. Sollte sie Mitleid mit ihm empfinden? Oder lud er einmal mehr alle Verantwortung bei ihr ab?

Sollte sie zur Polizei gehen? Oder sich in Schweigen hüllen und hoffen, dass der Sturm der Vernichtung irgendwann genug in ihrem Leben gewütet hatte und sich ein anderes Opfer suchte.

Sie lauschte tief in sich hinein, doch sie hörte keine Antwort.

15.25 Uhr

Holm hatte die Raucherecke im Hinterhof der Anlage zu seinem Lieblingsplatz gekürt. Er schlug den Kragen seines Mantels hoch, worauf ein stechender Schmerz durch seinen Arm fuhr. Die Wunde, die Hanna Veh ihm zugefügt hatte, tat höllisch weh. Daran änderte auch der Verband nichts, den Laura ihm mit besorgter Miene und fachmännischem Griff im Hotelzimmer angelegt hatte.

Er zog fest an seiner Zigarette, die aufglimmte und leise knisterte. Katta beriet sich mit ihren Anwälten, was Holm mehr als angebracht erschien. Bianca wurde hinabgerissen. Wie von einem Biest …

Und nun wollte sie ihnen unbedingt etwas berichten. Noch ein bisschen Wahrheit, das aus dem Innersten der Familie zutage kam.

Endlich erschien Laura mit einer Bianca im Schlepptau, die blass zu ihnen trat. Erst als sie den Kopf hob, konnte Holm unter der Baseballkappe einen Blick auf ihre seelenlosen Augen erhaschen.

Ohne lange Vorrede erzählte sie, was sie von ihrem Vater erfahren hatte. Von der Affäre. Vom schwachen Geschäft, was ihn aufhorchen ließ. Dave hatte richtig gelegen. Und von der Erpressung, die bei ihnen einschlug wie eine Bombe.

Bämm!, schoss es Holm durch den Kopf.

»Aber«, betonte Bianca, »er hat mit dem Mord nichts zu tun.«

»Natürlich nicht«, spottete Laura. »Er hat ein Motiv, Scheller zu hassen. Vielleicht hatte der keine Lust mehr auf die kostspielige Freundschaft. Mit etwas Fantasie könnte der erste Mord etwas damit zu tun haben. Dann ist Ihr Vater auch noch Jäger und weiß, dass Scheller einen gottverdammten Waffenschrank bei sich zu Hause hat.«

»Sie kennen meinen Vater nicht.«

»Kennen Sie ihn denn?«, giftete Laura zurück. »Warum wussten Sie dann nichts von der Affäre, den roten Zahlen, der Erpressung?«

Jetzt wäre der Zeitpunkt, von der Mutter zu erzählen. Holm spürte Lauras Blick auf sich, mied aber den Blickkontakt. Was würde es bringen? Bianca hatte das Wesentliche auf eigene Faust herausbekommen. Ihn beeindruckte, dass sie ihren Vater zur Rede gestellt hatte, ihm nicht blind folgte, aus Dank dafür, dass er sein Leben in ihren Dienst gestellt hatte.

»Tut mir leid, damit müssen wir zur Polizei«, erklärte Holm.

»Sind Sie verrückt?«

»Wenn Sie den Schaden noch irgendwie begrenzen wollen, bleibt Ihnen keine andere Wahl, Bianca!«

»Wir haben im Moment keinen Hebel. Die schießen sich auf Sie ein. Ob es stimmt oder nicht, die Sache wird irgendwie an Ihnen kleben bleiben, wenn … Sie sich emotional nicht frei machen von familiären Zwängen.« So sensibel Laura ihre Sätze auch vortrug, sie trafen Bianca wie Faustschläge, das las Holm ihrem Gesicht ab.

»Das sagt sich so leicht. Haben Sie überhaupt Familie?«

Holm wusste, dass die Frage bei Laura saß – auch wenn sie nie darüber gesprochen hatten; oder just deswegen. Er beobachtete den winzigen Augenblick, den sie brauchte, um sich eine besonnene Antwort zurechtzulegen. »Ich kann Ihnen weibliche Empathie bieten.«

Damit erntete sie immerhin ein Lächeln bei Bianca, auch wenn es undurchdringlich war. Rasch neigte sie sich ihm zu.

»Und was, wenn ich Ihre Tochter wäre?« Ihr angenehmer Duft wehte zu ihm hinüber. Er musste schlucken.

»Und ich hätte ein dunkles Geheimnis von Ihnen entdeckt?«

Ihre Augen examinierten ihn aus zwei Handbreit Entfernung. Dieser beängstigend trübe Blick.

»Wenn ich Ihr Vater wäre«, erwiderte er nachdenklich, »würde mir nicht gefallen, wie Sie mit mir reden.« Er legte die Stirn vorwurfsvoll in Falten.

»Fänden Sie es besser, wenn wir das in der Familie regeln oder wenn ich zur Polizei renne?«, setzte sie nach.

Holm spürte, wie seine Miene versteinerte. Mechanisch zückte er seine Sanduhr und ließ sie durch die Finger kreisen.

»Bianca, das ist doch alles an den Haaren herbeigezogen«, sprang Laura ein, »was sollen diese Vergleiche bringen? Zwei Menschen wurden umgebracht. Wir haben die Beschlagnahmung. Eine wild gewordene Kommissarin. Und das, was Sie selbst herausgefunden haben. Da kommen massive Verdachtsmomente zusammen!«

Laura hatte mit allem Recht. Doch Holm ließ den Kopf hängen, er konnte nicht anders, Bianca hatte seinen wunden Punkt erwischt. Er hob die Hand.

»Bianca hat Recht.«

»Nein, hat sie nicht!«, rief Laura gereizt. Es kam äußerst selten vor, dass sie sich vor Kunden widersprachen. Ihm fehlte die Kraft, sich zu streiten. Mit diesem Vaterding traf Bianca – ohne es zu wissen – den Nagel auf den Kopf. Holm konnte Liv nicht aus seinen Gedanken verbannen, ihre Nachforschungen, den Detektiv, den sie angeheuert hatte.

»Versprechen Sie mir, dass Sie nicht zur Polizei gehen, Holm! Tun Sie das?«

Laura griff nach seiner Schulter. »Mats, bitte, sie schadet sich selbst ...«

Mit einer ruckartigen Bewegung machte er sich zu Lauras Verblüffung von ihr frei.

»Ich verspreche es«, flüsterte er.

»Ahh!« Laura unterdrückte mühsam einen Schrei und warf die Hände in die Luft.

Bianca umarmte Holm und verschwand, bevor Laura auch nur versuchen konnte, ihn umzustimmen.

»Mats, die kann so gut kochen, die kocht dich weich auf dieser Vaterschiene.«

Darauf würde er nicht eingehen. Er wollte nicht, dass es persönlich wurde zwischen ihnen beiden. »Wir sind nicht die Hilfspolizei, Laura. Das ist nicht unser Job.«

»Ihr den Arsch zu retten ist unser Job! *Dafür* hättest du zu Lerch gehen müssen!«

»Lerch findet es sowieso raus, wenn sie es nicht schon weiß.«

»Du hast ja viel Vertrauen in eine Kommissarin, die bis jetzt herzlich wenig geliefert hat.«

»Selbst wenn wir es Lerch erzählen – wie hilft das Bianca?«

»Wir opfern notgedrungen den Vater. Die Medien bekommen einen Blitzableiter. Und Bianca kriegt einen Puffer zwischen sich und die Morde. Erzähl mir nicht, dass du das nicht siehst.«

»Sollte sie so mit ihrem Vater umgehen? Ihn als *Puffer* benutzen?«

»Seit wann gehst du deine schwierigsten Fälle sentimental an?«

»Tja.«

»Das trübt deinen Blick!«

»Ich habe es verstanden!«, herrschte er sie so heftig an, dass sie zusammenzuckte. »Du lässt mich besser allein.«

Laura machte auf dem Absatz kehrt und lief davon. Holm zog erneut die Sanduhr hervor und betrachtete sie, als sähe er sie zum allerersten Mal.

Verdammt. Er wurde zu gefühlig.

Und Laura, musste er zugeben, sagte die Wahrheit.

Trotz allem sollte eine Tochter ihren Vater nicht verraten.

So viel Selbstachtung wollte er sich in diesem Job leisten.

Egal, was der Preis war.

Oder, Holm?

Oder nicht?

16.33 Uhr

»Als meine Assistentin Ihren Namen nannte, konnte ich es erst nicht glauben. Aber Sie sind Helenas Tochter, kein Zweifel.«

Innenminister Kellermann reichte Liv die Hand, die sie irritiert schüttelte. Das war er also. Sie hatte ihn sich *in echt* irgendwie anders vorgestellt.

»Tut mir leid, dass Sie etwas warten mussten. Der tägliche Wahnsinn diktiert meinen Kalender.« Er zeigte auf eine Sitzecke mit schwarzen Ledermöbeln und wartete, bis sie sich gesetzt hatte, ehe er selbst Platz nahm.

Im Fernsehen war es ihr nie so aufgefallen. Kellermann hatte Ausstrahlung. Einen ruhigen, offenen Blick, der sagte: Ich bin ganz bei dir, mein Gegenüber. Du hier? Was für ein Geschenk für mich.

Umso mehr besann sie sich darauf, ihren Plan durchzuziehen.

»Meine Mutter war bei Ihnen in der … in ihrer letzten Nacht.«

»Wie kommen Sie darauf?«

»Ich weiß es.«

Kellermann lachte verblüfft auf.

»Sie sehen aus wie Ihre Mutter, aber Sie reden wie Ihr Vater.«

»Lenken Sie nicht ab. Ich habe heute Annegret Götz besucht.«

Sein Gesicht gefror, als er verstand, warum sie gekommen war.

»Sie hat es mir bestätigt. Also tun Sie nicht ahnungslos. Das macht schon mein Vater.« Sie biss sich auf die Zunge. Die Spitze gegen ihren Vater hätte sie sich sparen sollen. Einer wie Kellermann würde alles nutzen, um sie schwindlig zu reden. Das hatte ihr zumindest Eklund mit auf den Weg gegeben.

Kellermann stöhnte auf, als täte es ihm leid, dass er noch eine Bürde auf sich nehmen müsse, zog sein Jackett aus und krempelte die Ärmel hoch.

Als er sich ihr wieder zuwandte, hatten seine Augen sich verändert. Sie waren härter. Kälter.

Friedhofsaugen, schoss es ihr durch den Kopf.

Oder war das Trauer, was sie sah?

Friedhof!

Plötzlich begriff sie.

»Die Sanduhr an Mutters Grab – die ist von Ihnen!«, murmelte sie. Er stutzte, und urplötzlich verschwand das Maskenhafte aus seinem Gesicht.

»Sie sind eine bemerkenswert kluge junge Frau. Wie Ihre Mutter.«

»Sparen Sie sich die Schleimerei.«

Er legte den Kopf in den Nacken und taxierte sie. Ihm schien klar zu werden, dass sie nicht nur einem Impuls folgend bei ihm aufgetaucht war. Was kam jetzt? Würde er mauern?

»Ja, sie war bei mir. In meinem Büro.«

Er gab es unumwunden zu? Liv war felsenfest davon überzeugt gewesen, dass er sie abtropfen lassen würde. Rauswerfen.

Und jetzt? Sie war so aufgewühlt, ein einziges Durcheinander von Hormonen und Gedanken, die nicht zueinander fanden, dass sie sich nicht über diesen Punkt hinaus vorbereitet, nichts in ihrem Kopf sortiert, geschweige denn präzise Fragen zurechtgelegt hatte.

»Warum kam sie so spät?«, schoss sie ins Blaue.

Er musterte sie. Entschied, ob er weiterreden sollte. Und wenn ja, was er ihr anvertrauen konnte. Und was nicht. Das spürte sie ganz deutlich. Sie konnte ihn lesen! Nie zuvor hatte sie bemerkt, dass sie so eine Gabe hatte.

»Wir waren überhaupt nicht verabredet. Sie meldete sich kurz vorher und kam einfach so.«

»Weil sie mit meinem Vater gestritten hatte?«

»Sie wollte ein Geständnis ablegen.«

»Was für ein Geständnis?«

»Ihr Vater hatte diese Libyen-Geschichte gebracht.«

»Die sich in Luft auflöste.«

Er hielt inne.

»Ja, einerseits.«

Sie stutzte.

»Und andererseits?«

Er löste seine Krawatte.

»Andererseits stimmte die Geschichte. Wir haben uns in Libyen die Hände schmutzig gemacht.«

»Was?«

»Es diente Deutschland.«

»Jaja«, erwiderte Liv. Das selbstgefällige Pathos konnte er sich sparen. Sie versuchte, klar zu denken, während Kellermann sie beobachtete.

»Das heißt, er hatte doch einen Informanten?«

Kellermann zog die Augenbrauen hoch.

»Sie wissen es gar nicht?«

»Was?«

»Er hat es Ihnen nie gesagt?«

»Ich verstehe nicht ...?«

»Ihre Mutter, Liv! Ihre Mutter war seine Quelle!«

Sie hörte die Worte.

Sie hallten durch ihren Kopf.

Ihr Herz setzte einen Schlag lang aus.

Träume kamen ihr in den Sinn, Alpträume, in denen sie voller Angst vom Himmel fiel, ohne je auf dem Boden einzuschlagen.

Ihre Mutter, Liv.

Wie bitte?

Kellermann machte es ihr einfach, indem er weitersprach.

»Bei einem unserer … Treffen hatte ich streng vertrauliche Unterlagen dabei, ich kam von einem externen Termin. Wir haben sie hinterher durcheinandergebracht. Ein lächerlicher Fehler, der nur einem verliebten Idioten passieren kann.«

Liv fiel und fiel und schlug nicht auf.

»Genau an dem Tag muss Ihr Vater ihre Tasche durchsucht und die Unterlagen gefunden haben. Er zählte zwei und zwei zusammen. Sowohl was die Story angeht – als auch unser Verhältnis.«

Liv versuchte das alles zu begreifen. Zu fassen, sich irgendwie vorzustellen. Eine Hand hatte sie erneut auf ihren Bauch gelegt.

»Ihre Mutter war die unfreiwillige Informantin Ihres Vaters.«

Er stoppte. Ließ seine Worte wirken.

»Ich verstehe das nicht«, schaltete Liv sich mühsam wieder in das Gespräch ein, »ohne eine Quelle nennen zu können, musste ihm doch klar sein, dass ihm die Geschichte auf die Füße fällt!«

»Tja, vermutlich verfolgte er ein anderes Kalkül.«

»Nämlich?«

»Wenn Helena durch seinen Artikel erst sähe, in was für dreckigen Geschäften ich meine Hände hatte, würde sie mich fallen lassen und in seine Arme zurückkehren. Dann hätte sie auch nichts mehr dagegen gehabt, dass er meine Dokumente, also seine Beweise, publik macht.«

»Wissen Sie das, oder glauben Sie das?«

»Darüber hatten Ihre Eltern gestritten, als Helena zu mir kam. Ich weiß es von ihr.«

»Warum verraten Sie mir das alles?«

Kellermann zögerte. Tippte mit dem Zeigefinger mehrmals auf den Tisch. Rümpfte die Nase.

Seine nächsten Worte sprach er schwermütig und in sich gekehrt: »Weil ich eines im Leben gelernt habe. Es ist nicht wahr, dass die Zeit alle Wunden heilt.«

Liv zuckte innerlich zusammen.

»Und dann?«, flüsterte sie.

»Für sie war es das Ende ihrer Ehe. Der Vertrauensbruch von ihm unverzeihlich.«

»Und wenn er trotzdem mit den Dokumenten gearbeitet hätte, um seine Story zu retten?«

»Ihre Mutter war so wütend. Sie wollte an die Öffentlichkeit gehen und reinen Tisch machen. Das hätte ihn doppelt vernichtet. Beruflich und privat.«

»Und in dem Zustand ließen Sie sie nach zwanzig Minuten wieder gehen?«

Kellermann sackte in sich zusammen, das Kinn auf der Brust, die Finger ineinander verhakt.

»Ich schwöre Ihnen, ich habe versucht, sie zu beruhigen. Sagte ihr, dass ich das schon überstehen würde. Dass sie erst einmal schlafen solle.«

»Na toll!«

»Ich musste auf Dienstreise. Ich konnte mir nicht vorstellen, dass diese Nacht so furchtbar enden würde.«

»Natürlich nicht«, entgegnete Liv voll bitterer Ironie.

»Was meinen Sie, wie oft ich mich im Nachhinein dafür gegeißelt habe?«

»Nicht oft genug«, wisperte sie.

»Ach, kommen Sie, Liv, moralisch hat Ihr Vater Helena auf dem Gewissen.«

»Wie Sie meinen.«

»Es tut mir leid, dass ich das sagen muss.«

Er stand auf und ging zu einem Getränkewagen.

»Wollen Sie?«

»Nein, ich muss jetzt.«

Sie stand so hastig auf, dass sie für einen Moment schwankte.

»Ich gratuliere übrigens.«

»Wozu?«

»Zur Schwangerschaft.«

»Woher wissen Sie das?«

»Ich wusste es nicht.« Er lächelte sie tückisch an.

»Aber …?«

»Keiner landet einfach so dort, wo er landet«, sagte Kellermann, als führe er plötzlich ein Selbstgespräch. Dann ging er mit schnellen Schritten zu seinem Schreibtisch, nahm eine Visitenkarte und notierte eine Nummer darauf.

»Tut mir leid, dass Sie all das von mir erfahren mussten, Liv.«

»Danke für Ihre Offenheit«, ihre Worte klangen mechanisch, sie wollte raus aus dem Raum, weg von diesem Mann.

Er überreichte ihr die Karte. »Wenn Sie noch Fragen haben – jederzeit.«

»Danke«, hauchte sie mit erstickter Stimme, sie konnte kaum noch atmen, als sie sich abwandte.

»Liv?«

»Herr Innenminister?« Sie mochte sich nicht umdrehen, ein Blick über die Schulter war mehr als genug für diesen Kerl.

»Ich habe Ihre Mutter geliebt.«

Sie musste verstört wirken, als sie im Laufschritt die Fahrstühle aufsuchte. Kaum stürmte sie aus dem Ministerium, rang sie nach Luft, japste. Oh Gott! Sie wollte Joe anrufen, ließ es aber; hatte Bens Nummer schon im Display, ehe sie auf das rote Feld tippte. Eklund? Nein.

Dann setzte erbarmungslos ihr Kopfkino ein: Was war passiert, nachdem ihre Mutter Kellermann verlassen hatte?

War Papa schon weg, ehe sie nach Hause kam, und hatte sich irgendwo volllaufen lassen, mit Alkohol und Selbstmitleid? Sie erinnerte sich genau, dass er am anderen Morgen nicht da gewesen war.

Das hieße auch, er hätte die fünfjährige Liv schlafend allein zu Hause gelassen. Traute sie ihm das zu?

Oder war ihre Mutter nach Hause gefahren und hatte Holm erklärt, dass sie Kellermann gebeichtet hatte?

Wenn ihre Eltern danach gestritten hätten? Weil ihre Mutter an die Presse gehen wollte, um ihren Geliebten zu retten – und sich von Holm loszusagen.

Was, wenn die Sache übel aus dem Ruder gelaufen war? Wenn ihr Vater … Sie konnte es nicht einmal in Gedanken aussprechen.

Sie hielt sich den Schädel, wollte diese Bilder nicht sehen, die sich in ihren Kopf drängten, die so wirkten, als wäre sie dabei gewesen. Als seien sie passiert. Echt.

»Nein, nein, nein!!!«, rief sie, Passanten sahen sich nach ihr um, als hätte sie den Verstand verloren.

Urplötzlich hatte sie eine Eingebung. Sie wusste, was sie tun musste. Und sie wusste, wen sie anzurufen hatte. Sicher nicht ihren Vater. Seit er mit Laura die Bootstour abgebrochen hatte, steckte er offensichtlich in einem neuen Fall. Meldete sich nicht. Ließ ihre Vorwürfe im Raum stehen. Liv zog ihr Smartphone hervor und wählte eine Nummer aus ihren Kontakten.

Es klingelte lange durch.

»Hallo, Liv«, sagte eine liebevolle Stimme, »wie schön, dass du anrufst.«

»Wo ist mein Vater, Werner?«

»Mitten in einem Fall«, antwortete er sachlich.

»Ich muss mit ihm reden.«

»Oh, Liebes, das ist sehr ungünstig, fürchte ich.«

»Ich komme gerade von Kellermann.«

»Wie bitte?« Die Liebenswürdigkeit in seiner Stimme wich endgültig größter Sorge.

»Ich *muss* Papa in die Augen sehen!«

Sie hörte Werner am anderen Ende der Leitung ächzen, als sei er in Sekunden um zehn Jahre gealtert.

17.19 Uhr

Holm sah die Polizeiwagen schon von Weitem kommen. Das Zivilfahrzeug von Lerch führte zwei Kleinbusse an. Alle drei hatten ihr Blaulicht eingeschaltet. Vom Austritt seines Zimmers aus konnte er sehen, wie die Kamerateams und Fotografen in Stellung gingen. Es hatte sich gelohnt, abwechselnd den winzigen Balkon als Ausguck zu benutzen und Wache zu schieben. Holm schnippte die glimmende Zigarette vom Balkon und ging zurück ins Zimmer.

»Die Kavallerie rückt an!«, rief er Laura zu, die gleich vom Bett aufsprang, »geh du zu Lerch. Ich schnappe mir Bianca.«

Laura nickte ernst und eilte los, während Holm zu Bianca rannte. Hoffentlich kochte sie nicht wieder irgendwelche Karteikarten.

Sein Smartphone vibrierte. Holm zog es im Laufen hervor. Ausgerechnet jetzt rief Storch an. Er suchte nach Zeugen, die am Mordtag von Scheller irgendetwas beobachtet haben könnten. Früher, als sie beide noch investigative Journalisten waren, dachte Holm, hatte Storch einen Riecher für solche Recherchen gehabt. Das ließ Hoffnung in ihm aufkeimen.

»Was macht die Trüffelsuche, mein Freund?«, schnaufte Holm ins Gerät, ohne langsamer zu werden.

»Ich habe fast alle Häuser und Höfe rund um Schellers abgeklappert. Negativ.«

»Gar nichts?«

»Jemand hat Franco und Thomas mal Hand in Hand beim Spaziergang im Wald erwischt.«

»Aha«, meinte Holm.

»Haben sich dann ganz schnell losgelassen. Wollten es offensichtlich geheim halten.«

»Ja. Nur bringt uns das gerade weiter?«

»Ich sehe es nicht, Holm.«

»Okay. Die Polizei rückt an.«

»Ich höre dich rennen. Soll ich kommen, Holm?«

»Nein, mach weiter.«

»Ich erweitere den Radius, im Dunstkreis ist noch eine kleine Siedlung mit jungen Familien.«

»Gut!«, rief Holm, der Biancas Tür erreichte.

»Ich wünsche euch …«

Holm hatte schon aufgelegt und klopfte hechelnd an ihre Tür. Bianca öffnete umgehend. Tränenströme hatten Spuren in ihrem Gesicht hinterlassen, ohne ihren Blick zu reinigen. Trüb starrte sie durch ihn hindurch.

»Die Polizei kommt«, sagte Holm.

»Haben Sie sie gerufen?«

Er zögerte.

»Ehrlich gesagt, ich wollte es tun, um Ihretwillen, ich hätte es tun müssen, aber ich habe mich Ihnen verpflichtet gefühlt, Bianca. Die Polizei hat wahrscheinlich genug selbst herausbekommen, um jetzt anzurücken.«

Bianca schüttelte sich, fuhr mit beiden Händen durchs Gesicht, was sie noch verlorener aussehen ließ. Er wusste, dass sie sich fragte, ob sie ihm trauen konnte oder nicht. An ihren Zweifeln konnte er nichts ändern. Das musste sie entscheiden. Er hatte keinerlei Einfluss darauf. Er wollte keinen haben. Nicht auf sie einreden, sie vielleicht sogar … *manipulieren* war das Wort, was ihm in den Sinn drängte.

Bianca zog sich eine Strickjacke über.

»Ich will da runter.«

»Tun Sie sich das nicht an«, flehte Holm sie an.

»Das ist mein Vater. Und ich treffe hier die Entscheidungen!«

Sie stieg in bunte Joggingschuhe und lief voraus.

In der Hotellobby herrschte der Tumult, mit dem Holm gerechnet hatte. Er entdeckte zuerst Katta, die beschwichtigend ihre Arme hob. Körpersprache, Gesichtsausdruck: Selbst auf die Entfernung erkannte Holm ihre Verzweiflung. Polizisten brachten Konrad Veh. Versteinerte Miene. Blick im Nirgendwo. Stolz, aufrecht, beinahe gelassen. Das Äderchen unter seinem Auge rührte sich nicht. Holm beeindruckte seine Ruhe.

Daneben Thomas, mit hängendem Kopf und undurchsichtigem Blick. Franco mit Tränen in den Augen. Hanna Veh brütete vermutlich in ihrer Wohnung, wie ihr Leben weitergehen sollte.

Als Katta ihren Geschäftspartner zwischen den Beamten erblickte, wurde sie aschfahl.

Bianca und Holm traten hinzu, als Laura die Lerch bat, wenigstens auf Handschellen zu verzichten.

Lerch zögerte. »Tut mir leid, Frau May, den Gefallen kann ich Ihnen nicht tun.«

Bianca klammerte sich an Holms verletzten Arm. Er biss die Zähne zusammen und schwieg. Solange sie die Wunde nicht wieder zum Bluten brachte, würde er es aushalten. Die Sterneköchin schob sich halb hinter ihn, als brauche sie ein Versteck.

Sein Smartphone klingelte. Holm ging dran, raunte »klasse Auftritt, Werner, aber es geht jetzt nicht!« und legte wieder auf.

Lerch zog ein rotes Blatt aus ihrer Handtasche. Verdammt! Sie zog es durch. Was hatte sie auf den Computern gefunden? Wie viel wusste sie?

Lerch zeigte Vater Veh das Dokument.

»Das hier ist der richterliche Haftbefehl. Sie sind verhaftet. Wir haben den dringenden Tatverdacht, dass sie Herrn Scheller erschossen haben.«

»Das können die nicht machen«, flüsterte Bianca in Holms Rücken. Sie trat einen Schritt vor und erhob ihre Stimme. »Das können Sie doch nicht einfach so machen!«

Lerch schien Bianca erst jetzt zu bemerken.

»Ohne Beweise würde ich das nicht tun, Frau Veh, da können Sie sicher sein.«

Laura sah Holm an. Sie dachte vermutlich dasselbe wie er: die Tatwaffe. Sie mussten auf ihr Fingerabdrücke von Konrad Veh gefunden haben. Etwas in der Preisklasse.

»Können Sie ihn nicht wenigstens hinten rausbringen – nicht vor der ganzen Presse da vorne?«

Lerch sah Laura böse an. »Wunschkonzert ist zu Ende,

Frau May! Sie sind nicht die Einzigen, die unter Druck stehen.«

Sie wollte die Bilder der Verhaftung haben, das Miststück!

Holms Smartphone vibrierte.

Wieder Werner.

Er drückte ihn weg.

»Dann los jetzt«, befahl Lerch ihren Kollegen. Der Trupp setzte sich in Bewegung und verließ das Gebäude.

Ein erbarmungsloses Blitzlichtgewitter setzte ein. Es wurde geschimpft, geschimpft und gestoßen. Kattas Sicherheitsleute sahen sich ob der schieren Übermacht hilflos an und hoben halbherzig die Arme. Journalisten riefen Lerch und Veh Fragen zu, die unbeantwortet verhallten.

Lerch, das Miststück! Sie munitionierte die Medien volles Rohr. Womit sollte Holm diese Bilder abschwächen – oder gar schlagen?

Womöglich sollte er froh sein, dass in dem Polizeiwagen *nur* der Vater saß?

Er rang damit, einen klaren Gedanken zu fassen, als er wahrnahm, wie Biancas Muskulatur sich anspannte.

»Bleiben Sie bitte hier drin! Wo Sie keiner sehen kann! Sie können ihm jetzt nicht helfen. Wir kümmern uns um alles.«

Holm gab Laura ein Zeichen. Sie stellte sich auf die andere Seite von Bianca. Holm wollte gerade eine Hand auf deren Arm legen und sie wegführen, als sie sich losriss. Holm bekam sie nicht zu fassen, Laura war überrumpelt.

Bianca rannte zum Eingang. Er versuchte, sie irgendwie noch abzufangen. Doch sie lief zu schnell, stieß die Eingangstür auf und hechtete den Polizisten hinterher.

Holm – verharrte zwei Meter von der Tür entfernt. Er musste nicht auch noch Teil dieser Szene werden und den

Journalisten zusätzliche Angriffsfläche bieten. Sich blamieren.

Bianca hob ihren Arm, die Finger ausgestreckt, griff Lerch am Arm, zerrte sie herum. Holm sah Lerchs erschrockenes Gesicht.

Laura wollte hinausrennen, Holm hielt sie in der Tür fest und zog sie zurück. Er wusste, dass seine Partnerin ihn entgeistert ansah. Er erwiderte den Blick nicht, bis Laura nachgab.

Zwei Polizisten gingen dazwischen, während Bianca Lerch beschimpfte.

Sie schrie nach ihrem Vater.

Es ging Holm durch Mark und Bein.

Alle Objektive auf ihr, einäugige Banditen. Alle Mikrofone auf sie gerichtet, Dolchen gleich.

Hatte ihr Vater Scheller wirklich auf dem Gewissen, würden etliche Medien diesen Auftritt von Bianca gegen sie verwenden, ja: ausschlachten.

In dem Augenblick stürzten endlich Thomas und Katta hinaus. Kriegten Bianca zu fassen und zogen sie ins Gebäude. Katta nahm sie in ihre Arme und rauschte mit ihr davon.

Holms Smartphone vibrierte schon wieder. Automatisch zog er es hervor. Eine Nachricht von Werner. Mann, warum nervte der so? Holm las nur die erste Zeile: *Liv will* – dann verriegelte er das Gerät und steckte es weg. Er hatte jetzt wirklich keine Zeit für Familientherapie per SMS.

»Was ist denn hier los?« Wie aus dem Nichts tauchte Hanna Veh hinter Holm auf.

Er überließ sie Laura und nahm selbst die Verfolgung von Bianca und Katta auf. Er kannte mittlerweile den Schleichpfad in die alte Küche, den sie eingeschlagen hatten. Dem

Ort, an dem Bianca Vertrauen zu ihm gefasst hatte. Und er zu ihr.

Er nahm sich vor, Bianca mit Zuversicht zu begegnen, sie mit seinem Optimismus anzustecken. Worauf dieses positive Denken faktisch gründen sollte, musste er spontan aus dem Ärmel zaubern.

Doch dazu sollte es gar nicht kommen.

Kaum betrat er die alte Küche, fing Bianca ihn mit diesem trüben Blick ein, eine Wand ohne Mauern; einem Blick, der keinen Anfang und kein Ende hatte.

»Was tun Sie eigentlich hier?«, fragte sie ihn wie einen Fremden.

Er blieb abrupt stehen, lediglich ein paar Meter von ihr entfernt, doch die Distanz, die Bianca mit wenigen Worten zwischen sie brachte, entsprach Welten.

Ähnelte sie mit dieser Haltung nicht Liv?

Das ist keine Frage, wisperte seine innere Stimme grimmig, das ist eine Feststellung!

Das gab ihm den Rest.

Er verlor Bianca.

Er verlor auch noch sie.

»Holm?«, fragte Katta, ganz die geübte Vermittlerin, und legte eine Hand auf seinen Arm.

Er machte sich los und lief davon.

In seinem Rücken rief Katta ihm etwas nach.

Viel deutlicher hörte er Biancas Schweigen.

18.56 Uhr

Irgendetwas gefiel Kommissarin Lerch an der Sache nicht. Natürlich hatten sie schwerwiegende Beweise, die Konrad Veh enorm belasteten. Sie schaute noch einmal auf das Protokoll der Aussage von Schellers Sohn: Ihm war bekannt, dass Veh seinen Vater erpresste, wegen der Affäre mit Frau Veh. Das passte perfekt zu den Ungereimtheiten, die sie in den Bilanzen gefunden hatten.

KG steckte den Kopf zur Tür herein. »Sollen wir loslegen?«, schlug sie vor. »Der Anwalt, den die Wiesenbach geschickt hat, bat um zügige Bearbeitung. Er hat noch Anschlusstermine.«

Lerch zuckte gleichgültig mit den Schultern und schürzte ihre Lippen.

»Ich habe gar kein Gefühl für den Kerl«, sagte sie nachdenklich.

»Inwiefern?«

»Angenommen, die Giftsache war ein Warnschuss von Scheller, der die Erpressung beenden wollte – wäre Konrad Veh der Mann, ihn zwei Tage später kaltblütig zu erschießen? So lieb, wie er da sitzt.«

»Wir haben Beweise und Motiv, oder nicht?«

»Deswegen müssen wir ja unseren kriminalistischen Instinkt nicht bei der Garderobe abgeben.«

»Natürlich nicht«, antwortete KG gewohnt devot.

Wie sie das hasste! Lerch brauchte nicht viel Fantasie, sie ahnte, wie gut diese Masche bei Alphamännchen wie PD Kramer ankam. Eine Frau, die bereit war, ihren Stolz jederzeit herunterzuschlucken, nur um zu gefallen, gänzlich uneitel, das war doch ganz nach deren Geschmack.

»Na dann«, meinte Lerch beiläufig und machte sich auf den Weg zum Verhörraum. Die Formalitäten wie Ort, Zeit, Anwesende sowie Informationen zur Person und Sache überließ sie Gomes.

Konrad Veh sah fürchterlich aus. Die kurze Zeit in Händen der Staatsgewalt hatte ihm sichtlich zugesetzt. Mit seiner rechten Hand rieb er sich mit kleinen kreisenden Bewegungen über die Brust.

Genau jetzt, in dieser Sekunde, musste Lerch alle Zweifel, die sie hatte, ad acta legen. Jede Unsicherheit würde die andere Seite wahrnehmen. Und nutzen.

Kaum hatte KG das Intro abgeschlossen, schoss Lerch ihre erste Frage ab.

»Herr Veh, wussten Sie von der Affäre Ihrer Frau mit Bernhard Scheller?«

»Mir geht es nicht gut«, antwortete Biancas Vater und rieb sich weiter die Brust.

»Kann ich verstehen«, sagte Lerch spitz.

»Geben Sie meinem Mandanten ein paar Minuten. Die außergewöhnlichen Umstände und die extreme Belastung der vergangenen Tage rechtfertigen meiner Meinung nach eine kurze Pause.«

»Gegenangebot: Ich mache es kurz und schmerzlos.«

Konrad Veh hob den Arm. »Keine Pause. Bitte. Geht schon. Geht schon irgendwie.«

»Eine Wunderheilung? Schön. Also, Herr Veh, wussten Sie von der Affäre?«

»Ja.«

»Wie lang ging das?«

»Zu lang.«

»Sie wollten es beenden?«

»Das habe ich nicht gemeint.«

»Haben Sie Herrn Scheller erpresst?«

Konrad Veh verfiel in ein langes Schweigen.

»Wir haben die Aussage des Sohnes von Herrn Scheller, dass Sie es getan haben und warum. Die vorhandenen Abrechnungsbelege bringt er gerade bei. Hilft das Ihrem Gedächtnis auf die Sprünge, Herr Veh?«

Er nickte geschlagen. »Wir haben es nur nicht so genannt.«

»Sondern?«

»Einen Deal.«

»Aha.«

»Das tut doch nichts zur Sache, Frau Kommissarin.«

»Vielleicht zeigt es ein interessantes Rechtsverständnis. Oder Unrechtsbewusstsein. Aber«, Lerch machte eine wegwerfende Handbewegung, »soll das Gericht darüber entscheiden.«

»Danke, Frau Kommissarin«, sagte der Anwalt.

»Wie lange lief Ihr *Deal*?«

»Länger als ein Jahr. Fast anderthalb.«

»Wenn meine Kollegen richtig gerechnet haben, reden wir von Ware im Wert von 60.000 Euro.«

»Hab ich so nicht nachgehalten.«

»Hat das Scheller nicht langsam aufgeregt?«

»Sind wir hier, um zu spekulieren, Frau Kommissarin?«, tadelte der Anwalt.

»Schellers Sohn hat eine klare Meinung dazu«, fuhr Lerch unbeirrt fort.

»Der mochte mich noch nie«, merkte Veh an.

»Hatte Ihr Freund Bernhard Scheller vielleicht die Nase voll davon, Schweigegeld zu zahlen, damit seine Affäre mit Ihrer Frau, Herr Veh, geheim blieb? Die ach so heile Familie rund um Bianca fortbestehen konnte? Und das schöne Image keine Kratzer bekam? Schon absurd, dass das jemand tut, um letztlich Ihre Familie zu schützen, finden Sie nicht?«

»Frau Kommissarin, wo führt das denn hin?«

Lerch lächelte den Anwalt gelassen an.

»Zur Tatwaffe«, sagte sie ihm ins Gesicht. »Wir haben sie im Wald gefunden, wie Sie den Medien entnommen haben dürften.«

Veh zuckte mit den Schultern.

»Eine Schrotflinte.«

Veh schaute kurz auf, was Lerch nicht übersah. Sie bemerkte ein Zucken am Rande seines rechten Auges. Ein pulsierendes Äderchen.

»Sie waren früher zusammen jagen, richtig?«

»Ja.«

»Hatten Sie eine eigene Waffe?«

»Nein.«

»Womit haben Sie geschossen?«

»Mit verschiedenen Waffen von Bernhard.«

»Auch mal mit einer Schrotflinte?«

»Natürlich.«

»Sie wussten, wo Sie alles finden in seinem Haus?«

»Suggestivfrage!«, rief der Anwalt dazwischen.

»Hätten Sie gewusst, wo Sie alles in seinem Haus finden?«

»Ja.«

»Wann hatten Sie *zuletzt* eine Schrotflinte in Händen?«

Veh zögerte.

»Soll ich die Frage einfacher formulieren?«

»Gestern.«

»Sie hatten sie gestern in Händen?«

»Ja.«

»Herr Veh«, ging der Anwalt dazwischen, »vielleicht sollten Sie es dabei erst einmal belassen.«

Veh rieb sich die Brust und schüttelte den Kopf.

»Ich empfehle es Ihnen dringend!«

Veh legte ihm eine Hand auf den Unterarm und starrte Lerch an.

»Warum hatten Sie sie in Händen?«

»Ich war bei ihm. Ich hatte den Verdacht, dass der Richter auf die Rechnung von Scheller ging. Ein Warnschuss, der vielleicht nicht mit einem Toten hatte enden sollen.«

»Also hatte er doch die Nase voll von der Erpressung?«

»Deswegen bin ich ja hin. Ich wollte es aus ihm herausbekommen.«

»Und Sie unterhalten sich üblicherweise mit vorgehaltener Flinte?«

»Ich wollte meinen Fragen Nachdruck verleihen.«

»Hat das gefruchtet?«

»Nicht wirklich ... Irgendwann habe ich gemerkt, dass das alles Wahnsinn ist. Die Waffe kam zurück in den Schrank, und ich bin gegangen.«

»Die Waffe wurde abgefeuert und ortskundig versteckt, Herr Veh.«

Er zuckte mit den Schultern.

»Auf der Waffe sind nur Ihre Fingerabdrücke, Herr Veh. Die Waffe wurde abgewischt, aber nicht gründlich genug.«

Lerch beobachtete genüsslich, wie Schweißperlen auf Vehs Stirn traten. Das letzte bisschen Farbe schwand aus seinem Gesicht.

Es klopfte an der Tür. PD Kramer steckte den Kopf herein.

»Jetzt nicht«, fauchte Lerch ihn an. Sie hatte Veh fast zu

einem Geständnis getrieben, jede Unterbrechung raubte ihr das Momentum.

»Doch«, sagte Kramer mit fester Stimme, »ganz dringend, jetzt sofort!«

Lerch hämmerte auf die Stopp-Taste des Aufnahmegeräts und rauschte aus dem Verhörraum.

»Wenn Sie mir das Verhör versauen, dann gnade Ihnen Gott, Kramer!«

»Hanna Veh …«

»Die interessiert mich gerade einen Scheiß!«

»Sie wird gleich ins Krankenhaus eingeliefert. Verdacht auf Vergiftung!«

»Was?«

»Die Managerin hat angerufen. Erst den Notarzt, dann direkt uns.«

»Ist die Veh tot?«

»Nein. Aber bewusstlos. Akut.«

Lerch bebte vor Wut. »Verdammte Scheiße!«

»Das ändert nichts an unseren Beweisen gegen ihn!«

»Wissen Sie, wie das kommt, wenn eine Frau vergiftet wird, während der Hauptverdächtige im Verhör sitzt?«

PD Kramer biss sich auf die Unterlippe.

Endlich hielt er sein ahnungsloses Bürokratenmaul.

Lerch sparte sich jedes weitere Wort und kehrte in den Verhörraum zurück.

»Herr Veh, ich muss Ihnen mitteilen, dass Ihre Frau ins Krankenhaus eingeliefert wird.«

»Warum das denn?«, fragte der Anwalt.

»Es sieht so aus, als hätte jemand versucht, sie zu vergiften.«

Selbst KG brauchte einen Moment, bis sie die Nachricht begriffen hatte.

»Und all das passiert, während Ihr Hauptverdächtiger mit Ihnen im Verhörraum sitzt?« Aha, der Herr Anwalt konnte also auch zwei und zwei zusammenzählen. »Was soll ich denn davon halten?«

Lerch schäumte innerlich.

»Ich möchte gerne zu meiner Frau«, bat Konrad Veh leise.

»Tut mir leid. Es gibt immer noch *zwei* Morde. In einem Fall sehe ich Verdunklungsgefahr.«

»Tun Sie das dem Mann nicht auch noch an!«

»Ich tue meine Arbeit.«

»Mit Verlaub, Sie verlieren die Nerven, Frau Hauptkommissarin!«

»Ich habe Fingerabdrücke auf einer Tatwaffe! Erpressung! Bilanzfälschung!«

»Ich rede mit dem Staatsanwalt!«

»Warum nicht gleich mit dem Oberstaatsanwalt?«, rief Lerch, sprang auf und knallte die Tür des Verhörraums hinter sich zu.

19.12 Uhr

Katta und Laura hatten den Krankenwagen nach hinten gelotst und dafür gesorgt, dass Blaulicht und Sirene ausblieben. Irgendjemand würde vielleicht einen Schnappschuss kriegen, doch der große Spießrutenlauf blieb Bianca hoffentlich erspart.

Dass die Reporter nach den jüngsten Entwicklungen viele bohrende Fragen an sie hatten, war unvermeidbar. Dass Holm sie abschirmte, auch.

Auf seinem Smartphone ließ er stumm *n-tv* laufen. Auf dem Laufband hieß es: *Vater im Verhör. Was weiß Bianca Veh?* Und ein Reporter irgendwo da draußen vor dem Hotelgrundstück redete und redete in einer schier endlosen Schalte, als ginge es um den Weltfrieden. Im Moment waren sie eine Topnews – und würden es bleiben. Aus dem Verhör des Vaters würde das eine oder andere durchsickern. Die Sache mit der Mutter war noch gar nicht auf dem Markt. Es gab so viele Pack-Enden, die es den Journalisten leicht machten, die Geschichte immer weiter zu drehen. Wo sollten sie anfangen, die bad news einzudämmen? Seine eigene Hilflosigkeit machte ihn rasend. Er fluchte still vor sich hin.

Dann wechselte Holm in die neuste Nachricht von Werner, der mehrere Links in die Runde geschickt hatte. Holm tippte den ersten an.

Übergekocht – hier geht Starköchin Bianca Veh auf die Polizei los, hatte *bild.de* zum entsprechenden Foto gedichtet.

Bianca Veh verliert die Nerven, titelte *sueddeutsche.de* dagegen noch nüchtern, der Artikel selbst ließ allerdings auch kein gutes Haar an ihrem Ausraster.

Sie konnten auf Kurzschluss plädieren. Da ließe sich etwas machen. Doch was sie brauchten, war mehr als das. Viel mehr. Selbst ein Entlastungsangriff – auf wen auch immer – würde verpuffen.

Bianca musste sich von ihrer Familie lossagen! Wie er es drehte und wendete: Laura hatte Recht!

Bei dem Gedanken zermalmte er fast die Sanduhr in seiner Faust, die schmerzhafte Messerwunde am Unterarm ignorierend.

Sie musste sich lossagen, wiederholte er langsam in Gedanken, als müsse er sich selbst überzeugen.

Nur so konnte sie wenigstens etwas von ihrer Glaubwürdigkeit retten und als Starköchin überleben. Der Rest würde sich mit der Zeit normalisieren. Es waren schnelllebige Zeiten, in denen die Welt an Gedächtnisschwund litt.

Sie musste jetzt sofort handeln. Stattdessen verteidigte sie ihren Vater, wollte ihre Mutter begleiten – ja, drängte sie sich förmlich in den Mittelpunkt der Krise. Menschlich konnte er das alles verstehen. Für die PR-Arbeit war es toxisch.

Er tippte sich durch die nächsten Schlagzeilen:

Veh brennen Sicherungen durch!
Beliebte Sterneköchin zeigt hässliche Seite
Bianca Veh und die Morde: Brennt da was an?

Sie gingen unter. Sie verloren die Schlacht. Laura und er hatten ja nicht einmal den blassesten Schimmer, was vor sich ging.

Ein dritter Mord? Wieder mit Gift?

Endlich flog die Tür von Hanna Vehs Wohnung auf, in die Holm KPR vor einigen Stunden noch einen Betriebsausflug unternommen hatten. Seine Partnerin kam als Erste heraus. Er hatte sie gebeten, dabeizubleiben, während er sich mit etwas Abstand sammelte. Mit ihrer Erfahrung als ehemalige Polizistin würde Laura ohnehin eher Beobachtungen machen, die ihnen helfen konnten, die Lage einzuschätzen.

Der Notarzt und die Sanitäter schoben die fahrbare Trage zur Tür. Zwei von Kattas Wachleuten flankierten den Trupp.

Holm sah sich instinktiv um. Keine Kameraleute in Sicht. Die waren wohl auf der Vorderseite mit Live-Schalten beschäftigt. Man durfte ja auch mal ein Fitzelchen Glück haben.

Jetzt konnte er die Mutter sehen. Bewusstlos. Bleich. Bianca hielt ihre Hand.

Er ging auf die Traube zu.

»Versuchen Sie bloß nicht wieder, mich aufzuhalten«, fauchte Bianca ihn an und suchte nicht einmal in seinen Augen nach einer Antwort.

»Ich hoffe, Ihre Mutter übersteht alles.«

Seine Stimme klang hohl und belegt.

Schon zog der Tross an ihm vorbei. Katta eilte hinterher, mit einer Tasche in der einen und ihrem klingelnden Smartphone in der anderen Hand.

»Katta …«

»Lass gut sein, Holm.« Sie schaute einen Sekundenbruchteil zu ihm auf und rauschte weiter.

Holm blieb wie angewurzelt stehen.

Hanna Veh wurde in den Rettungswagen verfrachtet. Bianca stieg bei ihr ein, Katta vorne – und sie fuhren los. Ohne Blaulicht und Sirene. Wenigstens das funktionierte.

Er beobachtete einen Fotografen, der den abfahrenden Wagen ins Visier nahm und abdrückte.

Laura trat neben Holm.

»Sieht wirklich alles nach Gift aus«, sagte sie, was ihn nachdenklich das Kinn kräuseln ließ.

»Ich habe keine Idee, Mats. Du?«

»Wo stecken eigentlich Franco und Thomas?«

»Jetzt wo du es sagst – keine Ahnung!«

»Aha? … Gibst du mir bitte einen Moment?«

»Klar. Werner hatte es öfter bei mir probiert, ich rufe mal zurück.«

Er hörte, wie sich ihre Schritte auf dem Kies entfernten. Verloren schaute er dem Krankenwagen hinterher, der in

Höchstgeschwindigkeit davonjagte. Er wandte sich bereits ab, als er aus dem Augenwinkel ein Taxi näher kommen sah.

Ein Taxi?

Augenblicke später stieg sie aus. Kam auf ihn zu. Das Taxi blieb stehen, wartete. Er musste zwei Mal hinsehen, so perplex machte ihn der Anblick: seine Tochter!

Liv?

Mit undurchdringlicher Miene stapfte sie auf ihn zu.

»Liv, was für eine Überraschung! Woher wusstest du …?« Er breitete die Arme aus und zwang sich zu einem Lächeln.

Sie blieb außer Reichweite stehen, die Hände in den Taschen, die Schultern hochgezogen.

»Ich muss mit dir reden.«

»Du, gerade ist es wirklich ganz schlecht. Ich muss da hinterher und …« Er zeigte in Richtung des Rettungswagens, der gerade aus dem Blickfeld verschwand.

Liv griff unvermittelt nach seinem Arm, packte fest zu und zog ihn an sich.

»Tu nicht so. Werner hat dich bestimmt gewarnt!«

»Werner?« Ach … die Anrufe, die er nicht angenommen hatte. Die Nachricht, die er nicht gelesen hatte: *Liv will …*

»Hier war die Hölle los, Liv, wirklich!«

Sie schnaubte verächtlich und schleuderte ihm die nächsten Worte entgegen: »Ich habe mit Kellermann gesprochen!«

»Was ist los?« Seine Stimme kiekste leicht, sein Mund fühlte sich auf einmal rau und trocken an.

»Mit dem Innenminister. Dem Ex-Geliebten von Mama. Deiner Frau. Helena Holm, erinnerst du dich an sie?«

Laura kam mit schnellen Schritten auf sie zu, sie konnte nichts gehört haben aus der Entfernung, doch sehr wohl erkennen, dass es sich nicht um einen töchterlichen Freundschaftsbesuch handelte. Mit fester Stimme riet Laura ihrem Partner: »Nicht das auch noch hier draußen.«

Sie schob sie in den erstbesten Raum im Hotel. Holm ließ es geschehen.

»Du hast fünf Minuten, Liv«, kündigte Laura an, »danach brauche ich deinen Vater dringend wieder«! Sanfter schob sie nach: »Du kannst ja dann hier warten, okay?«

»Ich warte schon mein ganzes Leben lang«, antwortete Liv, Holm in die Augen starrend. Endlich ließ Laura sie allein.

»Mama war bei ihm«, legte Liv nach, »in der letzten Nacht!«

Holm sah sie entgeistert an.

»Nach eurem Streit!«

Er brachte nur einen missbilligenden Laut zustande. Kellermann würde er niemals auch nur ein Wort glauben.

»Seine ehemalige Chefsekretärin hat es bestätigt. Sie hat Mama in der Nacht gesehen! Warum sollten beide lügen?«

Holm lag eine Antwort auf der Zunge, doch er behielt sie für sich.

»Was hat er erzählt?«, fragte er stattdessen. Er klang neugieriger, als er sich gewünscht hätte.

»Dass Mama deine unfreiwillige Quelle war. Dass versehentlich seine Unterlagen bei Mama gelandet waren. Und dass du das ausgenutzt hast.«

Die schonungslose Härte von Livs Worten verfehlte ihre Wirkung nicht. Holm erstarrte zur Salzsäule, seine Gedanken, seine Muskeln, sein Herz: alles gelähmt.

»Stimmt das, Papa?«

Mit einer Kraftanstrengung schaffte er ein winziges Nicken.

»Und das hast du neulich nur vergessen, mir zu erzählen?«, fragte sie hämisch.

»Ich habe es nicht übers Herz gebracht«, wisperte er tonlos.

»Ach so! Hätte das dein Image angekratzt, oder was?«

»Ich war noch nicht so weit.«

»Wann denn dann? Hätte ich noch dreizehn Jahre auf die nächste Offenbarung des Mats Holm warten sollen?«

Er senkte geschlagen den Kopf.

»Es war ein Fehler, Liv.«

»Lass mich raten«, machte sie weiter, »dann stimmt auch der Rest, den Kellermannn erzählt hat. Wenn Mama durch den Artikel erst sähe, was für dreckige Geschäfte Kellermann betrieb, würde sie ihn fallen lassen und zu dir zurückkehren. Stimmt das auch noch?«

Holm lachte ertappt auf.

»Kellermann hat gesagt, darüber hättet ihr gestritten, bevor sie zu ihm kam. Und du trinken gegangen bist! Woher sollte er das alles wissen?«

»Was noch?«, flüsterte er.

»Für sie war es das Ende der Ehe. Den Vertrauensbruch konnte sie dir nicht verzeihen.«

Holm raffte sich auf und sah seiner Tochter in die hasserfüllten, vor Wut berstenden Augen. »Was tust du nur, Liv?«

»Mama war so wütend auf dich. Sie wollte an die Öffentlichkeit gehen und reinen Tisch machen.«

Bilder stiegen in ihm auf. Alte Bilder, verbannte Bilder. Zerstörerische Bilder.

»Und in dem Zustand hat Kellermann sie gehen lassen?«, hielt er dagegen.

»Er musste auf eine Dienstreise.«

»Was für ein Held.«

»Er sagt, du hast sie moralisch auf dem Gewissen.«

»Dieser Bastard!«

»Er redet wenigstens mit mir.«

»Und jetzt?«, flüsterte Holm.

»Jetzt hab ich genug von deinen Lügen. Jetzt hole ich mir die Wahrheit. Die ganze!«

Holm fiel aus allen Wolken.

»Du verdächtigst mich?«

»Versuch nicht noch mal, mich auszubremsen.« Liv sah ihn grimmig an, ließ ihn stehen und rief über die Schulter: »So lange kannst du Bianca Veh retten.«

»Jetzt warte doch, Liv!« Er machte Anstalten, sie aufzuhalten.

Sie rannte aus dem Raum, hinaus aus dem Hotel zum wartenden Taxi.

Holm wollte ihr folgen. Mit ihr reden. Sie zur Räson bringen. Wie aus dem Nichts tauchte Laura auf und hielt ihn fest.

»Lass sie. Worum auch immer es geht, Mats, gib ihr Zeit.«

Laura legte eine Hand auf seine Schulter, doch er riss sich von ihr los. Sie verstand aber auch gar nichts! Wenigstens wich sie nun etwas vor ihm zurück, bedrängte ihn nicht weiter, ließ ihm Platz zum Atmen.

Sein Kopf verwandelte sich in eine einzige Echokammer, wieder und wieder hörte er seine eigene Stimme: *Du verdächtigst mich?*

Liv hatte es nicht ausgesprochen. Er hatte trotzdem verstanden: Seine eigene Tochter hielt ihn für einen Mörder.

Für den Mörder seiner Frau und ihrer Mutter.

Holm taumelte, Laura wagte nicht, ihm unter die Arme zu greifen, ihn zu stützen.

Er würde stehen bleiben. Er würde diese Schläge einstecken. Auch diese Runde überstehen.

Gott, steh mir bei!

Oder wer auch immer.

19.34 Uhr

Bianca saß, in sich zusammengesunken, im Zimmer des diensthabenden Arztes. Katta hatte die Geistesgegenwart besessen und nach einem geschützten Raum gefragt. Im Wartebereich hätte sie von Hinz und Kunz angesprochen werden können. Selbst in dieser Situation dachte Katta vor allem daran, sie zu schützen.

Bianca sah ihren Fingern teilnahmslos zu, wie sie miteinander rangen. Ihr Herz lieferte einen unruhigen Soundtrack zu diesem Duell. Katta war mit dem Arzt gegangen, Bianca hätte nicht sagen können, wie lang das her war. Es fühlte sich an wie eine Ewigkeit.

Ihre Mutter war Opfer einer perfiden Attacke geworden.

Was für ein Alptraum.

Und ihre Karriere? Nicht jetzt, ging die mahnende Stimme dazwischen. Die kannst du vergessen!, rief eine andere knapp und unbarmherzig.

Ihre Gedanken ließen sie nicht ins Gleichgewicht kommen, als wären sie rutschiger, glitschiger Untergrund, auf dem man keinen Halt finden konnte.

Katta betrat, ohne anzuklopfen, den Raum, ihr Smartphone vibrierte. Sie drückte den Anruf weg, ehe sie Bianca an den Unterarmen nahm.

»Sie pumpen auf Verdacht den Magen aus«, erklärte sie mit belegter Stimme und blassem Gesicht.

Bianca konnte nichts erwidern. Sie nahm Katta einfach nur in den Arm, gab ihr einen Kuss auf die Wange und legte die Stirn auf der Schulter ihrer Managerin ab.

»Hoffen wir das Beste«, wisperte Katta ihr ins Ohr.

Das Smartphone vibrierte wieder kurz. Direkt danach kam ein Anruf, den Katta wegdrückte.

Ihre Managerin löste sich von Bianca und sah sie hilflos an.

»Fahr schon, Katta, ich schaffe das hier«, hörte Bianca sich sagen.

»Sicher?«

»Du wirst woanders gebraucht.«

»Ich weiß gar nicht … das alles tut mir so leid, Bianca!«

»Ich weiß.«

Sie umarmte ihre Managerin zum Abschied an der Tür zum Krankenhausflur.

»Wenn was ist, ruf mich an«, sagte Katta und lief los.

Bianca sah ihr lange hinterher.

Ja geh nur.

Lass mich allein.

Lasst mich doch alle allein.

19.37 Uhr

Holm warf seine Sanduhr in die Luft und fing sie mit beiden Händen auf. Am liebsten hätte er sie an die Wand gepfeffert, wenn es nicht Helenas letztes Geschenk gewesen wäre.

Laura wollte etwas auf die Flipchart schreiben. Gedanken ordnen. Ideen finden. Deshalb waren sie in dem Konferenzraum, in dem sie Bianca das erste Mal getroffen hatten.

Holm warf seine Sanduhr wieder bis unter die Decke und fing sie dieses Mal mit einer Hand auf. Laura würdigte ihn keines Blickes. Sie hatte einen Stift in der Hand, die Kappe abgenommen, aber ihr fiel offensichtlich nichts ein, was es verdient hätte, notiert zu werden.

Die Medien überschlugen sich. Hatten sie mit einem dritten Mord oder Mordversuch zu tun? Biancas Vater saß bei Lerch fest. Die Mutter lag in der Notaufnahme. Und Bianca hing im Spinnennetz.

Oder… Holms Fantasie setzte unaufhaltsam ein. Dave, der Klinikaufenthalt… Oh Gott! Was, wenn sie von der Affäre ihrer Mutter erfahren hatte oder gar dem Deal ihres Vaters mit Scheller? Wenn sie mit dem Gift Scheller erwischen wollte, und irgendwie ging der Teller an den falschen Platz. Im zweiten Anlauf stieg sie auf Schrot um. Im Rausch kam auch noch die Mutter an die Reihe. Weil die beiden die Familie zerstörten. Weil ihre Mutter alles verraten hatte, was sie ihrer Tochter predigte, seit Bianca denken konnte. Er merkte, dass er sich in diesen üblen Verdacht hineinsteigerte. Unsinn! Niemals!

Warum?, fragte seine innere Stimme.

Weil ich mich niemals so in einem Menschen täuschen würde.

»Was können wir noch probieren?«, fragte Laura nüchtern. »Was können wir noch retten?«

Holm ließ sich gar nicht erst auf die Fragen ein.

»Manchmal kann man es einfach nur noch aushalten, bis es vorbei ist«, flüsterte er kraftlos. Seine jüngsten, lähmenden

Gedanken zu Bianca würde er nicht mit Laura teilen. Nein, im Gegenteil, lieber schloss er sie in sich ein. In seinem Gehirn. In seinem Herzen.

»Und das ist die letzte Weisheit des Master of Desaster?«

Holm legte seinen Kopf vorwurfsvoll schief.

»Werners Weisheit, wenn schon«, wisperte er, nicht bereit, sich mit Laura zu streiten.

»Wir geben nie auf, Holm!«, rief sie mit so viel Verve, dass sie ihn überraschte.

»Wir haben nicht mal mehr eine Mandantin, die uns vertraut«, hielt er bitter dagegen, »die *mir* vertraut!«

Laura ließ die Schultern sinken. Holm spürte, dass seine fatalistische Laune sie herunterzog. Er konnte es nicht ändern. Er war ja bereit, sich an den kleinsten Strohhalm zu klammern, aber …

Sein Smartphone vibrierte. Gewohnheitsmäßig sah er schnell aufs Display. Ach, Storch! Er hatte fast vergessen, dass sein Freund noch unterwegs war. Holm nahm den Anruf an und stellte direkt auf laut.

»Hey Storch. Laura ist noch bei uns.«

»Na ihr. Was Neues von der Mutter?«

»Kriegt den Magen ausgepumpt. Fifty-fifty, sagt Katta.«

»Und wir sitzen vor einer leeren Flipchart«, meinte Holm müde.

»Aber ich habe was rausgefunden«, verriet Storch mit Stolz bebender Stimme.

19.40 Uhr

Storch gönnte sich eine Kunstpause. Etwas zappeln lassen durfte er Holm und Laura.

»Ich hab ein junges Paar aufgetrieben. Deren Baby ist Frischluftfanatiker. Die schieben den Kleinen die ganze Zeit durch die Gegend, weil er nur dann Ruhe gibt. Der Vater war also wieder unterwegs, am frühen Nachmittag, da hat er von Weitem ein Auto gesehen, dreihundert Meter meint er, das von Schellers Hof kam, allerdings auf einem kaum befahrenen Schleichweg. Den wenige kennen und kaum jemand nutzt.«

»Ja, und?«, fragte Holm skeptisch.

»Also haben wir kein Nummernschild?«, hakte Laura nach.

»Nein«, erwiderte Storch, »aber er hat das Modell erkannt!«

»Echt jetzt? Auf die Entfernung?«

»Haltet euch fest: Es war ein roter Alfa Romeo.«

»Wirklich?«

»Franco fährt einen roten Alfa«, hörte Storch Holm sagen. »Hat dein Mann was vom Fahrer gesehen?«

»Hey, Leute, das sind junge Eltern. Der kann kaum aus den Augen gucken, weil der Kleine nachts Koliken hat.«

»Trotzdem ist sich der Daddy sicher mit dem Modell, auf dreihundert Meter?«, bohrte Holm weiter.

»Absolut!«, antwortete Storch voller Gewissheit.

»Wieso?«

»Na ja, er ist Modellbauer. Ein ziemlich guter sogar. Er hat mir seine Sammlung gezeigt und …«

»… dazu gehört ein Alfa Romeo«, vollendete Laura Storchs Satz.

»Das mit dem Gedankenlesen bei dir ist echt spooky, Laura.«

Storch ahnte, dass es in ihren Köpfen arbeitete.

»Aber die Lerch hat Franco doch schon im Visier gehabt, verhört und frei gelassen«, sprach Holm aus, was alle dachten.

»Das ist unser Strohhalm, Mats«, hörte Storch Laura flüstern, Jagdfieber in ihrer Stimme.

Storch wollte noch sagen, dass ja nicht zwangsläufig der Besitzer am Steuer des Autos gesessen haben musste. Doch Holm hatte bereits aufgelegt.

Storch konnte sich bestens vorstellen, wie Laura in Großbuchstaben FRANCO auf die Flipchart schrieb.

19.48 Uhr

Verdammt! Laura und er kamen einfach nicht dahinter, was Storchs Information ihnen sagen sollte. War Franco Täter oder Zeuge? Holm schwankte. Hatte Biancas Souschef es wirklich drauf, einem Menschen eine Ladung Schrot zu verpassen? Und vor allem: Wieso?

»Also noch mal«, riss Laura ihn aus seinen Gedanken, »Franco war auf eine eigene Sendung aus. Aber erstens hat Lerch ihn dazu schon gescannt und zweitens: Wo ist der Link zu Scheller?«

Holm nahm sich einen Stift und schrieb *Thomas* an den Rand. Biancas Bruder war für ihn die undurchsichtigste Person von allen, die in Biancas Umfeld eine Rolle spielten. Dazu das geheime Verhältnis mit Franco, das Storch herausgefunden hatte.

»Nehmen wir an«, setzte Laura neu an, »die Giftnummer

war ein Angriff von Scheller. Er wollte nicht nur Vehs Frau, sondern die Erpressung beenden und Veh in die Knie zwingen.«

»Und Franco erledigt ihn im Gegenzug?« In Holms Stimme lag tiefe Skepsis. Beide sahen ratlos auf ihre Tafel. Laura raufte sich die Haare, Holm stemmte die Hände in die Hüften.

»Das gibt es doch nicht!«, rief Laura und boxte entnervt vor die Tafel. »Wir spüren es doch beide, wir sind ganz nah dran, aber …«

Holm rührte sich nicht. Franco war die Nummer zwei hinter Bianca. Thomas die Nummer zwei hinter seinem Vater …

Er zog die Kappe von einem Stift. Und schrieb über Franco *Bianca*, und über Thomas *Konrad Veh*. Er trat einen Schritt zurück.

Einen Moment später zückte Laura ihren Stift und zog eine Linie von Franco zu Thomas: »Wir wissen, dass die beiden ein Paar sind.«

»Ehrgeizig«, ergänzte Holm und machte einen Schritt auf die Tafel zu. »Franco will mehr«, murmelte er und zeichnete einen Blitz zwischen dessen und Biancas Namen.

»Und was«, übernahm Laura, »wenn es hier drüben genauso aussieht?« Sie fügte einen Blitz zwischen *Thomas* und *Konrad Veh* hinzu und notierte daneben ein kleines Fragezeichen.

»Thomas wird hundertprozentig vom Ziel seines Lovers gewusst haben«, sagte Holm nachdenklich, »ihn vielleicht sogar unterstützt haben, zumindest moralisch.«

»Ja, und?«, fragte Laura. Ein Augenblinzeln. Ein Naseкräuseln. Dann sah er ihr an, dass ihr wie Schuppen von den Augen fiel, was auch er erst in dieser Sekunde begriff.

»Umgekehrt war es genauso?«, wisperte Laura.

Holm kniff nickend die Lippen zusammen.

»Wenn Bianca fällt, fällt auch ihr Vater.«

»Und die beiden Jungs sind am Ziel«, fügte Laura hinzu.

»Und wenn Franco wirklich Scheller kaltgemacht hat, wissend, dass dann Konrad Vehs Bilanztricks auffliegen, um für Thomas den Weg freizuräumen …«

»… dann hat Thomas praktisch das Gleiche für ihn getan und das Gift ins Essen des Richters gebracht.«

»*Über Kreuz* … Wahnsinn!«

»Fast genial«, murmelte Holm leise und zeichnete einen Pfeil von Franco zu Scheller ein und einen weiteren von Thomas zu Richter Reichelt. Er verharrte vor dem Bild, das entstanden war, bis Laura ihn anstieß.

»Na, los los los, Mats! Wir müssen die beiden auftreiben!«

»Ja«, antwortete Holm mechanisch, »natürlich«, während er sich fragte, wie die Vergiftung von Hanna Veh in ihr Bild passte.

19.57 Uhr

Intensivstation. Sie ließen Bianca durch die Scheibe schauen. Sie musste zwei Mal hinsehen, um ihre Mutter zwischen den Geräten zu entdecken.

Wer hatte ihrer Mutter das angetan?, fragte Bianca sich. Sie würde sich rächen!

Sie bemerkte, dass sie die Fäuste ballte.

Wie würdest du das denn anstellen, Bianca?, befragte sie sich selbst. Mit einem Filetiermesser durch die Gegend laufen?

Aber ich will wissen, was hier los ist, hielt ihre innere Stimme dagegen. *Was auch immer passiert, ich werde das rausfinden. Das schwöre ich dir, Mama!*

Was auch immer passiert …

Und wenn ihre Mutter starb?

Das war einfach unvorstellbar für Bianca.

Der Arzt hatte ihr Hoffnung gemacht, genauer gesagt: Er hatte hoffnungsvoll ausgesehen, sie konnte ihm nicht zuhören. Seine Worte fielen durch das Sieb ihrer Wahrnehmung.

Ihre Mutter so zu sehen, in Lebensgefahr, versetzte ihr einen Stich nach dem anderen in die Brust.

Schließlich ertappte Bianca sich bei ganz neuen Gedanken: *Du hattest Recht, Mama. Das geht nicht so weiter mit der Karriere. Ich werde kürzertreten. Weniger Kommerz. Alles, wie du es immer wolltest. Bleib nur bei mir, Mama, bitte. Egal, was war. Mit Scheller und sonst. Ich verspreche es dir!*

Bleib hier bei uns.

Bei uns?

Bei mir.

Bleib hier.

20.09 Uhr

Holm hatte alle Ecken des Landgasthofs abgegrast, auch die versteckten, die er in den drei Tagen hier kennengelernt hatte. Nichts. Keine Spur. Thomas und Franco ließen sich nicht auftreiben.

Von Laura gab es auch keine Erfolgsmeldung. Und wenn

sie die beiden schon nicht fand, waren sie definitiv nicht mehr auf dem Hofgelände – sondern eher über alle Berge.

Er zog noch einmal sein Smartphone hervor und drückte Wahlwiederholung. Er ließ durchläuten.

So ein Mist! Katta ging doch immer dran. Was stimmte da nicht?

Er hatte keine Zeit, weiter darüber nachzudenken, wieso Biancas Managerin ausgerechnet jetzt nicht zu erreichen war.

Holm rannte auf sein Zimmer. Vielleicht war ja Storch weitergekommen.

Außer Atem klopfte Holm drei Mal kurz an die Tür.

Storch öffnete sofort, schüttelte aber zur Begrüßung den Kopf.

»Ich hab zwar ihre Nummern, aber die beiden gehen nicht dran.«

»Kannst du noch mal checken, ob sie sich Nachrichten schicken?«, wollte Holm wissen, was ein trauriges Lächeln auf Storchs Gesicht zauberte.

»Tun sie nicht, Holm.«

Er presste seine Lippen zusammen.

»Dann haben wir nur noch eine Wahl«, erklärte er Storch und sah seinem Freund fest in die Augen.

Der erwiderte den Blick.

»Ich schicke Laura zum Auto. Und sei vorsichtig in der Höhle der Löwin«, rief Storch ihm hinterher, als Holm schon wieder auf dem Flur war und zum Wagen sprintete.

Sie durften keine Zeit verlieren. Keine einzige Sekunde.

20.13 Uhr

Romy Lerch hockte in ihrem neuen Kommandostand in der Nähe des Landgasthofs Veh und beobachtete ein paar Kollegen, die still an ihren Rechnern saßen. Was auch immer sie taten, Lerch fragte lieber nicht, der Frust war ohnehin groß genug.

Ein Trupp war bei der Spurensicherung in der Wohnung von Bianca Vehs Eltern und KG im Krankenhaus als direkter Draht zu den Ärzten. Und sie würde die Mutter befragen, sobald das wieder ging. Was hatte Hanna Veh getan, was hatte sie zu sich genommen? Wo sollte der Spurendienst als Erstes suchen? Vielleicht bekamen sie von Mama Veh wichtige Hinweise auf entscheidende Fingerabdrücke, irgendwas.

Hanna Veh war aber noch nicht bei sich.

Es war zum Mäusemelken! Gift, Schrot, Gift. Und nicht den Hauch einer Ahnung, was abging.

Ihr Smartphone klingelte. Katia Gomes, verriet das Display.

»Und?«, fragte Lerch.

»Im Material aus Frau Vehs Magen war Gift.«

»Welches?«

»Das Gift, das wir bereits kennen.«

Romy Lerch nickte in Gedanken. Das machte es ihnen leichter. Würde es ihnen leichter machen, wenn sie die losen Enden in diesem verfluchten Fall zusammenbekamen.

Ihr Gerät meldete einen zweiten Anrufer. Der PD.

»Hast du Kramer vor mir informiert, Katia?«, fragte Lerch scharf.

»Nein, wieso?«

»Weil er mir just auf den Sack geht«, rief sie, »und gerade anklopft.«

»Dein Bier«, sagte KG, »ich komme kurz rein, dann klären wir das«, und verließ grußlos die Leitung.

»Ja, Prost, du Miststück«, fluchte Lerch ihr hinterher, bevor sie den Anruf von Polizeidirektor Kramer annahm.

»Chef, ich muss die Leitung freihalten, machen Sie es kurz.«

Sie hörte, wie er verblüfft stockte – er hatte das erste Wort haben wollen.

»Wie Sie wollen«, sagte er derart kühl, dass es ihr nicht entgehen konnte. »Ich gebe Ihnen bis Mitternacht. Wenn Sie bis dahin nichts haben, ziehe ich Sie von dem Fall ab.«

Mit der letzten Silbe legte er auf.

Was?

Der Arsch!

Kramer würde das tun, worin er gut war: Er würde sich elegant aus der Verantwortung stehlen – *verpissen* sagte man dort, wo sie herkam. Ein gottverdammter Houdini war er, wenn es darum ging, vor aller Augen aus dem Kreuzfeuer der Kritik zu verschwinden. Er hängte sie und rettete sich. Er würde ihr Ermittlungsfehler wie Senkblei um den Hals hängen und zusehen, wie sie öffentlich absoff.

Lerch hatte Kramer im Nacken. KG in den Startlöchern. Und kaum Zeit für den Big Point.

Da musste sie wohl die gewerkschaftlich vorgesehene Pause ausfallen lassen.

Nur: Um was zu tun?

»Scheiße, Mann!«, rief sie und schlug auf ihre Tastatur.

Niemand widersprach.

20.21 Uhr

Holm ließ sich von Lerchs bösem Blick nicht aus dem Konzept bringen. Er war überzeugt davon, dass sie die Kommissarin kriegen würden.

»Was wollen Sie denn hier, Holm?«

»Danke gut. Und Ihnen?«

»Beschissen.«

»Genau wie uns.«

»Und Minus und Minus ergibt Plus – oder was wird das jetzt?« Lerch machte aus ihrem Misstrauen keinen Hehl. Dicke Luft. Das brauchte er nicht lange zu deuten: Sie hatte nichts.

»Wir sind beide auf der Verliererstraße«, sagte Laura bedächtig und legte Lerch eine Hand auf den Unterarm.

»Lassen Sie diese Spielchen«, rief Lerch und zog sich zurück.

Laura sah Holm an.

Na gut, sparen wir uns die Girlanden, dachte Holm und sagte trocken: »Wir haben einen konkreten Verdacht.«

»Eine Theorie«, präzisierte Laura.

Lerch horchte auf. Sie war blank, er hatte es gewusst.

»Reden wir von handfesten Hinweisen oder Hirngespinsten?«

»Ähm, fundierte Hirngespinste«, erklärte Holm.

»Pah!«, rief die Lerch, »also, wem wollen Sie Biancas Misere in die Schuhe schieben. Gott?«

»Thomas Veh und Franco Belucchi«, sagte Holm.

»Belucchi habe ich schon vernommen und überprüft. Der war es nicht.«

»Na ja«, übernahm Laura, »bei dem ersten Mord nicht, aber beim zweiten.«

»Wie jetzt?«

»Na ja, über Kreuz.«

»Hä?«, entfuhr es Lerch.

»Franco will an Bianca vorbei und Thomas an seinem Vater«, erklärte Laura. »Die beiden sind ein Paar und schmieden einen Pakt: Hilfst du mir, helf ich dir.«

»Beweise?«, wollte Lerch wissen.

»Dafür, dass sie ein Paar sind: ziemlich sicher.«

»Für eine der Taten?«, bohrte Lerch ungeduldig nach.

»Wir haben einen Augenzeugen, der wahrscheinlich Francos Auto zur möglichen Tatzeit vom Hof fahren sah.«

Lerch stutzte.

»Jetzt machen Sie auch noch Polizeiarbeit? Hinter meinem Rücken?«

»Hören Sie, Frau Lerch«, meinte Laura, »der Ruhm gehört Ihnen. Das fädeln wir alles so ein, wie Sie wollen. Wir wollen nur das Image von Bianca retten!«

Lerch schüttelte die ganze Zeit den Kopf.

»Tse, als gäbe es da noch etwas zu retten!«

»Lassen Sie das unsere Sorge sein, Frau Kommissarin!«

20.24 Uhr

KG traf ein, als Romy Lerch Holm und May nach draußen bugsierte mit der Bitte, etwas zu warten. Beraten musste sie sich mit der Schnepfe von Nachwuchskommissarin sowieso, sie konnte es sich nicht leisten, Kramer eine Angriffsfläche zu bieten. Also fasste sie Holms *fundierte Hirngespinste* für KG zusammen.

»Lassen wir uns von denen vor den Karren spannen?«, schoss Gomes die erste Frage ab, kaum dass Lerch fertig war.

Dieses Miststück bekam schon Oberwasser, oder was? Lerch fauchte kaum beherrscht: »Bis Mitternacht, Schätzchen, backst du hier ganz kleine Brötchen. Klar!«

»Wieso bis Mitternacht?«

»Tu nicht so!«

»Entschuldige bitte, aber du verhältst dich gerade unprofessionell, Romy.«

»Unprofessionell? Ich?« Sie schnappte nach Luft.

»Weißt du eigentlich, wie dich alle nennen, Katia?«

»Wie jetzt?«

»KG! Sie nennen dich KG: Kommissarin Geil.«

Katia erstarrte. Ja, da guckte sie dumm aus der Wäsche, das kleine Biest.

»Aber ich alte Ruhrgebietsschabracke sag dir nur eins: Everybody's darling is everybody's Arschloch. Klar so weit?«

Ja, da stand KG mit offenem Mund und kam aus dem Staunen nicht heraus.

»Wenn du ernst genommen werden willst, verschaff dir Respekt und nicht Fans.«

KGs Mund öffnete sich noch weiter.

»Hör endlich auf, so enge Hosen anzuziehen! Ist hier nicht der Miss-Knackarsch-Contest! Und jetzt: Fahndung nach den beiden Schwuletten. In Lichtgeschwindigkeit, *Kommissarin Gomes*!«

Deren Kinnlade fiel nach unten, und sie wackelte – sichtlich weniger dynamisch als sonst – ans andere Ende des Raumes, ihr Smartphone bereits am Ohr.

Lerch räusperte sich in der Stille des Raumes, niemand von den Uniformen wagte aufzusehen.

So, das war doch mal ein kleiner Stimmungsaufheller, sagte sich Lerch. Jetzt noch kurz die Karriere retten, und sie würde sich diesen Tag rot im Kalender anstreichen. Knallrot.

20.28 Uhr

Sich bei Lerch die Beine in den Bauch zu stehen brachte nichts. In ihrer Verzweiflung würde die leitende Ermittlerin schon das einzig Richtige tun. Holm jagte den Wagen zurück zum Hof der Vehs.

»Wenn wir Bianca als Opfer krimineller Machenschaften darstellen«, dachte Laura neben ihm laut nach, »dann müssen wir an ihrer Glaubwürdigkeit arbeiten. Wie konnte es sein, dass sie von alldem nichts wusste?«

»Da müssen wir in Intensivkommunikation einsteigen. Sobald ihre Unschuld klar ist, können wir offener auftreten.«

»Du meinst, wir setzen massiv auf Hintergrundgespräche?«

»Genau. Wir erzählen allen die ganze Geschichte.«

»Sie schreiben aber davon nur, was wir freigeben.«

»Okay. Zuerst Boulevard, dann Tagespresse, dann Fachpresse«, sponn Holm den Faden weiter.

»Danach sehen wir zu, dass die Doku, die wir ihrer Senderchefin versprochen haben, schnell realisiert wird. Plus Interview. Ein großer Aufschlag!« Laura nickte energisch. »Endlich kriegen wir einen Anpack, Mats!«

»Ja«, bestätigte er, im Gegensatz zu Laura allerdings ganz und gar nicht euphorisch.

Bis zum Licht am Ende des Tunnels lag noch ein weiter

Weg vor ihnen. Sie schickten Lerch in ein Rennen, dessen guten Ausgang sie sich erhofften, der aber keineswegs sicher war.

Die Kommissarin konnte es auf jeden Fall die Laufbahn kosten, wenn sie ein weiteres Mal danebenlag. Wobei es ihre Entscheidung war, der Spur von Laura und ihm zu folgen. Und ihr Unvermögen, dass sie keine andere Option hatte.

Trotzdem: Übersahen sie etwas?

In ihm regte sich ein Widerstand. Ein Puzzlestein lag quer, so kam es ihm vor. War es dieses ganze Über-Kreuz-Ding …?

Oder hatte ihn dieser Fall nur übervorsichtig gemacht – und kurz vor der Auflösung leistete er sich einfach nur eine Überdosis Pessimismus?

20.32 Uhr

Katta hatte sich ins Büro auf dem Hof der Vehs zurückgezogen. Konrad hatte sicher nichts dagegen. Ihr Smartphone hatte sie beiseitegelegt. Es kostete sie Mühe und Überwindung, doch sie ließ es dort vor sich hin rucken und zucken. Selbst bei Holm war sie vorhin nicht drangegangen, auch wenn er – wie sie sich eingestehen musste – einer der wenigen Menschen war, dessen Stimme sie gerade gerne gehört hätte.

So saß sie da, vor einem leeren Blatt Papier und klammerte sich an den Füller, den Konrad ihr damals zum Vertragsschluss mit Zewi geschenkt hatte. Sie erkannte die Ironie darin, ausgerechnet diesen Füller für die Zeilen zu benutzen, die sie schreiben wollte.

Das Spiel war aus. Zu viel war passiert. So sehr sie Bianca mochte, sie musste Emotionen außen vor lassen. Diese Familie hatte noch nie gutes Karma gehabt, auch wenn Biancas reines Herz und ihre Gabe alles überstrahlte. Sie, Katta, würde nicht mit den Vehs untergehen. Sie wollte nicht zwischen Mördern herumlaufen – oder gar zu deren Zielscheibe werden.

Wie sollte sie anfangen? Persönlich oder förmlich? Und richtete sie das Schreiben an Konrad Veh, der sie angeheuert hatte, oder an Bianca, für die sie de facto arbeitete?

Liebe Bianca, entschied sie sich schließlich.

Ich bin so dankbar dafür, dass ich Teil Deines Teams sein durfte. Deines erfolgreichen Teams. Wahrscheinlich kann jemand wie ich so eine Erfahrung nur once in your lifetime machen. Ich möchte keine Minute missen. Die jüngsten, undurchsichtigen Ereignisse und Verwerfungen in deinem Umfeld aber lassen mich zu dem Schluss kommen, dass es Zeit ist. Für Dich und für mich. Ich bin untröstlich und meine Hand zittert, während ich diese Worte schreibe, aber: Ich kündige hiermit fristlos. Ich verzichte auf sämtliche ausstehenden Honorarzahlungen und wünsche Dir alles Gute – und wahres Seelenheil. Nutze Deine Gabe. Katta

Sie las die Zeilen noch einmal, faltete das Blatt, schnappte sich einen Umschlag aus Konrads Schrank und tütete das Schreiben ein. Bianca persönlich, schrieb sie noch darauf und unterstrich das *persönlich*.

Dann legte sie den Brief vor sich ab und faltete die Hände.

Tat sie das Richtige? Es war nicht ihre Art, vom sinkenden

Schiff zu flüchten. Doch dieses eine Mal musste sie vollkommen egoistisch handeln. So gerne sie den Deal mit der Nationalmannschaft gemacht hätte, loslassen blieb ihr einziger Ausweg.

Manchmal war es im Leben wichtiger, den Fall zu verhindern als den Aufstieg zu forcieren. Dies war so ein Moment. Der Ehrgeiz durfte nicht ihre Vernunft besiegen.

Sie atmete durch, schaltete ihr Smartphone aus und schnappte sich den Brief. Dann schieben wir dich mal unter Biancas Tür hindurch, dachte Katta. Auf der Schwelle von Konrads Büro blickte sie noch einmal zurück, ehe sie das Licht ausknipste. Ihre Knie waren weicher, als ihr lieb war. Sie musste schnell weg, bevor sie es sich noch anders überlegte.

20.36 Uhr

Katta lief Holm an der leeren Rezeption praktisch in die Arme. Er wollte fragen, warum sie eben nicht drangegangen war, als er angerufen hatte. Doch sie kam ihm mit den Worten »Ich bin weg!« zuvor und stellte sich betont aufrecht vor ihn.

»Wohin?«

»Ich habe gekündigt, Holm.«

»Jetzt?« Sie hielt seinem Blick stand. Wut kochte in ihm hoch.

»Wir haben gekämpft. Wir haben verloren. Ich will nicht mit untergehen.«

Er presste die Kiefer zusammen.

»Versteh das bitte, Holm!«

Sie machte einen Schritt auf ihn zu, wollte ihn zum Abschied umarmen, doch er griff ihr brüsk in die Arme und stoppte sie.

»Ruf mich nicht mehr an. Nie wieder!«

Er schob sich an ihr vorbei und machte sich auf den Weg zu Laura. Vielleicht gab es etwas Neues von Lerch.

Katta floh Hals über Kopf. Unfassbar!

Abhaken, befahl er sich. Sie hatte ihre Entscheidung getroffen.

»Was ist los?«, wollte Laura wissen, die ihn besorgt musterte. Der Ärger musste ihm mehr ins Gesicht geschrieben stehen, als er dachte.

»Katta steigt aus. Komplett.«

Laura quittierte die Neuigkeit mit einem vorsichtigen Nicken. »Komm, wir hängen uns an Lerch. Sie sagt, von Thomas und Franco gibt es bisher nichts, aber die Spurensicherung ist bald fertig, und sie lässt sich gleich direkt in der Wohnung der Vehs berichten.«

»Was ist, wenn wir die Falschen im Visier haben, Laura?«

Sie stutzte kurz. »Hallo?«, sie tat, als klopfe sie an seine Stirn, »ist Mats Holm zu Hause«?

»Ich meine es ernst, Laura.«

»Ich auch! Ich wollte es nur nett verpacken.«

»Komm mir jetzt nicht auf die Tour!«

»Na gut. Dann Tacheles: Ich habe deinen Streit vorhin mit Liv mitbekommen. Zum Teil …«

Er zog seine Augenbrauen hoch.

»Sie verdächtigt dich. Wegen Helena. Und jetzt hast du Empathie für unsere beiden Topkandidaten? Hmm, was ich denke ist bestimmt nur – Achtung Wortspiel – Küchenpsychologie!«

Bei jedem ihrer Worte erstarrte er mehr und mehr. Mit jeder Silbe begriff er, dass sie erkannt hatte, was er sich selbst nicht eingestehen wollte.

»Mach du das mit Lerch, ich fahre zu Bianca und verklickere ihr unseren Verdacht. Das war Zimmer 509?«

Laura bestätigte es ihm.

»Ich erkläre ihr unseren Kommunikationsplan. Dann hat sie etwas mehr Zeit, alles sacken zu lassen.«

Laura zuckte mit den Achseln und verlor keine Zeit. Er sah ihr hinterher, bis sie das Gebäude verlassen hatte.

Er spürte, dass sie schnell von ihm wegwollte. Welche Laus war ihr über die Leber gelaufen? Rief ihr Schwarm von Polizist nicht mehr an? Hauptkommissar Jan Theiss. Dass der ihr mit seiner Hartnäckigkeit gefiel, war Holm klar. Dass er Gefahr bedeutete, machte ihn für Laura nur reizvoller, da machte sich Holm nichts vor. Wieso kam er jetzt nur auf die Geschichte? Übersprungshandlung. Er musste schleunigst zu Bianca ins Krankenhaus.

20.40 Uhr

Laura fröstelte. Sie schlug die Arme um sich und ging zur Wohnung von Biancas Eltern. Hoffentlich waren es nur die Hormone, die Liv ritten. Und nicht der Teufel. Würde sich ihr Sturm und Drang in den nächsten Schwangerschaftswochen legen, wäre das gut. Sie wühlte zu viel in der Vergangenheit herum. In Holms Seele. Im Dreck.

Das war nicht gut.

Gar nicht gut.

Wenn Holm seine Tochter nicht aufhielt, dann würde sie es tun. Dazu war sie fest entschlossen, seit sie Liv von Kellermann hatte reden hören, von Helenas Todesnacht.

Helena würde es so oder so nicht mehr lebendig machen. Ihre Schwester. Die reizende, reizvolle Helena. Die Grazie, die alle Männerblicke auf sich gezogen hatte. Ganz selbstverständlich, ganz natürlich. Als stehe es ihr zu.

Ja, es war nicht leicht gewesen, die Schwester von Helena zu sein. Selbst ein Mann wie Holm hatte nach ihrer Pfeife getanzt.

»Polizeiarbeit zieht sie magisch an, glaube ich.«

Laura sah auf. Sie hatte den Tatort, die Wohnung der Vehs, bereits erreicht, ohne es zu merken. Romy Lerch sah sie forschend an.

»Entschuldigung, Frau Lerch. Ich war in Gedanken.« Sie gab sich einen Ruck. »Muss am Blaulicht liegen.«

Sie versuchte ein Lachen.

»Na, dann erklären Sie mir mal das hier«, sagte Lerch und streckte Laura einen Beutel entgegen.

20.44 Uhr

Kein Verkehr. Das war gut. Holm jagte seinen A8 Richtung Krankenhaus. Je schneller er dort war desto besser. Hoffentlich schwebte Biancas Mutter nicht mehr in Lebensgefahr, und er konnte seine Mandantin auf das ansprechen, was vor ihr lag.

Werner meldete sich, Holm nahm ihn auf dem Lautsprecher entgegen.

»Wie geht es Frau Veh?«

»Sie haben ihr den Magen ausgepumpt. Ich fahre gerade hin.«

»Ist sie schon ansprechbar?«

»Glaube ich nicht, aber ich muss Bianca auf die Sache mit ihrem Bruder vorbereiten.«

»Wenn ihr Recht habt mit eurem Über-Kreuz-Ding, Holm, wird sie auftreten müssen, sobald es zu Ende ist.«

»Ich habe Zweifel daran, dass sie dazu bereit ist.«

»Du biegst sie schon hin.«

»Sie ist wütend auf mich.« Und Liv auch, wollte Holm nachschieben, doch er biss sich im letzten Moment auf die Zunge.

»Ich werde nicht schlau aus deiner Köchin.«

»Wie meinst du das?«

»Bauchgefühl.«

Holm stutzte, Werners Bauch war erschreckend treffsicher in solchen Fragen. Immer gewesen und immer noch.

»Was auch immer da gerade durch deinen Kopf rattert, mein Freund, denk dran: Die einfachste Lösung ist meist die wahrscheinlichste«, brachte Werner einen seiner Merksätze unter.

Genau! Das war es, was er die ganze Zeit nicht hatte in Worte fassen können. Ihre Theorie war so kompliziert, verschachtelt, eben *über Kreuz*. Sie war brillant, da ließ er nichts darauf kommen, aber: Konnte sie stimmen?

Machte das alles Sinn?

Holm wusste es nicht.

Doch er erkannte das Gefühl, das sonst nie in ihm aufstieg.

Panik!

Er wählte Biancas Nummer und beschleunigte den Wagen.

20.47 Uhr

Ihre Mutter lag regungslos da. Sediert. Wenn die Schwester Recht hatte, musste sie bald zu sich kommen.

Es klopfte an der Tür. Bianca blickte nur hinüber, ohne etwas zu sagen. Die Tür ging einen Spalt breit auf, und sie erkannte das Gesicht ihres Bruders.

Vor Freude sprang sie auf und fiel ihm um den Hals, ebenso Franco, den sie zuerst nicht gesehen hatte.

»Schön, dass ihr kommt!«, rief Bianca.

»Ja«, sagte Franco – merkwürdig distanziert, wie Bianca fand. Wahrscheinlich konnte er nicht einordnen, wie übel sie ihm den Alleingang mit Westenberg und der Fernsehshow nahm. Das war für Bianca nicht der Moment, darüber zu sprechen.

»Wie geht es ihr?«, fragte Thomas mit gedämpfter Stimme.

»Sie ist wahrscheinlich über den Berg.«

Bianca entging nicht, dass die beiden sich einen vielsagenden Blick zuwarfen.

»Das ist eine gute Nachricht«, sagte Thomas – irgendwie schmallippig, fand Bianca, ehe sie die beiden bat, sich zu setzen.

20.49 Uhr

Noch drei Minuten bis zum Krankenhaus, zeigte Holms Navi an. Wieder ging ein Anruf ein. Dieses Mal war es Laura.

»Sie haben Gift in der Wohnung der Mutter gefunden. In

einem Fläschchen. Lerch lässt es gerade auf Fingerabdrücke untersuchen.«

»Aha?«, machte Holm, seine Verblüffung war garantiert nicht zu überhören.

Die Autos vor ihm wurden langsamer. Weit vorne entdeckte er Blaulicht. Oh nein!

»Mist, Stau«, sagte er und drückte Laura aus der Leitung.

Er musste den Wagen bremsen und kam Augenblicke später ganz zum Stillstand. Er riss die Tür auf und schwang sich aus der Tür. Polizei. Ein Unfall? Hinter ihm stauten sich schon die nächsten Wagen. Holm griff sich verzweifelt in den Nacken.

Es gab kein Vor und kein Zurück.

Das sah nicht so aus, als würde die Polizei den Weg in wenigen Augenblicken frei machen.

In Sekundenbruchteilen entschied sich Holm, riss das Smartphone aus der Halterung im Auto und rannte los. Das Auto schloss er per Fernbedienung über die Schulter ab. Ein Fahrradkurier, der die Schlange rechts überholte, hätte ihn beinahe erwischt, doch Holm entkam der Kollision. Er hörte den Kurier fluchen, doch Holm hatte keine Zeit, sich umzusehen oder sich zu entschuldigen. Er sprintete weiter. Im Krankenhaus braute sich Unheiliges zusammen, da war er sich inzwischen ganz sicher.

Kein Vor und kein Zurück, stieg die Formulierung in sein Bewusstsein, die er gerade in Gedanken verwendet hatte.

Lerch hatte Gift in der Wohnung der Eltern gefunden.

Kein Vor. Und kein Zurück.

Auf einmal machte es Klick in seinem Kopf!

Alle Groschen dieses Falls fielen auf einmal. Er begriff, welche Person der Dreh- und Angelpunkt der ganzen Sache war.

Es sein musste! Was diesen Menschen trieb. Wie er es gemacht hatte.

Er riss das Smartphone hoch und tippte die letzte Anruferin an.

»Mats?«, ging Laura dran.

Er bekam kaum Luft, so mühsam war es zu telefonieren, während er rannte.

»Ruf Bianca an!«, brachte er hervor.

»Was? Warum bist du so außer Atem?«

»Ruf Bianca an!«, schrie er so heftig, dass Passanten sich nach ihm umsahen.

»Bianca?«

»Sie soll weg da!« Er lief zu langsam mit dem Gerät am Ohr.

»Weg aus dem Krankenhaus?«

»Schnell weg! Muss …« Ihm ging die Puste aus. Schweißperlen strömten über seine Stirn. Er musste aufhören zu telefonieren.

»Aber wieso denn, Holm? Ich verstehe nicht.«

»Hol sie da weg!«, brüllte er.

Er wartete keine Reaktion ab und nahm das Smartphone vom Ohr, konnte so endlich noch schneller rennen und etwas besser Luft holen.

Schneller, Holm, schneller.

Schneller, du alter Sack!

20.53 Uhr

Thomas und Franco waren nur kurz geblieben. Hatten etwas von einer Reise gesagt, sie hatte kaum zuhören können, während ihre Mutter so dalag.

Doch jetzt – hatte sie sich bewegt? Bianca schob ihren Pony aus der Stirn und setzte sich auf. Ja, tatsächlich! Ihre Hand regte sich. Ein Bein. Ihre Mutter kam wieder zu sich. Biancas erster Impuls war, nach der Schwester zu läuten, dann hielt sie inne.

Ihre Mutter drehte nun auch den Kopf und öffnete schließlich benommen die Augenlider. Mehrmals blinzelte sie angestrengt.

»Mama!«, rief Bianca erleichtert. Sie nahm die Hand ihrer Mutter in ihre und setzte sich auf die Bettkante. Einen Moment musste sie ihr noch geben, ehe sie all ihre Fragen loswerden konnte, ja: musste.

Der Mund ihrer Mutter öffnete sich und gab ein kaum hörbares Wort von sich, so mühsam, als habe es viel mehr Silben als zwei: »Wasser.«

Bianca nickte und nahm vom Beistelltisch eine grüne Glasflasche. Das halb gefüllte Glas führte sie an die Lippen ihrer Mutter. Doch die ersten Tropfen gingen daneben. Sanft hob sie den Kopf ihrer Mutter an, schob vorsichtig ein Kissen unter und probierte es noch einmal. Dieses Mal klappte es mit zwei, drei Schlucken.

»Was ist passiert, Mama?«, hörte Bianca sich fragen, sie konnte einfach nicht mehr abwarten. »Wer war das?«, schob sie nach.

»So stolz auf dich«, wisperte ihre Mutter. Sie sprach so leise, dass Bianca sich über sie beugen musste.

»Ich liebe dich, Bianca.«

»Ich dich auch Mama. Aber…«

»Du hältst alles zusammen«, hauchte ihre Mutter.

In Bianca keimte eine Wut auf, die sie nicht unterdrücken konnte, egal, wie schlecht es ihrer Mutter ging. Zusammenhalt? Dass ihre Mutter dieses Wort überhaupt in den Mund nahm, löste Bitterkeit in ihr aus.

»Wohl nicht alles«, erwiderte Bianca, was dem erschöpften Blick ihrer Mutter die letzte Kraft zu rauben schien.

»Was war das mit Scheller und dir?«, fragte Bianca, »wusstest du das von Papa? Die Polizei hat ihn dabehalten.«

Ihre Mutter schien wieder wegzudämmern, schloss die Augen, sank noch tiefer ins Kissen.

Nein, so leicht ließ sie ihre Mutter nicht davonkommen. Sie schuldete ihr Antworten, verdammt noch mal!

»Wer hat dich vergiftet, Mama? Hast du irgendeine Idee?«

Als ihre Mutter nicht reagierte, rüttelte sie an ihrer Schulter – nicht grob, doch auch nicht so einfühlsam, wie sie es in Anbetracht der Situation hätte sein sollen.

»Es war zu viel«, flüsterte ihre Mutter zerbrechlich, ehe sie die Augen öffnete und Bianca in die Augen sah. »Ich wollte nicht mehr.« Beim letzten Wort brach die Stimme ihrer Mutter ab.

»Was soll das heißen?«, hakte Bianca nach. »Was meinst du damit?« Sie senkte ihr Gesicht nah an ihres.

»Ich war es selbst, mein Herz.«

Bianca erstarrte, es dauerte Zehntelsekunden, die sich unendlich anfühlten, einbrannten, bis sie begriff.

»Aber wie? Wie… kommst du an Gift?«

Ihre Mutter schloss die Augen.

»Wer hat es dir gegeben?«

So eindringlich sie fragte, mit mühsam unterdrückter Stimme, so kraftlos dämmerte ihre Mutter noch einmal weg. Alles Rütteln am reglosen Körper nutzte nichts. Das Sedativum gewann noch einmal die Oberhand.

20.59 Uhr

Endlich die Lichter des Krankenhauses zu sehen gab Holm die zweite Luft, die er dringend brauchte. An Beschleunigen war nicht zu denken. Keuchend nahm er jede einzelne Stufe hinauf zum Eingangsportal. Er schob sich durch die Drehtür und überflog hastig den Schilderwald vor sich. Innere Medizin. Zimmer 509. Er rannte zu den Aufzügen, stützte die Hände auf die Knie und hechelte nach Luft, während Schweißtropfen auf den Boden fielen. Sein durchgeschwitztes Hemd klebte an ihm. Erst dann registrierte er, dass jemand vom Servicepersonal einen Aufzug ungerührt mit dem Wäschewagen blockierte. In einen anderen stieg die Hälfte einer Großfamilie, der Rest wartete auf den dritten Aufzug, der laut Anzeige in Etage neun stand und sich nicht von der Stelle bewegte.

Holm rollte mit den Augen. Wo waren die Treppen? Da vorne! Jeder Schritt brannte in den Beinen, er stemmte die schwere Metalltür auf und sah das grell beleuchtete Treppenhaus hinauf. Keine Zeit zum Jammern. Er schleppte sich Stufe für Stufe hinauf. Ohne Pause würde er es nicht schaffen. Zum Glück klingelte sein Smartphone. Laura.

»Ja«, brachte er schnappatmend hervor.

»Bianca ist nicht zu erreichen. Aber die Gomes hat Thomas und Franco geschnappt. In der Nähe vom Krankenhaus.«

Deshalb war der Verkehr dicht gewesen.

»Franco gibt zu, mit dem Alfa bei Scheller gewesen zu sein. Wollte Scheller im Auftrag von Thomas zur Rede stellen wegen des ersten Toten. Der Erpressung. Hätte aber nur die Leiche gefunden und sei abgehauen. Wer's glaubt … Thomas muss die Bilanzfälschung durchschaut und zwei und zwei zusammengezählt haben nach der Giftnacht. Also, alles wird gut.«

Alle Worte verließen Lauras Lippen in Höchstgeschwindigkeit, Holm musste die Informationsflut verarbeiten.

»Bin direkt losgefahren, Mats. Ich bin in ein paar Minuten da.«

Er brachte lediglich zwei kehlig klingende, undefinierbare Silben hervor, die sie ohnehin nicht mehr hörte. Sie hatte aufgelegt.

Weiter. Er musste weiter. Noch drei Etagen.

Er musste es rechtzeitig schaffen, bevor noch ein Unglück geschah.

Lerch hatte die Falschen!

Holm hatte die zwei wichtigsten Silben im Leben sagen wollen.

Mut-ter!

21.02 Uhr

Ihre Mutter kam wieder zu sich. Bianca fasste sie an beiden Schultern.

»Von wem hast du das Zeug bekommen?«

Ihre Mutter lächelte nur vielsagend. Schwieg. Bis Bianca diese Reaktion zu deuten verstand.

»Du?«, rief sie fassungslos.

Sie wollte aufspringen, doch ein Arm ihrer Mutter schnellte hervor und hielt Bianca mit unerwarteter Kraft fest.

»Wo hast du es dir besorgt?«, wollte Bianca wissen.

»Internet«, beantwortete ihre Mutter die Frage.

Bianca verschlug es die Sprache. Sog es alle Energie aus dem Körper.

»Ich wollte dich wachrütteln, Bianca. Aus dieser wahnsinnigen Blase herausholen. Das mit Dave, die viel zu kurze Therapie. Du warst dabei zu zerbrechen, Kind!«

Bianca wollte sich von ihrer Mutter freimachen. Keine Kraft. Keine Chance.

»Ich wollte den Richter nicht töten«, erklärte ihre Mutter, auf einmal ungerührt, mit gleichförmiger Stimme. Sie schaute nach vorn, aufs Kreuz an der Wand, aber sie sah die Vergangenheit, das spürte Bianca ganz deutlich.

»In der Eile habe ich wohl zu viel aufs Gericht getan. Dass er dann auch noch Wein trinken würde … Der Richter hat wirklich Pech gehabt.«

Bianca hatte die ganze Zeit nicht geatmet. Sie schnappte nach Luft.

»Und Onkel Bernhard?«, brachte sie hervor, ihre Stimme, die gewohnt war, die Brigade zu befehligen, geschrumpft zu einem Wispern. »Ihr wart doch … Hast du ihn nicht ge …?«

»Schhh«, machte ihre Mutter. »Doch, das habe ich. Konrad und ich haben uns verloren. Wahrscheinlich eine Nebenwirkung deines Erfolgs.«

»Aber …«

»Schhh … Dir mache ich keinen Vorwurf. Wirklich nicht.«

Sie nahm auch noch Biancas andere Hand. Ganz die Tochter konnte sie sich ihrer Mutter nicht widersetzen.

»Ich habe Bernd geliebt, aber nie so wie dich, Bianca.«

Ihre Mutter holte schwer Luft.

»Ich hatte ihn nicht eingeweiht. Das war meine Sache. Nach dem Tod des Richters stellte er mich zur Rede. Und ich habe ihm alles gebeichtet. Und was wollte der Mistkerl da machen?«

Sie drückte Bianca fest, krallte die Finger in ihre Haut, der Blick leblos und kühl.

»Er wollte zur Polizei!«, sagte ihre Mutter voll wütender Energie.

Sie löste ihren Blick vom Kreuz und warf einen verächtlichen Blick auf Bianca.

»Ich musste ihn stoppen. Für dich. Verstehst du?«

Bianca zog es die Beine weg. Sie sackte ein. Ging auf die Knie und konnte sich noch gerade an der Bettkante abstützen. Das Geständnis ihrer Mutter trieb ihr die Tränen in die Augen, viele Tränen, bittere Tränen, Trauertränen.

21.06 Uhr

Holm ging mit wackligen Beinen auf den Uniformierten zu. Na klar, Lerch musste eine Wache aufgestellt haben, um Hanna Veh zu schützen. Der Polizist wurde auf ihn aufmerksam und zog misstrauisch die Augen zusammen.

Holm musste wenig vertrauenerweckend wirken, schweißgebadet und schwankend, wie er den Flur entlangtorkelte.

»Holm mein Name. Ich bin der Berater von Bianca Veh.« Er tat so, als würde er gleich einen Ausweis hervorziehen, der das bestätigte.

Der Polizist stand auf und hielt beide Arme abwehrend hoch.

»Sie können hier nicht rein.«

Holm erkannte ihn. Das war der vom Scheller-Hof, der ihn vergangene Nacht hatte abblitzen lassen.

»Da drinnen ist Gefahr im Verzug«, sagte Holm, so selbstsicher er konnte.

»Halten Sie Abstand, Mann«, erklärte der Polizist grob, »wir haben die Verdächtigen.«

»Sie kennen mich doch. Am Scheller-Hof haben wir uns getroffen. Ich habe mit Frau Lerch gesprochen.«

Grinsend antwortete der Polizist: »Keine Ahnung, wovon Sie sprechen, Herr Holm.«

Er wandte sich ab, es würde kaum helfen, dem Cop ins Gesicht zu fluchen.

»Da drinnen passiert nichts, glauben Sie mir«, versuchte der Polizist ihn zu besänftigen.

»Dann sehen Sie doch nach, verdammt!«

Holm musste sich wieder auf seine Knie stützen und Luft holen. Mit der Schulter lehnte er sich an die Flurwand. Wenn nur sein Kreislauf mitmachte.

»Da sind nur die Tochter und die Mutter.«

Holm hätte lachen können, wenn es nicht so ernst gewesen wäre.

»Rufen Sie wenigstens Kommissarin Lerch an!«

Der Polizist merkte auf. Der Name der Chefin schien zu wirken.

»Los, machen Sie schon.«

Der Polizist bedeutete ihm, einige Schritte zurückzugehen und zog sein Smartphone hervor.

»Sie geht nicht dran«, teilte er Holm Sekunden später mit.

Holm biss sich auf die Zunge. Verdammt!

»Kommissarin Gomes! Rufen Sie sie an!«

»Katia Gomes?« Ein Grinsen schlich sich in das Gesicht des Polizisten, ein breites, erfreutes. »Immer gerne doch.«

Holm schlug mit der blanken Hand fest gegen die Wand.

21.08 Uhr

Der Blick ihrer Mutter bekam etwas Flehendes.

»Ich will nur, dass du mich verstehst, mein Kind.«

Bianca lachte auf. Diese Frau vor ihr war vollkommen übergeschnappt. *Verstehen?* Wie sollte sie verstehen, dass ihre Mutter eine gottverdammte Doppelmörderin war?

»Das ist Wahnsinn!«, presste sie zwischen ihren Zähnen hervor, so mühsam beherrscht, dass ihre Mutter zusammenzuckte.

»Mit welchem Recht vergiftest du mein Essen?«

»Ich …«

»Mit welchem Recht mischst du dich so in mein Leben ein. Hat das mit Dave noch nicht gereicht?«

»Alles zu deinem Besten«, murmelte ihre Mutter, deren Züge sich verhärteten.

»Hast du kein eigenes Leben, das du versauen kannst? Und Papa … du siehst dabei zu, wie er unschuldig im Knast sitzt!«

»Du bist mein Leben und mein Sinn.«

»Schwachsinn! Ich bin deine *erwachsene* Tochter!«

Ihre *Mutter* schüttelte nur verbittert den Kopf, als fühle sie sich bedauerlicherweise unverstanden.

»Wie kannst du so grausam sein, Mama. So … so … verrückt? Vollkommen durchgeknallt?«

»Ich hasse mich ja selbst.«

»Sonst hättest du wohl kaum das Gift genommen«, flüsterte Bianca schonungslos.

Ihre Mutter griff wieder nach ihrem Arm, hielt sie wie im Schraubstock fest.

»Ich will nicht mehr!«

Bianca starrte in durchdringende Augen.

»Verstehst du, Kind?«

Ihre Mutter schaute zu einem Kissen hinüber, das auf einem Stuhl lag.

Bianca schüttelte, trotz ihrer unermesslichen Wut, wild entschlossen den Kopf.

»Keiner wird fragen«, lockte ihre Mutter.

Nein, sie würde sich nicht mehr von ihrer Mutter manipulieren lassen. Kein einziges Mal mehr.

»Ich bin ein schlechter Mensch. Ich habe Konrad verraten. Dich. Habe dein Glück mit Dave verhindert. Herrgott, ich habe einen Unschuldigen getötet. Und meinen Geliebten. Für dich!«

»Nein!«, schrie Bianca. »Nicht für mich. Das hast du für dich getan! Um vor dir selbst gut dazustehen. Dein krankes Bild von der ach so liebenden Mutter. Dein Selbstbild. Ich sage dir was: Das ist alles ein einziger Selbstbetrug!«

Die Züge ihrer Mutter strafften sich kämpferisch. Sie wollte etwas sagen, hielt inne, bis die Anspannung aus ihrem Gesicht wich. Schließlich wandte sie sich ab und schloss die Augen.

»Du hast völlig Recht«, sagte sie mit Gleichgültigkeit in der Stimme. »Aus mir ist ein Monster geworden. Du tust allen einen Gefallen, wenn du meinen letzten Willen erfüllst. Bitte.«

Bianca spürte, wie ihre Mutter selbst im Krankenbett noch versuchte, sie zu steuern. Sie war so wütend. Diese Frau hatte alles kaputt gemacht, was ihr wichtig war. Ihr Restaurant. Ihre Familie. Die Karriere. Und ihre Liebe.

Blind vor Wut starrte Bianca auf das Kissen.

21.11 Uhr

Holm hatte sich hingekauert und überwand langsam seine kleine Kreislaufschwäche. Er hätte Kommissarin Gomes auf der Stelle den Hals umdrehen können. Sie ließ ihn allen Ernstes nicht passieren, das Miststück! Die würde er plattmachen. Sobald er genug Puste hatte.

Der Aufzug meldete sich mit einem hellen Ton. Laura trat heraus, sah erst in die falsche Richtung und kam dann mit schnellen Schritten auf ihn zu.

»Gomes und der Typ da lassen mich nicht durch«, erklärte er gereizt und zeigte mit dem Kopf auf den Uniformierten.

»Aha«, sagte Laura, die zu seiner Überraschung nicht bei ihm stehen blieb, sondern auf den Polizisten zuging, der sich sogleich wichtigtuerisch vor der schweren Krankenhaustür aufbaute.

Plötzlich stolperte sie, stürzte auf den Polizisten und riss ihn mit zu Boden.

»Oh, tut mir leid«, rief sie. Erst als Holm sah, dass sie den

Kerl unter sich fixierte, schaltete er. Sie sah schon über die Schulter, als er endlich auf die Beine kam und in Zimmer 509 stürmte.

Das Erste, was er sah, war der teuflisch beschwörende Blick der Mutter, der sich auf ihn richtete – und seinen letzten Verdacht bestätigte.

Dann Bianca. Ein Kissen eng umschlingend. Weinend. Wütend. Einen furchteinflößenden Ausdruck in den Augen, der Holm fatal an ihre Mutter erinnerte.

»Gehen Sie, Holm!«, schrie sie. »Das ist eine Familienangelegenheit!«

Holm riss die Arme hoch.

»Halt! Tu das nicht, Bianca! Sieh mich an!«

Sie fixierte ihre Mutter, die den bösen Blick aufreizend erwiderte.

»Wir haben die Wahrheit rausgefunden, Bianca!«

»Scheiß auf die Wahrheit!«, schrie sie. Laura und der Polizist betraten hinter ihm den Raum. Der Idiot kam mit gezogener Waffe. Holm bedeutete ihm, seine Heckler & Koch herunterzunehmen.

In dem Moment sprang Bianca mit einem Schrei auf ihre Mutter zu – und prügelte mit dem Kissen schluchzend auf sie ein.

Mit einem Satz war Holm bei ihr, umarmte sie fest und ließ sie nicht mehr aus seinen Armen entkommen, so sehr sie sich auch wehrte.

TAG VIER

10.28 Uhr

Bah, schmeckte das furchtbar! Was gefiel Mats nur daran? Sie würde es nie verstehen. Laura hüstelte angewidert. Mit den zusammengekniffenen Augen einer ungeübten Raucherin nahm sie die Zigarette aus dem Mund. Sie hatte eine halbe Ewigkeit nicht geraucht. Nun wollte sie mal eine einzige genießen, doch der spaßverderbende Gedanke, dass das nichts anderes als Selbstvergiftung sei, drängte sich unangenehm deutlich in den Vordergrund.

Pah. Laura zog trotzdem noch einmal an der Zigarette, mit der sie im Bett lag. Was sie anfing, brachte sie auch zu Ende. Alte Angewohnheit. Lebenseinstellung. Irgend so was.

Sie blätterte in einem Fotoalbum. Nein, in genau *dem* Fotoalbum, in das sie alle Bilder aus *jener* Zeit verbannt hatte.

Seit sie den Fall Veh abgeschlossen hatten, ging ihr die Szene, die Liv ihrem Vater in Jork gemacht hatte, nicht aus dem Kopf. Laura hatte mehr gehört, als ihr lieb war. Vor allem entwickelte Liv in der Sache einen Biss und eine Zielstrebigkeit, die sie ihr nie zugetraut hätte.

Ein Frösteln überkam sie, vielleicht lag es am Luftzug, der ihre Schulter, ihren nackten Rücken streifte. Sie zog die Decke etwas höher.

Damals, nach Helenas Tod, war sie es gewesen, die über Nacht von der Tante zur Ersatzmutter wurde. Die schlimmste Zeit in ihrem Leben. Das hatte sie nie laut gesagt, weder schien es ihr nach Helenas schockierendem Tod zuzustehen, noch hatte sie jammern wollen. Doch vor sich selbst machte sie, damals wie heute, keinen Hehl daraus.

Mats' Totalausfall, Livs Achterbahnstimmungen, der Tod ihrer Schwester. Irgendwie hatte sie alles überstanden.

Sie blätterte um und stockte. Dieses Foto hatte sie fast vergessen. Sie hatte Liv auf dem Arm, Holm stand dicht bei ihnen. Eine Hand auf der Hüfte einer kleinen, süßen Liv. Seine andere – auf ihrer eigenen Schulter. Sie konnte sich an den Tag, an die Berührung, an alles erinnern. Storch hatte das Bild gemacht.

Holm verriet sein falsches Lächeln. Liv die Augenringe. Und sie selbst das Motiv: ein Familienfoto, das keines war.

Sie aschte in eine fast leere Champagnerflasche auf dem Nachttisch.

Kinder waren nicht ihre Stärke. Auf jeden Fall hatte diese Zeit sie davor abgeschreckt, selbst welche zu bekommen. Inzwischen meldeten sich leise Zweifel. Womöglich war sie nur für dieses eine Kind absolut ungeeignet gewesen. Ihre Verallgemeinerung unzulässig. Niemand hatte behauptet, dass Lebensweisheiten ein Leben lang hielten.

Irgendwann hatten Mats' wechselnde Liebschaften den Job übernommen. Wie sie sich alle ach so gut stellten mit Liv. Jede einzelne dachte, sie würde sein kaputtes Herz schon kitten. Keine begriff, dass er eine kaputte Seele hatte.

Außer ihr.

Man durfte seine Liebsten weder heilen noch behüten wollen, selbst wenn man meinte, es besser zu wissen als der Betroffene selbst. Was man für herzensgute Ratschläge hielt, gebar nur unseligen Zwist. Laura jedenfalls hatte gelernt, sich aus dem Leben der anderen herauszuhalten, solange sie nicht gefragt wurde.

Bis jetzt.

Bis Liv es getan, bis sie den bösen Geist aus der Flasche gelassen hatte.

Kellermann.

Von Mats hatte Laura nichts mehr gehört, seit sie vor ihm aus Jork abgereist war. Sie kannte ihn nur zu gut. Er ging mit der Sache schwanger. Machte Pläne. Er war kein Mann, der abwartete, bis die Misteln vom Baum fielen. Er rüttelte am Stamm. Und wenn es sein musste, würde er auf den verdammten Baum klettern und die Dinger eigenhändig pflücken.

Oder er holte gleich eine Kettensäge.

Laura war sich ziemlich sicher, das Mats nicht tatenlos zusehen würde.

Das war gefährlich.

Sehr gefährlich.

In jeder Hinsicht.

Konnte sie Liv auf ihre Seite ziehen? Oder Werner?

»Ooooh«, meldete sich neben ihr ächzend eine Stimme. »Sorry, muss noch mal eingeschlafen sein.«

Sie warf das Fotoalbum neben das Bett zu den Handschellen, drehte sich zu ihm und legte ihm zärtlich eine Hand auf die vom Schwimmen gestählte Schulter. Mühsam öffnete er die Augen. Lächelte dieses Grübchen-Lächeln, das sie erst auf den zweiten Blick an ihm entdeckt hatte. An Jan. Jan Theiss. Kommissar Jan Theiss.

Matt schloss er – »du bist der Hammer, Laura May« murmelnd – wieder die Augen.

Sie neigte sich zu ihm hinab und küsste ihn auf die geschlossenen Augenlider.

»Du auch, Jan. Du auch.«

Das entsprach nicht ganz ihren Empfindungen – was nicht an ihm lag, direkt danach fühlte sie stets eine gewisse Leere in sich. Aber vielleicht konnte sie ihn noch gut gebrauchen, den Herrn Hauptkommissar. Für den einen oder anderen Sondereinsatz.

Nein!

Nicht vielleicht.

Sie würde ihn sicher brauchen.

Wofür genau, würde sich zeigen.

Sie glitt unvermittelt auf seinen Körper und küsste Jan auf den Mund.

11.49 Uhr

Der 300 SL machte Zicken. Wie ein gelandetes Ufo stand die silberne Design-Ikone von Mercedes mit aufgeklappten Flügeltüren auf Werners Hof. Sie kamen einfach nicht dahinter, was mit dem Schätzchen dieses Mal nicht stimmte. Holm starrte in den Motorraum, als suche er auf einem Schachbrett den siegbringenden Zug in einer aussichtlosen Partie gegen den amtierenden Weltmeister. Sein weißes Shirt und seine Arme zierten Öl- und Schmierflecken, Zeugen seiner erfolglosen Anstrengungen. Mit dem Handrücken wischte er sich den Schweiß aus der Stirn. Physisch war er im Hier und Jetzt, vor den Toren Berlins; seine Gedanken bevölkerten jedoch ganz andere Orte und Zeiten.

Werner kam aus seinem Fachwerkhaus, das innen keinen Luxus vermissen ließ, mit zwei Bierflaschen in der Hand.

»Einfach ein ehrliches Pils voll auf die Zwölf, dachte ich.

Kein Ginger, Extra Stout, Double-Ambrée oder was sich da noch so im Kühlschrank angesammelt hat.«

»Das Letzte klingt auch wie Sonnencreme«, meinte Holm.

»Wollte nur nicht«, Werner lachte gackernd, »dass der Hauptstädter seinen Ernährungsgewohnheiten untreu werden muss.«

»Neu ist ja nicht gleich Fortschritt«, erwiderte Holm, der die erste Flasche an der zweiten öffnete und die verbliebene am Holzgatter der Zufahrt, das bis zum Haus führte.

Sie stießen an.

»Auf die neue Bianca Veh«, sagte Werner und rieb sich bei den ersten Schlucken wohlig über seinen Bauchansatz.

Holm merkte, dass er selbst einen ungewohnt starken Zug hatte – selbst ein Doppelbock hätte ihn nicht gebremst. Wahrscheinlich hätte er die Flasche auf ex geschafft, setzte aber anstandshalber ab.

Werner stieß absichtlich auf, offensichtlich um Holm aus der Reserve zu locken.

»Warum rülpset und furzet ihr nicht, hat es nicht geschmecket?«, rief Werner vergnügt. Holm konnte ein Lachen nicht aufhalten, sah Werner aber irritiert an.

»Goethe, Holm! Das ist von Goethe.«

Holm zog die Augenbrauen hoch. »Vermutlich sein geistreichster Satz«, sagte er ironisch und setzte noch mal an, bis die Flasche leer war.

»Also, raus mit der Sprache«, meinte Werner, »bevor du dich ins Koma säufst.«

Holm senkte den Blick und wandte sich etwas ab. Was er vorhatte, würde Werner nicht gutheißen. Nein, er würde sogar versuchen, es ihm auszureden. Davor hatte Holm

Angst, denn wenn einer ihm den Kopf waschen konnte, dann sein geliebter Freund, Ex-Chef und Mentor auf Lebenszeit.

»Komm schon, Holm, ich kenne nur einen Menschen, der dich in diesen Zustand versetzen kann.«

Holm kniff die Mundwinkel angesäuert zusammen.

»Was ist mit Liv?«, wagte Werner sich weiter vor in Holms Seelenleben.

»Ist sie wirklich zu dir gefahren?«

Holm wollte nicht nicken, doch Werner entlockte ihm eine klitzekleine Zustimmung.

»Was wollte sie?«, insistierte Werner.

Mitten rein. Direkt zum wunden Punkt. In den Schmerz.

»Hat dieser Detektiv, den sie angeheuert hat, etwas herausgefunden?«

Holm schwieg.

»So schnell?« In Werners Stimme schwangen Verblüffung und Besorgnis mit.

»Liv hat mit Kellermann gesprochen«, platzte es aus Holm heraus. Er schleuderte die Bierflasche aus dem Handgelenk neben den Werkzeugkoffer, schob die Hände in die Hosentaschen und traute sich endlich, Blickkontakt zu Werner aufzunehmen. Der stand mit offenem Mund vor ihm.

»Kellermann?«, flüsterte er. »*Der* Kellermann?«

»Der Herr Innenminister«, bestätigte Holm bitter.

»Was hat er ihr aufgetischt?«

Holm schnaubte auf, schüttelte ungläubig den Kopf und legte ihn in den Nacken.

»Wie ich an die Story gekommen bin damals.«

»Scheiße!«, zischte Werner.

»Warum ich sie gebracht habe. Und dass Helena meine

Quelle war.« Er zählte alles hastig auf, als täte es weniger weh, wenn er es schnell hinter sich brachte.

Werner senkte den Blick. Aus Verlegenheit, so schien es, nippte er an seiner Bierflasche.

»Das ist noch nicht alles. Helena sei bei ihm gewesen. Nach unserem Streit. In der … letzten Nacht.«

»Was?«, rief Werner.

»Seine damalige Chefsekretärin hat sie auch gesehen. Sagt Liv.«

»Woher hat sie …?«

»Für Helena sei unsere Ehe damit kaputt gewesen. Sie hätte an die Öffentlichkeit gehen wollen, um Kellermann reinzuwaschen.«

»Das fasse ich nicht!«

»Werner, Liv verdächtigt mich! Verstehst du?«

Sein Mentor schaute ihn tief getroffen und bewegt an. Dann kam er auf ihn zu und legte ihm eine Hand auf die Schulter.

»Was hast du ihr geantwortet?«

Holm holte seine Gauloises aus der Tasche.

»Keine Ahnung. Was von Fehler. Weiter bin ich nicht gekommen.«

»Und jetzt?«

Holm zündete sich eine Zigarette an. Ehe er einen Zug nahm, legte er Werner auch eine Hand auf die Schulter.

»Ich nehme Kellermann ins Visier.«

»Bist du wahnsinnig?« Werner wisperte, als verschlüge ihm allein der Gedanke die Sprache.

Holm nahm einen tiefen Zug und blies den Rauch aus dem Mundwinkel.

19.31 Uhr

Bianca fühlte sich lebendig begraben – unter endlosen Emotionen und peinvollen Erinnerungen. Seit Tagen heulte und schlief sie ununterbrochen. Seit dem Krankenhaus. Seit ihre Mutter ihr alles … *gestanden* hatte.

Sie kam sich so schmutzig vor, missbraucht und misshandelt. Ihre Mutter hatte gemordet. Getötet aus Liebe zu ihr. Das bekam sie nicht zusammen. Es würde Monate dauern, meinte ihre neue Therapeutin, diese perfide und erdrückende Art der Doppelbindung, wie sie es nannte, zu bearbeiten.

Bianca hatte begonnen, sich in einen Traum zu flüchten. Sie träumte davon, wie sie in ein paar Wochen – oder Monaten – vor Journalisten treten würde, sobald sie ihr Leben neu geordnet hatte.

Richard Grabkowsky würde zu ihr treten, der Teammanager der Fußball-Nationalmannschaft.

»Sind Sie bereit, Bianca?«

»Sehr bereit«, log sie.

Der Pressesprecher, der in ihrem Traum noch keinen Namen hatte, stieß zu ihnen, und sie betraten die Bühne.

Ein Blitzlichtgewitter prasselte auf sie ein. Sie setzte jeden Schritt sorgfältig vor den anderen. Wenn nur die Knie mitmachten! Sie hatte Holm gebeten, bei dieser Pressekonferenz dabei zu sein. Etwas in ihr ließ sie nach ihm Ausschau halten. Dabei hatte er auf seine unnachahmliche Art gesagt: *Wenn Sie glauben, dass das gut ist, haben Sie immer noch nicht verstanden.*

»Willkommen in Frankfurt«, begann der Pressesprecher, »herzlich willkommen in der Zentrale des DFB zu einer außergewöhnlichen PK. Ich freue mich, dass sie so zahlreich erschienen sind. Und wenn ich es richtig sehe, sind hier nicht nur Sportreporter wie sonst, wenn es *nur* um Fußball geht.«

Biancas erster öffentlicher Auftritt *danach* zog wie erwartet Scharen von Journalisten an.

»Das liegt sicherlich an unserem Gast, der Starköchin Bianca Veh.«

Einige klatschten, was Biancas Herz Traum für Traum höher schlagen ließ.

»Herr Grabkowsky, die junge Dame neben Ihnen wird künftig die Nationalmannschaft bekochen, zum ersten Mal beim Testspiel gegen Italien. Warum haben Sie sich für Bianca Veh entschieden – relativ kurz nach einer äußerst schweren Zeit für sie?«

»Gerade deswegen! Wir wollen nicht nur in der Nationalmannschaft Exzellenz haben, sondern auch im Team hinter dem Team. Die anstehende Europameisterschaft wird mental sehr anstrengend. Da Leute dabeizuhaben, die extreme Stresssituationen kennen und auch bewiesen haben, dass sie diese meistern können, und zwar mit einer gewissen Haltung, hilft enorm. Wie sie diese persönliche und berufliche Krise durchgestanden hat, hat uns in dieser Hinsicht außerordentlich beeindruckt.«

Bianca nickte ihm einen Dank zu. Und einen gen Holm, der den Deal an Kattas Stelle perfekt gemacht hatte.

Katta. Bianca hatte sie anrufen wollen, sie zurückholen. Holm hatte ihr prophezeit, dass es nach dem Verrat nicht mehr wie vorher sein würde. Sie habe nun genug Lebenserfahrung, um nichts mehr auf Sand zu bauen … Sie hatte eine Nacht darüber geschlafen. Genauer gesagt: eine Nacht darüber *wachgelegen* – und schließlich Holm Recht gegeben.

»Außerdem soll sie ja auch einigermaßen kochen können«, schob Grabkowsky nach, womit er einige Lacher erntete. »Wir haben auf jeden Fall vier Sterne zu bieten. Vielleicht holen wir ja den nächsten zusammen.«

Mit diesem Satz lehnte sich der Manager zurück.

»Was erhoffen Sie sich von der Zusammenarbeit mit dem DFB, Frau Veh?«, fragte der Pressesprecher.

»Spaß! Das tun, was mir am meisten Freude im Leben bereitet: für Menschen kochen. Für Spitzenathleten, das ist natürlich noch einmal eine besondere Herausforderung, aber das reizt mich sehr, und ich habe ein paar erste Ideen.«

»Viele Journalisten fragen sich natürlich: Ist das für Sie ein Befreiungsschlag, jetzt Ihre Zusammenarbeit mit dem DFB dingfest zu machen?«

Die Journalisten würden aus diesen Minuten eine Wiedergeburt machen. Eine Wiedergeburt, bei der man live dabei sein konnte. Oder wie hatte es Holm formuliert? *Tod und Auferstehung in ein paar Wochen. Das schaffen nicht viele.*

»Es fühlt sich einfach tief in mir richtig an«, sagte sie, »was übrigens die Sterne angeht: Ich habe ja meinen zurückgegeben.«

»Und Sie überlassen Hotel und Hof Ihrem Bruder und Ihrem Souschef. Trotzdem könnten Sie irgendwann in Gefahr geraten, wieder einen Stern zu bekommen.«

Sie setzte sich auf.

»Das wäre dieses Mal ganz allein meiner. Den würde ich behalten!« Sie sagte das in ihrer Fantasie mit ernster Miene, durchgedrücktem Rücken und gerecktem Kinn.

Der Pressesprecher lud die Journalisten ein, Fragen zu stellen. Als Erstes kam ein älterer Herr dran.

»Werden Sie auch mal Ihren Vater zum Spiel einladen?«

»Ja, warum denn nicht? Aber natürlich muss er sich vor Gericht verantworten.«

»Wie gehen Sie damit um«, fragte ein asketisch wirkender Mann aus der ersten Reihe tonlos, »dass Ihre Mutter zu einer Mörderin geworden ist?«

Alle im Raum hielten die Luft an. Bianca konnte nicht anders, sie musste kurz den Blick senken, sich sammeln, ehe sie mit gedämpfter Stimme antwortete.

»Das macht mich wahnsinnig betroffen. Immer noch. Für die beiden Opfer tut es mir unendlich leid. Sie können sich vorstellen, dass ich einiges aufzuarbeiten habe, auch jetzt, mit einigem Abstand.«

»Weil Ihre Mutter das in einer Art Wahn für Sie getan haben will, so war zu hören.«

»Entschuldigen Sie bitte, aber das ist sehr intim, was Sie fragen. Ich werde gern darauf antworten, aber erst, wenn ich so weit bin.«

Hier stockte ihr im Traum immer der Atem. Sie sah schnell hinüber zum Pressesprecher, er sollte den nächsten Medienvertreter drannehmen. Gott sei Dank erteilte er jedes Mal zuverlässig einer jungen Journalistin das Wort.

»Ihr erstes Spiel hat noch Zeit, Frau Veh, aber werden Sie in ein eigenes Trainingslager gehen?«

Bianca atmete durch.

»Ich werde in Kürze zu einer kulinarischen Weltreise aufbrechen. Daraus wird ein zweites Buch in meinem Verlag werden, dem ich an dieser Stelle für seine Treue sehr herzlich danke.«

»Fahren Sie allein?«, hakte die Journalistin nach.

Bianca verlor die Beherrschung über ihre Mundwinkel und grinste übers ganze Gesicht.

»Ich nehme wahrscheinlich einen Testesser mit. Wenn er unsere Paartherapie übersteht.«

Diese zwei Sätze lösten ein Raunen aus. Damit war die Versöhnung mit Dave auch verkündet.

Die nächste Frage konnte kommen. Sie würde bereit sein, so oder so. In dem Moment bemerkte sie es: Die weichen Knie – sie waren verschwunden.

Ein Lächeln mogelte sich in Biancas Gesicht. Hoffentlich ging ihr Traum in Erfüllung. Sie würde alles dafür tun. Alles!

Endlich schlief sie wieder ein. Im letzten bewussten Moment deutete sich ein Rezept in ihrer Fantasie an. Ein harmonisches, weiches Etwas. Sie schmiegte sich an ihr Kissen und ließ die Idee los.

1.49 Uhr

Die Wellen glitten still durch die Dunkelheit auf Holm zu. Er erkannte sie nur, weil auf ihren kleinen Kämmen hie und da Reflexionen aufblinkten, gleich winzigen wandelnden Positionslichtern. Holm wusste nicht, ob der Müritzsee ein guter oder ein schlechter Ort für ihn war. Dass er ihn anzog, stand außer Frage. Da vorne, auf Werners Miet-Jacht, hatte Liv ihn zur Rede gestellt. Wäre in den vergangenen Tagen alles anders gekommen, hätte er nur besser reagiert?

Nach dem Streit mit Werner hatte Holm nicht nach Hause fahren wollen, in seine leere Berliner Wohnung. Er war ziellos durch die Nacht gerast, etwas ließ ihn auf vertrauten Autobahnen das Gaspedal bis zum Anschlag durchtreten.

Ebenso mechanisch war er abgefahren und hatte den Weg zum See ohne Navi gefunden.

Holm hoffte insgeheim, hier würde endlich der erbitterte Wortwechsel mit Werner verstummen. Er ertrug es kaum, sich mit Werner zu streiten. Dieses Mal war es nötig gewesen. Auch jetzt spürte er deutlich, dass er seinem alten Freund nichts vormachen wollte. Wenigstens ihm musste er mit offenem Visier begegnen, ehe er in die Schlacht zog.

In die Schlacht gegen Kellermann.

Dank der Aussagen, die Liv dem Innenminister entlocken konnte, hatte Holm ihn durchschaut.

Alles passte perfekt zusammen: Kellermann hatte Helena beseitigen lassen! Aus Angst um seine Karriere. Denn wäre sie wirklich an die Öffentlichkeit gegangen, um Holm an den Pranger zu stellen, wäre Kellermann mit untergegangen. Einen Staatssekretär, der Geheimunterlagen beim Techtelmechtel liegen ließ, konnte niemand gebrauchen.

Kellermann musste verhindern, dass das bekannt wurde.

Genau das würde Holm beweisen: Helena, sich – und vor allem: Liv.

Kellermann hatte Holm die Frau geraubt. Seine Tochter würde er ihm nicht auch noch nehmen. Ob er Minister war oder Kaiser von China.

Hasstrunken!

Ja, das war Holm. Das Gefühl brach aus ihm hervor, als habe es seit über dreizehn Jahren nur darauf gelauert, das Verlies der Verdrängung zu verlassen.

Ganz und gar hasstrunken war er.

Er *musste* Kellermann dieses Mal drankriegen! Ihn vernichten.

Nur wie?

Er zog seine Sanduhr hervor. Im ersten Moment wollte er sie küssen. Dann schob er sie zwischen die Zähne und biss auf das letzte Geschenk, das Helena ihm gemacht hatte. Er biss fest zu.

Er sprang auf, holte weit aus und wollte seinen Talisman in den See werfen. Doch seine Bewegung gefror. Er nahm den Arm herunter. Sank zu Boden. Mit zittrigen Händen zündete er sich eine Zigarette an und beobachtete rauchend die im Dunkel der Nacht hinabrieselnden Sandkörner.

Dank

Mein herzlicher Dank gilt der Sterneköchin Iris Bettinger, die mir Einblick in ihre kunstvolle Arbeit gewährte. Als Lektorin machte sie sich auch gut – und bewahrte mich vor dem einen oder anderen fantasiegesäumten Fauxpas. Den Kontakt stellte Christian Bügel von den Jeunes Restaurateurs Deutschland her.

Eine wichtige Zutat in diesem Buch ist auch das verwendete Gift. Ich danke einem renommierten Fachmann in diesem Gebiet für seine Erläuterungen und Ratschläge: Professor Doktor Burkhard Madea, Direktor des Institutes für Rechtsmedizin am Universitätsklinikum Bonn.

Ich danke dem Dream Team in der Agentur Copywrite: Felix Rudloff, Vanessa Gutenkunst und Lisa Volpp, Caterina Kirsten für alle kreativen Doppelpässe und meinem Agenten Georg Simader für literweise Herzblut.

Last but not least gilt mein Dank Mats Holm. Er hat mir geholfen, ein Thema in diese Story zu bringen, das mich bewegt und umtreibt, gerade in diesen Zeiten: Wahrhaftigkeit. Durch Holm habe ich besser verstanden, wie zerbrechlich hehre Worte werden können, wenn sie im Druckkessel der Wirklichkeit stecken. Ich erfreue mich an der Vorstellung, dass meine noch zu jungen Kinder eines Tages die Holm-Romane in die Hand nehmen und einen Funken dessen hier antreffen.

Meike Dannenberg

Blumenkinder

Kriminalroman

464 Seiten, btb 71449

Jemand hat zwei Mädchen getötet.
Und wird es wieder tun. Sehr bald.

Im beschaulichen Lüneburg grassiert die Angst vor einem Mörder. Ein Mädchen wurde vor vier Wochen getötet. Und das große Waldgebiet Drawehn birgt noch mehr Schreckliches unter dem Laub des Vorjahres – wird es bald ein weiteres Opfer geben? BKA-Sonderermittlerin Nora Klerner und Fallanalytiker Johan Holms läuft die Zeit davon …